対訳・注解
研究社シェイクスピア選集 4

Twelfth Night

宴の夜

大場建治
OBA Kenji

研究社

目　　次

図 版 一 覧 iv
凡　　例 v
シェイクスピアの詩法 xiii
Twelfth Night のテキスト xviii
Twelfth Night の創作年代と材源 xxiii
略 語 表 xxviii

TWELFTH NIGHT ———————— 1

補　　注 235
付録　シェイクスピアの First Folio 255

図 版 一 覧

Twelfth Night 初演の夜 .... p. 7
　Leslie Hotson, *The First Night of 'Twelfth Night'*
　（Mercury Books, 1961）より（Perspective view drawn
　by Jane Dickins）

愛憎の *Twelfth Night* .... p. 67
　撮影 Angus McBean © Harvard Theatre Collection

'We Three Loggerheads' .... p. 73
　© Shakespeare Birthplace Trust

絵画の中の *Twelfth Night* .... p. 145
　© Tate Images

RSC の来日舞台 .... p. 217
　日生劇場公演プログラム『英国ロイヤル・シェークス
　ピア劇団』（1972）より

The Swan sketch（白鳥座スケッチ）................................ p. 242

付録

First Folio 扉ページ .... p. 257
　明星大学図書館所蔵
First Folio 目次ページ .... p. 261
　明星大学図書館所蔵
First Folio 本文組み版 .... p. 263
　明星大学図書館所蔵

凡　　例

1. テキスト

　本選集のテキストは、基本的に 1623 年出版のシェイクスピア最初の戯曲集、通称第 1 二つ折本（First Folio, F1 と略記）収録の本文を底本として、これの現代綴り化によって編纂された。

　F1 本文の印刷所底本の性格は F1 全体を通して同一ではなく各作品によって異なっている。また F1 に収録される以前にすでに単行本として出版され、その単行本本文が異本として F1 本文と著しく異なる個所を持つ作品もある。それら各作品ごとに異なる事情については各巻の解説「テキスト」の項で説明してある。

　異本を持つ作品では、その相違する本文のうち重要と判断される部分を、特に印刷のレイアウトを変えて（活字を小さくして）印刷付加した場合がある。また F1 本来の本文についても、シェイクスピア以外の筆によるものと明確に判断される部分について同様の印刷手続きを行った。

　First Folio そのものについては巻末の付録「シェイクスピアの First Folio」を参照されたい。

　<u>校訂</u>　F1 本文の校訂は注に明記する。ただし植字工による誤植等明確な誤りの校訂はこの限りではない。

　校訂には、先達の諸版が広く参照されたが、19 世紀前半以前の版本については、H. H. Furness（父子）による New (Fourth) Variorum Edition を介した場合が多い。また、特に 1970 年代以降が重視されているのは、この年代が 1 つの画期になっていると思われるからである。参照による学恩は、当然注に言及される。

　<u>現代綴り化</u>　シェイクスピア時代はまだ正書法が確立しておらず、F1 にも、単語語尾 -e の恣意的な添加、単語語頭の大文字化、子音字の重複、名詞属格を示すアポストロフィの不在、綴り字の交替（j → i, i ⇄ y, u

⇄ v など)、そのほか具体的な単語の例では burthen (= burden), then (= than), I (= ay [= yes]) 等々多様な異形がみられるが、これらはすべて、現行の他の諸版と同じく、注で断ることなく現代綴り化された。ただし律動 (metre)、押韻、語呂合わせ等の関係から原綴りが必要な場合、また enow (= enough [pl.]), accompt (= account), vilde (= vile) など、英語史的視点から、あるいはシェイクスピアの言語感覚を推測する上から、原綴りが望ましいと考えられる場合は、注で断った上で原綴りを残した。

動詞の過去・過去分詞形の -ed は F1 で -'d とあるのをすべて -ed とし、律動の関係上これを [-id] と音節化して読ませる場合は -èd のように e の上に grave accent 印を打った。2 人称単数及び 3 人称単数の動詞語尾 -(e)st, -(e)th についても音節化のある場合は特に -èst, -èth とする。

F1 での母音の省略 (temp'rate, i'th'haste など)は律動上の必要もあり、これを生かすのを原則とした。

句読点 F1 の句読点の責任の所在は、そこに当然筆耕あるいは植字工の介入がありえたから、これを明確に決定することはできない。20 世紀初頭に古版本の句読点をシェイクスピアの責任による舞台演出(俳優の台詞朗唱)への指示とする研究が現れ影響力を持ったが、これの示唆性は認めるとしても、問題をいささか単純化しすぎているように思える。英語史的に言って統語法の縛りがまだゆるやかであったため、句読点に自由がきいたのである。

本選集の句読点は、F1 を底本に、F1 以前に単行本のある作品はこれの句読点を当然参照しながら編纂された。F1 からの重大な逸脱は注に言及してある。この基本方針は現行の諸版と変らないが、対象が戯曲の台詞であることを本編纂者はおそらく他の編纂者以上に意識していると言えると思う。ただしそれは具体的な演出への介入を意味しない。演出的には中立であることが、句読点の編纂に限らず本選集の基本的態度である。

以下に句読点の主要原則を示す。

1. F1 で多用されているコロンは現代の句読法になじまないのでできるだけ避け、主にセミコロン、ピリオドに転換した。

2. F1 のカッコ ( ) を尊重する編纂者も多いが、本選集ではこれを主にコンマに転換して一切用いることをしない。ダッシュもできる限り抑えた。

3. 疑問符？は台詞の文法的理解に必要な場合を除き過度に用いることをしない。

4. 特に感嘆符！について、F1の：を！に転換することの多い諸版に比べて！は厳しく抑えられた。台詞の朗唱の演出は、上演舞台の自由に向けて開かれなくてはならない。（これは翻訳でも同様である。）

<u>行分け</u>　シェイクスピアの戯曲の台詞は韻文と散文とが混交している。その割合は当然作品によって異なるが、戯曲全体を平均すればおよそ韻文7.5対散文2.5ぐらいになる。

ただしF1での韻文・散文の区分けがシェイクスピアの意図に必ずしも忠実であるとは限らない。大型版とはいえ2段組であるから、韻文の1行がそのスペースに納まりきらないときもあった。詩行の区切りが植字工の作業の都合によって歪められる場合も当然ありえたのである。もっと重大な事態は韻文の散文化。これには印刷スペースの問題もさることながら、植字工（あるいは筆耕）の理解力、誠実度の問題もからまる。シェイクスピアの韻文の主体であるblank verse（無韻詩）は柔軟軽快な詩型であるから、そのリズムは容易に散文に転じうる。逆に散文も勢いがつけば無韻詩的なリズムになる。F1の植字工のうちの1人はblank verseを散文に植字する傾向をもっていたし、また他の1人には逆の傾向があったとの研究もある。シェイクスピアのテキストを編纂する場合、特に韻文のlineation（行分け）について、句読点以上に慎重な対応が要求される所以である。本選集は特にblank verseの詩型を可能な限り尊重するという方針を採った。それは18世紀以来のシェイクスピアのテキスト編纂の1つの伝統であり、近年はこれに対する批判も多いが、やはりシェイクスピアの舞台のリズム感をテキストに反映させるのが編纂者の義務の1つであるという強い思いが本編纂者にはある。ここでも本版が他の諸版のlineationと大きく相違する場合は当然注で説明が加えられている。

なおblank verseを含めてシェイクスピアの詩法については「シェイクスピアの詩法」を参照のこと。

<u>ト書き</u>　ト書き（stage direction [SD]）はF1でも収録作品によってその量に違いがあるが、F1以前の単行本も含めて、きわめて少量、禁欲的なのがシェイクスピアの古版本の特徴である。本選集はF1に従うことを原則に、[*aside*]等台詞の理解のために最少限必要なト書きを加えた。最

少限というのは舞台の演出への中立を意味する。

　加えられたト書きは本編纂者によるものもあるが、実質的に18世紀以来の版本からの選択がほとんどであり、これの初出の編纂者名を注に明記することを本選集の原則とした。F1あるいはF1以前の単行本のト書きについても同様の克明を旨とした。従来の日本語訳でト書きの来歴が不明確なまま無責任に放置される弊があったからである。(それは日本の演出家にとって大きな問題のはずだ。)

　古版本のト書きの位置は、たとえば登場 (Enter....) では、登場準備 (待機) の指示 (anticipatory direction)、あるいはその場に必要な登場人物の一括指示 (massed entry) など、実際の舞台での演出と相違する場合がある。こうしたト書きは、注で断ることを原則にそれぞれ適切な場所に移動された。退場、音響効果等についても同様である。

　登場人物名は、その名前が分明な限り名前を優先させた。例示すれば、F1のClown (*Twelfth Night*), King (*Hamlet*), Bastard (*King Lear*) に代えてそれぞれFeste, Claudius, Edmundを用いた。発話者名の表示 (speech heading [SH]) においても同様である。

　<u>登場人物一覧</u>　F1収録の36作品のうち7作品(本選集では *The Tempest, Othello* の2作品)の末尾に登場人物一覧 (The Names of [all] the Actors / The Actors Names) が付されている。18世紀初頭の編纂者ニコラス・ロウ (Nicholas Rowe) がこれをDramatis Personaeの表示のもとに全作品の冒頭に及ぼし、その後の版本でこれが慣行となった。本選集でも各作品の冒頭に登場人物一覧を掲げるが、F1の表示のactorでは表現が曖昧になるので、ベン・ジョンソン (Ben Jonson) の *The Works* (1616) に見られる 'The Persons of the Play' の表示を用いる。ただしF1以前の単行本にこうした一覧がまったくみられないところからも、シェイクスピア自身はこれに与らなかったことだけは確認しておきたい。

　人物名の配列は、女性名をまとめて最後に回すなどF1に見られる一応の方式を踏襲するのが18世紀以来の版本の慣行だったが、この方式もシェイクスピア自身与り知らない便宜的なものにすぎない。本選集は近年の諸版とともにこの慣行を退け、本選集独自の、それも必ずしも全作品での統一にこだわらない配列を試みた。

　<u>場所の表示の廃止</u>　F1で、末尾の登場人物一覧の上欄に場所の表示の

あるのが *The Tempest* と *Measure for Measure* の2作品、しかしその説明は 'The Scene, an un-inhabited Island', 'The Scene Vienna' と、ページの余白の埋め草というか、ほとんど意味を持たない。18世紀以来こうした表示を全作品に及ぼすのが近年に至るまで1つの慣行として定着してきたが、本選集ではこれをすべて廃する。

また、各場面のト書きの初めにいちいち場所を示すのも18世紀以来の慣行である。最近はト書きで示さぬまでも注に説明する版が多いが、本選集はよほど重要でない限り注でふれることもしない。シェイクスピア劇では各場面の場所の感覚は、劇の進行に応じて醸成される(あるいはほとんど醸成されない)。この作劇の基本は当時の舞台構造からも当然のこととして納得される。場面の初めで場所をいちいち限定するのはこの作劇の流れに逆行するものだ。この立場を本選集は堅持する。

幕・場割り　F1で幕・場割り (act-and-scene division) が施されているのは36作品中17作品、不完全なのが3作品、幕割りだけが10作品。残り6作品は幕も場も一切の区切りがなされていない。ついでにF1以前の単行本では、*Othello* (1622) に3個所の幕・場割りが見られるのを例外に皆無である。ほかに飾り模様や罫線による部分的な表示を持つのが2作品。こうした状況の中で、すべての作品に完全な幕・場割りを施したのもニコラス・ロウである。以来シェイクスピアの版本に act-and-scene division を施す慣行が生じたが、シェイクスピア自身は古典劇の形式を引き継ぐ5幕の「幕割り」には関わらなかったであろう(ただし *Henry V* では Chorus による実質的な5幕形式の導入がみられる)。彼の関心はむしろ場の連続、場の流動にあった。したがってシェイクスピア劇では、舞台の流れを区切るにしても、5幕形式の act にこだわらず scene の表示を初めから通して連続させた方が望ましいはずである。しかし一方、たとえば 'To be, or not to be, ...' といえばすぐに *Hamlet* 第3幕第1場と反応するように、幕・場割りの表示はすでに文学的・演劇的常識となって定着しているという現実がある。本選集もこの「常識」を尊重して慣行の幕・場割りに従うが、舞台の流動性を損なうことのないようできる限り目立たない印刷表示を試みた。

行の数え方は場ごとの単位になる。韻文だけの場でも本版の lineation が他の版と異なる場合があり、また散文については各版の印刷状況が異な

る以上、それぞれの行数が正確に一致することはありえない。したがって本版の行数は結果的に本版独自の表示になっているが、こうした事情は現行の他の諸版においても同様である。

2. 注釈について

シェイクスピアの英語　英語史では時代を大きく以下の3つに区分する。1. Old English (OE と略記、古[期]英語)、文献が出現する700年頃 → 1150年頃。2. Middle English (ME, 中[期]英語)、1150年頃 → 1500年頃。3. Modern English (ModE, 近代英語)、1500年頃 → 現代。現代英語 (Present-day English, PE) に至る5世紀を Modern だけで区分するのはあまりに粗雑であるとして、1700年頃を境に前半を Early Modern English (初期近代英語)、後半を Late Modern English (後期近代英語) とする場合もある。

シェイクスピアの英語はその Early Modern に属する。すなわち次第に屈折 (inflection) 表現を脱して現代英語に直接通じる表現体系を確立しつつあった転換期。語彙の面でも、イギリス・ルネサンスの文化的、社会的興隆と歩調を合わせて拡張のエネルギーに満ち溢れていた。その大いなる変動の時期に生まれ合わせたシェイクスピアは、彼の幸福な才能を奔放自在に駆使することができた。それはシェイクスピアにとっての幸福である以上に、英語の歴史にとっての大きな幸福だったろう。歴史はときに時代と才能との奇蹟的な出会いを演出する。

OE の作品、たとえば *Beowulf* (『ベオウルフ』) を読むためには新しい言語を習得するに等しい語学的訓練が必須である。ME の作家、たとえばチョーサー (Geoffrey Chaucer) を読むためにもやはりそうした訓練が要求される。われわれが万葉を、源氏を、近松を読むときのように。しかし基本的に ModE の作家のシェイクスピアの場合、そうした訓練を必要としない。語法的にも語彙的にも現代英語の基本を習得した日本の高等学校卒業生にも十分に読みこなせる英語である。ここで読むという面からやや乱暴に日本語との比較を持ち出せば、言文一致の文化「運動」によって近代化に向かいつつあった明治期、その運動の文学的洗練の当事者である、たとえば漱石、鷗外を読むのに似ていると言ってよいのかもしれない。

以上の概説からも、本選集での語義・文法上の注釈の方針はおのずと定まる。高等学校で英語を学び、あらたにシェイクスピアの原文にふれようとする読者のための注釈。たとえば語義については研究社『新英和中辞典』(*New College English-Japanese Dictionary*) を基準に、これで解決できないものを基本的に取り上げる。この辞典に登録され説明されている語でも、台詞の理解のために特に必要な情報は注記される。しかし対訳の形式をとっているのだから、右ページの日本語訳で理解が十分に間に合う場合は注記が省かれる場合もある。

　シェイクスピア時代の発音は英語史的に興味のある研究分野であるが、本選集の注はそこまで立ち入ることをしない。ただし押韻、語呂合わせ等の理解のために必要な場合は説明を注記に留めた。詩の律動に伴うアクセントの位置の移動、母音の添加あるいは省略（音節の増減）については現代の発音に則して特に積極的に注記してある。

　背景的注釈　この分野の注はいくらでも広がりうるが、注のスペースを考慮した上でバランスを心がけた。

　本選集に含まれる作品以外のシェイクスピアからの引用は F1（または F1 以前の単行本）の現代綴り化により、出所は幕・場だけにとどめた。ただし必要に応じて Norton 社の F1 複写版 (*The Norton Facsimile*, prepared by Charlton Hinman, W. W. Norton & Co., 1968) の作品ごとの総行数表示 (Norton TLN [through line number]) を利用した。

　聖書の引用にはシェイクスピアが座右に置いたであろう *The Geneva Bible* を現代綴り化して用いた (*A Facsimile of the 1560 Edition*, with an Introduction by Lloyd E. Berry, U. of Wisconsin P., 1969). 日本語訳を併記する場合には日本聖書協会の「文語訳」によった。

　ギリシャ・ローマの古典文学・神話の人名をはじめ外国の固有名詞は原則として原語の読みを写したカナ書きを優先させたが、一方日本語訳では英語読みのカナ書きを優先させた場合もあり、必ずしも一定の原則にこだわることをしない。

　テキストに関する注釈　一般読者・演劇人を対象にした本選集であるが、本編纂者の立場を明らかにするためにも、いわゆる本文批評 (textual criticism) に関するかなり高度な注を含めざるをえなかった。18 世紀以降の編纂者・研究者への言及など一般の読者にはわずらわしいだけかもしれ

ないが、責任の所在を明確にするのは編纂者の義務でなくてはならない。
　以上、特に背景的注釈とテキストに関する注釈について、長文の注はスペースの関係から⇨印を付して巻末の「補注」に回した。
　また、注の全体にわたって18世紀以来の版本の注を広く参照したが、特に本選集の注記で意識したのは1970年代以降の版本の注解である。最新の成果ということもさることながら、この年代がシェイクスピア編纂史上の1つの画期であるという思いが本編纂者には強い。

3. 翻訳について

　韻文の訳　テキストの lineation に詩行を揃える「韻文訳」とした。シェイクスピアの台詞のリズムを伝えるには、形式面でもテキストに従うことが望ましいとの判断からである（したがって韻文の部分に関してはテキストと対訳との行数表示をそのまま一致させることができる）。これまでの主な日本語訳のほぼ半数が表面的には韻文訳の試みを行ってきている。日本語訳として独自の詩行を立てた試みもある。そうした既訳の中にあって、本訳者は、みずからの責任において原文の lineation を編纂・確定した上で、他の訳よりも舞台のリズムを強く意識した韻文訳を心がけた。
　韻文でも特に脚韻のある台詞は、blank verse の中で、その分目立って突出した形になる。その呼吸を訳に盛り込むのも必要な工夫でなければならない。それとしばしば現れる歌の訳の工夫。これはこれまでの訳で最も改善すべきところであるように思われた。
　散文の訳　colloquial な調子に加えて時事言及の含みもあり、日本語訳の分量が幾分多くなりがちである。散文の部分の行数表示についても原文と一応一致させたが、実際の行数では量的に必ずしも一致していない。

4. 図版

　各巻とも、舞台写真を含めて数葉の図版を右ページに配して、左にこれの説明の文章を添えた。

シェイクスピアの詩法

　シェイクスピアの台詞は verse（韻文）と prose（散文）で書かれている。その割合は作品によって異なる。*Richard II* のように台詞の全部が韻文の作品がある。一方、*The Merry Wives of Windsor* は 9 割近くが散文である。*Richard II* は王冠の悲劇をめぐる格調高い歴史劇である。*The Merry Wives of Windsor* の方はシェイクスピアでは唯一同時代のイングランドを舞台にした市民喜劇だ。このことからも、悲劇的格調と喜劇的世俗という韻文と散文の目指す基本的な表現の相違がみえてくる。ただしそれはあくまでも基本線であって、シェイクスピアの魅力はなにごとにつけて基本を奔放自在に超えるところにある。それでいてしかも基本の理念はけっして見失われることがない。

　シェイクスピアの verse の主体は blank verse（無韻詩）である。'blank' とはなにが「空白」なのかというと、「無韻詩」の訳語の示すように rhyme（脚韻）がない。なかでも iambic pentameter（弱強 5 詩脚）が blank verse の代表で、シェイクスピアがこの詩型を用い、その後もたとえばミルトン（John Milton）が *Paradise Lost*（『楽園喪失』/『失楽園』）などの長篇叙事詩で用いたため、blank verse といえば同じ無韻でも iambic pentameter の無韻詩を指すようになった。

　iambic pentameter とはどういう詩型か。

　英語の verse は、強音と弱音がある一定の規則で生起するリズムを基本とする。このリズムが metre / meter（律動）である。metre の主要なパターンは、iambus（弱強）、trochee（強弱）、anap(a)est（弱弱強）、dactyl（強弱弱）の 4 種。このうち iambus が日常会話のリズムに最も近く、弱から強への上昇調が朗唱するのに特に快い。一方 metre を構成する最小単位を foot（詩脚）と呼び、1 行の詩行内の foot の数によって、dimeter（2 詩脚）、trimeter（3 詩脚）、tetrameter（4 詩脚）、pentameter（5 詩脚）、hexameter（6 詩脚）...等、長さの別が決まる。人間の息づかいの長さに

最も自然に納まりやすいのが pentameter である。そこで blank verse といえば、iambus の詩脚が1行に5回繰り返される iambic pentameter ということになった。

blank verse はイタリア詩の影響を受けて16世紀の半ばにサリー伯ヘンリー・ハワード (Henry Howard, Earl of Surrey) が用いたのが初めとされる。戯曲ではトマス・ノートン (Thomas Norton) とトマス・サックヴィル (Thomas Sackville) の共作悲劇 *Gorboduc* (『ゴーボダック』、初演 1562) が最初。試みにその *Gorboduc* 冒頭の2行余りを写すと (foot の区切りを | で、また弱強の強を ´ で示す)、

> The sí|lent níght | that bríngs | the quí|et páuse,
> From páin|ful tráv|ails óf | the wéa|ry dáy,
> Prolóngs | my cáre|ful thóughts, | ...

となり、iambus の foot が各行5回規則的に繰り返されて行末に切れ目がくる。行の中間にも息継ぎの小休止 (caesura) がある。これが典型的な blank verse の詩行であるが、しかしこのリズムがいたずらに延々と繰り返されては単調退屈に陥ってしまうだろう。やがて16世紀も末になるとクリストファー・マーロウ (Christopher Marlowe) がその単調に変化を織り込んで blank verse を壮大な表現に向けて力強く高揚させ、シェイクスピアがさらにこれを柔軟華麗に引き継いだ。*Twelfth Night* では開幕早々の Orsino の15行が例になる。それはまず

> If mú|sic bé | the fóod | of lóve, | play ón;
> Give mé | excéss | of ít, | that súr|feitíng,
> The áp|petíte | may síck|en ánd | so díe.　(*ll*. 1–3)

と典型的な blank verse の3行で始まる。それはあまりに整然としたリズムなので、盛り込まれたイメージのみごとな成熟にもかかわらず、あるいはむしろその成熟と滑稽に衝突して、17世紀初頭という時代の詩法の成熟を考え合わせると、リズムが cliché に聞こえてきて、Orsino の悩み苦しむ恋心を異化する結果になっている。当然次に続く5行には変調が現れる。

> That stráin | agáin, | it hád | a dý|ing fáll.

> O, it cáme | ó'er | my éar | like the swéet | sóund
> That bréathes | upón | a bánk | of ví|oléts,
> Stéaling | and gív|ing ódour. | Enóugh, | no móre,
> 'Tis nót | so swéet | now ás | it wás | befóre.　(*ll.* 4–8)

ここの2行目 (*l.* 5) の第1, 第2 foot は anapaest と trochee, その変調が第4, 第5 foot で繰り返され, *l.* 6 の定型の1行を挟んで, *l.* 7 の第1 foot も trochee. 続いて第3 foot でいったんリズムが止まるが、その止めの foot は '-ing ódour.' と最後に「弱」の1音節が「字余り」になってぶら下っている。(念のため、こうした scansion [律動分析] はもちろん本編注者のもので、異論もありうる。) この字余りは最後の *ll.* 9–15,

> O spírit | of lóve, | how quíck | and frésh | art thóu,
> That, nót|withstánd|ing thý | capác|itý　　　　　　　10
> Recéiv|èth ás | the séa, | nought én|ters thére,
> Of whát | valíd|itý | and pítch | soé'er
> But fálls | ínto | abáte|ment ánd | low príce,
> Éven | in a mínute; | so fúll | of shápes | is fáncy
> That ít | alóne | is hígh | fantás|ticál.　　　　　　　15

の *l.* 14 第2 foot (anapaest) の 'mínute' にもみられ、特にこの行第5音節の 'is fáncy' は行末が字余りで、これを詩法では 'feminine ending' (女性行末) と呼んでいる。その feminine ending がここでは後に尾を引く fancy (= love) の未練を、*l.* 15 最後の 'fantastical' の [f] 音の alliteration (頭韻) とやわらかに響き合って、リズムの上から情緒的に表現している。もう1つ、*l.* 14 は行末に切れ目のくる 'end-stopped' (行末休止) ではなく、台詞のリズムが次の行にまたがって続く 'run-on' (または F. *enjambment* 「行またがり」) の形になっている。この 'run-on' は *ll.* 10–11 の 'thy capacity / Receivèth', *ll.* 12–13 の 'soe'er / But' にもみられる。こうした変化の導入によって blank verse のリズムが生あるもののように生き生きと息づいてくる。

　シェイクスピアの詩法は20数年の長い創作期間を通して当然作品ごとに変化している。19世紀の末から20世紀にかけて詩法の統計処理が流行

したが、たとえば feminine ending についても統計が試みられ、それが韻文中に占める割合が示された。初期の作品では 1 桁から 10% 台、中期に入ると 20% 台に上昇して *Twelfth Night* では 26%、後期のロマンス劇 3 作品（*Cymbeline, The Winter's Tale, The Tempest*）だと 30% 台になる。run-on line の方も 10% 台の初期から 30–40% 台の後期へと増加していくが、*Twelfth Night* では 15% と初期の数値に逆戻りしている。これはこの戯曲の抒情的な落ち着きを示すものであろう。

　さて開幕 15 行の Orsino の台詞が終ると、Curio と Orsino の対話になる。

> **CURIO**　　Will yóu go húnt, my lórd?
> **ORSINO**　　　　　　　　　　　　　What, Cúrio?
> **CURIO**　　　　　　　　　　　　　　　　　　The hárt.

ここでは 10 音節の 1 行を 3 つの台詞が分け持つ形になり、歌舞伎の「渡り台詞」というか、この技巧によって対話にリズミカルな連続感、連帯感が生れる（Curio は [kjúːrjou] と 2 音節、最後の foot '-rio / The hárt.' は anapaest）。この「渡り」については 1.2.23–24, 26–31 の補注でもふれた。なお行数計算では「渡り」全体で 1 行に数える。1 行が 10 音節ではなく短いままで終る場合もある。たとえば 1.5.241 の 6 音節がその例になるが、音節が欠けている分リズムの上で演出的な間が入ることになる。それらについても脚注でそれぞれ説明を加えた。

　さて、脚韻による束縛を脱して blank verse の自由を韻文の基本としたシェイクスピアは、しかし、ここぞというところで隠し玉のように rhyme（脚韻）を動員している。脚韻は主に couplet（二行連句）である。先の Orsino の台詞では *ll*. 7–8 の '... more, / ... before.' がその例でその効果については 1.1.1 の補注でもふれた。特に場面の最後の締めくくりには couplet が用いられることが多く、歌舞伎の幕切れの「見得」のような具合になる。たとえば [1.1] の最後は

> Away before me to sweet beds of flowers,
> Love-thought lie rich when canopied with bowers.　　（*ll*. 39–40）

と、情緒の未練が尾を引く feminine ending の couplet. ここは「見得」に伴う滑稽が感じられるところか。3.1. 135–52 には couplet が 9 連続くいわゆる 'heroic couplet' がみられる。また 5.1. 127–30 では enclosing rhyme（囲い韻）が試みられている。その他 Twelfth Night では歌の歌詞に当然 rhyme の工夫があり、そのこともそれぞれの注でふれてあるが、ここでも近年の統計（Companion）を披露すれば、verse line 全体の中で rhymed verse の占める割合は Hamlet が 5%、Julius Caesar が 1% とあくまでも blank verse が主体なのに、Twelfth Night は 19%、これは As You Like It と並ぶ高い数値である。（なお詩法の見本市のような Love's Labour's Lost と A Midsummer Night's Dream では 66%、52% と 5 割を超える。）

　しかし詩法ということで Twelfth Night の特徴を最もよく示すものはむしろ verse と prose の絶妙の組合せということであろう。戯曲全体に占める散文の比率について、同じく近年の統計では The Merry Wives of Windsor の 87% を別格に、次に Much Ado about Nothing が 72%、Twelfth Night が 61%、As You Like It が 57% と、中期の喜劇 3 篇が続く。特にこの Twelfth Night では、主筋のロマンス物語の甘美で感傷的な恋の世界と、副筋の粗野で現実的な笑劇ふうの世界とが、たがいがたがいを補強し合う絶妙のバランスで綯い合わされていて、それは韻文と散文との絶妙の綯い合わせということでもある。6 割以上を占める Twelfth Night の散文は、この時代の社会の現実に根ざしたしなやかで腰の強い「詩的」表現を達成している。一般に散文にもリズムがあり、シェイクスピアを離れてもたとえばディケンズ（Charles Dickens）の小説などでは注意してみると iambus のリズムが調子よく脈打っていたりするが、そういうリズムもさることながら、シェイクスピアでは、散文の表現自体が、韻文以上に、時代への批評精神を裏打ちに強靭に poetic でありうる。シェイクスピアの戯曲は「詩劇」であると言うとき、これは Twelfth Night だけのことではなく、本編注者は散文を含めての全体、つまりはシェイクスピアの劇の本質を指すものと理解している。

Twelfth Night のテキスト

　Twelfth Night は1623年出版のシェイクスピア最初の二つ折本戯曲集 (First Folio, F1) で初めて印刷に付された。それ以前の四つ折本単行本による出版はない。したがって *Twelfth Night* 編纂の唯一の権威は F1 の本文である。グレッグはその本文を *As You Like It* に続けて 'another unusually clean text' と言っている (W. W. Greg, *The Shakespeare First Folio*, 1955). この 'unusually' は *Twelfth Night* のために特に用意された形容である。だがいざ編纂となると当然のことながらいろいろと問題が出てくる。それらの主なものは脚注でふれたが、ここでは F1 の印刷事情にからむ2つを特に挙げてみる。

　1つは 1.5.147.2 の SD 'Enter Viola.' が F1 では 'Enter Uiolenta.' に組まれていること。ここの Uiolenta の唐突な出現について従来は必ずしも説得的な説明がなされてこなかったが、20世紀後半ヒンマン (Charlton Hinman, cf. p. 264) による F1 の印刷工程の解明を受けて、R. K. ターナー (Robert K. Turner, Jnr.) が学界の大方の納得を得るに足る論文を発表した ('The Text of *Twelfth Night*', *The Shakespeare Quarterly* 26, 1975).——*Twelfth Night* の植字工 Compositor B は *All's Well That Ends Well* [3.5] の SD で 'Violenta' の名前を組んだ後この個所を組んだため、はずみで 'Viola' を 'Uiolenta' に誤ってしまった。Viola の名前は *Twelfth Night* では [1.5] の前の [1.2] からすでに現れているが、F1 の 1.5.147.2 のページ (Y3ᵛ) は Y 帖の1番最初の植字ページに当るので実際の作業は [1.2] に先立って行われたのである。こうした作業工程の推定はもちろんヒンマンの業績に基づくものであった (cf. p. 260). SH は 'Uio. / Vio.' と短縮形なので誤植は現れずにすむ。なお Uiolenta は F2 で Viola に改訂された。

　Twelfth Night は F1 で act-scene division が完全になされている作品の1つだが、さらに、1, 2, 4 の各 act の最後にも *Finis* の表示がある。これ

が2つ目の問題点（Act 3 の最後の表示は組み忘れか？）．正確にはそれぞれ *'Finis, Actus primus.'*, *'Finis Actus secundus'*, *'Finis Actus Quartus.'*. うるさく言えば *'Finis, Actus primus.'* はコンマがあるからこれで通用しなくはないが, *'secundus'*, *'Quartus'* は正しくは *'secundi'*, *'Quarti'* と属格にならなくてはならず, F2 ではそれぞれ正しく改訂されている．さてこれら不正確なラテン語表示はどうして現れたのか．F1 でこれに類する表示となると *The Two Gentlemen of Verona*, Act 1 の最後（*'Finis.'*）と *Love's Labour's Lost*, Act 1 の最後（*'Finis Actus Primus.'*）の2例にとどまり, 2例とも *Twelfth Night* の Compositor B の作業個所ではない．ということは, こうしたラテン語表示が, 植字工個人に係わる植字癖の問題というより, より直接的に印刷所原本に由来するであろうことを示唆する．*Twelfth Night* の印刷所原本については, SD の演出的指示（たとえば 2.2.0.1 / 4.2.17.2）などからこれを上演台本（prompt-book）またはその写し（transcript）とするのが *Cambridge Shakespeare 2* のウィルソン（John Dover Wilson）以来1つの流れだった．だが一方, 1.3.89 の補注で取り上げた Orsino の title の duke と count の混乱は, prompt-book ならば, 当然いずれかに統一されているはずである．それに加えていまの *Finis* の問題．各 act の終りにわざわざこれを書き込むというのも, 当時の演出の流動性を考えれば, prompt-book にはおそらくなじまない．ウィルソンの固執する SD の演出的指示にしても, たとえば 4.2.17.2 の *'Maluolio within.'* など, 作者の想定そのままの表現ととった方がむしろ素直である．というふうに, 1970年頃から印刷所原本推定の方向は prompt-book から authorial へと徐々に動いてきた．authorial となれば, 作者の文字どおりの草稿（foul papers）から, 推敲をへた清書原稿（fair copy）まで, いくつかの段階が考えられるが, 印刷の 'unusually clean' の仕上りからみて, いずれにせよ筆耕（scribe）の手が加わっていることは確実である．同じくラテン語の *'Finis.'* のある *The Two Gentlemen of Verona* の印刷所原本は foul papers を筆耕のレイフ・クレイン（Ralph Crane）が清書した transcript とされる．さればと言って, *'Finis.'* だけを頼りに *Twelfth Night* の印刷所原本までもクレインの清書とするわけにはいかないだろうし, この問題はジャガード（William Jaggard）の印刷所の状況などもからめてなお解明されなくてはならない点が多く, 現時点では *Twelfth Night* の印刷

所原本に関しては authorial な原稿の transcript という推定のあたりで満足するほかない。なお3か所の *Finis* は他のテキストと同様、本テキストでもこれを編纂に組み入れることをしない。

以上2点、いささか瑣末にわたったが、そうした瑣末を越えて、作品全体の改訂の問題もテキストとの関連上ここに付け加えないわけにはいかない。問題の出発は 1.2.51–55 の Viola の台詞である。彼女は Captain に Orsino の 'eunuch' として仕えたいと言っている、'for I can sing / And speak to him in many sorts of music'. しかし彼女（を演じる少年俳優）の歌唱力は舞台で発揮されることはない。歌うのは Feste である。'Come away, come away, death, . . . ' (*ll*. 49–64) が歌われる [2.4] の出も、奇妙といえばいかにも奇妙である。Orsino は初め *ll*. 1–7 で Cesario (Viola) にこの歌を所望しているように聞こえる。廷臣の Curio がそこに割って入って歌の歌い手の Feste は家の者ではないがたまたま近くに来ているなどと説明をする。説明の *ll*. 8–11 は散文。この変化に最初に目をとめたのが、19世紀後半、新シェイクスピア協会に拠ってシェイクスピアの詩法の統計処理（cf. p. xv）で名を挙げたフレイ（Frederick Gard Fleay）だった。フレイは *Twelfth Night* 全体のスタイルがシェイクスピアの初期の喜劇 *The Two Gentlemen of Verona* や *The Comedy of Errors* に近接しているとして、最初の創作年代を1593年頃と想定した上で、散文の部分を、次項で言及する法学院生の日記の観劇記録に合わせて1602年とした。つまりほぼ10年を置いての改訂である。この荒削りの revision 説はその後20世紀に入って、1930年の *Cambridge Shakespeare 2* のウィルソンによって1つの仮説に整備された。ウィルソンがベースとした作品の年代は、フレイからほぼ10年おそい1602年、つまりフレイの改訂の年代である。その後1604年頃に Viola を演じていた少年俳優が変声期に入って歌が歌えなくなり、彼の持ち歌もあらたに Feste に回された。Feste を演じたのはロバート・アーミン（Robert Armin）、ウィリアム・ケンプ（William Kempe, cf. *Romeo and Juliet* 4.5.99.2 補 / *Hamlet* 3.2.1–38 補）のあとを受けてシェイクスピアの劇団に加入した道化役である。文才があり、戯曲の創作も知られている。このアーミンの加入によってシェイクスピアの道化役に文学的な深味が加わったとされる。ウィルソンは *Twelfth Night* 3.1.51–52 の Viola の台詞をアーミンに対するシェイクスピアの讃

辞とした。[3.1]の冒頭の登場ぶりから歌だけでなく楽器（tabor）もよくしたであろう。[5.1]最後の納めの歌も（第5連には留保をつけているが）ウィルソンによればアーミンの作。アーミンは *King Lear* の Fool 役で 'He that has and a little tiny wit, ...' (3.2.72–75) の戯れ歌を歌ったその手ごたえから、その思いつきをあらたに展開させて彼自身の納めの歌を作った。この推定からも改訂の時期は *King Lear* よりも後になる。具体的に、1606年夏にデンマーク国王クリスチャン4世がイングランドを訪れるということがあったが (cf. *Macbeth*, p. xxiv)，その歓迎の余興上演が示唆される。3.4.66補注で取り上げた1606年5月の冒瀆禁止令も当然この改訂時期の証拠として援用されている。

　だが改訂説のそもそもの出発となった Viola の歌い手としての役割はこの戯曲全体のバランスの上ではたして適当であるかどうか。それはたしかに 1.2.51–55 で Viola は 'eunuch' として恋の歌を歌うことを期待されてはいるが、次に問題にした [2.4] の出について言えば、この場に入る前から Viola はもう恋のもつれの錯綜したプロットにどっぷりはまってしまっている。恋の情熱の「解説者」として恋の歌を歌うだけの余裕が彼女にはもうない。報われぬ恋に悩む Orsino の傍らで、彼女もまた報われぬ恋に悩む恋する1人の女として 2.4.49–64 の恋の歌に聞き入っている、それがおそらく [2.4] でシェイクスピアの意図した舞台の絵柄である。シェイクスピアは Viola を最初歌い手に予想して劇を構想して出発しながら、次第にその構想を修正していった。それは、シェイクスピアに限らぬ、劇作家の、あるいはもっと広く（研究者も含めて）「作家」の常というべきである。逆に Feste の方はあらたに歌い手の役割まで担わされて、劇中の負担が大きくふくらんでいった。となれば、2.3.151–52 で彼は 'a third' として letter-reading scene の立会人に指名されながら、いざその [2.5] では、バランスの上からお役ご免ということになって当然である。Fabian という、いささか得体の知れぬ人物が導入されたのはそのためである。なにしろ Feste にはこの先もう1つ、[4.2] で Sir Topas に変装して Malvolio をからかうという大役が控えている。こうした手続きはいかにもシェイクスピアらしい劇作のバランス感覚だと思う。

　たとえば *King Lear* のように改訂を想定させるに足る2つの versions が明確に存在している場合と違って、*Twelfth Night* にはそれが不在であ

る。改訂の証拠として挙げられるのは、いずれもただ創作のスピードのために不安定なままに取り残された小さな不具合というにとどまる。これが改訂説に対する本編注者の立場である。となると印刷所原本の本文は、fair copy というよりは、それこそ *currente calamo,*「ペンの勢いにまかせて」想を走らせた foul papers の方ということになるのかもしれない。

Twelfth Night の創作年代と材源

　前項でふれる機会のあった法学院生の日記の観劇記録とはこういうことである。法学院は法曹養成のための中世以来の機関で、法律の教育の傍ら音楽会や舞踏会が催され、シェイクスピアの時代には職業劇団による演劇上演も行われた。1602 年 2 月 2 日、ミドルテンプル（Middle Temple）法学院生のジョン・マニンガム（John Manningham）が、その日聖燭祭（Candlemas）の宴会の余興に上演された *Twelfth Night* の舞台を記事にして、*The Comedy of Errors* に似ているとか、イタリア喜劇が材源であるとか指摘したあと、特に Malvolio 騙しのプロットに言及している。Olivia を 'Lady widow' と誤っているのはご愛嬌といったところ。ただしその上演はもちろん初演ではなかったであろう。日記では 'Twelue nighte' の題名の前に 'mid' と書かれそれが横線で消されているが、この 'mid' はおそらく *A Midsummer Night's Dream*，もしも上演作が新作であれば古い作品の題名が誤って記入されるはずがないだろうし、だいいち劇団側でも法学院への「出前」興行に新作を披露するとはまず考えられない。しかしこれが宮廷ということになると話が違ってくる。宮廷は当時の劇団にとって最高最大のスポンサーなのだから。

　1601 年 1 月 6 日の Twelfth Night に、エリザベス女王がイタリアの名門貴族ブラチアーノ公爵ドン・ヴィルジニオ・オルシーノ（Don Virginio Orsino, Duca di Bracciano）を迎えて盛大な宴を張るということがあった（Twelfth Day, Twelfth Night については p. 6, 0.1–0.2 補注参照）。シェイクスピアの劇団はその余興に劇の上演奉仕を命じられ、これをめでたく勤めて奉仕料を下賜されている。肝心の上演作品は記録に明らかでないが、これを *Twelfth Night* の初演と推定したのが、それまでも数々の業績で文学探偵（literary detective）の異名をとったカナダ生れのシェイクスピア学者レズリー・ホットソン（Leslie Hotson）である。*The First Night of 'Twelfth Night'*, 1954 年出版。Twelfth Night という「時」、オルシーノ公

[xxiii]

爵という「人物」、この二重の状況証拠から出発した「文学探偵」は綿密詳細な探索を戯曲の隅々にまで隈なく及ぼし当時の読者を魅了した。たとえば Malvolio について、これを王室会計監査官（Comptroller of the royal household）の要職にあったサー・ウィリアム・ノールズ（Sir William Knollys）と推定するなど。そもそもが Malvolio はモデル説が生じやすい人物だが、ここでホットソンに名指しされたノールズという人物は謹厳実直でピューリタン的傾向が強く、夜半に浮かれ騒いでいる女官たちを叱責するため寝巻き姿で現れた、もう 50 代半ばというのにエリザベス女王の女官メアリー・フィットン（Mary Fitton）に恋着して肘鉄を食った、などなど宮廷の噂の的になっていた。彼はメアリーの父親との縁から彼女の後見人だった。彼女の方もシェイクスピアの *The Sonnets* に歌われている 'Dark Lady' に擬せられるほどスキャンダルにまみれた女性だった。Malvolio の名前は、ホットソンによれば、*mala* (= ill) + *voglia* (= wish) のほかに、*Mal* (= Mary) + *voglio* (I wish) の意味が読み込まれている——と、この辺までくると彼の魅惑的な推理もできすぎた推理小説によくあるどこか拵えものの感が拭いきれなくなってくる。ともあれそうした宮廷ゴシップの方は名前に二重三重の意味の回路が用意されているからまだしもだが、さて Orsino の名前の方はとなると直接むき出しのままである。報われぬ恋に悩む劇中の青年貴族の姿を見て、当時 28 歳の賓客の青年貴族は虚心坦懐にこれを喜んだかどうか。オルシーノ公爵の妻への手紙には '*una commedia mescolata, con musiche e balli* (= a mingled comedy with pieces of music and dances)' で歓待されたとあって彼の名前のことには一切ふれられていない。それに Twelfth Night は歌と音楽は豊富だが特に踊りの場面が仕込まれているわけではない。シェイクスピアの劇団のパトロンのハンズドン卿ジョージ・ケアリー（George Carey, Lord Hunsdon）は女王の意を受けて劇団に適切な劇を「選ぶ」(make choyce) ように命じている。この 'choyce (= choice)' の語にしてもやはり新作上演にはなじまない。さらに決定的なのは、ホットソン以後の探索によると公爵来朝の報せが確定したのはクリスマス当日、それだと Twelfth Day までまさしく「12 日」の余裕しかないことになるから、いかに *currente calamo* の筆でも、1 つの戯曲を書き上げ、劇団がこれを受けて板にまでもっていくのは物理的に不可能である。ということで 20 世紀の文学探偵のこれほど

に綿密詳細で魅惑的な推理も、現在ではよくできすぎた机上の空論ということに落着してしまった。*Twelfth Night* の terminus a quo（上限）としての 1601 年 1 月 6 日初演が否定されたとなれば、あとはとにかく台詞にこめられた内的証拠（internal evidences）に頼る以外にない。

たとえば 2.5.153 / 3.4.238 の 'Sophy'、3.1.50 の 'the word is overworn'、3.2.22 の 'Dutchman'、3.2.64–65 の 'new map' など、それぞれ補注、脚注で説明を加えたが、これらを証拠として取り揃えれば、*Twelfth Night* の terminus a quo は 1598–1601 年、ここで特に 2 番目に挙げた 3.1.50 の表現に、「劇場戦争」いわゆる 'Poetomachia'（本シリーズ *Hamlet* 2.2.321–42 補注参照）との関連性を諸家とともに積極的に認めるとすれば、上限は 1601 年にまで下げて推定される。一方 terminus ad quem（下限）はマニンガムの日記の 1602 年聖燭祭当日の 2 月 2 日。ということで、その年代はシェイクスピアの推定創作年表でどういう位置を占めるものなのか。

シェイクスピアは *The Merchant of Venice, Much Ado about Nothing, As You Like It* の中期の主要喜劇をすでに書き終えていた。歴史劇では *Henry V* で第 2 四部作のサイクルを閉じ、悲劇となると *Julius Caesar* に続いて今はいよいよ *Hamlet* の頃。このあとのシェイクスピアは悲劇の季節である。喜劇を書いたとしてもそれは *All's Well That Ends Well* や *Measure for Measure* などのいわゆる 'dark / problem comedies' である。その推定創作年表に、ホットソンがロマンチックに描き上げた *Twelfth Night* の初演の夜の情景が、またあらたな魅惑を伴って浮び上がってくる。

クリスマスから続いてきた一連のクリスマスシーズンの祝賀行事も、今夜イタリアからの青年貴族を迎えて *Twelfth Night* の上演で終りに近づきつつある。歓楽尽きて哀愁多し、この上演が終って、宴の夜が過ぎれば、それから春の復活祭まで、受難節の厳しい 40 日間を含む暗くて長い夜が延々と続く。その情景が劇作家シェイクスピアのキャリアと重なり合ってみえてくる。たとえば *The First Night of 'Twelfth Night'* に挿入された *Twelfth Night* 初演の夜のホワイトホール大広間鳥瞰図（ジェイン・ディキンズ［Jane Dickins］画）、そこに描かれた歓楽と哀愁、光と闇のコントラスト——その魅力に抗しかねて本書ではあえて本文冒頭にその挿絵を掲げることにした。ホットソンの推理自体も、机上の空論として斥けられながら、1 年後の 1602 年 1 月 6 日の Twelfth Night 宮廷上演を初演に想定

するということで、推理のイメージの魅力はそのまましぶとく生き残った。少なくともそれが学界の大勢であると、O. J. キャンベル（Oscar James Campbell）は 1966 年の *The Reader's Encyclopedia of Shakespeare* に記した、それからもう半世紀近くたってしまったけれども。

マニンガムの日記で「材源」（'most like and near to'）に指摘されたのはイタリア語の喜劇で 'Inganni' の題名である。調べると 16 世紀のイタリアに *Gl'Inganni*（『騙し合い』）の題名の喜劇が 2 篇あって、いずれも *Twelfth Night* の主筋と部分的に似ていなくもないが、'most like' というほどではない。それよりも両者に先立つ *Gl'Ingannati*（『騙された人たち』）の方が、恋の堂々めぐりに兄妹の人違いが重なりシェイクスピアの主筋のプロットに近接する。ケネス・ミュア（Kenneth Muir）はマニンガムの 'Inganni' はこの *Gl'Ingannati* のことではないかと言っている（*The Sources of Shakespeare's Plays*, 1977）。所はイタリア北部の都市モデナ、1527 年のローマ掠奪で兄が攫われてから 4 年たって、で始まる散文劇。シェナの文芸同好会によって 1531 年に上演され、6 年後の 1537 年に出版、好評のうちに翻案、翻訳の形で全ヨーロッパに広まっている。*Gl'Inganni* の題名の 2 篇もその波及の実例になるのかもしれない。もちろん物語化されて、バンデルロ（Matteo Bandello, cf. *Romeo and Juliet*, p. xxvii）、ベルフォレ（François de Belleforest, cf. *Hamlet*, p. xxviii）等を経由して英語版に至ることになる。だがそもそもシェナの舞台にしてからが、Prologue でその独創性を広言しているけれども、ありようは、地中海世界から古代オリエントへとひろがる大海原のような説話体系に浮上した 1 つのあぶくの現われにすぎないであろう。シェイクスピアの *Twelfth Night* も結局は、人類とともに古いその説話体系の 1 つの version である。双子による人違いの劇的趣向となると、だれしもがローマ喜劇のプラウトゥス（Plautus）の *Menaechmi*（『メナエクムス兄弟』）に言及する。シェイクスピア自身初期の喜劇 *The Comedy of Errors* でこの *Menaechmi* を材源にしているし、マニンガムの日記にも 'Inganni' の前に 'much like *The Comedy of Errors* or *Menaechmi* in Plautus' の記述があった。シェイクスピアは *Gl'Ingannati* を直接イタリア語で読んだかどうかはわからない。ヒロインの変装名 Fabio が *Twelfth Night* の Fabian を示唆したとするの

はいかにも過敏な神経である。ましてPrologueに 'la notte di beffana (= the night of Epiphany)' の表現が出てくるからといってこれをシェイクスピアの題名と結びつけるのは牽強附会と言うべきだろう。ここで説話の大海原を離れて、具体的にTwelfth Nightの直接の「材源」ということになれば、やはり先の物語化がシェイクスピア時代に至った英語版、'Of Apolonius and Silla'（「アポロニアスとシラの物語」）である。これは軍人にして文筆家バーナビ・リッチ（Barnaby Riche）の物語集 Farewell to Military Profession（『軍務余暇物語集』）8篇の中の第2, 出版は1581年で、83年、84年と版を重ねている。シェイクスピアがこれを材源にしたであろう裏からの証拠はCaptainの扱いにみられる。ヒロインのシラはサイプラス島の支配者の娘で、たまたま戦いの帰途嵐で島に立ち寄ったコンスタンチノープルの公爵アポロニアスに恋をする。故国に戻った公爵のあとを追って彼女も海に出るが、船長が彼女の美貌に邪心を抱いて腕ずくで従えようとするところに大嵐、彼女はひとり助かって岸に打ち上げられる。この船長がシェイクスピアではappearanceとrealityが合致した善良な人物になりここでの劇的葛藤は回避された。シェイクスピアは劇作家としてこの回避に一種の後ろめたさを感じたのかもしれず、1.2.42のViolaの考え込む間の4音節などはその後ろめたさの表れなのかもしれないと本文脚注に記した。いまも裏からの証拠と言ったのはこのあたりの機微を指していた。リッチの物語はこのあとヒロインの男装、代理の恋の使い、行き違いの恋、兄の登場と続き、プロットの上ではたしかにTwelfth Nightの材源と認定してよい展開は展開なのだが、いまの船長の挿話が一事が万事、シェイクスピアの目ざしたのは明らかに異質の方向である。リッチのロマンス物語的波瀾万丈はつとめて削ぎ落とされ、代って描写は人間の内面に向けてじわじわと迫っていく。恋する男女の心の 'changeable taffeta' が副筋からの光に反射して諷刺の気味を帯びることもあるが、それも舞台の内面化に伴う抒情にやわらかにくるまれているので、優雅なバランスが崩れることはない。劇作家としてのこれだけの成熟をまのあたりにすると、リッチの物語も具体的に「素材」とまでは言いかねるところがある。シェイクスピアの劇作家としてのキャリアを見てみても、同じく双生児を扱ったThe Comedy of Errorsからたしかに10年という成熟の時が流れていた。

略　語　表

1. 一般（辞書、参考文献を含む）

Abbott　E. A. Abbott, *A Shakespearian Grammar* (3rd ed.), 1870.
Companion　Stanley Wells and Gary Taylor with John Jowett and William Montgomery, *A Textual Companion*, Oxford U.P., 1987.
F1　The First Folio, 1623.
F2　The Second Folio, 1632.
F3　The Third Folio, 1663.
F4　The Fourth Folio, 1685.
Franz　Wilhelm Franz, *Die Sprache Shakespeares in Vers und Prosa* (4th ed.), Max Niemeyer Verlag, 1939.
Kökeritz　Helge Kökeritz, *Shakespeare's Pronunciation*, Yale U.P., 1953.
Norton TLN　Through Line Number in *The Norton Facsimile: The First Folio of Shakespeare*, 1968.
OED　*The Oxford English Dictionary*.
Onions　C. T. Onions and Robert D. Eagleson, *A Shakespeare Glossary*, Oxford U.P., 1986.
Schmidt　Alexander Schmidt, *Shakespeare Lexicon* (revised and enlarged by Gregor Sarrazin), 1901.
SD　stage direction
SH　speech heading
Sh　Shakespeare
Tilley　Morris Palmer Tilley, *A Dictionary of the Proverbs in England in the Sixteenth and Seventeenth Centuries*, U. of Michigan P., 1950.

2. テキスト、注釈

Alexander　Peter Alexander (ed.), *The Complete Works of Shakespeare*, 1951.
Arden 2　J. M. Lothian and T. W. Craik, *Twelfth Night*, 1975.
Cambridge 1　W. G. Clark, John Glover and W. A. Wright (eds.), *The Works of William Shakespeare*, 1863–66.

Cambridge 2　Arthur Quiller-Couch and John Dover Wilson, *Twelfth Night*, 1930.
Donno　Elizabeth Story Donno, *Twelfth Night* (Cambridge Shakespeare 3), 1985.
Furness　Horace Howard Furness, *Twelfth Night* (New [4th] Variorum), 1901.
Globe　W. G. Clark and W. A. Wright (eds.), *The Works of William Shakespeare* (Globe edition), 1864.
Kittredge　George Lyman Kittredge, *Twelfth Night*, 1939.
Luce　Norton Luce, *Twelfth Night* (Arden Shakespeare 1), 1906.
Mahood　M. M. Mahood, *Twelfth Night* (New Penguin Shakespeare), 1968.
New Folger　Barbara A. Mowat and Paul Werstine, *Twelfth Night* (New Folger Library Shakespeare), 1993.
Norton　Stephen Greenblatt (gen. ed.), *The Norton Shakespeare*, 1997.
Oxford　Stanley Wells and Gary Taylor (gen. eds.), *William Shakespeare: the Complete Works*, 1986.
Prouty　Charles T. Prouty, *Twelfth Night* (Pelican Shakespeare), 1958.
Riverside　G. Blakemore Evans (gen. ed.), *The Riverside Shakespeare* (2nd ed., Vol. 1), 1997.
Shane　Scott Shane, *A Glossary to B.B.C. Twelfth Night*, 1979.
Warren & Wells　Roger Warren and Stanley Wells, *Twelfth Night* (Oxford Shakespeare), 1994.

3. 19世紀以前の版本（出版年が複数記載されているのは改訂版があるため。また、全集等で出版が複数年にわたっている場合は、*Twelfth Night*［または *Twelfth Night* を含む巻］の出版年）
Rowe　Nicholas Rowe, 1709/1714/1714.
Pope　Alexander Pope, 1723/1728.
Theobald　Lewis Theobald, 1733/1740.
Hanmer　Sir Thomas Hanmer, 1744.
Warburton　William Warburton, 1747.
Johnson　Samuel Johnson, 1765.
Capell　Edward Capell, 1768.
Steevens　George Steevens, 1773 (Johnson and Steevens 1) / 1778 (ibid. 2) / 1793.

Malone　Edmund Malone, 1790/1821 (Boswell's Malone).
Collier　John Payne Collier, 1842/1853/1858.
Dyce　Alexander Dyce, 1857/1866.
Staunton　Howard Staunton, 1859.
Keightley　Thomas Keightley, 1864.
Halliwell　James Oscar Halliwell, 1865.

TWELFTH NIGHT

The Persons of the Play

Orsino [ɔːsíːnou], *Duke of Illyria*
Valentine [vǽləntain] ⎫
Curio [kjúːriou] ⎭ *attending on Orsino*

Viola [váiələ], *later disguised as Cesario*
Sebastian [sibǽstiən], *her twin brother*
Antonio [æntóuniou], *a sea captain, friend to Sebastian*

Olivia [ɔlíviə], *an Illyrian countess*
Maria [məráiə], *her waiting-gentlewoman*
Sir Toby Belch [tóubi béltʃ], *kinsman to Olivia*
Malvolio [mælvóuliou], *steward to Olivia*
Feste [fésti], *jester to Olivia*
Fabian [féibiən], *a member of Olivia's household*
Sir Andrew Aguecheek [ǽndruː éigjutʃiːk], *a foolish knight*

0.1 The Persons of the Play ⇨ p. viii.　**1 Orsino**　cf. p. xxiii.　*Duke* ただし劇中 Count とも呼ばれる。⇨ 1.3.89 補.　*Illyria* ⇨ 1.2.1 補.　**2 Valentine** 恋に悩む Orsino に仕える名前として St. Valentine (cf. *Hamlet* 4.5.47 note) と結びつける注者もいる.　**3 Curio**　cf. < L. *curia* = court.　**4 Viola** イメージとして楽器の *viola* (*da braccio*) も挙げられているが、やはり 'symbol for faithfulness' の violet であろう. violet のイメージは開幕の Orsino の台詞に早ばやと出てくるが ('bank of violets', 1.1.6)、名前自体は 5.1.229 で初めて (1 回だけ) 明かされる. ついでにここで言及しておくと、Emanuel Ford(e) のロマンス物語 *The Famous History of Parismus* (1598) で男装して恋人に従うヒロインの名前が Violetta、ほかにも Olivia の名前も出てくるところから Bullough はこれを 'Possible Source' に挙げているが (*Narrative and Dramatic Sources of Shakespeare*, Vol. 2, 1958)、ヒロインの男装は物語の 1 要素にすぎず *Twelfth Night*

登場人物

オーシーノ、イリリアの公爵
ヴァレンタイン ┐
キューリオ   ┘ オーシーノに仕える

ヴァイオラ、のちに変装してシザーリオ
5 セバスチャン、その双子の兄
アントーニオ、船長、セバスチャンの友人

オリヴィア、イリリアの伯爵家令嬢
マライア、その侍女
サー・トービー・ベルチ、オリヴィアの縁者
10 マルヴォーリオ、オリヴィアの執事
フェステ、オリヴィアの道化
フェイビアン、オリヴィア家の雇い人
サー・アンドルー・エイギュチーク、愚かな「騎士」

に総体的には係らない．**Cesario** ⇨ 1.4.2 補．**8 *waiting-gentlewoman*** 高位の貴婦人に仕える身分の高い女性．ただの「従者」ではない．'not a menial position; more like the modern "lady companion".'（Mahood）**9 Belch** 酒飲みの「げっぷ」．***kinsman*** ⇨ 1.3.4 補．**10 Malvolio** < It. *mala*（= ill）+ *voglia*（= wish）．*Romeo and Juliet* の Benvolio の逆．なお < *Mal*（= Mary）+ *voglio*（= I wish）の読み込みについては p. xxiv 参照．**11 Feste** F1 では SD で '*Clown*'，SH で '*Clo.*（= clown）'．台詞では 'Fool'．Feste の名前の方は 2.4.10 に 1 回出てくるだけ．名前の「意味」は < L. *festus*（= festive）でまさしく祝祭の要め．なお < L. *festinus*（= hasty）から「動きの早さ」「変り身の早さ」を読み込む注もあるが，うるさすぎる．**12 Fabian** ⇨ 2.5.0.1 補．念のため名前については p. xxvi 参照．**13 Aguecheek**「おこりにかかってげっそりと痩せた頰」．5.1.195 には 'thin-faced' の形容が出る．cf. 1.3.36 補．また臆病のイメージ．「

[3]

Sea Captain
Two Officers
Priest

Lords, Sailors, Attendants

Coriolanus に 'faces pale / With flight and argued fear' の表現がある（Norton TLN 532–33）．ほかに < Sp. *agucia chica*（= little wit）の注． ***knight*** 背景として，田舎に莫大な土地財産がありその資力によって買い取った knighthood．した

船長
15　役人2名
　　神父

　　廷臣たち、船員たち、従者たち

がってこの登場人物表ではカッコ付きで「騎士」とするが，劇中の台詞ではこの訳語を避けた．なお Sir Toby, Malvolio たちをめぐる副筋は当時のイングランドの社会の現実をリアルに写している．

TWELFTH NIGHT,
OR WHAT YOU WILL

Twelfth Night 初演の夜
「白耀の宮」の優雅な訳語を持つ Whitehall の大広間は、復元された平面図から算定を試みると、縦 90 フィート、横 50 フィート。見上げる高い天井から吊された蠟燭のシャンデリアが 5 基ほど耀々の白い輝きを放っている。1601 年 1 月 6 日の Twelfth Night, この大広間での *Twelfth Night* 初演を想定したレズリー・ホットソンは、彼の *The First Night of 'Twelfth Night'* に右の鳥瞰図を挿入した (⇨ p. xxiii)。
南の側に大きく据えられた玉座に、エリザベス女王と当夜の賓客イタリアの青年貴族が坐している。玉座を固めるいかめしい警護の面々。大理石の床の舞台を四方から囲む何層もの観客席には貴族の男女たち、廷臣たち、女官たち。彼らの笑いさんざめくはなやかな声が大広間に大きくこだまする。なにしろそこはロンドンの公衆劇場がすっぽり納まるほどの広さなのだ。けれどもその美々しい白耀の輝きも、じっさいは底なしの夜の闇に黒く覆われている。東の回廊の楽士たちは 'a dying fall' の嫋々の楽の音を奏で、やがて今夜の宴が果てれば、もう人影のない無人の大理の床に残るのは、しおれて散った真紅の薔薇のただ一輪──'Being once displayed, doth fall that very hour.' 『宴の夜』はそういう情調の「宴の夜」の戯曲である。

[1.1]   *Enter Orsino, Curio and other Lords.*

ORSINO   If music be the food of love, play on;
　Give me excess of it, that surfeiting,
　The appetite may sicken and so die.

0.1–0.2. 'Twelfth Night, ... Will'　F1 の正式の title. ⇨ 補.
[1.1]　**0.3 [1.1]**　*Twelfth Night* は F1 で act-scene division のなされている作品のうちの 1 つ, その後この division が踏襲されてきている. なお Rowe 以降

宴の夜、
お題は皆さまお好きなように

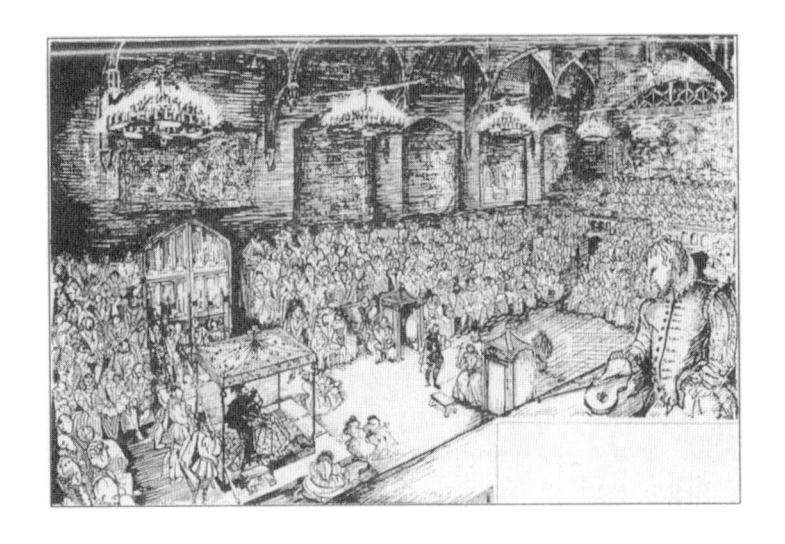

[1.1]　オーシーノ、キューリオ、廷臣たち登場。
オーシーノ　音楽が恋の糧(かて)であるのなら、さあ演奏してくれ、
　いやというほどに、食べて食べて食べ飽きて、
　食欲が病み衰えて死に絶えるまで。

各 scene ごとに location が指示されるのが慣行であったが本版はこれを廃する(⇨ pp. viii–ix)．　***Enter*** = let . . . enter. したがって単数の登場でも enters にはならない．　**1 music** ⇨補．

That strain again, it had a dying fall.
O, it came o'er my ear like the sweet sound
That breathes upon a bank of violets,
Stealing and giving odour. Enough, no more,
'Tis not so sweet now as it was before.
O spirit of love, how quick and fresh art thou,
That, notwithstanding thy capacity
Receivèth as the sea, nought enters there,
Of what validity and pitch soe'er
But falls into abatement and low price,
Even in a minute; so full of shapes is fancy
That it alone is high fantastical.

CURIO　Will you go hunt, my lord?

ORSINO　　　　　　　　　　　　What, Curio?

CURIO　　　　　　　　　　　　　　　　　The hart.

ORSINO　Why, so I do, the noblest that I have.
O, when mine eyes did see Olivia first,
Methought she purged the air of pestilence;
That instant was I turned into a hart,
And my desires, like fell and cruel hounds,

---

4 fall = cadence.　**5 sound**　次の動詞 breathes との不適合から Pope が 'south'（南風）に校訂，この読みが1世紀ほど定着したが，ここは F1 に素直に従えばよい．　**7-8**　couplet.　⇨ *l*.1 補．　**9 quick and fresh** = keen and eager (to devour or consume). (Mahood)　**art thou**　thou は2人称単数代名詞．所有格 thy，目的格 thee，所有代名詞 thine．art は be 動詞の indic. pres.　**10 That** = in that.　**11 Receivèth**　3人称単数動詞語尾は -(e)th と -(e)s があり前者の方が文語的（Sh では後期になるにつれて -(e)s が圧倒的に多くなる）．　**12 what ... soe'er**　whatsoever (= whatever) の間に validity and pitch が入った形．　**validity** = value.　**picth** = height（鷹狩りの鷹が舞い上る最高の高さ）．　**13 abatement** = lower-

あの曲をもう一度、絶え入るような調べだった。
5 ああ、耳に忍び寄るなんという甘い響き、
 菫 花咲く 堤 に息づくそよ風が花から薫りを奪い、
 また花に薫りを与えては吹き過ぎて行く。もういい、たくさんだ、
 もう前のように甘く響いてこない。
 ああ恋の精よ、お前はどこまで貪婪なのか、
10 お前の胃は海のようにすべてを
 飲み尽くす、それで、いったん飲み込んでしまうと、
 どんなに誇り高く貴いものも
 たちまちみじめで卑しいものに変られてしまう、
 ほんの一瞬のうちに。変幻自在が恋の姿、
15 恋は何にもまして気まぐれ者。
キューリオ 狩はいかがで？
オーシーノ 　　　　　　　何を狩るのだ、キューリオ
キューリオ 　　　　　　　　　　　　　　鹿などは？
オーシーノ 鹿か、たしかにわたしの心は鹿、
 ああ、この目がオリヴィアをはじめて見たそのとき、
 あの輝く姿は周りの大気を洗い浄めるかのよう、
20 その瞬間にわたしは鹿に変えられ、
 欲望が、残忍狂暴な猟犬となってわたしを

---

ing（前の pitch に対する）．low price は validity の対． **14 fancy** = love. **15 alone** i.e. above all things. **high**（adv.）= highly. **fantastical** = imaginative. **16 go hunt** go に bare inf. のついた例． **17 the noblest that I have** i.e. my heart. hart と heart の homonymic pun が ll. 20–22 に続く． **18 mine** 母音の前に [n] 音が入る．cf. a → an. **19 pestilence** 当時の脅威ペストは fog によって運ばれるとされた． **20–22** ギリシャ神話．狩りに長けたアクタイオン（Aktaion/Actaeon）はキタイロン山中で水浴中の女神アルテミスの裸身を見たため女神の怒りにふれて鹿に変えられ，自分の猟犬に追われて八つ裂きにされた．Ovid（Ovidius）の *Metamorphoses* に語られる． **21 fell**（adj.）= cruel.

E'er since pursue me.
> *Enter Valentine.*

                      How now, what news from her?

VALENTINE So please my lord, I might not be admitted;
But from her handmaid do return this answer:
The element itself, till seven years' heat, 25
Shall not behold her face at ample view;
But, like a cloistress she will veilèd walk,
And water once a day her chamber round
With eye-offending brine; all this to season
A brother's dead love, which she would keep fresh 30
And lasting in her sad remembrance.

ORSINO O, she that hath a heart of that fine frame
To pay this debt of love but to a brother,
How will she love, when the rich golden shaft
Hath killed the flock of all affections else 35
That live in her; when liver, brain and heart,
These sovereign thrones, are all supplied and filled,
Her sweet perfections, with one self king.
Away before me to sweet beds of flowers,
Love-thoughts lie rich when canopied with bowers. [*Exeunt.*] 40

---

23 So please my lord = if it be pleasing to you, my lord. So = provided that. please は impers. v. **might** = could. **25 The element** ここでは,古代自然哲学の 4 elements (fire, air, water, earth) のうちの air, i.e. the sky. cf. 2.3.8. note **heat** i.e. summer. **27 cloistress** = cloistered nun. '*obsolete* and *rare*' (*OED*) / 'it is intended to suggest a mannered effect' (Warren & Wells). **29 season** 「(塩漬けにして)保存する」(前の brine [i.e. tear] との縁語.) **30 dead** 前の brother's に掛かる. brother's は objective genitive. **31 remembrance** [rimémbərǽns]

狩り立ててやまない。

　　　　ヴァレンタイン登場。

　　　　　　　　　どうだった、あの人の返事は？

ヴァレンタイン　残念でございます、お目通りは叶いませんでした。
　ただ侍女のお方からのご返事はこのように。
25　かの天空ですら、七度（ななたび）の夏が過ぎるまで
　あのお方のお顔をとくと見ること能わず。
　修道尼のごとくヴェールに面（おも）を隠されてのご散策、
　日に一度お部屋に隈なく涙のご撒水、
　その如雨露（じょうろ）でお目を赤く泣き腫らす。それもこれも
30　今は亡きお兄上さまの思い出のため、お悲しみを
　いついつまでもお心に湛えおかれようとのおつもりとか。

オーシーノ　ああ、なんという優しい心根だ、
　兄にさえもそれほどの愛情の負目を支払われるとは。
　ならば恋の黄金の矢があの人の心を射抜き
35　胸にわだかまるすべてを根絶やしにしたなら、
　ああ、愛の深さはいかばかりか。情熱、理性、感情の玉座たる
　肝の臓と脳の髄と心の臓とが、唯一無二の
　帝王の恋人の姿で占められて完璧の美に輝くとしたら。
　さ、花の褥（しとね）にこのわたしを、
45　恋の思いは生い茂る緑の天蓋の内にこそ。　　　　　［全員退場］

と4音節．　**32–33 that ... To** = such ... as to.（Abbott 277）　**34 golden shaft** 恋の媒介神キューピッドは2種類の矢を持つ．金の鏃は恋の矢．鉛の鏃は冷淡（嫌い）の矢．　**35 Hath**　have の3人称単数形．cf. *l*.11 note.　**affections** = feelings.　**36 liver, brain, heart**　それぞれ passions, judgement, sentiments の坐する所．　**37–38 , Her sweet perfections,** ⇨補．　**39–40** couplet でこの場を締める．　**39 Away** = go away.　**40 [*Exeunt.*]**　L. = they go out.「退場」のSD にはラテン語動詞を使う．単数の場合は [*Exit.*]（= he or she goes out.）．

[1.2]　*Enter Viola, Captain and Sailors.*

VIOLA　What country, friends, is this?
CAPTAIN　　　　　　　　　　　　　　　This is Illyria, lady.
VIOLA　And what should I do in Illyria?
　My brother he is in Elysium.
　Perchance he is not drowned; what think you sailors?
CAPTAIN　It is perchance that you yourself were saved.　　　　5
VIOLA　O my poor brother! And so perchance may he be.
CAPTAIN　True, madam, and to comfort you with chance,
　Assure yourself, after our ship did split,
　When you and those poor number saved with you
　Hung on our driving boat, I saw your brother　　　　10
　Most provident in peril, bind himself,
　Courage and hope both teaching him the practice,
　To a strong mast that lived upon the sea;
　Where like Arion on the dolphin's back,
　I saw him hold acquaintance with the waves　　　　15
　So long as I could see.
VIOLA　For saying so there's gold.
　Mine own escape unfoldèth to my hope,

[1.2]　**1**　散文の2行に編纂するのが一般だが，前場に続きこの場も blank verse のリズムで始めたい．scansion（案）'What cóuntry, fríends, is thís? / This is Illýria, lády.'　**Illyria** [ilírjə]　ここでは3音節．*l.* 2 では [ilíriæ] と4音節．⇨補．　**3 Elysium** [ilíziæm]　i.e. heaven. 本来はギリシャ神話のエリュシオン．神々に愛された死者たちの住む所．cf. *l.*1 補．　**4 Perchance** = perhaps. < per (= by) + chance (i.e. good fortune). *l.* 5 の Captain はその chance を強調して．　**6 brother!**　！は本版（諸版も同様）．　**7 chance**　i.e. possibility of good chance.　**10 driving** = drifting.　**13 lived** = floated.　**14 Arion** [əráiən]　ギリシャ神話のアリオン．詩人で音楽家．音楽の競技で多くの賞を得て船で帰るところを

[1.2]　　ヴァイオラ、船長、船員たち登場。

ヴァイオラ　ここはどこなのでしょう？

船長　　　　　　　　　　　　　　イリリアです、お嬢さん。

ヴァイオラ　生きてわたしがこのイリリアにいるだなんて、

　お兄さまは死んで遙かの天にいらっしゃるというのに。

　ひょっとして助かっているかもしれない、ね皆さん、どうお思い？

5 **船長**　そのひょっとでお前さまも助かりなさった。

ヴァイオラ　かわいそうなお兄さま！　でもひょっとがほんとになること
　　だって——

船長　ありますともさ。きっとほんとかもしれねえとも。だってね、
　これはほんとの話だお嬢さん、船がまっ二つになったあのとき、
　漂うボートにしがみついてあんたとご一緒、ようよう助かった

10 　ほんのひと握りのあっしらだが、あたしゃちゃんと見ましたぜ、
　あれはたしかにお兄さまだ、危険のただ中少しもあわてず、
　勇気と希望にゆだねたその身を、波間に浮かぶ
　頑丈な帆柱にがっちりと縛りつけてな、
　あれはいるかの背なに打ち跨ったアリオンの姿だよ、

15 　荒れ狂う大波も百年の知己とばかり、
　この目の届く限り悠々と。

ヴァイオラ　うれしいことを言ってくれたお礼に、さ、お金よ。
　わたしだって助かったのだもの、きっと望みがある、

賞品目あての船員たちに殺されかけた．アリオンは最後の願いに1曲を奏して海に投げ込まれたが，歌を愛するいるかが集まって背に乗せて彼を陸地に送り届けた．訳のカナ書きは原音．cf. *A Midsummer Night's Dream* 3.1.38 補．F1 の 'Orion' は phonetic spelling の異形．'Arion' への校訂は Pope． **16, 17** Luce, *Oxford*, Warren & Wells が「渡り台詞」の 1 行に編纂しているが，金の受け渡しの間が必要であろう．なお [*giving money*]（*Oxford*）等の SD を加える版もあるが *l*. 17 が internal SD になっているので本版はそれをしない． **18 Mine** ⇨ 1.1.18 note. **unfoldèth** = reveals. 目的語が *l*. 20 の 'The like of him'.

                    Whereto thy speech serves for authority
                    The like of him. Knowest thou this country?
CAPTAIN　　Ay, madam, well; for I was bred and born
                    Not three hours' travel from this very place.
VIOLA　　Who governs here?
CAPTAIN　　　　　　　　　A noble duke, in nature
                    As in name.
VIOLA　　　　　What is his name?
CAPTAIN　　　　　　　　　　　Orsino.
VIOLA　　Orsino. I have heard my father name him.
                    He was a bachelor then.
CAPTAIN　　　　　　　　And so is now,
                    Or was so very late; for but a month ago
                    I went from hence, and then 'twas fresh in murmur,
                    As you know what great ones do
                    The less will prattle of, that he did seek
                    The love of fair Olivia.
VIOLA　　　　　　　　What's she?
CAPTAIN　　A virtuous maid, the daughter of a count
                    That died some twelvemonth since, then leaving her
                    In the protection of his son, her brother,
                    Who shortly also died; for whose dear love,
                    They say, she hath abjured the company
                    And sight of men.
VIOLA　　　　　　　　O that I served that lady,

---

19 Whereto = to which. to は authority に続く．which は前行の my hope. **20 Knowest** 2 人称単数動詞は一般に -(e)st 変化．cf. 1.1.9 / *l.* 46 notes. **country** [kʌ́ntəri] リズムの上から 3 音節． **21 bred and born** 理屈を言えば逆だが born が後の方がリズムにうまく納まる． **23–24**, **26–31** ⇨補． **23 duke** cf.

望みを持っていいってあなたはいま話してくれたの、
20　だからきっとお兄さまだって。ねえ、この国のことはご存じ？
　船長　知ってますともさ、あたしゃここから歩いて
　　三時間がとこの生れ育ちだ。
　ヴァイオラ　ご領主はどなた？
　船長　　　　　　　　ごりっぱな公爵ですぜ、お家柄から
　　お人柄から。
　ヴァイオラ　お名前は？
　船長　　　　　　　　オーシーノ。
25　**ヴァイオラ**　オーシーノ——お父さまから聞いたことがある。
　　独身だとか言ってたけど。
　船長　　　　　　　今も独身のまま——
　　かどうかはさあてわかりませんな。わたしがここを出たのは
　　ほんの一月前のことだが、噂がちょうどやかましくなってた、
　　下じもの者は、それ、お偉方のすることなすこと、いちいち
30　ぴいちくうるさいこっちゃ。オリヴィアという美しいお方に
　　それはもうご恋着でな。
　ヴァイオラ　　　　　それはどんなお方？
　船長　さる伯爵のお娘御で貞淑なお方だ、伯爵は
　　一年ほど前にお亡くなり、ご子息の兄じゃ人が
　　そのあと後見をなさっておられたが、それがなんと
35　その兄さままでもすぐにお亡くなり、兄上さまへの
　　切ないご愛情から男とは同席もせず、会うこともせぬとの
　　もっぱらの噂。
　ヴァイオラ　　　　　ああそんなお方にお仕えできたなら。

1.3.89 補．　**27 late** = lately.　**33 some twelvemonth since**　i.e. about a year ago.　**35 whose dear love**　cf. 1.1.30 note.　**36–37 the company And sight**　F1 は 'the sight / And company'．リズムの上からも F1 を accidental error として Hanmer の校訂に従う．　**37 that**　願望を導く that 節．

And might not be delivered to the world
Till I had made mine own occasion mellow
What my estate is.

CAPTAIN   That were hard to compass, 40
Because she will admit no kind of suit,
No, not the Duke's.

VIOLA   There is a fair behaviour in thee, captain,
And though that nature with a beauteous wall
Doth oft close in pollution, yet of thee 45
I will believe thou hast a mind that suits
With this thy fair and outward character.
I prithee, and I'll pay thee bounteously,
Conceal me what I am, and be my aid
For such disguise as haply shall become 50
The form of my intent. I'll serve this Duke.
Thou shalt present me as an eunuch to him,
It may be worth thy pains, for I can sing
And speak to him in many sorts of music
That will allow me very worth his service. 55

---

38 delivered = exhibited.　**40 What my estate is**　文法的には，前注の deliver が 'me' (n.[pron.]) と 'what my estate is' (clause) の 2 つの目的をとり，me が主語に回って deliver が受身形になった．そこでこの clause が孤立したと理解すればよい．estate = social rank.　**compass** = achieve.　**41 suit** = petition.　**42** 4 音節．Viola の考え込む間．outside (appearance) と inside (reality) の乖離は Sh の固執する主題である．その劇的葛藤を一足とびに回避した作家 Sh の後ろめたさということもある(か)．cf. p. xxvii.　**43 behaviour** = outward appearance; conduct. (*Norton*)　**44 though that**　PE ではこの that は不要．現在も残る 'in that', 'now that' などの that が Sh では though などの接続詞に伴う場合があり，これを 'conjunctional that (affix)' と言う．接続詞が前置詞であった名残り．cf. Abbott 287.　**45 Doth** ⇨ 1.1.11 note. do, have の場合は does, has よりも doth, hath の方が圧倒的に多い（後期には減少傾向にあるが）．　**close**

それならきっとこの身分も、わたしの方の時機が
熟するそのときまで、世間に明かさずにすむのかも
しれないのに。
船長　　　　　　そいつは無理な算段でしょうな。
なにしろどんな頼みごとも受けつけようとしない、
公爵からのお願いだって。
　ヴァイオラ　船長さん、あなたの外側の行いはとてもごりっぱです。
自然はときに美しい外壁でもって内側の
汚れを囲い込むものだけれども、あなたに関しては
今の外側のりっぱな態度と内側の
お心とが一致するものと信じましょう。
そこでお願いです、お礼はたっぷりといたしますから、
女のこの身を隠したその上で、わたしの変装のお手伝いを
して下さいな、いまのわたしのもくろみにぴったりと
当てはまるような。わたしは公爵にお仕えします。
少年の声の歌い手として紹介して下さい、大丈夫
あなたの方もきっとほめてもらえる、わたしは歌だって
上手だし、音楽のことならいろいろとお相手できる、
だからそのお役目はりっぱに勤まるはずです。

---

in = enclose.　**46 will**　i.e. am prepared to. Sidney Walker (*A Critical Examination of the Text of Shakespeare*, 1860) の 'well' への校訂の示唆があるが採るほどのことではない．　**hast**　ここで整理しておくと thou の動詞は be→art, have → hast, will → wilt, shall → shalt, was →wast, were → wert 等，その他は -(e)st.　**47 this thy**　PE なら this ... of yours (thine) になるところ．　**character**　i.e. personal appearance indicating moral qualities. (Prouty)　**48 prithee** < pray thee.　**49 Conceal ... am**　i.e. conceal that I am a woman. (Donno) *l.* 40 の 'my estate' と結び付ける解が一般だが，*l.* 52 の 'eunuch' などからもこの Donno の解を採りたい．'me' は redundant. (Abbott 414)　**51 form** = shape. (disguise の縁語．)　**52 eunuch** = castrato, male singer with an unbroken voice. (Shane) 女役は少年俳優が演じたからその舞台条件に合わせた楽屋落ち的な台詞になる．なおこれは [jú] の前に an が来た例になる．　**55 allow** = prove.

What else may hap to time I will commit,
Only shape thou thy silence to my wit.
CAPTAIN　Be you his eunuch, and your mute I'll be;
When my tongue blabs, then let mine eyes not see.
VIOLA　I thank thee. Lead me on.　　　　　　　　　　[*Exeunt.*]　60

[1.3]　　*Enter Sir Toby Belch and Maria.*

SIR TOBY　What a plague means my niece to take the death of her brother thus? I am sure care's an enemy to life.
MARIA　By my troth, Sir Toby, you must come in earlier a nights. Your cousin, my lady, takes great exceptions to your ill hours.
SIR TOBY　Why, let her except before excepted.　　　　　　　　5
MARIA　Ay, but you must confine yourself within the modest limits of order.
SIR TOBY　Confine? I'll confine myself no finer than I am. These clothes are good enough to drink in, and so be these boots too; and they be not, let them hang themselves in their own　10 straps.
MARIA　That quaffing and drinking will undo you. I heard my

56–59　couplet 2 連.　**56 What** = whatever.　**hap** = happen.　**57 wit** = plan.　**58 mute** = dumb servant. トルコの後宮には eunuch（castrato）とともに 'tongueless' の servant が配置されていたという.　**60**　[1.1] [1.2] の blank verse のリズムから外れた 6 音節. 次の [1.3] の散文への転調の繋ぎ.

[1.3]　**1 a plague**　'the devil' などと同じく疑問詞の強め.　**1 niece, 4 cousin** ⇨ 補.　**2 care** = grief.　**3 By my troth** = indeed. troth = truth.　**a nights** = by night. a = in, on, by.（*OED* prep. 1, 8）nights の -s は adverbial genitive. cf. *Julius Caesar* 1.2.193.　**4 exceptions**　take an exception / exceptions at to = make objection to, find fault with, disapprove.　**5 except before excepted**　Maria の 'exceptions' を受けて = disapprove those which she has disapproved in the past の意味になるが，法律用語の L. *exceptis excipiendis*（= excepting former items which are to be excepted）を踏まえている. なおこうした特殊な法律用語を法学院で

その先の話は時におまかせ、

あなたは黙ってわたしにおまかせ。

船長 あなたが金抜きならあたしゃ舌抜きといきやしょう、

だんまり役が勤まらぬようなら、ついでに目ん玉も抜きやしょう。

60 **ヴァイオラ** ありがとう。さ、案内して。　　　　　　　　［一同退場］

[1.3]　サー・トービー・ベルチとマライア登場。

サー・トービー お嬢のやつ、兄貴が死んだからってあんなにしょげっ返ることはねえだろうよ。え、いつまでくよくよしてたら身がもたんぜ。

マライア お願いですからトービーさま、夜はもっと早くご帰館下さい。あなたの大事なお嬢さまも夜おそいのに大層なお腹立ちですよ。

5 **サー・トービー** いまさらお腹を立てようたってどっこい法律上の理屈が立ちやしねえよ。

マライア でもねえ、ものごとにはきちんとしたお行儀ってものがあるでしょうに。

サー・トービー これ以上きちんとした格好ができるかってんだ。酒飲むにゃこのだぶだぶの上着がもってこい、長靴だってもこうでっかく

10 いこうぜ。でっかすぎるなんて靴の方で吐(ぬ)かしてみろ、手前の靴の紐できりきり縛り首になってもらおうじゃねえか。

マライア そんなに浴びるように飲んでたら体もなにももう持ちやしませんよ。お嬢さまも昨日(きのう)そうおっしゃってました。それに先だっての

の上演向けとする説もある (cf. p. xxiii)． **6 modest** = moderate． **7 order** i.e. orderly conduct． **8 Confine?** ? は F1．(! に転換する版もあるが採らない．) **confine myself** = clothe myself． **finer** = ① better, ② tighter． con*fine* との jingle もある．(Kökeritz, p. 71) **9 be** ind. pl． **10 and** = if． and は等位接続詞だけでなく条件接続詞にも用いられた． **10–11 hang...straps** 類似の表現に *A Midsummer Night's Dream* 5.1.338–39 'Marry, if he that writ it had played Pyramus and hanged himself in Thisby's garter' がある（ほかにも *Henry IV, Part 1* [Norton TLN 777–78]）．一般の注解はこれを proverbial として Tilley G42 を引いているが Donno は Sh の方が proverbial に先立つとして Sh の表現の影響力を認めようとしている． **12 undo** = ruin, destroy．

lady talk of it yesterday; and of a foolish knight that you brought in one night here to be her wooer.

SIR TOBY Who, Sir Andrew Aguecheek?

MARIA Ay, he.

SIR TOBY He's as tall a man as any's in Illyria.

MARIA What's that to th'purpose?

SIR TOBY Why, he has three thousand ducats a year.

MARIA Ay, but he'll have but a year in all these ducats. He's a very fool and a prodigal.

SIR TOBY Fie, that you'll say so. He plays o'th'viol-de-gamboys, and speaks three or four languages word for word without book, and hath all the good gifts of nature.

MARIA He hath indeed, almost natural; for besides that he's a fool, he's a great quarreller; and but that he hath the gift of a coward to allay the gust he hath in quarrelling, 'tis thought among the prudent he would quickly have the gift of a grave.

SIR TOBY By this hand, they are scoundrels and substractors that say so of him. Who are they?

MARIA They that add, moreover, he's drunk nightly in your company.

SIR TOBY With drinking healths to my niece. I'll drink to her as long as there is a passage in my throat and drink in Illyria. He's

---

13 knight ⇨ p. 2, *l.* 13 note.　**17 tall** = brave, worthy. Maria はわざと = high (in stature) の意味にずらして受ける.　**any's** = any man who is.　**19 ducats**　ducat は 13 世紀イタリアで鋳造された金貨. 先に (1 世紀ほど前) 銀貨が Duke of Apulia (Roger II of Sicily) によって鋳造され It. *ducato* (< Medieval L. *ducatus* [= duchy]) の名が出た. *The Merchant of Venice* で Shylock が Antonio に用立てた金額が同じく 3000 ducats.　**20 he'll ... ducats**　i.e. he'll run through his estate in a year (at the rate he is going). (*Riverside*)　**21 very** = true, utter.　**22 viol-de-gamboys**　チェロの前身. It. *viole da gamba*. (*gamba* = legs [脚の間に挟んで弾くから].) bawdy implication の指摘もある (Donno).　**23 without**

晩連れていらっしたばかな御曹司さまのことも、そら、お嬢さまの結婚相手だとか言って。

サー・トービー だれのことだ、サー・アンドルー・エイギュチークか？

マライア そう、そのお方。

サー・トービー あいつはイリリアじゅうの男の中の男だぞ。

マライア ひょろ長いから目立つだけでしょ。

サー・トービー おいおい、一年に三千ダカットの収入がある。

マライア へえー、なん千ダカットだって一年ですってんてん。なにしろばかまる出しでお金の方も出しっぱなし。

サー・トービー 何を言うか、あいつはな、股を開いてでっけえチェロが弾ける、外国語だって三、四か国語しゃべれる、ひと言ひと言ちゃんと空でだ。いいか、天賦の才を一身に集めたってやつだ。

マライア 天賦は天賦でも天賦のおばかさん。ばかのくせにやたら喧嘩っ早いでしょ。あれで臆病の才に恵まれてるから喧嘩熱も冷やされててていいようなものの、本当なら恵まれるのはお墓の方だってみんな言ってますよ、みんな分別のある人は。

サー・トービー 畜生め、そんなやつらはごろつきのごくでなしに決まってる。どこのどいつだ。

マライア ごくだかろくだか知りませんけど、噂ついでに、あの極道の御曹司さまは毎晩あなたさまと一緒に飲み歩いてるって。

サー・トービー わがお嬢の健康を祝して飲むんだ。わが喉に酒の通り道のある限り、このイリリアに酒の流れのある限り、わしはあいつのた

---

book = by memory.　**25 natural** i.e. like a 'natural (= idiot)'.　**besides that** = in addition to the fact that.　**26 but that** = unless. that は conjunctional (⇨ 1.2.44 note).　**27 gust ... in** = taste ... for. gust の 'gift' への改訂の示唆があるが取るに足らない.　**28 have the gift of** i.e. be given.　**29 By this hand** an oath derived from shaking hands when making a promise. (Donno)　**substractors** i.e. detractors. 酔っぱらった Sir Toby の nonce word < subtract = subtract. 前の 'scoundrels' とともに [s] が舌のもつれで [ʃ] になる滑稽もある.　**31 add** 前の substracters の subtract をまぜっ返して．　**nightly** *l.* 13 の knight に掛けて．

a coward and a coystrill that will not drink to my niece till his
brains turn o'th'toe like a parish-top. What wench, *Castiliano* 35
vulgo, for here comes Sir Andrew Agueface.

Enter Sir Andrew Aguecheek.

SIR ANDREW　Sir Toby Belch! How now, Sir Toby Belch!
SIR TOBY　Sweet Sir Andrew!
SIR ANDREW　Bless you, fair shrew.
MARIA　And you too, sir.　　　　　　　　　　　　　　　　40
SIR TOBY　Accost, Sir Andrew, accost.
SIR ANDREW　What's that?
SIR TOBY　My niece's chambermaid.
SIR ANDREW　Good Mistress Accost, I desire better acquaintance.
MARIA　My name is Mary, sir.　　　　　　　　　　　　　45
SIR ANDREW　Good Mistress Mary Accost —
SIR TOBY　You mistake, knight; 'accost' is, front her, board her, woo her, assail her.
SIR ANDREW　By my troth, I would not undertake her in this company. Is that the meaning of 'accost'?　　　　　　　50

---

34 coystrill = base fellow, knave. 本来は knight の馬丁. 前の 'coward' とともに [k] 音が 'likely to induce hiccough.'（*Cambridge 2*）　**35 turn o'th'toe** = spin round. o'th' = on the. **parish-top** cf. 'A large top was formerly in every village, to be whipped in frosty weather, that the peasants may be kept warm by exercise, and out of mischief, while they could not work.'（Steevens）　**35–36 *Castiliano vulgo*** [kæstíljənòu vʌ́lgou] 諸説紛々として定め難い. テキストに accidental error もありうる. 本編注者はコンテクストから Mahood, Warren & Wells の 'Speak the devil' 説を採りたい（since Spaniards [Castilians] were thought to be devilish and *vulgo* in Latin means 'in the common [parlance]' [Warren & Wells]）.　**36 Agueface** ⇨ 補.　**37** 前の！は本版（*l*. 38 も同様）, 後の！は F1 の？の転換.　**39 shrew** やや唐突な感のあるこの語についてはいくつかの注解があるが, Sir Andrew には悪意はまったくないはず. 言い間違い説もここでは当らない. 'term of affection (referring to Maria's small size: a shrew is

めに飲む。あいつのために飲まんというやつは腰抜け野郎の下種(げす)野郎だ、すべからく脳天のぐるぐるぐるぐる、村祭りの御輿(みこし)の回るが如く
35 飲むべし飲むべし。ほら、ねえちゃん、噂をすればなんとやら、われらがサー・アンドルー・エイギュチーク殿が痩せたお顔でご登場。

　　　　　サー・アンドルー・エイギュチーク登場。

サー・アンドルー　サー・トービー・ベルチ！　やあ、サー・トービー・ベルチ！

サー・トービー　これはこれは、サー・アンドルー！

サー・アンドルー　ごきげんよう、小ねずみちゃん。

40 **マライア**　あなたさまこそ、ごきげんよう。

サー・トービー　君、「将を射んとする者は」だぞ。

サー・アンドルー　ショウって何のことだい？

サー・トービー　「馬」だよ君、彼女の侍女だよ。

サー・アンドルー　馬の侍女さん、どうかお見知りおきを。

45 **マライア**　わたしの名前はメアリーですけど。

サー・アンドルー　馬のメアリーさん――

サー・トービー　おいおい、御大将(おんたいしょう)がこの諺を知らんのかね。この女性はだな、将の馬だ、まず馬をやるんだ、馬に矢をぶち込むんだ。

サー・アンドルー　だって君、お客さまの目の前で女性に一発ぶち込むだ
50 なんてやれやしないよ。「馬を射る」ってそういう意味なの？

---

a mouse-like animal).' (Shane) が最も適切. cf. 1.5.178 note.　**41 Accost**　'a nautical term (*lit.* = to coast) coming into fashion as signifying "to greet politely".' (*Cambridge 2*) Sir Andrew にはその 'signification' がわからない．なおここは Sir Toby が Sir Andrew に Maria への心付けを促していると想定すればこの先の Maria の台詞もわかりやすくなる．　**43 chambermaid** ⇨ p. 2, *l.* 8 note.　**45 Mary** Maria の英語化．　**46 Accost ―** F1 は ', accost.'. punctuation の校訂は実質 Theobald．　**47 front** = confront, come alongside. 'accost' に続いて nautical. 次の board も = enter a ship by force. 女体を船にたとえるのは常套.
49 undertake　表はもちろん = have to do with だが，ここでは裏の sexual innuendo が主.　**49–50 in this company**　i.e. before this audience. この楽屋落ちでの Sir Andrew は「性格」を脱している．

MARIA Fare you well, gentlemen.
SIR TOBY And thou let her part so, Sir Andrew, would thou mightst never draw sword again.
SIR ANDREW And you part so, mistress, I would I might never draw sword again. Fair lady, do you think you have fools in hand?
MARIA Sir, I have not you by th'hand.
SIR ANDREW Marry, but you shall have, and here's my hand.
MARIA [*taking Sir Andrew's hand*] Now, sir, thought is free. I pray you, bring your hand to th'butt'ry-bar and let it drink.
SIR ANDREW Wherefore, sweetheart? What's your metaphor?
MARIA It's dry, sir.
SIR ANDREW Why, I think so. I am not such an ass but I can keep my hand dry. But what's your jest?
MARIA A dry jest, sir.
SIR ANDREW Are you full of them?
MARIA Ay, sir, I have them at my fingers' ends; marry, now I let go your hand, I am barren.   [*Exit.*]
SIR TOBY O knight, thou lackest a cup of canary. When did I see thee so put down?
SIR ANDREW Never in your life, I think, unless you see canary put me down. Methinks sometimes I have no more wit than a Chris-

---

52 And ⇨ *l.* 10 note. **part** = depart. **55 have fools in hand** = are dealing with fools. **56 by th'hand** 前行の hand を文字どおりの意味にずらして心付けを要求している．しかし Sir Andrew にはそれがわからない． **57 Marry** mild oath < by the Virgin Mary. **58 [*taking Sir Andrew's hand*]** 本版の SD．*Oxford*, Warren & Wells が実質本版と同じ． **thought is free** 'Do you think I'm a fool?' に対する応答の決り文句（Tilley T244）．「（ばかと）思うのはこっちの勝手でしょう」が本来の意味だが本訳は逐語的訳を離れる． **59 butt'ry-bar** 居酒屋の酒庫へのくぐり戸の上の棚，酒瓶が並べてある．buttery < Old F. *boterie* (= bottle). **61 dry** = thirsty. 裏の意味を sexually impotent とする注が主流だ

マライア　それではどちらさまも、はいさようなら。
サー・トービー　おいおい、サー・アンドルー、このまま行かせちゃ男が立たんぞ。
サー・アンドルー　ねえお嬢さん、このまま行かせちゃぼくは男が立たん
のですよ。そんなかわいい顔をして、あなたはばかが相手だと思ってるんでしょう。
マライア　ああら相手だなんて、まだ手だって握ってないってのに。
サー・アンドルー　ようし、そんならさあ手を握りたまえ。
マライア［サー・アンドルーの手を取って］そんなこと言ったってお手々は空のお手々。このお手々はね、そうら居酒屋のジョッキの方に回してお酒をたっぷり飲ませなさいな。
サー・アンドルー　どうしてです、かわいい人、その裏の意味は？
マライア　手がからっからってことよ。
サー・アンドルー　そうか、からからか。ぼくだってばかじゃないから湿らせることぐらいはできるさ。でもまだなにか裏に冗談があるんだろう？
マライア　ちょいとからい冗談なんですけどねえ。
サー・アンドルー　からい冗談が得意なの？
マライア　ほら、指の先からはみ出すぐらいいっぱい詰まってますよ。でもまあいいわ、もう手を放しますからね、こっちの手は空っぽのままで。　　　　　　　　　　　　　　　　　　　　　　　　　　［退場］
サー・トービー　おい大将、一杯ぐいっと引っかけなよ、あんなに手玉にとられちゃおしまいだぜ。
サー・アンドルー　あんなにとられたのは生れて初めてだ、酒にはしょっちゅう足をとられてるけどね。ぼくはときどき思うことがあるんだよ、

が，Johnson の 'It may possibly mean, a hand with no money in it.' がよいと思う．⇨ *l*. 41 note.　**62 I think so**　Sir Andrew はもちろん Maria の dry の裏の意味がわからない．**64 dry** = sarcastic, ironical.（= stupid の注が主流だが与しない．）**66 marry** ⇨ *l*. 57 note.　**67 barren** i.e. destitute of money.　**68 canary** = light sweet wine from Canary Islands.　**69 put down** = defeated（in repartee）．**70–71 put me down**　意味をずらして = lay me out.

tian or an ordinary man has; but I am a great eater of beef, and I believe that does harm to my wit.

SIR TOBY No question.

SIR ANDREW And I thought that, I'd forswear it. I'll ride home 75 tomorrow, Sir Toby.

SIR TOBY *Pourquoi*, my dear knight?

SIR ANDREW What is *pourquoi*? Do or not do? I would I had bestowed that time in the tongues that I have in fencing, dancing, and bear-baiting. O, had I but followed the arts. 80

SIR TOBY Then hadst thou had an excellent head of hair.

SIR ANDREW Why, would that have mended my hair?

SIR TOBY Past question, for thou seest it will not curl by nature.

SIR ANDREW But it becomes me well enough, does't not?

SIR TOBY Excellent. It hangs like flax on a distaff, and I hope to 85 see a huswife take thee between her legs, and spin it off.

SIR ANDREW Faith, I'll home tomorrow, Sir Toby; your niece will not be seen, or if she be, it's four to one she'll none of me. The Count himself here hard by woos her.

SIR TOBY She'll none o'th'Count; she'll not match above her 90 degree, neither in estate, years, nor wit. I have heard her swear't.

---

72 an ordinary man　前の 'a Christian' の Sir Andrew らしい繰り返し.　**beef** 牛肉は精神の沈滞・憂鬱症を招くというのが当時の考え方.　cf. 'beef-witted'. **73 wit** = wisdom.　**75 And** ⇨ *l*. 10 note.　**77 Pourquoi** (F.) = why.　**79 tongues** = foreign languages.　homonym で tongs (= curling tongs) に通じる.　**80 bear-baiting**「熊いじめ」.(「牛いじめ」もあった.) 地面中央に棒杭を立て熊(または牡牛)を鎖で繋ぎ獰猛なマスティフ犬をつぎつぎに繰り出して戦わせるという Sh 時代流行の残酷な見世物.　**arts** = polite learning.　art (人工) は nature (*l*. 83) の antonym.　**81 hadst thou had** = thou wouldst have had.　**82 mended** = improved.　**83 curl by**　F1 は 'coole my'. *ll*. 79, 80 の notes からも Steevens の校訂が定着.('corle/courle' の compositorial misreading であろう. [*Cambridge*

ぼくの知恵は並みの人間の十人並み程度じゃないかって。牛肉をすごく食うからなあ、牛肉で頭の働きが鈍くなったのかもしれん。

サー・トービー　そうとも。

サー・アンドルー　そうと知ったらあの件はやめるんだったよなあ、ぼくは明日故郷へ帰るよ、サー・トービー。

サー・トービー　プルクワ、わが親愛なる御曹司よ。

サー・アンドルー　プルクワってフランス語？ 帰っていいの、悪いの？ ああもっと外国語の勉強をしておくんだった、フェンシングや、ダンスや、熊いじめ見物に大事な時間を使ってしまったからなあ。ああ、なんてたって学問だよなあ。

サー・トービー　そうとも君、君の髪の毛にもよかったんだよ。

サー・アンドルー　へえー、髪の毛にもねえ。

サー・トービー　もちろんだよ君、頭脳の活気によって髪の毛も自然にカールがかかる。

サー・アンドルー　でもこの髪だってまんざらじゃないだろう？

サー・トービー　みごとなもんだよ。ま、糸巻き棒にぞろり垂れ下がった亜麻糸ってとこだな。どっかのかみさんの股座にその棒を挟み込んでもらえばいい具合にカールがかかるぜ。あんまりはげしくやられて髪が抜け落ちぬように用心しなよ。

サー・アンドルー　やっぱりぼく明日帰るよ、サー・トービー。お嬢さん会ってくれないし、会ってくれたってぼくなんかまともに相手してくれないよ。すぐ近くの伯爵がじきじきに求婚してるっていうだろう。

サー・トービー　あいつは伯爵なんか目じゃないんだ、自分よりも身分が上の者とは結婚しない、財産だって、年だって、頭だって。ちゃんと

2])　**84 me** F1 は 'we'. F2 で改訂.　**85 flax on a distaff**　長いだけのストレートな髪の形容.　**86 huswife** [hÁzif] = ① housewife, ② hussy, prostitute. **spin it off**　裏に venereal disease で頭髪が抜け落ちるの意味.　**87 Faith** = in faith, truly.　**89 Count** ⇨ 補.　**hard by** = near by.　**91 degree** = rank. 念のため, Olivia は countess (1.2.32–33) だからここでの Orsino の身分は同等. Sh には当初の duke のイメージが残っていたのか.　**estate** = possessions.

Tut, there's life in't, man.

SIR ANDREW I'll stay a month longer. I am a fellow o'th'strangest mind i'th'world; I delight in masques and revels sometimes altogether.

SIR TOBY Art thou good at these kickchawses, knight?

SIR ANDREW As any man in Illyria, whatsoever he be, under the degree of my betters, and yet I will not compare with an old man.

SIR TOBY What is thy excellence in a galliard, knight?

SIR ANDREW Faith, I can cut a caper.

SIR TOBY And I can cut the mutton to't.

SIR ANDREW And I think I have the back-trick simply as strong as any man in Illyria.

SIR TOBY Wherefore are these things hid? Wherefore have these gifts a curtain before 'em? Are they like to take dust, like Mistress Mall's picture? Why dost thou not go to church in a galliard, and come home in a coranto? My very walk should be a jig; I would not so much as make water but in a sink-a-pace. What dost thou mean? Is it a world to hide virtues in? I did think, by the excellent constitution of thy leg, it was formed under the star of a galliard.

SIR ANDREW Ay, 'tis strong, and it does indifferent well in a dun-

---

94–95 altogether = in all respects.　**96 kickchawses** = elegant trifles. kickchaw < F. *qulque chose* (= something).　**98 old man**　i.e.（probably）experienced person.（Prouty）　**99 galliard** = lively dance.　**100 Faith** ⇨ *l*. 87 note.　**caper** = ① leap, ② mutton 料理に添える condiment の意味にずらして次行の mutton が来る.　**101 mutton**　② = prostitute.　**102 back-trick** =（probably）a backward leap or caper.（*New Folger*）次の 'strong' などからも裏に sexual innuendo を読み込む注が近年多いがちょっと無理.　**105 curtain**　絵の日よけ・埃よけに掛けられた.　**like** = likely.　**105–06 Mistress Mall's picture**　'undoubtedly a topi-

そう言ってるのを聞いたんだから。ちえっ、そこに脈があるとは思わんかね。

サー・アンドルー　もう一月逗留することにするよ。ぼくの性格ってね、とっても妙なとこがあってね、ときどきもう仮面舞踏会や宴会が無性に好きになるんだ。

サー・トービー　なかなかの芸人なんだなあ、君は。

サー・アンドルー　イリリア一だよ、だれにだって負けるもんか。ま、ぼくより上のやつには負けるけどさ、それになんたってベテランには敵わないけどさ。

サー・トービー　チャカチャカ踊りじゃ何が得意だかね。

サー・アンドルー　そりゃピョンピョン跳ねるやつだ。

サー・トービー　おれの方はピョンピョンおっ立てるのが専門だ。

サー・アンドルー　それに後ろ跳びもできるぜ、イリリアじゃまあ敵う男はまずいないな。

サー・トービー　なぜにその特技を覆い隠しておくのかね、なぜにその才能に布を被せておくのかね、え、かの高貴なるご婦人の絵姿でもあるまいに、埃にまみれては困るとでもいうのかね。ぼくだったらだね、教会へ行くのは踊りでチャッチャカチャ、帰りも踊りでパッパカパ、小便はどぶん中にシュッシュッシュといくがね。そんな不景気な面をしてるときかい、え、当今、能ある鷹は爪を隠すような世の中じゃないんだ。君のそのみごとな脚線美を見るにつけ、これこそは踊りの星のもとによるものとぼくは睨んどったけどね。

サー・アンドルー　うん、脚の方は強いんだ、焦茶色の靴下をはかせたら

---

cal allusion.' (*Cambridge 2*) 何人かの Mall (= Mary) 候補があるが決定的ではない.　**107 coranto** = rapid skipping dance. < It. = running.　**should** = would.　**108 sink-a-pace** = cinquepace. 5 ステップの軽快なダンス. < F. *cinq pas* = five steps. sink (F1 'Sinke') の綴りは = sewer に掛けて.　**109 virtues** = abilities.　**112 indifferent** (adv.) = fairly.　**112–13 dun-coloured**　Collier 2 の校訂を採る. F1 の dam'd colour'd' は 'dunne / donne' の 'damd' への misreading ↱

coloured stock. Shall we set about some revels?
SIR TOBY　What shall we do else? Were we not born under Taurus?
SIR ANDREW　Taurus? That's sides and heart.   115
SIR TOBY　No, sir, it is legs and thighs. Let me see thee caper. Ha,
　higher. Ha, ha, excellent.   [*Exeunt.*]

[1.4]　　*Enter Valentine, and Viola in man's attire.*

VALENTINE　If the Duke continue these favours towards you,
　Cesario, you are like to be much advanced; he hath known you
　but three days, and already you are no stranger.
VIOLA　You either fear his humour or my negligence, that you call
　in question the continuance of his love. Is he inconstant, sir, in 5
　his favours?
VALENTINE　No, believe me.
　　　　Enter Orsino, Curio and Attendants.
VIOLA　I thank you. Here comes the Count.
ORSINO　Who saw Cesario, ho?
VIOLA　On your attendance, my lord, here.   10
ORSINO　Stand you awhile aloof. — Cesario,
　Thou knowest no less but all; I have unclasped
　To thee the book even of my secret soul.
　Therefore, good youth, address thy gait unto her,

(d → e / minim errors) から生じたものであろう．Rowe 3 の 'flame-coloured' は graphical な見地から成立困難．*Oxford* (Wells) の 'divers-coloured' も受け容れ難い．ほかに 'lemon-coloured' もある．⌐　**113 stock** = stocking．**set**　F1 は 'sit'．Rowe 3 の校訂が定着．　**115 Taurus** [tɔ́ːrəs] (L. = bull)「十二宮」(Zodiac) は身体の各部を支配するが，第 2 宮の「牡牛座」は neck and throat．一説に *crura et pedes* (= shanks and feet) もみられるが *l*. 116 の 'caper' はやはり正確を欠く．Sir Toby は Sir Andrew をおだてている．　**115　?** は F1．**That's**

けっこう似合ってね。ようし、ひと騒ぎやるとするか。

サー・トービー　そうこなくっちゃ君、おれたちは牡牛座の生れだからな。

サー・アンドルー　牡牛座？　そいつは脇腹と心臓の星だよね。

サー・トービー　違うぜ、君。そいつは脚と太腿の星だ。さ、ひとつ跳んでみようじゃないか。そうら、もっと高く、そうら、そうら。

〔両人退場〕

[1.4]　ヴァレンタインと男装のヴァイオラ登場。

ヴァレンタイン　公爵のご寵愛がこのまま続けば、シザーリオ、君の出世は疑いなしだ。お目通りしてからたったの三日ほどだというのにもう身内同然なのだからねえ。

ヴァイオラ　殿さまのお気持が変るか、ぼくがご奉公を怠るか、それがご心配なのですね、このままご寵愛が続けばなどとおっしゃるのは。ねえ、そんな移り気なお方、殿さまは？

ヴァレンタイン　そんなことはないよ。

　　　　オーシーノ、キューリオ、従者たち登場。

ヴァイオラ　よかった。そら、殿さまがお見えに。

オーシーノ　おい、だれかシザーリオは見なかったか？

ヴァイオラ　ここに控えております、伯爵。

オーシーノ　皆はしばらく離れていてくれ。――なあシザーリオ、
　　お前はもうなにもかも知っている、わたしは心の書籍の
　　留め金を外して奥底の秘密のページをお前に読ませた。
　　だからいいな、いよいよあの人のところに足を進めるのだ、

F1 は 'That'. F3 の改訂.
[1.4]　**0.1** *in man's attire*　F1 の SD.　**1 Duke**, **8 Count** ⇨ 1.3.89 補.　**2 Cesario** [sizàːrjou] ⇨ 補.　**like** = likely.　**3 but three days**　cf. 5.1.87 note.　**4 his humour** = changefulness of his disposition.（Mahood）　**11–**　blank verse への転換.　**12 no less but** = no less than.　**unclasped**　豪華なつくりの書籍には本を開く留め金（clasp）がつけられていた.　**14 address thy gait** = direct thy steps.

Be not denied access, stand at her doors,
And tell them, there thy fixèd foot shall grow
Till thou have audience.
VIOLA   Sure, my noble lord,
  If she be so abandoned to her sorrow
  As it is spoke, she never will admit me.
ORSINO Be clamorous and leap all civil bounds
  Rather than make unprofited return.
VIOLA Say I do speak with her, my lord, what then?
ORSINO O then unfold the passion of my love,
  Surprise her with discourse of my dear faith;
  It shall become thee well to act my woes.
  She will attend it better in thy youth
  Than in a nuncio's of more grave aspect.
VIOLA I think not so, my lord.
ORSINO   Dear lad, believe it;
  For they shall yet belie thy happy years
  That say thou art a man. Diana's lip
  Is not more smooth and rubious; thy small pipe
  Is as the maiden's organ, shrill and sound,
  And all is semblative a woman's part.
  I know thy constellation is right apt
  For this affair. — Some four or five attend him;

---

15 accéss アクセント第 2 音節. **19 spoke** = spoken. cf. Franz 168. **20 bounds** = boundary. **22 Say** = suppose, if. **24 Surprise** = capture by unexpected attack. **faith** = true love. **26 attend** = pay attention to. **27 nuncio's** = messenger's. 所有格の -s は前の thy に引かれたため. **aspéct** = appearance. アクセント第 2 音節. **29 yet** = as yet. **belie** = misrepresent. **30 Diana** [daiǽnə] ローマ神話の月の女神ディアナ, 処女性の守護神. ギリシャ神話のアルテミス

15　断られようと戸口から絶対に動くな、
　　お目通りが叶うまで足に根を生やして
　　立っていますと、そう言え。
　ヴァイオラ　　　　　　　　でも殿さま、
　　世間の噂どおり悲しみにひたっておいでなら
　　とてもお会いいただけないと思いますが。
20　**オーシーノ**　大騒ぎに騒ぎ立てろ、世間の礼儀作法など
　　構うな、目的を遂げずに戻ってはならん。
　ヴァイオラ　ではお話できたとして、そのときには？
　オーシーノ　そのときこそ、ああわが恋の情熱を語り尽すとき、
　　恋のこの真心を言葉に託して襲いかかれ。
25　わたしの恋の苦しみを演ずるのにお前は打ってつけ、
　　その若さならあの人もきっと聞き入ってくれるだろう、
　　いかめしい顔つきの使者などよりは。
　ヴァイオラ　さあ、どうでしょうか。
　オーシーノ　　　　　　　　　　　おいおい、自信を持て、
　　お前を一人前(いちにん)の男と呼ぶやつは、そのみずみずしい
30　若さをどうやら見誤っているな。ルビーさながらの
　　そのつややかな唇はダイアナも及びはしない。か細く響く
　　その声はまるで乙女のように高く澄みきっていて、
　　なにもかもが女役の少年にそっくり。
　　きっとこの役目を勤める星回りに
35　お前は生れていたのだ。──さ、四、五人供について行け、

に当る． **31 rubious** = ruby-coloured.（Shakespearean coinage［Onions, 1911］.）**pipe**　i.e. voice．**32 sound** = unbroken, clear．**33 semblative** = like, resembling.（Shakespearean coinage［Onions, 1911］.）**woman's part**　当時の女役は少年が演じたから，ここは metatheatrical な楽屋落ち．**34 constellation**　誕生時の星座によってその人の性格が決まるという考え方．cf. 1.3.115 note．**35 Some**　前に let を補う．

All if you will, for I myself am best
When least in company. — Prosper well in this,
And thou shalt live as freely as thy lord
To call his fortunes thine.
VIOLA   I'll do my best
To woo your lady. [*Aside*] Yet a barful strife,   40
Whoe'er I woo, myself would be his wife.   [*Exeunt.*]

[1.5]   *Enter Maria and Feste.*

MARIA Nay, either tell me where thou hast been, or I will not open my lips so wide as a bristle may enter in way of thy excuse. My lady will hang thee for thy absence.

FESTE Let her hang me. He that is well hanged in this world needs to fear no colours.   5

MARIA Make that good.

FESTE He shall see none to fear.

MARIA A good lenten answer. I can tell thee where that saying was born, of 'I fear no colours'.

FESTE Where, good Mistress Mary?   10

MARIA In the wars; and that may you be bold to say in your foolery.

FESTE Well, God give them wisdom that have it; and those that

---

39 To call and call ぐらいに読めばよい．cf. 'Orsino speaks more truly than he knows.' (Mahood) 結末の予示 (⇨ 5.1.369–70)．**40–41** 場面を締める couplet．**40** [*Aside*] Capell 以来の SD．**barful** = full of bars, obstacles．**strife** = striving, endeavour．

[1.5] **2 in way of** = by way of．**5 fear no colours** proverbial (Tilley B 520)．colours = ensigns．*Cambridge 2* は homophonic pun として collars (i.e. halters) を読み込んでいるが Maria の 'lenten' の評に反する．well hanged (i.e. sexually endowed, cf. Hotson, *The First Night of 'Twelfth Night'*, p. 168) についても同様．

[1.5]　　　　　　　　　　　　　　　　　　　　　　　　　35

　全部が出かけてもいいぞ。今のわたしはだれもそばに
　いない方が心が休まる。──いいな、シザーリオ、首尾よく
　果して主人同様自由に暮すがよい、財産も
　なにもかもお前のものだ。

ヴァイオラ　　　　　　全力を尽くして
40　あの方を口説きましょう。［傍白］でもまあなんとややこしい、
　わたしがだれを口説こうと、わたしが旦那さまに口説かれたい。

[全員退場]

[1.5]　　マライアとフェステ登場。

マライア　だめよ、どこをほっつき歩いてたか白状しなきゃ、言い訳なん
　かしてあげない、毛ほども口を開くもんですか。お嬢さまはきっと縛
　り首にするよ、怠慢の廉(かど)で。

フェステ　縛り首なら大いに結構、この世でみごと縛り首になれば怖いも
5　のなし。

マライア　どうしてか説明してごらん。

フェステ　怖いものがもう見えないから。

マライア　情ない答えねえ。「怖いものなし」ってどこから生れたか、教
　えてあげましょう。

10 **フェステ**　どこでございましょう、メアリー先生。

マライア　戦場よ。戦場での阿呆の空元気(からげんき)よ。

フェステ　なるほど。ああ神よ、すべて知恵ある人は知恵を与えられいよ

---

8 lenten = poor, meagre-witted. < Lent（四句節．荒野のキリストを記念して節食，断食，贖罪を行う期間）．　**10 Mary** ⇨ 1.3.45 note.　**11 that...foolery** いくつかの注解があるが総じてうがち過ぎ．ここは単純な解でよい．thou から indefinite 'you' に変っていることに注意．　**12 God...it**　祈願文．前に may を補う．cf. 'For unto everyman that hath, it shall be given, and he shall have abundance.'「すべて有てる人は，与えられて愈々(いよいよ)豊かならん」(*Matt.* 25. 29) このすぐ前 (25. 14–18) が 'talent' をめぐる有名な parable である．

are fools, let them use their talents.

MARIA　Yet you will be hanged for being so long absent, or to be turned away. Is not that as good as a hanging to you?

FESTE　Many a good hanging prevents a bad marriage; and for turning away, let summer bear it out.

MARIA　You are resolute then?

FESTE　Not so, neither; but I am resolved on two points.

MARIA　That if one break, the other will hold; or if both break, your gaskins fall.

FESTE　Apt, in good faith, very apt. Well, go thy way. If Sir Toby would leave drinking, thou wert as witty a piece of Eve's flesh as any in Illyria.

MARIA　Peace, you rogue, no more o'that. Here comes my lady. Make your excuse wisely, you were best.　　　　　　　　[*Exit.*]

　　Enter Olivia with Malvolio and Attendants.

FESTE　Wit, and't be thy will, put me into good fooling. Those wits that think they have thee, do very oft prove fools; and I, that am sure I lack thee, may pass for a wise man. For what says Quinapalus? 'Better a witty fool than a foolish wit.' — God bless thee, lady.

---

13 talents　前注参照. Halliwell は *Love's Labour's Lost* [4.2] (Norton TLN 1227-29) を踏まえて 'talons' との pun を指摘するがここではうるさ過ぎる. **15 turned away** = dismissed.　**16 Many ... marriage;**　cf. 'Better be hanged than ill wed.' (Tilley H 130) / 'Wedding and hanging go by destiny.' (W232)　**for** = as for.　**17 bear it out** = make it endurable.　**19 neither**　i.e. either. 前の Not とともに double negative.　**20 That** = so that.　**21 gaskins** = wide breeches.　**fall** Feste の points (= matters) を, ズボンを留めておく 'tagged laces' の意味にずらして.　**23 wert** ⇨ 1.2.46 note.　**piece of Eve's flesh**　i.e. woman.　**25 Peace** = be silent.　**26 you were best** = it would be best for you (to make ...). you は dative. cf. 2.2.23 note.　[***Exit.***]　Pope 以来の SD.　**26.2 *Enter ... Attendants.***

いよ豊かならんことを、阿呆にはお道化の才を遺憾なく発揮せしめられんことを。

マライア　そんなことを言ったってお前は縛り首、こんなに長く家を空けてたんだから。それともお払い箱かな、それだってお前には縛り首も同然よね。

フェステ　縛りっ首の大厄は結婚の厄除けってね。お払い箱の方はしのぎやすい夏場に願いましょう。

マライア　それはまたあっぱれな覚悟。

フェステ　とはまあいきませんや、ですがまあ覚悟の要めは二つある。

マライア　とは、あっちが外れりゃこっちで止まる、両方外れりゃズボンがずるずる。

フェステ　うまい、うまいもんだ。さあ行ったり行ったり。これでトービーの旦那が酒を止めてくれりゃ、あんたはイリリア随一の女の鑑、しゃれた女房に納まるんだけどね。

マライア　おだまり、図に乗るんじゃないよ。そうらお嬢さまのお出ましですよ。ちゃんと言い訳をしてごらん、うまくいったらおなぐさみ。

［退場］

オリヴィア登場、マルヴォーリオほか従者たち続く。

フェステ　知恵の神さま、願わくばわれにみごと道化役を勤めさせたまえ。お前をたっぷり仕込んでいるとうぬぼれている賢者さまが阿呆だなんて話はざらにある。ならばお前にまったく縁のないこのおれの方が存外賢者で通るのかもしれんて。それソクラプラトレス曰く、「知恵ある愚者は愚なる知恵者に勝る」とな。——これはこれはお嬢さま、ごきげんよう。

---

and Attendants は実質 Capell 以来の SD. ⇨ 補.　**27 and't** = and it ⇨ 1.3.10 note.　**30 Quinapalus** [kwinǽpələs]　Feste が「創作」した古代哲学者ふうの名前. < It. *quinapalo* (= there on the stick. stick は道化の持つ棒［bauble］) / F. *qui n'a pas lu* (who has not read) 等の詮索がある. 訳のカナ書きは訳者の工夫.　**'Better . . . wit.'**　cf. 'He that is wise in his own conceit is a fool.' (Tilley C 582) この proverb 自体 *Prov.* 26.5 の echo.

OLIVIA Take the fool away.

FESTE Do you not hear fellows? Take away the lady.

OLIVIA Go to, y'are a dry fool. I'll no more of you. Besides, you grow dishonest.

FESTE Two faults, madonna, that drink and good counsel will amend. For give the dry fool drink, then is the fool not dry; bid the dishonest man mend himself, if he mend, he is no longer dishonest; if he cannot, let the botcher mend him. Anything that's mended is but patched; virtue that transgresses is but patched with sin, and sin that amends is but patched with virtue. If that this simple syllogism will serve, so; if it will not, what remedy? As there is no true cuckold but calamity, so beauty's a flower. The lady bade take away the fool; therefore I say again, take her away.

OLIVIA Sir, I bade them take away you.

FESTE Misprision in the highest degree. Lady, *cucullus non facit monachum*; that's as much to say as I wear not motley in my brain. Good madonna, give me leave to prove you a fool.

OLIVIA Can you do it?

FESTE Dexteriously, good madonna.

OLIVIA Make your proof.

FESTE I must catechize you for it, madonna. Good my mouse of

---

34 Go to　不平, 不満, 勧告, 軽蔑などを示す間投詞的表現.　**dry** = barren of wit, stupid. Feste はこれを = thirsty の意味にずらす.　**35 dishonest** = undutiful.　**36 madonna** < It. *mia*（*/ma*）*donna*（= my lady）. 背景に the Virgin Mary のイメージ. cf. 'The term only occurs in this play and is only used by Feste.'（*Cambridge 2*）　**37 amend** = correct.　**39 botcher** = mender of old clothes.　**40 patched** ⇨ *l*. 48 note.　**42 If that**　that は conjunctional（⇨ 1.2.44 note）.　**43 there ... calamity**　calamity を夫にした妻は必ず夫を裏切るぐらいの意味. i.e. one wedded to calamity is always faithless.（Warren & Wells）次の 'beauty's a

オリヴィア　この阿呆な道化をあっちへ連れてお行き。

フェステ　聞こえぬのか皆のもの、お嬢さまをあっちへ連れてお行き。

オリヴィア　ばかをおっしゃい、あなたみたいな頭の空っぽな道化にはもう用はありません。それにすっかりだらしなくなっちゃって。

フェステ　ああわが清らなるご主人さまよ、その欠点の二つは酒と意見が直してくれましょう。空っぽの道化には酒を、たちまち頭は知恵でなみなみと。だらしない道化には改めるようご命令を。改まりますればだらしなさも直る。改まらぬようなら仕立屋に繕わせましょうや。直しものはなんであれただのつぎはぎ細工、誤てる美徳は罪過によるつぎはぎ、改められたる罪過は美徳のつぎはぎ。この単純明快なる三段論法、お気に召しますればそれでよく、召さぬとあってははてなんとしょう。苦労心労尽すは阿呆よ、花の命は短いものよ。お嬢さまは阿呆な道化を連れて行けとおっしゃった、だからさあ皆のもの、何度も言わせないでくれよ、お嬢さまをあっちへ連れてお行き。

オリヴィア　わたしはあなたを連れて行くように言ったのですよ。

フェステ　それは最高級の事実誤認でございますぞ。よろしいか「僧衣ハ僧ヲツクルニアラズ」、そはすなわち、われの着するはまだら模様の衣裳なれどわが頭脳まだらならず、ということになりますな。ああわが清らなるご主人さまよ、なにとぞお許しを、そなたが阿呆たるの所以をここに証明いたしましょうほどに。

オリヴィア　できるのかしら。

フェステ　みんごとできましたらご喝采。

オリヴィア　やってごらんなさい。

フェステ　それでは教義問答とまいりましょう。これこれ、わが信仰の愛

---

flower' とともにわざと真意を曖昧にしている．訳は意訳．　**46 Sir**　ことさらにていねいに．　**47 Misprision** = misapprehension.　**47–48 *cucullus non facit manachum*** (L.) = the hood makes not the monk. cf. Tilley H 586.　**48 motley** 道化はつぎはぎだらけでまだら模様になった衣裳を着た．　**51 Dexteriously** = dexterously.　**53 Good**　my mouse of virtue を1語に見立てた形容詞の位置．mouse は term of endearment.

virtue, answer me.

OLIVIA Well, sir, for want of other idleness, I'll bide your proof. 55
FESTE Good madonna, why mournest thou?
OLIVIA Good fool, for my brother's death.
FESTE I think his soul is in hell, madonna.
OLIVIA I know his soul is in heaven, fool.
FESTE The more fool, madonna, to mourn for your brother's soul, 60
being in heaven. Take away the fool, gentlemen.
OLIVIA What think you of this fool, Malvolio? Doth he not mend?
MALVOLIO Yes, and shall do, till the pangs of death shake him.
Infirmity, that decays the wise, doth ever make the better fool.
FESTE God send you, sir, a speedy infirmity, for the better 65
increasing your folly. Sir Toby will be sworn that I am no
fox, but he will not pass his word for two pence that you are no
fool.
OLIVIA How say you to that, Malvolio?
MALVOLIO I marvel your ladyship takes delight in such a barren 70
rascal. I saw him put down the other day with an ordinary fool
that has no more brain than a stone. Look you now, he's out of

---

55 idleness = pastime. **bide** = abide, endure. **56 thou** thou と you はともに 2 人称単数に用いられるが，基本的には you は身分が同等もしくは上，thou は下．それだけ thou には親近感が生じる．G. の du と Sie, F. の tu と vous の違い参照． **60–61 soul, being** コンマは F1, Rowe はコンマを取って編纂．cf. 'F1's punctuation makes Olivia mourn for her brother's soul, which is, however, in heaven; Rowe's makes her mourn for the fact that it is in heaven.' (*Arden 2*) Warren & Wells はこれに異を唱えるが本編者は *Arden 2* に同じる． **61 gentlemen** 本来は貴族階級を含む支配者層の意味であるが (gentle < OF. *gentil* = of good family)，中世後期から knight の下，yeoman の上の小地主を指す身分用語となった．ここでは attendants を指すと考えればよい． **62 mend** = improve. Malvolio は = grow more foolish の意味に． **66 increasing** PE なら後に of が必要． **67 fox** cleverness と craftiness の象徴．次の 'you are (no)

し子よ、ちゃんと答えるのだよ。

オリヴィア　はいはい。ほかに憂さばらしもないことだからあなたの証明とやらに我慢して付き合いましょう。

フェステ　清らなる娘よ、汝の嘆きは何ゆえなるや。

オリヴィア　ありがたき道化よ、わが兄上の死したるがゆえ。

フェステ　さてはその魂は地獄に堕ちたな。

オリヴィア　いえいえ、魂は天国に存(おわ)します。

フェステ　ならば汝の阿呆ぶりはいやますことになるぞ、兄上の魂の天国に存(おわ)すというに嘆き悲しむのだからな。さ、皆の衆、この阿呆を連れて行け。

オリヴィア　マルヴォーリオ、どう思いますこの道化を。すこしは腕が上ったようね。

マルヴォーリオ　さようで、阿呆の度が上がりましたな。これからも断末魔にその身をさいなまれるまで度が進むことでございましょう。老衰は賢者の賢を損ねまするが愚者の愚はいよいよ磨きがかかるもので。

フェステ　ならあんたの耄碌もどんどん進むよう、それであんたの愚行もいよいよ磨きがかかるようにな。トービーの旦那に聞くがいいや、おいらがずる賢い狐だなんて言いっこないが、あんたが阿呆をしでかすことには太鼓判を押すでしょうな。

オリヴィア　さあマルヴォーリオ、やり返しなさいよ。

マルヴォーリオ　小生には不思議千万でございます、お嬢さまともあろうお方が、かかる能なしの徒輩をご贔屓あそばしますことが。こいつめ、先頃も、安食堂の定食以下、けし粒ほどの脳味噌もない道化にへこま

---

fool' とともに Sir Toby の主導による [4.2] の Malvolio いじめの予示になっている． **pass** = pledge.　**70 your ladyship**　you (lady) の敬称．　**barren** = destitute of wit, dull.　**71 with** = by.　**ordinary**「安食堂／(安食堂の)定食」の意味を掛ける．　**72 stone**　cf. 'He has no more wit than a stone.' (Tilley W 550) 念のため Ben Jonson の *Volpone* [2.1] に当時実在の tavern fool の Stone の名前があるが，その名前までもここに想定するのは過重負担．(*Volpone* の場合は 'stone dead' との pun がある．)　**72–73 out of his guard**　i.e. used up his defensive tricks. (fencing term. cf. 'off guard'.)

his guard already; unless you laugh and minister occasion to him, he is gagged. I protest I take these wise men that crow so at these set kind of fools, no better than the fools' zanies.

OLIVIA O, you are sick of self-love, Malvolio, and taste with a distempered appetite. To be generous, guiltless, and of free disposition, is to take those things for bird-bolts that you deem cannon-bullets. There is no slander in an allowed fool, though he do nothing but rail; nor no railing in a known discreet man, though he do nothing but reprove.

FESTE Now, Mercury endue thee with leasing, for thou speakest well of fools.

Enter Maria.

MARIA Madam, there is at the gate a young gentleman much desires to speak with you.

OLIVIA From the Count Orsino, is it?

MARIA I know not, madam; 'tis a fair young man and well attended.

OLIVIA Who of my people hold him in delay?

MARIA Sir Toby, madam, your kinsman.

OLIVIA Fetch him off, I pray you; he speaks nothing but madman. Fie on him.   *[Exit Maria.]*
Go you, Malvolio. If it be a suit from the Count, I am sick, or not at home, what you will, to dismiss it.   *[Exit Malvolio.]*

---

73 minister occasion = give opportunity.   **74 crow** i.e. laugh uproariously.   **75 set** i.e. lacking spontaneous wit; uttering memorized jests. (*Arden 2*)   **zanies** = assistants. commedia dell'arte の comic servant 役 zanni から.   **77 distempered** = morbid, unbalanced.   **78 bird-bolts** = blunt arrows for shooting birds.   **79 allowed** fool の諷刺は天下御免. cf. *King Lear* 1.4.95 note.   **82 Mercury** [mɔ́ːkjuri] ローマ神話のメルクリウス，ギリシャ神話のヘルメスに当る．神々の使者役で弁舌，商業，そして盗賊の守護神．   **endue** = endow.   **leasing**

されておりましたぞ。そうれごらんなさい、これでもう冗談も種切れ。お嬢さまがお笑いあそばしますからなんとかそれにすがって言語を発しますようなものの、それがなければあわわのわ。賢者にしてこの種の道化のお定(さだ)まりの冗談にげらげら笑いなどなさいましては、阿呆の下回りになり下がりますぞ。

オリヴィア　まあマルヴォーリオ、あなたはうぬぼれ病にかかっているのです、だから嗜好も病的になってしまうの。もっと心を大きく持って、すなおに、自由にものごとに接しなくては、ほんの小ちゃな豆鉄砲も大砲の弾丸のように聞こえてしまう。天下ご免の道化はいくら悪口(あっこう)を並べても誹謗にはならない、思慮分別で聞こえた人が非難の言葉を並べても悪口にならないのと同じです。

フェステ　嘘つきの神マーキュリーの、汝に嘘八百の才を授けられんことを。汝道化の弁護とは殊勝、殊勝。

　　　　マライア登場。

マライア　お嬢さま、若いお方がお目にかかりたいと門前に控えておりますが。

オリヴィア　オーシーノ伯爵のお使いですね。

マライア　さあて。なかなかきれいな青年で、ちゃんとお供を従えて。

オリヴィア　家(いえ)の者はだれがお断りに出ているの？

マライア　ご縁者のトービーさまが。

オリヴィア　引っ込ませて、あれはだめ。話はもう気違いだから。いやだわ。　　　　　　　　　　　　　　　　　　　　　　［マライア退場］

マルヴォーリオ、あなたが行って。伯爵からのお話だったら病気だからって。留守だって言ってもいいし、適当に言いつくろってお断りしてちょうだい。　　　　　　　　　　　　　　　　　　　　　［マルヴォーリオ退場］

= lying.　**84 gentleman** ⇨ *l.* 61 note. 後に who を補う。　**86 Count** ⇨ 1.3.89 補.　**89 hold him in delay** = put him off.　**92**［***Exit Maria.***］F1 にはこの SD がないから Maria の退場は舞台に向けて開かれているが、Capell のこの位置が妥当なものとして定着した.　**93 suit** i.e. love plea.　**94 what** = whatever. **dismiss** = reject.　［***Exit Malvolio.***］F1 の SD.

Now you see, sir, how your fooling grows old, and people dis-   95
like it.

FESTE   Thou hast spoke for us, madonna, as if thy eldest son
should be a fool, whose skull Jove cram with brains, for — here
he comes — one of thy kin has a most weak pia mater.

Enter Sir Toby.

OLIVIA   By mine honour, half drunk. What is he at the gate,   100
cousin?

SIR TOBY   A gentleman.

OLIVIA   A gentleman? What gentleman?

SIR TOBY   'Tis a gentleman here — a plague o'these pickle her-
ring. — How now, sot.   105

FESTE   Good Sir Toby.

OLIVIA   Cousin, cousin, how have you come so early by this
lethargy?

SIR TOBY   Lechery? I defy lechery. There's one at the gate.

OLIVIA   Ay, marry, what is he?   110

SIR TOBY   Let him be the devil and he will, I care not. Give me
faith, say I. Well, it's all one.   [*Exit.*]

OLIVIA   What's a drunken man like, Fool?

---

95 old = stale.   **97 spoke** ⇨ 1.4.19 note.   **98 should** = was to.（Abbott 324） **Jove** [dʒouv] = Jupiter. ローマ神話で神々の王ユピテル．ギリシャ神話のゼウスに当る．Feste は *l.* 82 で Mercury に言及しているからここでも God よりも Jove が適切．⇨ 3.4.66 補． **98–99 , for — here he comes — one**   F1 は ', for heere he comes. *Enter Sir Toby.* / One'．Sir Toby の登場のタイミングは演出に開かれているから Feste の台詞の後に回して，'here he comes' の前後にダッシュを付した（近年では *New Folger* が本版と同じ編纂）． **99 kin**   後に who を補う．cf. *l.* 84 note. 'here (comes)', 'there (is)' の後の関係代名詞の省略． **pia mater** [páiə méitə]   「(脳)軟膜」< ML. = tender mother. cf. dura mater 「(脳)硬膜」< ML. hard mother. 諸種の「膜」を「母」とみなした表現． **100**

95　どう、わかった、あなたの道化ぶりはもう古くさくなって、みんないやになってるのよ。

フェステ　ああ清らなるお方よ、先にわれら道化のための弁護、あたかもご嫡男を道化の道に入門させるがごとく、ならば神々の王ジョーヴよ、彼の頭蓋に脳味噌を豊かに詰め込まれんことを、なにしろ血のつながったお一人が——そうらお出ましになりましたぞ——頭脳の軟膜がお弱いときている。

　　　　　サー・トービー登場。

100 **オリヴィア**　ああらいやだ、もう酔っぱらってる。ねえあなた、門のところにいるのはどういうお方？

サー・トービー　りっぱな男だ。

オリヴィア　りっぱって、どういうりっぱ？

サー・トービー　そこにいるのはりっぱ——げえぇっ、酢づけのにしん
105　が胸につかえやがる。——いよう阿呆の飲んだくれ。

フェステ　トービーの旦那。

オリヴィア　ねえ、ねえったら、こんな早くからもうぐでんぐでんになっちゃって。

サー・トービー　ぐでんぐでんでも立つのは立つぞ、立てば一発かましてやるぞ。門のところに人が来てらあ。

110 **オリヴィア**　だからねえ、だあれ？

サー・トービー　悪魔かな、悪魔だって構やしねえ、悪魔祓いはお手のもの。あらえっさっさとくらあ。　　　　　　　　　　　　　　　［退場］

オリヴィア　酔っぱらいは何に似てます、道化？

By mine honour　mild oath. 母音の前の my に [n] 音が入った．(PE の a → an 参照．) ほかにも thy → thine.　**What** = what sort of man.　**he** = the man.　**101 cousin** ⇨ 1.3.4 補．　**104 here**　i.e. at the gate. 次のダッシュは本版．げっぷで後が続かない．　**105 sot** = ① fool, ② drunkard.　**107 come . . . by** = acquire.　**109 Lechery**　前の lethargy をわざと聞き間違えて．　**110 marry** ⇨ 1.3.57 note.　**111 and** ⇨ 1.3.10 note.　**112 faith**　'As protection in confrontation with the devil.' (*Riverside*)　**it's all one** = it doesn't matter.

FESTE Like a drowned man, a fool, and a madman. One draught above heat makes him a fool, the second mads him, and a third 115 drowns him.

OLIVIA Go thou and seek the crowner, and let him sit o'my coz; for he's in the third degree of drink, he's drowned. Go, look after him.

FESTE He is but mad yet, madonna; and the fool shall look to the 120 madman.   [*Exit.*]

Enter Malvolio.

MALVOLIO Madam, yond young fellow swears he will speak with you. I told him you were sick; he takes on him to understand so much, and therefore comes to speak with you. I told him you were asleep; he seems to have a foreknowledge of that too, and 125 therefore comes to speak with you. What is to be said to him, lady? He's fortified against any denial.

OLIVIA Tell him he shall not speak with me.

MALVOLIO 'Has been told so; and he says he'll stand at your door like a sheriff's post and be the supporter to a bench, but he'll 130 speak with you.

OLIVIA What kind o'man is he?

MALVOLIO Why, of mankind.

OLIVIA What manner of man?

MALVOLIO Of very ill manner; he'll speak with you, will you or 135 no.

OLIVIA Of what personage and years is he?

MALVOLIO Not yet old enough for a man, nor young enough for

---

115 above heat i.e. beyond the quantity that would warm him.（Warren & Wells）
117 crowner = coroner.   **sit o'** = hold an inquest on.   **coz** = cousin.   **121** [***Exit.***] F1 にない．Rowe の SD が定着．   **122 yond** = yonder.   **123 takes on him to** =

フェステ 土左衛門に、阿呆に、気違い。一杯きこしめして熱くなりゃ阿呆になる、二杯目で気違い、三杯目であっぷあっぷ。

オリヴィア じゃ検死のお役人をお願いね、あの人を検分してもらいましょう。どうやら酔っぱらいも三段目であっぷあっぷのようだから。さ、介抱してあげてね。

フェステ まだ気違いってとこですよ、ご主人さま。それでは阿呆が気違いの介抱とござい。　　　　　　　　　　　　　　　　　　　［退場］

　　　　マルヴォーリオ登場。

マルヴォーリオ 恐れながら門前の若者はなんとしてもお嬢さまとお話したいと言い張っております。病気と申しますとそのほどはかねて知っておる、それゆえにこそ話にきたと申します。ご就寝中と申しますとその言い訳も承知しているかのごとくそれゆえに話にきたと申します。はてはて何と返答したらよろしゅうございますかな。どう断ってもびくともいたしません。

オリヴィア 面会謝絶と伝えなさい。

マルヴォーリオ そのようにちゃんと申し聞かせました。すると門前の高札となり立って動かぬ、長腰掛の脚となって動かぬ、なんとしてもお話をと。

オリヴィア どういう種類の人なのかしら。

マルヴォーリオ それはその、人類でございます。

オリヴィア どんなふうの。

マルヴォーリオ ふうの悪い男ですな。否(いや)でも応でも話をするのだと。

オリヴィア 見かけはどういう？　年頃は？

マルヴォーリオ 大人というにはまだ年少、少年というには年長、はじけ

---

pretends to. him = himself.　**124 therefore** = for that very reason.　**129 'Has** = he has. F1 で 'H'as'. Dyce 2 の校訂に従う．**130 sheriff's post** sheriff（州長官）の役所の門前には大きな告示板が立てられていた．**supporter** = support, prop.　**135 manner** = kind. Malvolio は = manners; external behaviour in social intercourse ('formerly also sing' [OED]) の意味に．**137 personage** = personal appearance.

a boy; as a squash is before 'tis a peascod, or a codling when
'tis almost an apple. 'Tis with him in standing water, between 140
boy and man. He is very well-favoured, and he speaks very
shrewishly. One would think his mother's milk were scarce out
of him.

OLIVIA Let him approach. Call in my gentlewoman.
MALVOLIO Gentlewoman, my lady calls. [*Exit.*] 145
    Enter Maria.
OLIVIA Give me my veil. Come, throw it o'er my face.
We'll once more hear Orsino's embassy.
    Enter Viola.
VIOLA The honourable lady of the house, which is she?
OLIVIA Speak to me, I shall answer for her. Your will?
VIOLA Most radiant, exquisite, and unmatchable beauty — I pray 150
you tell me if this be the lady of the house, for I never saw her.
I would be loath to cast away my speech; for besides that it is
excellently well penned, I have taken great pains to con it. Good
beauties, let me sustain no scorn; I am very comptible, even to
the least sinister usage. 155
OLIVIA Whence came you, sir?
VIOLA I can say little more than I have studied, and that question's
out of my part. Good gentle one, give me modest assurance if
you be the lady of the house, that I may proceed in my speech.
OLIVIA Are you a comedian? 160

---

139 squash = unripe peapod. **peascod** = peapod. **codling** = unripe apple. **140 standing** = still, not ebbing or flowing. **142 shrewishly** = sharply. **144 gentlewoman** ⇨ p. 2, *l.* 8 note. **146–47** blank verse. *ll.* 205– への準備として. **147 embassy** = message（especially of love）.（Onions） **147.2 *Viola*** ⇨ p. xx. **152 besides that** ⇨ 1.3.25 note. **153 con** = memorize. **154 sustain** = suffer. **scorn**

140　る前の豆の莢、熟する前の青りんご、満ち潮引き潮その間(かん)の子供と大人の端境期。まことに端麗な顔立ちながら、言辞はまことに手きびしい。ま、母親の乳からいまだ離れておらぬようにも見受けられますが。

オリヴィア　会ってみましょう。侍女を呼んでちょうだい。

145 **マルヴォーリオ**　侍女どの、お嬢さまがお呼びですぞ。　　　　　　［退場］

　　　マライア登場。

オリヴィア　ヴェールをおくれ。さ、顔に掛けて。

　　もう一度だけオーシーノさまの口上を聞きましょう。

　　　ヴァイオラ登場。

ヴァイオラ　ご当家の女主人さまは、さてどのお方でございましょうか？

オリヴィア　わたしに話してちょうだい、わたしが代ってお答えしましょう。ご用件は。

150 **ヴァイオラ**　いともあでやかにしてうるわしく類(たぐ)い稀なる美女よ——困ったなあ、ご当家のお嬢さまはあなたさまでしょうか、まだお目にかかったことがないもんだから。せっかくの台詞を無駄にしゃべりたくありません。これでなかなかの名台詞だし、覚えるのにずいぶん苦労しました。美女の皆さま、ぼくをこれ以上侮蔑に晒さないで下さい。
155　ぼくはほんの意地悪にも傷つきやすいたちなのです。

オリヴィア　どこから来ました、あなた？

ヴァイオラ　稽古してきた台詞のほかは申し上げられません。いまのご質問はぼくの台本にはありません。お優しいお方、あなたがこの家のお嬢さまかどうか、ぼくにもせめて安心のいくようお答え下さいませんか、この先台詞が続けられるように。

160 **オリヴィア**　あなたは役者？

= derision.　**comptible** [káuntəbl] = countable, sensitive.（*OED* にこの F1 の綴りの登録がある.）　**158 modest** = moderate, satisfactory.　**160 comedian** = stage player. 恋の使者として登場した Viola の台詞は（訳にも示したように）演劇用語の連続になっている.

VIOLA No, my profound heart; and yet, by the very fangs of malice I swear, I am not that I play. Are you the lady of the house?

OLIVIA If I do not usurp myself, I am.

VIOLA Most certain, if you are she, you do usurp yourself; for what is yours to bestow is not yours to reserve. But this is from my commission. I will on with my speech in your praise, and then show you the heart of my message.

OLIVIA Come to what is important in't; I forgive you the praise.

VIOLA Alas, I took great pains to study it, and 'tis poetical.

OLIVIA It is the more like to be feigned; I pray you keep it in. I heard you were saucy at my gates, and allowed your approach rather to wonder at you than to hear you. If you be not mad, be gone; if you have reason, be brief. 'Tis not that time of moon with me to make one in so skipping a dialogue.

MARIA Will you hoist sail, sir? Here lies your way.

VIOLA No, good swabber, I am to hull here a little longer. ― Some mollification for your giant, sweet lady. Tell me your mind. I am a messenger.

---

161 my profound heart　Olivia への呼び掛け．profound = intellectually deep, very wise, sage.（Schmidt）*Arden 2* が exclamatory assertion（= No, in all sincerity）の読みを示唆しこれに従う注もあるが，やはり流れは呼び掛け．　**161–62 fangs of malice**　もちろん Olivia の．　**162 I am not that I play.**　Orsino の page は仮の姿．しかしそう言ってはみても Viola はこれまでの演劇用語の連続からも劇中の「人物」にすぎない．Sh らしい metatheatrical の軸の錯綜．that = what.　**164 usurp**　i.e. counterfeit. Viola の 'I am not that I play.' に触発されて．Viola は usurp = misappropriate の意味に．　**165 certain** = certainly. あるいは 'It is most certain that . . .' と読んでもよい．　**166 what is yours to bestow**　わざと曖昧にした言い方．具体的には *ll.* 208–09 で明らかになる．結婚してその美を子供という形で後世に残すというのはたとえば *The Sonnets* 1–17 の主題（ただし結婚を勧める相手は男性）．　**166 from** = away from.　**167 on** = go on.　**168 heart** = essential part.　**169 forgive you**　i.e. excuse you from

ヴァイオラ　いいえ思慮深いお方よ、ですがなんと人をさいなむ無慈悲なお方だ、その無慈悲に賭けてあえて申し上げましょう、本当のぼくはこんな役柄とは違う。あなたがこの家のお嬢さまですね。

オリヴィア　そうよ、わたしのは役柄ではなく本当のわたしなのよ。

165 **ヴァイオラ**　いいえ違います、あなたは役柄だけでただ仮のご自分を演じているだけなのです。だって本当は人に与えなければならないものを自分のものにひとり占めにしておいでですから。いや、これはぼくの役目を外れておりました。続けましょう、ぼくの台詞を、あなたへの褒め言葉を。それから肝心の口上を申し上げましょう。

オリヴィア　じゃそのさわりのところを。褒め言葉は免除します。

170 **ヴァイオラ**　残念だなあ、せっかく苦労して稽古したのに、とってもすてきな名台詞ですよ。

オリヴィア　ならますます嘘っぽいわね。どこかにしまっておいてちょうだい。あなたは門のところでひどく無礼な態度だったそうね、それで会ってみることにしたのよ、どんな人かひと目見ておこうと思って、本当は口上なんか聞きたくなかったの。まさか気が違ってるわけじゃあるまいし、さ、もうお帰りなさい。正気なら手短かにどうぞ。わたしは狂っているわけではありませんから、気まぐれなお話に付き合っ

175 てるひまはないのよ。

マライア　さ、さっさと帆を上げて、ご出航はこちら。

ヴァイオラ　甲板のお掃除ご苦労さま、でもこの船はもう少し停泊いたしますから。——姫君さまには守護役のこの巨人に軽挙妄動を慎むようご命令を。その上でどうぞお考えをお聞かせ下さい、ぼくも使者として主人に取り次がなくてはなりませんから。

---

reciting.　**171　like** = likely.　**172　saucy** = insolent.　**173　not mad**　次の 'if you have reason' とのコントラストの整合性から 'not' を取る Joseph Rann の校訂 (1786) があり近年では *Arden 2* がこれを復活しているが、'not' のあるなしはそれほど気にすることではない.　**174–75　'Tis not ... with me**　i.e. I am not lunatic. cf. lunacy < L. *luna* (= moon). 狂気は月の霊気の流入によるものとされた.　**175　make one in** = be a party to.　**skipping** = flighty.　**177　swabber**「甲板掃除係」　**hull** = drift with sails furled.　**178　giant**　ロマンス物語では「

OLIVIA Sure you have some hideous matter to deliver, when the 180
courtesy of it is so fearful. Speak your office.
VIOLA It alone concerns your ear. I bring no overture of war, no
taxation of homage. I hold the olive in my hand. My words are
as full of peace as matter.
OLIVIA Yet you began rudely. What are you? What would you? 185
VIOLA The rudeness that hath appeared in me have I learned from
my entertainment. What I am, and what I would, are as secret as
maidenhead; to your ears, divinity; to any other's, profanation.
OLIVIA Give us the place alone, we will hear this divinity.

[*Exit Maria and Attendants.*]

Now, sir, what is your text? 190
VIOLA Most sweet lady —
OLIVIA A comfortable doctrine, and much may be said of it. Where
lies your text?
VIOLA In Orsino's bosom.
OLIVIA In his bosom? In what chapter of his bosom? 195
VIOLA To answer by the method, in the first of his heart.
OLIVIA O I have read it, it is heresy. Have you no more to say?
VIOLA Good madam, let me see your face.
OLIVIA Have you any commission from your lord to negotiate
with my face? You are now out of your text. But we will draw 200

ヒロインの美女を護る巨人が出てくる．なお Maria を演じた少年俳優が小柄だったとすれば（cf. 2.5.11 / 3.2.54）その体型への楽屋落ち的な皮肉になる．cf. 1.3.39 note.　**178–79 Tell ... messenger.**　この読みでは台詞が論理的につながらないとして 'Tell me your mind.' を Olivia に，'I am a messenger.' を Viola に与える Warburton の校訂があり，*Cambridge 2*, Kittredge, Alexander, 近年では *New Folger* がこれを採用しているが，Warburton の改訂を支持しうる bibliographical な根拠はないのである．F1 のままで十分意味は流れる．┐　**181 office**　i.e. what you have been ordered.　**182 overture** = declaration.　**183 taxa-**

180 **オリヴィア** おおこわ、なにか大変な伝言なのね、ずいぶん恐ろしい剣幕だこと。さあ、言い付けられたお役目をおっしゃいな。

ヴァイオラ それはお嬢さまのお耳にだけ入れるべきこと。宣戦の布告でも、進貢の要求でもないのですから。手に持つしるしはオリーヴの枝、台詞はすべて平和の言葉。

185 **オリヴィア** 始まりは乱暴でした。あなたはどういう人？ 何をしようって言うの？

ヴァイオラ ぼくが乱暴にみえたとすればそれはぼくの受けた応対にならってのことです。ぼくの身元、ぼくの思い、それは処女の操の秘めごと、お嬢さまの耳には神聖、他人の耳には冒瀆。

オリヴィア 二人だけにしてちょうだい、神聖なみ言葉とやらを聞きましょう。　　　　　　　　　　　　　　　　［マライアと従者たち退場］

190 　さあ、あなたの聖句ってなあに。

ヴァイオラ ああうるわしき姫君よ——

オリヴィア あら、すてきなお説教ね、いろいろ注釈の尾ひれが付くのでしょうね。で、あなたの聖句は聖書のどのあたり？

ヴァイオラ オーシーノの胸の中。

195 **オリヴィア** 胸の中？ 胸の中のどの章？

ヴァイオラ 章でお答えしようなら、真心(まごころ)の第一章。

オリヴィア ああ、それならばもう読みました。それは異端の教えよ。もうほかに言うことはないの。

ヴァイオラ お嬢さま、お顔をお見せ下さい。

オリヴィア わたしの顔と交渉しろとご主人に言い付かってきたのです
200 か？ それって台本から外れてない？ でもいいわ、カーテンを引いて

---

tion of homage = demand for tribute.　**olive** = olive branch. 平和の象徴. **187 entertainment** = reception.　**188 maidenhead** = maidenhood, virginity.　**189 we** royal 'we'.　[*Exit Maria and Attendants.*] Capellの SD.　**190 text** 説教の主題として聖書から選ぶ聖句.　**192 comfortable** i.e. full of religious comfort.　**195 chapter** 聖書の「章」.　**196 by the method** i.e. in the same style.　**200-01 draw the curtain** cf. 1.3.105 note.

the curtain and show you the picture. [*Unveiling*] Look you, sir,
such a one I was this present. Is't not well done?

VIOLA Excellently done, if God did all.

OLIVIA 'Tis in grain, sir; 'twill endure wind and weather.

VIOLA 'Tis beauty truly blent, whose red and white 205
Nature's own sweet and cunning hand laid on.
Lady, you are the cruellest she alive,
If you will lead these graces to the grave
And leave the world no copy.

OLIVIA O sir, I will not be so hard-hearted; I will give out divers 210
schedules of my beauty. It shall be inventoried and every particle and utensil labelled to my will. As, *item*, two lips, indifferent red; *item*, two grey eyes, with lids to them; *item*, one neck, one chin, and so forth. Were you sent hither to praise me?

VIOLA I see you what you are. You are too proud, 215
But if you were the devil, you are fair.
My lord and master loves you. O such love
Could be but recompensed, though you were crowned
The nonpareil of beauty.

OLIVIA   How does he love me?

VIOLA With adorations, fertile tears, 220

---

201 [*Unveiling*] Rowe の SD が定着. **202 such ... this present** i.e. this is a recent portrait of me. (Mahood) 'was' と 'this present' 時制の相違を問題にした注が多いがいたずらにわずらわしい. **203 if God did all** i.e. if the beauty were natural. **204 'Tis in grain** = it is fast-dyed. **weather** i.e. storm. **205–08** blank verse. *l.* 209 を 7 音節にして次の散文に繋げる. **205 blent** = blended. **206 Nature** 造化の女神 Natura (L.). **cunning** = skilful. **207 she** = woman. **208 lead** = carry. **graces** = God-endowed beauties. **210 divers** = various. **211 schedules** = detailed listings. **212 labelled** = attached as a codicil. **212–13 indifferent** = moderately. **213 grey** cf. 'By a *grey* eye was meant

絵をお見せしましょう。[ヴェールを取る] これが現在のところわたし
　　　の最新の肖像画ね。どう、よく描けてるでしょう。
　ヴァイオラ　驚きました、これが本当に神さまの描かれたものなのでしょ
　　　うか。
　オリヴィア　大丈夫よ、生地(きじ)のまま、雨でも風でも剝げないわよ。
205 **ヴァイオラ**　美の調和とはこのこと。造化の女神が
　　　みごとたくみの業で赤と白とを混ぜ合わせた。
　　　ああお嬢さま、あなたは世にも残酷なお方、これほどの
　　　天与の美を、子を残さずにむざむざと、墓の中に持ち込んで
　　　この世に一枚の写しも残さないとは。
210 **オリヴィア**　あら、わたしはそんな依怙地な女じゃないわよ。美の詳細を
　　　リストにして公表します。目録をつくるのよね、それで家具調度のひ
　　　とつひとつを付箋にして遺言書に貼りつけておきます。たとえばよ、
　　　一つ、相当に赤い唇二枚。一つ、青色の目、ただし瞼つき。一つ、首
　　　すじ一個、顎一個、その他。ねえ、あなた、わたしの品定めをしてこ
　　　いって言い付かったの。
215 **ヴァイオラ**　よくわかりました、あなたさまというお方が。あなたは
　　　驕慢なお方です。ですが驕慢な悪魔だとしても、なんてお美しい。
　　　ぼくの主人はあなたを愛しておいでです。ああ、あれほどの愛が
　　　このまま報われずにいてよいものか、たとえあなたが絶世の
　　　美女の王冠を戴いたお方でも。
　オリヴィア　　　　　　　　　　どんなふうに愛していらっしゃるの？
220 **ヴァイオラ**　神を崇めるように。涙は洪水、

---

what we now call a *blue* eye.'（Malone）現在はあまり信用されていない注であるが，日本語訳の語感からも「青」を採用した．　**lids** = eye-lids．　**214 praise** = appraise, evaluate．　**215 I see . . . are**　'what you are' の目的節に 'you' が加わった例．cf. 1.2.49 note．　**proud**　cf. 'As proud as Lucifer.'（Tilley L 572）この Lucifer から次行の the devil がくる．　**220 adorations** [ӕdəréiʃiɔnz]　4音節．次に1拍を置いて4音節をさらに際立たせる．'with' を補う Pope の校訂などがあるがもちろん不要．　**fertile** = abundant．

With groans that thunder love, with sighs of fire.
OLIVIA Your lord does know my mind, I cannot love him.
Yet I suppose him virtuous, know him noble,
Of great estate, of fresh and stainless youth;
In voices well divulged, free, learned, and valiant,   225
And, in dimension and the shape of nature,
A gracious person; but yet I cannot love him.
He might have took his answer long ago.
VIOLA If I did love you in my master's flame,
With such a suffering, such a deadly life,   230
In your denial I would find no sense;
I would not understand it.
OLIVIA   Why, what would you?
VIOLA Make me a willow cabin at your gate,
And call upon my soul within the house;
Write loyal cantons of contemnèd love,   235
And sing them loud even in the dead of night;
Halloo your name to the reverberate hills,
And make the babbling gossip of the air
Cry out 'Olivia!' O you should not rest
Between the elements of air and earth,   240
But you should pity me.

---

224 estate ⇨ 1.3.91 note.   **225 voices** = public opinion.   **divulged** = spoken of. **free** = generous.   **226 dimension** = bodily frame.   **shape of nature** = natural shape.   **227 gracious** = graceful.   **228 took** = taken. cf. Franz 167.   **230 suffering** = painful. adj. として life に係る.   **deadly** = death-like.   **233 Make me**   i.e. I would make. 'me' は ethical dative（心性的与格）. 話者の関心を表すための dative の me (= for me). 聴者の関心を引くための you (= to you) もある.   **willow**   失恋の象徴. Othello に有名な 'Willow Song' がある（[4.3]）.   **234 within**

苦しみは恋の雷、溜息は炎となって。
　オリヴィア　あの方はわたしの気持ちをご存じなのです。悪いけれど愛す
　　　ることはできません。
　　　それはね、ごりっぱなお人柄ですよ、ご身分も高く、
　　　財産家、さわやかで汚れのないあのお若さでしょう。
225　世間の評判もとてもよろしいわ。闊達なご性格、それに学識、勇気。
　　　恰幅といい生来のご容姿といい、
　　　とっても魅力的なお方。でもね、愛することはできないの。
　　　もうずっと以前にご返事をさし上げたはずなのに。
　ヴァイオラ　ぼくがもしも主人のような熱い炎の愛であなたさまを
230　愛したとしたら、生きながら死の苦しみにのたうっているとしたら、
　　　あなたのお断りはまるで意味をなさないでしょう、
　　　とうてい理解できないでしょう。
　オリヴィア　　　　　　　　　　　ならあなたはどうします？
　ヴァイオラ　ご門の前に柳の小屋を編んで、
　　　お邸の中のわが魂に呼びかけましょう。
235　蔑まれた恋の思いを変わらぬ真心の歌に詠んで、
　　　夜のしじまにあたりかまわず声高く歌いましょう。
　　　あなたの名前をこだまする山々に向って声を限りに
　　　叫べば、おしゃべりなこだまの精が呼び返す、
　　　「ああ、オリーヴィアー！」──もうあなたは眠れない、
240　この広い天と地の間に身の置き所もない、
　　　ぼくの恋を哀れんで下さるまでは。

= in.　**235 cantons** = cantos, songs.　**237 Halloo** = shout. F1 は 'Hallow'. この綴りが = consecrate の意味を示唆するとして 'Hallow' のまま編纂する版が近年多いがそれでは意味が過重になる.　**reverberate** = reverberating.　**238 babbling gossip of the air** = Echo. gossip = tattling woman.　**239 should** = would certainly. *l.* 241 の should は = were to. cf. *l.* 98 note.　**240 elements**　cf. 1.1.25 note.　**of air**　i.e. sky.　**241**　6 音節. Olivia の驚きと思い入れの間.　**But** = unless.

OLIVIA You might do much. What is your parentage?
VIOLA Above my fortune, yet my state is well.
　I am a gentleman.
OLIVIA　　　　　　Get you to your lord.
　I cannot love him. Let him send no more, 245
　Unless, perchance, you come to me again
　To tell me how he takes it. Fare you well.
　I thank you for your pains. Spend this for me.
VIOLA I am no fee'd post, lady; keep your purse.
　My master, not myself, lacks recompense. 250
　Love make his heart of flint that you shall love,
　And let your fervour like my master's, be
　Placed in contempt. Farewell, fair cruelty.　　[*Exit.*]
OLIVIA 'What is your parentage?'
　'Above my fortunes, yet my state is well, 255
　I am a gentleman.' I'll be sworn thou art.
　Thy tongue, thy face, thy limbs, actions, and spirit,
　Do give thee five-fold blazon. Not too fast. Soft, soft.
　Unless the master were the man. How now?
　Even so quickly may one catch the plague? 260
　Methinks I feel this youth's perfections
　With an invisible and subtle stealth

---

243 state = condition of life.　　**244 gentleman** ⇨ *l*. 61 note.　　**248 Spend this for me.** 前に [*Offering a purse / money*] 等の SD を付する版もあるが，次行の 'keep your purse.' とともにこの台詞自体が internal SD になっている．　　**249 fee'd post** i.e. messenger to be tipped.　　**251 Love** 恋の媒介神の Cupid. 文頭に祈願文の may を補う．　　**that** i.e. (the heart of him . . .) whom. 先行詞は his (Abbott 218).　　**252–53** 退場の couplet.　　**252 like my master's, be** F1 のコンマは be の後．この punctuation の校訂は実質 Theobald. 次行の cruélty

オリヴィア　あなたならやりかねないわね。ねえ、あなたのお家柄は？
ヴァイオラ　今の運命よりは上です、今の境遇も悪くはありませんが。
　　紳士階級の出です。
　　オリヴィア　　　　　　　ご主人のところにお戻りなさいな。
245　あの方を愛することはできません。お使いももう結構です。
　　でもね、もしもよ、あの方がいまの返事をどう受け取られたか、
　　あなたが伝えにくるのならお会いしましょう。じゃごきげんよう。
　　ほんとうにご苦労さまでした。これ、どうぞ取っておいて。
　ヴァイオラ　ぼくは駄賃目あての使いではありません。その財布は
250　お納め下さい。報酬が必要なのはぼくじゃない、ぼくの主人なのです。
　　やがてあなたも恋をするでしょうが、そのときは恋の神が
　　相手の心を固い石に変え、あなたの熱情も主人の熱情と同様、
　　侮蔑に晒されますように。さようなら、美しい残酷なお方。　［退場］
　オリヴィア　「ねえ、あなたのお家柄は？」
255　「今の運命よりは上です、今の境遇も悪くはありませんが、
　　紳士階級の出です」。そうよ、あなたは紳士の階級よ。
　　話しぶり、顔立ち、体つき、物腰、それに心ばえ、
　　五拍子揃った紳士の階級よ。だめ、急いではだめ、さ、落ち着いて、
　　落ち着いてね。主人は主人、従者は従者。ね、しっかりしてよ。
260　恋の流行病(はやり)いってこんなに早く取りつくものなのかしら。
　　どうやらあの若者の完璧な魅力が、
　　いつの間にやらこっそりと、わたしの目の中に

([l] は syllabic）との rhyme からも ', be' として強調を置きたい．　**253 cruelty** abstract for concrete の例．　**254**　6 音節．Viola を見送る 4 音節の間．　**256 thou**　you から thou に．親愛の情の深まり．フランス語に動詞 *tutoyer* がある．cf. *l*. 56 note.　**258 blazon** = coat of arms.「紋章」は紳士階級（gentility）のしるし．Sh も父親のために紋章の認可を得てやった（1596 年 10 月）．　**Soft** = wait a moment.　**259 man** = servant.　**260 may** = can.　**the plague**　i.e. of love.　**261 perfections** [pəʃékʃiɔnz]　4 音節．

To creep in at mine eyes. Well, let it be.
What, ho, Malvolio.
　　　Enter Malvolio.
MALVOLIO　　　　　　Here, madam, at your service.
OLIVIA　Run after that same peevish messenger,　　　　265
The County's man. He left this ring behind him,
Would I or not. Tell him I'll none of it.
Desire him not to flatter with his lord
Nor hold him up with hopes. I'm not for him.
If that the youth will come this way tomorrow,　　　　270
I'll give him reasons for't. Hie thee, Malvolio.
MALVOLIO　Madam, I will.　　　　　　　　　　　　　[*Exit.*]
OLIVIA　I do I know what, and fear to find
Mine eye too great a flatterer for my mind.
Fate, show thy force, ourselves we do not owe.　　　　275
What is decreed must be, and be this so.　　　　[*Exit.*]

[2.1]　*Enter Antonio and Sebastian.*

ANTONIO　Will you stay no longer, nor will you not that I go with you?

SEBASTIAN　By your patience, no. My stars shine darkly over me; the malignancy of my fate might perhaps distemper yours. Therefore I shall crave of you your leave that I may bear my evils alone. It　5

---

263 mine eyes ⇨ *l.* 100 note.　**265 same**　that などの demonstrative の強め.
266 County = Count. cf. 1.3.89 補.　**267 Would I or not** = whether I wanted it or not.　**268 Desire** = entreat.　**flatter with** = encourage.　**270 If that**　that は conjunctional (⇨ 1.2.44 note).　**270–71**　couplet. *ll.* 273–76 の場の締めの 2 連へ続く.　**271 Hie thee** = make haste. thee = thyself.　**274 Mine … mind**　i.e. my eye has wished my mind (into love). (*Arden 2*)　**275 owe** = own, control.　**276**

忍び込んでしまったみたい。もうどうしようもない。

マルヴォーリオはいますか。

　　　マルヴォーリオ登場。

マルヴォーリオ　　　　　　　　はいはいお嬢さま、ご用は？

265 **オリヴィア**　急いで追っかけてちょうだい、いまの生意気なお使いを、

そら伯爵のご家来。この指輪を置いていったのです、

いやだというのに無理やり。受け取れないって返してやってね。

ご主人に気休めを言ってはいけない、無駄な望みを持たせてはいけないって

はっきり言うのよ。わたしはもうあの方には関係ありません。

270 もしもあの青年がこっちに来るようなことがあったら、

ちゃんと理由を話してあげましょうって。急ぐのよ、マルヴォーリオ。

マルヴォーリオ　承知いたしました。　　　　　　　　　　［退場］

オリヴィア　なにがなんだかさっぱりわからない、

目が先に立って心が後からついて行く。

275 いったん決ってしまえばもう逆らえない、

運命の力に結局人間は引かれて行く。　　　　　　　　　　［退場］

[2.1]　　アントーニオとセバスチャン登場。

アントーニオ　もう行ってしまうのかい、ついて行くのも断るというのかい？

セバスチャン　悪いけどそうして下さい。ぼくの運命の星はどうやら暗雲を引き連れている。逆運が君の方にうつっても困るからね。だからど

5 うかこらえてほしい、ぼくの不運はぼく一人でたくさんだ。君にまで

---

decreed = ordained by fate. cf. 'What must (shall, will) be must (shall, will) be.' (Tilley M 1331)
[2.1]　**1 nor...not**　double negative.　**3 stars**　占星術が「学」であった時代．cf. 1.4.34 note.　**darkly** = unfavourably.　**4 malignancy**　i.e. bad astrological influence.　**distemper** = infect.　**5 evils** = misfortunes.

were a bad recompense for your love to lay any of them on you.

ANTONIO Let me yet know of you whither you are bound.

SEBASTIAN No, sooth, sir. My determinate voyage is mere extravagancy. But I perceive in you so excellent a touch of modesty that you will not extort from me what I am willing to keep in; therefore, it charges me in manners the rather to express myself. You must know of me then, Antonio, my name is Sebastian, which I called Roderigo. My father was that Sebastian of Messaline, whom I know you have heard of. He left behind him myself and a sister, both born in an hour; if the heavens had been pleased, would we had so ended. But you, sir, altered that, for some hour before you took me from the breach of the sea was my sister drowned.

ANTONIO Alas the day.

SEBASTIAN A lady, sir, though it was said she much resembled me, was yet of many accounted beautiful. But, though I could not with such estimable wonder overfar believe that, yet thus far I will boldly publish her: she bore a mind that envy could not but call fair. She is drowned already, sir, with salt water, though I seem to drown her remembrance again with more.

ANTONIO Pardon me, sir, your bad entertainment.

SEBASTIAN O good Antonio, forgive me your trouble.

ANTONIO If you will not murder me for my love, let me be your

---

8 sooth = in sooth; truly. sooth = truth. **determinate** = intended. ラテン語を語源とする -ate 動詞は pret., p.p. も原形のままの場合がある．(Abbott 342) **mere** = utter. **8–9 extravagancy** = wandering. < L. *extra*（= without）+ *vagari*（= to wander）. **9 touch** = delicate feeling. **modesty** = politeness. **11 the rather** = the more readily. **13 Roderigo** [rɔdəriːgou] **Messaline** [mésəliːn] ⇨補. **15 in an hour** i.e. at the same time. **would** = I wish. **16 so** i.e. in an hour. **some hour** = an hour or so. **17 breach** = breaking waves. **19 A lady** 次に who を

背負わせたらせっかくの友情を仇で返すことになるからね。

アントーニオ　行先ぐらいは教えておいてくれよ。

セバスチャン　いいんだ君、ぼくの船の行先は行方定めぬ風まかせ。だが素性を隠しておきたいというぼくの気持ちを君はやさしく察してくれて無理に聞き出そうとしない、その節度ある態度がとてもうれしいものだから、礼儀上からもかえってここで出自を打ち明けておきたくなった。じつはねアントーニオ、これまでロダリーゴの名前で通してきたけど、ぼくの本名はセバスチャン。父親はメサリーンのセバスチャン、と言えば君も聞いたことのある名前だろう。父はぼくと妹を残して死んだよ、二人は同(おな)じ時刻に生れた双子、ああ叶うことなら死ぬのも同(おな)じ時刻だったらよかった。でもね、君がその望みを変えてくれたことになる、あの荒波からぼくを救ってくれた一時間ほど前に妹は波に呑まれてしまったのだから。

アントーニオ　ああ、なんて気の毒な。

セバスチャン　妹はね、ぼくと瓜二つとよく言われたが、とにかく美女の誉れが高かった。でもそんな世間の評判を兄のぼくがどこまでも信じるわけにはいかないが、せめてここまではだれ憚ることなく断言できる、妹は心の美しい、どんな悪意の目からみても美しいとしか言いようのない女性だった。その妹は波に呑まれた、塩からい海の水に、その上またぼくの涙で妹の思い出を溺れさせてはならないというのに。

アントーニオ　申し訳ない、そんなりっぱな家のお方とは知らずに。

セバスチャン　いやアントーニオ、ぼくの方こそすっかりご迷惑を掛けました。

アントーニオ　どうかぼくを召使にして下さい、このままお別れするのは

補う．**20 of** = by．**21 estimable wonder** = admiring judgement.（Onions）estimable（= estimating）と wonder（= admiration）を逆に置いて読めばよい．**overfar** = too far. 次の thus far に続く．**22 publish** = proclaim．**envy** = malice．**25 your** i.e. toward you．**bad entertainment** i.e. hospitality unworthy of the son of *Sebastian of Messaline*.（Warren & Wells） servant.

SEBASTIAN If you will not undo what you have done, that is, kill him whom you have recovered, desire it not. Fare ye well at once; my bosom is full of kindness, and I am yet so near the manners of my mother, that upon the least occasion more mine eyes will tell tales of me. I am bound to the Count Orsino's court. Farewell.

[*Exit.*]

ANTONIO The gentleness of all the gods go with thee.
I have many enemies in Orsino's court,
Else would I very shortly see thee there.
But, come what may, I do adore thee so,
That danger shall seem sport, and I will go.   [*Exit.*]

[2.2]   *Enter Viola and Malvolio at several doors.*

MALVOLIO Were not you e'en now with the Countess Olivia?
VIOLA Even now, sir; on a moderate pace I have since arrived but hither.
MALVOLIO She returns this ring to you, sir; you might have saved me my pains, to have taken it away yourself. She adds, moreover, that you should put your lord into a desperate assurance she will none of him. And one thing more, that you be never so hardy to come again in his affairs, unless it be to report your lord's taking of this. Receive it so.

---

30 recovered = rescued. **Fare ye well** fare = get on（本来は = travel の意味）. ye は主格または目的格. 主格にとれば命令の vocative. 与格にとれば fare は impers. v.（thou の場合は fare thou well / fare thee well の両形がみられる.）
31 kindness = tenderness. **33 Count** ⇨ 1.3.89 補. **34–** 友情の吐露で blank verse に入る. *ll.* 37–38 は退場の couplet. **34 gentleness** = favour. **thee** you から thou に変っている. cf. 1.5.256 note.
[2.2] **0.1 *at several doors*** F1 の SD. several = separate. ⇨補. **1 e'en now** =

死ぬほどつらい。
　セバスチャン　せっかくここまでぼくに尽してくれたんだから死ぬほど
30　などと言いっこなし、それでは命を救われたぼくの方が死ぬほどつら
　　い、どうかこらえて下さい。もうこれでお別れします。いまは胸が
　　いっぱいで、女々しい母親の気持ちというか、この上なにか言われ
　　ただけでもう目のやつが言うことを聞きそうにもない。ぼくはこれから
　　オーシーノ伯爵の館へ。さようなら。　　　　　　　　　　　［退場］
　アントーニオ　神々のご加護があなたの上に。
35　オーシーノの館にはおれの敵だらけ、
　　すぐにもついて行きたいところだが。
　　ええいままよ、あんたはおれの導きの星、
　　危険がなんだ、おれは行くぞ。　　　　　　　　　　　　　　［退場］

[2.2]　　ヴァイオラとマルヴォーリオ、別々の登場口から登場。
　マルヴォーリオ　そなた、今しがた伯爵令嬢オリヴィアさまのもとにおっ
　　たお方だな。
　ヴァイオラ　そうです。並の速度で歩いてただ今ここに参りました。
　マルヴォーリオ　この指輪はそなたに返すようにとの仰せである。そなた
5　が受け取っておればわざわざわたしを労するまでのことではなかった。
　　それとですな、お嬢さまにはご主人にはなんの気持ちも動かない、望
　　みは絶対にありえない、この旨しかとお伝えいただきたいとのことだ。
　　そうそうもう一つあったな、この件に関してそなたのぶしつけな来訪
　　は二度とお断りとのこと、ただし向う様の反応の報告ということであ
　　ればやむをえんとも言われた。ではそれ、受け取りなさい。

---

even now; just now.　**2–3 arrived but hither** = come only this far.　**5 to have taken**　i.e. if you have taken it. Sh時代の to-infinitive の用法は PE に比べ自由だった。（Franz 655）ここでは仮定の意味を含むので perfect infinitive になっている。　**6 desperate assurance**　i.e. certainty of hopelessness.　**7–8 so...to** = so...as to.　cf. Abbott 281.　**8 hardy** = audacious.　**9 this**　i.e. this message.　**it**　次の Viola の台詞からも ring ととる方が自然．

愛惜の Twelfth Night

現代の Twelfth Night の舞台でわたしの最も愛惜措くあたわざるのは，(もちろん実際に観たわけではないけれども) 1955 年のストラットフォード，シェイクスピア記念劇場(現在のロイヤル・シェイクスピア劇場)での上演である．その年，劇場の責任者の 1 人グレン・バイアム・ショー (Glen Byam Shaw) に招かれて，ローレンス・オリヴィエ (Laurence Olivier) とヴィヴィアン・リー (Vivien Leigh) 夫妻はシェイクスピアの 3 作品に出演した．その最初が Twelfth Night，演出ジョン・ギールグッド (John Gielgud)，オリヴィエの Malvolio，ヴィヴィアンの Viola．しかしヴィヴィアンの劇評はかんばしくなかった．彼女はすでに神経を病んでいたのである．それから 5 年後に 2 人は協議離婚をし，ヴィヴィアンは悲劇的な最期を迎える (1967)．ガラスのように繊細な美女の毀れやすい薄命．Viola にはつねにそういう感傷がつきまとうようにわたしには思われる．ついでながら残り 2 作品は Macbeth と Titus Andronicus (演出家はそれぞれ別)．

VIOLA She took the ring of me; I'll none of it.　　　　　　　　10
MALVOLIO Come, sir, you peevishly threw it to her; and her will
　is it should be so returned. If it be worth stooping for, there it
　lies in your eye; if not, be it his that finds it.　　　　　　[*Exit.*]
VIOLA I left no ring with her. What means this lady?
　Fortune forbid my outside have not charmed her!　　　　　15
　She made good view of me, indeed so much,

---

10 She took the ring of me　Viola は Olivia に ring を渡していない．Dyce 2 は 'the ring' を 'no ring' に校訂したが，それではかえって Viola の心理を浅薄にする．最後に！をはさむ校訂も同様．**of** = from.　**11 peevishly** = ill-manneredly.　**12 so**　i.e. thrown. たとえば *Oxford* は 'so returned.' の後に [*He throws the ring down.*] の SD を，*l.* 14 の Viola の台詞の前に [*picking up the ring*] の SD を付しているが，タイミングは演出者に開かれている．cf. 1.5.248 note.　**13 in**

撮影　Angus McBean

ヴァイオラ　お嬢さまがぼくから受け取ったんだ、いまさら返すと言ったって。

マルヴォーリオ　おいおい、そなたは投げて寄越したというではないか、え、無作法な話だ。お嬢さまには同じようにして返せとのご意向である。かがんで拾う気があれば、そうれ、目の前にある。拾う気がなければ見つけた者勝ちだな。　　　　　　　　　　　　　　　　　　［退場］

ヴァイオラ　指輪なんか置いてきやしない、なんのつもりなのあの方？
え、まさか！　わたしの外側に恋こがれてしまったのだとしたら。
そういえばわたしの顔をじっと見つめてた、穴の開くほど、

---

your eye = in your sight.　**his that**　cf. 1.5.251 note.　**14–**　blank verse への転換．　**15 Fortune**　運命の女神 Fortuna（L.）．　**not charmed her!**　not が入ることで驚きが増幅する．charmed = enchanted.（PE より意味が強い．）! は F1 の : の転換．

That methought her eyes had lost her tongue,
For she did speak in starts distractedly.
She loves me, sure, the cunning of her passion
Invites me in this churlish messenger.   20
None of my lord's ring? Why, he sent her none.
I am the man; if it be so, as 'tis,
Poor lady, she were better love a dream.
Disguise, I see, thou art a wickedness,
Wherein the pregnant enemy does much.   25
How easy is it for the proper-false
In women's waxen hearts to set their forms.
Alas, our frailty is the cause, not we,
For such as we are made, if such we be.
How will this fadge? My master loves her dearly,   30
And I, poor monster, fond as much on him,
And she, mistaken, seems to dote on me.
What will become of this? As I am man,
My state is desperate for my master's love;
As I am woman, now alas the day,   35
What thriftless sighs shall poor Olivia breathe.
O time, thou must untangle this, not I;
It is too hard a knot for me t'untie.   [*Exit.*]

---

17 That methought That の前に 1 拍置けばリズムは支障なく流れる. F2 の 'That sure methought' の改訂は不要. *Oxford* の 'That straight methought' も採れない. **lost** i.e. made her lose. **18 in starts** = in fits and starts. **19 cunning** = craftiness. **20 Invites** i.e. give me an invitation. **in** = by means of. **21 None of** i.e. she will not have. (cf. *l. 7.*) (*New Folger*) **23 she were better** = she had better. 'it were better (for) her' の her が主語に意識された形. cf. 1.5.26 note. **25 Wherein** = in which; by means of which (i.e. the disguise). **the pregnant enemy** i.e. Satan. pregnant = who is always quick and ready (to deceive).

目のおかげで口がお留守になったみたいに、
話すことはまるでとりとめもなくしどろもどろ。
わたしに恋しちゃった、きっとそう、恋の熱の
20 とっさの気転で、あのいやな男をわたしのところに。
お返ししますですって？ あらあら指輪なんか上げてないのに。
恋のお目当てはこのわたし、そう、それと決まった、
でもかわいそうにねえ、夢に恋した方がましよ。
ああ変装、お前こそは悪の姿、
25 自信満々の悪魔は変装の手段で人を悪の道に誘い込む。
美しい男は偽りを内に隠していともやすやすと
女の脆い蠟の心にその美形を刻印する。
ああなんて脆い、でも女だからじゃないの、
女の中の脆さが女を脆くしてしまうの。
30 でもどうなっちゃうのかしら？ ご主人さまはあの方を愛してる、
あわれなお化けのこのわたしはご主人さまにもう夢中、
あの方ったら取り違えてわたしにどうやら首ったけ。
ほんとにどうなっちゃうの？ わたしは男なのだから
ご主人さまを愛したって望みが叶うはずがない、
35 でもわたしは女だから、ああほんとにかわいそう、
あの方がいくら溜息をついたって報われるはずがない。
時よ、この縺れをほぐすのはお前の役目、
これだけ縺れてしまってはわたしの手に負えやしない。　　　　［退場］

(*Norton*)　**26 the proper-false** = handsome and deceitful men. ハイフンは Malone.　**28–29**　couplet. *ll.* 37–38 への前奏.　**28 our frailty**　F1 は 'O frailtie'. F2 の改訂が定着. cf. 'Frailty, thy name is woman.' (*Hamlet*, 1.2, 146) なお Wilson は F1 の misprint を 'probably misreading of "oʳ" the contracted form of "our"'. としている. (*Cambridge 2*)　**29 made, if**　Joseph Rann の 'made of,' への校訂 (1786) がいささか安易に定着してきたが F1 のままで十分に読める. Mahood とともに F1 に復する.　**30 fadge** = turn out.　**31 fond** = dote.　**36 thriftless** = unprofittable.　**37–38**　場面を締める退場の couplet.

[2.3]   *Enter Sir Toby and Sir Andrew.*

SIR TOBY   Approach, Sir Andrew. Not to be abed after midnight is to be up betimes; and *diluculo surgere*, thou knowest.

SIR ANDREW   Nay, by my troth, I know not; but I know to be up late is to be up late.

SIR TOBY   A false conclusion. I hate it as an unfilled can. To be up after midnight and to go to bed then, is early; so that to go to bed after midnight is to go to bed betimes. Does not our lives consist of the four elements?

SIR ANDREW   Faith, so they say; but I think it rather consists of eating and drinking.

SIR TOBY   Th'art a scholar; let us therefore eat and drink. Marian, I say, a stoup of wine!

   Enter Feste.

SIR ANDREW   Here comes the Fool, i'faith.

FESTE   How now, my hearts. Did you never see the picture of 'We Three'?

SIR TOBY   Welcome, ass. Now let's have a catch.

SIR ANDREW   By my troth, the Fool has an excellent breast. I had rather than forty shillings I had such a leg, and so sweet a breath to sing, as the Fool has. In sooth, thou wast in very

---

[2.3]　**1 abed** = in bed. cf. 1.3.3 note.　**2 *diluculo surgere*** (*saluberrimum est*) (L.) = to rise early (is most wholesome). 当時のラテン語初歩教科書, William Lyly, *A Short Introduction of Grammar* に出る名句. F1 は *diluculo* を '*Deliculo*' と誤っているが authorial error のはずはない. Rowe が校訂.　**3 by my troth** ⇨ 1.3.3 note.　**5 can** = metal mug.　**7 lives**　動詞の 'Does' が不一致. Rowe 2 が 'live' に校訂しているが Sh によくある例 (Abbott 335).　**8 four elements** 古代自然哲学で自然界を構成する四大元素. cf. 1.1.25 note.　**9 Faith** ⇨ 1.3.100 note.　**11 Marian** [mǽriən]　Mary (Maria) の愛称.　**12 wine!**　！は本版. 諸

[2.3] 　サー・トービーとサー・アンドルー登場。

サー・トービー　こっちだ、サー・アンドルー。夜半を過ぎて寝ないってのは早起きってことだ。「早朝ノ起床ハ健康ニスコブル可」、どうだい、知ってるかい。

サー・アンドルー　いいや、知らんぜぼくは。けど遅くまで起きてるのは遅くまで起きてるってこどだろう。

5 **サー・トービー**　誤てる結論だな。酒の注(そそ)がれぬ空(から)コップのごとく我輩の忌み嫌うところだ。夜半過ぎまで起きておってしかるのち寝るってのは早寝だ、つまりだな、就寝夜半過ぎはすなわち早寝早起。だいたい人間の生命は四大元素でできておる。

サー・アンドルー　みんなそう言ってるけど、ぼくは飲むことと食うこと
10 　でできてると思うよ。

サー・トービー　君は学者だよなあ。それでは大いに飲みかつ食おうではないか。おういマライアねえちゃん、酒持ってこい！

　　　　　フェステ登場。

サー・アンドルー　来た来た、阿呆が。

15 **フェステ**　やあ、お揃いですね。これで「三人阿呆」の看板どおりだ。

サー・トービー　三人目が飛び入りとはうれしいね。ようし、「追っかけ歌」でひと騒ぎしようや。

サー・アンドルー　いい喉だからねえ、この阿呆は。ぼくもほしいよなあ、絶対ほしいよなあ、あんな踊りの脚と、それからとろけるみたいなこいつの声。ねえ、昨日(きのう)の晩のお道化(どけ)ぶりは神業だったよ、そら、

版もほぼ同様．　**14–15 'We Three'**　次ページに解説．　**16 ass** = stupid fellow. **catch**　一種の「輪唱」．少々長いが Onions を引くと 'short, part-time musical composition sung by three or more voices, each taking up the melody in succession, the second singer beginning the first line, as the first goes on to the second line, and so on.'．訳では「追っかけ歌」とした．　**17 breast** = singing voice.　**17–18 I had . . . shillings**　'I wish' を強めた表現．forty は 'used indefinitely to express large number.'（Onions）　**19 breath** = voice.

'We Three Loggerheads'

Malone その他によれば、シェイクスピアの時代酒亭などの看板に道化(阿呆)2人の絵姿が貼られていたという。絵の下には 'We three are asses.', または 'We three loggerheads be.' と書かれていた。絵の阿呆2人に加えてそれを眺めているご当人が3人目の阿呆に見立てられる。右ページに掲げたのは Shakespeare Birthplace Trust 所蔵のもの。左に当時著名な道化師 Tom Derry (本シリーズ *King Lear*, p. 62 参照)、右に同じく Archie Armstrong, 手に fool's stick を持つ。(その stick の先端に fool の顔が刻まれていることからこの絵自体が 'we three loggerheads' と解されるのではないかと Warren & Wells はこだわっているが。)

なお Mahood は右図とは違う当時の 'trick picture' を指すのではないかと注記している——普通に見れば fool の顔、逆にすると別の fool の顔、横にして見ると 'donkey' になる、そういう「だまし絵」。しかし右のような実例がりっぱに残っていることだし、ここはやはり Malone をはじめとする歴代の訓詁の重みに従うべきだと思う。

　　　gracious fooling last night, when thou spokest of Pigrogromitus, 20
　　　of the Vapians passing the equinoctial of Queubus. 'Twas very
　　　good, i'faith. I sent thee sixpence for thy leman; hadst it?
FESTE　I did impeticos thy gratillity; for Malvolio's nose is no
　　　whipstock, my lady has a white hand, and the Myrmidons are
　　　no bottle-ale houses.　　　　　　　　　　　　　　　　　　25
SIR ANDREW　Excellent! Why, this is the best fooling when all is
　　　done. Now, a song.
SIR TOBY　Come on, there is sixpence for you. [*Gives money to*

---

20 Pigrogromitus [pìgrougroumáitəs], **21 Vapians** [véipiənz], **equinoctial**, **Queubus** [kwú:bəs] ⇨補．　**20 gracious** = talented, inspired.（Mahood）　**22 sixpence**　1971 年の通貨改正まで 1 pound = 20 shillings, 1 shilling = 12 pence.（*l*. 18 の forty shillings は = 2 pounds.）当時の貨幣価値は単純に比較できないが，大衆劇場の最低入場料 1 penny あたりがとりあえず参考になる．　**leman** =

ピグログロミトゥスの話、昼の明星群が大月輪の赤道を過ぐるときとかなんとか言っちゃって。いやじつにみごとだった。君のいい人にチップと思って六ペンス届けたんだけど、受け取ったかい？

フェステ その大枚のご芳志なるものは小生ありがたく着服いたしましてございます。なんとなれば、そもマルヴォーリオの目は節穴ならざれば小生こと酒をくすねること叶わず、加えてわが恋人は不見転（みずてん）にあらずして、わが酒亭は屋台店とはいささか格が違いますれば。

サー・アンドルー すごいなあ！ こんなすごいお道化（とけ）の文句は聞いたことがない。今度はさあ歌だよ。

サー・トービー ようし、そら六ペンスだ。[フェステに金を与える] さあ、

---

sweet heart.　**23 impeticos**　im + pocket（「ポケットに入れる」）の pocket をさらに petticoat に変換した Feste の burlesque word. 次の gratillity は gratuity の burlesque.　**23–25 for Malvolio's ... houses** ⇨補.　**26 Excellent!** ！は F1 の：の転換（諸版も同様）．　**26–27 when all is done** = after all.

Feste] Let's have a song.

SIR ANDREW There's a testril of me too. [*Gives money to Feste*] If one knight give a —

FESTE Would you have a love-song, or a song of good life?

SIR TOBY A love-song, a love-song.

SIR ANDREW Ay, ay; I care not for good life.

FESTE [*sings*]

> O mistress mine, where are you roaming?
> O stay and hear, your true love's coming,
>   That can sing both high and low.
> Trip no further, pretty sweeting;
> Journeys end in lovers meeting,
>   Every wise man's son doth know.

SIR ANDREW Excellent good, i'faith.

SIR TOBY Good, good.

FESTE [*sings*]

> What is love? 'Tis not hereafter;
> Present mirth hath present laughter.
>   What's to come is still unsure.
> In delay there lies no plenty;
> Then come kiss me, sweet and twenty,
>   Youth's a stuff will not endure.

---

30 [*Gives money to Feste*] 本版の SD. 台詞の理解のため最小限の必要. *ll.* 28–29 の SD も同様に本版.　**30 testril** 'diminutive alteration, or corruption of "tester".' (*OED*) tester (< It. *teston / testa* = head) は Henry VII 時代, 国王の肖像が刻印された 1 shilling 銀貨. 次第に価値が下がり 6 pence になった. Sir Andrew は粋がって(そして惜しがって)こんな言葉を使っている.　**of** ⇨ 2.2.10 note.　**31 give a —** ⇨補.　**32 good life** i.e. merry life. (a song of good life は 'a drinking song' のこと.) しかし Sir Andrew は 'virtuous life' の意味にとった. 訳は変えてある.　**35–40, 43–48** ⇨補.　**35 mistress mine** = my sweetheart.　**36**

歌といこうぜ。

サー・アンドルー ぼくも六ペンス銀貨を上げるよ。[フェステに金を与える] ぼくだって騎士の身分だからね、隣の騎士に負けちゃ──

フェステ 恋の歌にしますか、それとも酒飲みの歌にしますか。

サー・トービー 恋の歌だ、恋の歌だ。

サー・アンドルー そうだ、そうだ、酒なんかもうへどが出る。

フェステ［歌う］

　　　ねえ、どこへも行かないで、かわいい人、
　　　ここにいるのがあなたの恋人、
　　　　歌うは甘く切ない恋の歌。
　　　だからねえ離れちゃいけない、かわいい人、
　　　好いた同士がめぐり合えばそこが二人の愛の宿、
　　　　だれだってみんな愛しあうのさ。

サー・アンドルー いいなあ、うっとりするよなあ、

サー・トービー いいぞ、いいぞ。

フェステ［歌う］

　　　ねえ、恋って何だか知っている、かわいい人、
　　　それはね、今、今このときの悦楽、明日(あす)のことなど
　　　　だれにだってわかりやしない。
　　　だからさあ、後をふり向かないで、ぼくのかわいい人、
　　　接吻しましょう、体ごととろけるような接吻を、
　　　　青春は二度と返らぬのだから。

---

love = lover. **38 sweeting** = darling. **39 in lovers meeting** = when lovers meet. (''lovers'[pl. possesive]' への校訂 [Theobald 2] は不要，meeting は p.p. で lovers に係る.) **40 Every wise man's son** i.e. everyone. 'A wise man commonly has a fool to his heir (has foolish children).' (Tilley M 421) と結びつけてこれを fool と解する注が多いが考え過ぎだと思う. **41 Excellent** (adv.) = excellently. **43 hereafter** i.e. in the future. **45 still** = always. Sh ではほとんどがこの意味. **46 plenty** i.e. profit. **47 come kiss** ⇨ cf. 1.1.16 note. **sweet and twenty** = twenty times sweet. and twenty は intensive.

SIR ANDREW   A mellifluous voice, as I am true knight.
SIR TOBY   A contagious breath.
SIR ANDREW   Very sweet and contagious, i'faith.
SIR TOBY   To hear by the nose, it is dulcet in contagion. But shall we make the welkin dance indeed? Shall we rouse the night-owl in a catch that will draw three souls out of one weaver? Shall we do that?
SIR ANDREW   And you love me, let's do't. I am dog at a catch.
FESTE   Byrlady, sir, and some dogs will catch well.
SIR ANDREW   Most certain. Let our catch be 'Thou knave'.
FESTE   'Hold thy peace, thou knave', Knight? I shall be constrained in't to call thee 'knave', Knight.
SIR ANDREW   'Tis not the first time I have constrained one to call me knave. Begin, Fool; it begins, 'Hold thy peace'.
FESTE   I shall never begin if I hold my peace.
SIR ANDREW   Good, i'faith. Come, begin.   [*They sing a catch.*]
   Enter Maria.
MARIA   What a caterwauling do you keep here? If my lady have not called up her steward Malvolio and bid him turn you out of doors, never trust me.
SIR TOBY   My lady's a Catayan, we are politicians, Malvolio's a

---

49 as ... knight   前の表現の asseveration.   **50 A contagious breath**   Feste の歌に挑発されて自分でも歌いたくなったということ. breath は *l.* 19 と同じく = singing voice であるが, 当時ペストは息 (breath) によって伝染するとされていたのでこの表現になった. cf. 1.1.19 note. 次行の Sir Andrew はそれをおうむ返しに繰り返しただけ. このあたり contagious に二重の意味を読み込む注解があるがいたずらにわずらわしい.   **52 To hear** = in hearing. cf. 2.2.5 note.   **53 welkin** = heavens, heavenly bodies.   **54 draw three souls**   歌は聞く人の魂を抜き取るという. three souls は大げさな言い方.   **weaver**   ヨーロッパの低地地方から亡命してきた敬虔なカルヴァン派には機織りが多かった.

サー・アンドルー　ああ、とろけちゃうよなあ、ぞくぞくするよなあ。
サー・トービー　伝染性の声だ。
サー・アンドルー　ほんとだ、甘くて伝染性だ。
サー・トービー　さよう、鼻で聞けば歌は甘美に伝染する。ならばわれらも満天の星々を踊らせようではないか、夜のふくろうを飛び立たせようではないか、坊主も浮かれて踊り出す追っかけ歌でだ。どうだね。
サー・アンドルー　やろう、やろう。ぼくは追っかけ歌は得意なんだ。
フェステ　でもねえ、追っかけすぎてすってんころりんはいけませんよ。
サー・アンドルー　大丈夫だよ。歌はそら「この馬鹿」はどうだろう。
フェステ　「黙れこの馬鹿」ってやつですね。ですがちょいと困ったな、あたしゃかたじけなくもあなたさまを馬鹿呼ばわりしなきゃならない。
サー・アンドルー　いいんだ、ぼくは馬鹿呼ばわりには慣れてるから。じゃ阿呆、君が先だ、そら「黙れこの馬鹿」。
フェステ　「黙れ」じゃ始められない。
サー・アンドルー　うまい、うまい。さあ始めたり、始めたり。

　　　　　　　　　　　　　　　　　〔三人「追っかけ歌」を歌う〕
　　マライア登場。

マライア　そんなにぎゃあぎゃあ騒ぎ立てて。お嬢さまがきっと執事のマルヴォーリオを起こして、家から追い出せって言いつけますよ。
サー・トービー　お嬢さまはご清潔、おれたちゃいたずら悪がき揃いで、マルヴォーリオは「あらえっさっさ」とくらあ。どうだ、「おれたち陽

---

56 And ⇨ 1.3.10 note. **dog at** = good at. **57 Byrlady** [bəːlǽdi] = by Our Lady, by the Virgin Mary. **dogs** 前行の dog を「猟犬」の意味にずらして. **58 'Thou knave', 59 'Hold thy peace, thou knave'** 'Hold thy peace and I prithee hold thy piece thou knave . . .' と続く catch の楽譜が残っている. peace = silence. cf. 1.5.25 note. **66 bid** (p.p.) = bidden. **68 Catayan** 従来は 'Cathayan' として i.e. Chinese (< Cathay = China) の注解が一般的に通用していたが, Warren & Wells があらたに < Cathar「カタリ派」から i.e. puritan の解を提案, 本注釈もこれに就き, 酔っぱらった Sir Toby の舌のもつれなども考慮して, 綴りを F1 のまま [kǽtəjən] の発音を示唆したい. **politicians** = wily intriguers.

Peg-a-Ramsey; and 'Three merry men be we'. Am not I consanguineous? Am I not of her blood? Tilly-vally, 'Lady'! [*Sings*] 70
'There dwelt a man in Babylon, lady, lady —'

FESTE　Beshrew me, the Knight's in admirable fooling.

SIR ANDREW　Ay, he does well enough if he be disposed, and so do I too. He does it with a better grace, but I do it more natural.

SIR TOBY [*sings*]　'O'the twelfth day of December —' 75

MARIA　For the love o'God, peace.

　　　　Enter Malvolio.

MALVOLIO　My masters, are you mad? Or what are you? Have you no wit, manners, nor honesty, but to gabble like tinkers at this time of night? Do ye make an ale-house of my lady's house, that ye squeak out your coziers' catches without any mitigation 80 or remorse of voice? Is there no respect of place, persons, nor time, in you?

SIR TOBY　We did keep time, sir, in our catches. Sneck up.

MALVOLIO　Sir Toby, I must be round with you. My lady bade me tell you, that, though she harbours you as her kinsman, she's 85 nothing allied to your disorders. If you can separate yourself and your misdemeanours, you are welcome to the house; if not, and it would please you to take leave of her, she is very willing to bid you farewell.

---

69 Peg-a-Ramsey　当時の俗謡の題名(「ラムジー村のペグ」)とされる．Peg は Margaret の愛称．a = of.　**69 'Three . . . we', 70–71** [*Sings*] **'There . . . lady —', 75** [*sings*] **'O'the . . . December —'** ⇨補．　**69 be** ⇨1.3.9 note.　**70 Tilly-vally**　an exclamation of impatience.(*New Folger*)　**'Lady'!**　' ' と ! はともに本版．　**72 Beshrew me** = curse me.(mild oath)　**74 natural** = ① (adv.) naturally, ② like an idiot. cf. 1.3.25 note.　**78 wit** ⇨ 1.3.73 note.　**honesty** = decorum. **but to gabble**　i.e. to prevent yourselves from gabbling. but は 'signifying preven-

気な三人衆」といこうじゃねえか。おれさまはご血縁だ、まっ赤な血が繋がってんだ。てやんでえ、「お嬢さま」だと！［歌う］「もしもしあのねお嬢さま、むかしむかしのその昔——」

フェステ　参りましたなあ、旦那の道化は玄人はだしだ。

サー・アンドルー　そうとも、その気になれば玄人以上なんだ。ぼくだって玄人だよ。でも彼の方が一枚上だよなあ、ぼくの方は素人の地でやるんだから。

サー・トービー　［歌う］「ほい、祭りの晩には無礼講——」

マライア　ねえ、やめて下さいな。

　　　　　マルヴォーリオ登場。

マルヴォーリオ　皆さま方、気でも違われたか、え、何のおつもりですか。知恵分別、行儀作法、勲爵士たるの体面、みんなお忘れか、夜半この時刻にあたかも車夫のごとくに騒ぎをなさるとは。馬丁どもの好むという追っかけ歌なるものをまこと傍若無人の高歌放吟。伯爵令嬢のお邸をば居酒屋になさろうとのおつもりか。場所柄、ご身分、夜のとき、皆さま方には何と心得られる？

サー・トービー　追っかけ歌の追っかけどきなら一同ちゃんと心得てらあ、このくたばり損ない！

マルヴォーリオ　トービーさま、かくなる上は率直に申し上げねばなりますまい。お嬢さまにはかよう申し伝えよとのこと、ご縁をもって宿泊を願ってはおりますが、あなたさまのご乱行とは縁もゆかりもなし。向後不行跡ときっぱとお手を切られるのであればお迎えもいたしましょうが、それも叶わぬままここをお立ち去りなさるのであれば、それはもう喜んでお別れしたい。

---

tion'. (Abbott 122)　**tinkers**　酔いどれの代名詞．　**80 that** = in that.　**coziers** = cobblers. 仕事をしながら大声で歌を歌うとされた．　**80–81 mitigation or remorse**　i.e. considerate lowering. 両語ともいかにも Malvolio らしく固い．　**83 Sneck up** = be hanged. (*OED*)！ は本版（諸版も同様）．　**84 round** = plain-spoken.　**86 nothing** (adv.) = not at all.　**87 and** ⇨ 1.3.10 note.

SIR TOBY [*sings*] 'Farewell, dear heart, since I must needs be gone.' 90
MARIA Nay, good Sir Toby.
FESTE [*sings pointing to Malvolio*] 'His eyes do show his days are almost done.'
MALVOLIO Is't even so?
SIR TOBY [*sings*] 'But I will never die.' 95
FESTE [*sings*] 'Sir Toby, there you lie.'
MALVOLIO This is much credit to you.
SIR TOBY [*sings pointing to Malvolio*] 'Shall I bid him go?'
FESTE [*sings*] 'What and if you do?'
SIR TOBY [*sings*] 'Shall I bid him go and spare not?' 100
FESTE [*sings*] 'O no, no, no, no, you dare not.'
SIR TOBY Out o'tune, sir, ye lie. — [*to Malvolio*] Art any more than a steward? Dost thou think, because thou art virtuous, there shall be no more cakes and ale?
FESTE Yes, by Saint Anne; and ginger shall be hot i'th'mouth too. 105
SIR TOBY Th'art i'th'right. Go sir, rub your chain with crumbs. A stoup of wine, Maria.
MALVOLIO Mistress Mary, if you prized my lady's favour at anything more than contempt, you would not give means for this uncivil rule; she shall know of it, by this hand. [*Exit.*] 110
MARIA Go shake your ears.
SIR ANDREW 'Twere as good a deed as to drink when a man's a-hungry, to challenge him the field, and then to break promise

---

90–101 ⇨ 補. **90 needs** (adv.) = necessarily. **99 and if** = if. and (⇨ 1.3.10 note) に if を重ねた形. **100 and spare not** = without forbearing. **102 Out o' tune** i.e. you lie. Theobald が 'tune' を 'time' に校訂, 近年でも Donno など従う版もあるが採らない. **sir** Feste にわざとばかていねいに. — [*to Malvolio*] 本版. **Art** = thou art. **104 cakes and ale** 教会の祝祭に出された.

サー・トービー［歌う］「お別れしましょう、もはやこれまでよ」
マライア　トービーさま、ねえったらねえ。
フェステ［マルヴォーリオを指さして歌う］「こいつの命ももはやこれまでよ」
マルヴォーリオ　よくもおっしゃいましたな。
サー・トービー［歌う］「おいらの命は万々歳だよ」
フェステ［歌う］「そいつはどうだか保証できないよ」
マルヴォーリオ　皆さま、恥を知りなさい、恥を。
サー・トービー［マルヴォーリオを指さして歌う］「こいつが出て行ったらせいせいするよ」
フェステ［歌う］「せいせいするなら出て行かせようよ」
サー・トービー［歌う］「叩きのめして出て行かせようよ」
フェステ［歌う］「それだけの勇気があるんですかよ」
サー・トービー　あるんですかよとは何だ、ちゃんとございますんでね。——［マルヴォーリオに］たかが執事の分際で大口を叩くな。てめえの信心を鼻にかけて祭りの酒も馳走もご法度だっていうのか。
フェステ　そうだ、そうだ、酒であったまりゃあっちだってほてる。
サー・トービー　ちげえねえ。とっとと引き下がってパンくずで執事の鎖でも磨いてろ。酒だ、酒だ、マライア。
マルヴォーリオ　マライアどの、仮にもお嬢さまのご恩をないがしろにしこの乱暴狼藉の手助けをなどなさろうなら、必ずやお嬢さまのお耳に入りましょうぞ。　　　　　　　　　　　　　　　　　　［退場］
マライア　とっととお下り、ほんとばかみたい。
サー・アンドルー　あいつに決闘を申し込んでね、それですっぽかして手を叩いてやったら、空きっ腹にキューッといっぱいやるみたいにいい

---

105 Saint Anne　the Virgin Mary の母親．　**ginger**　ale のスパイス．催淫効果があるとされた．　　**108 prized** = estimated.　　**110 rule** = course of conduct.　**111 Go shake your ears.**　Malvolio を ass（⇨ *l.* 16 note）並みに．　　**112-13 a-hungry**　a- は強調．　**113 the field**　i.e. to a duel.

with him and make a fool of him.

SIR TOBY   Do't, Knight, I'll write thee a challenge; or I'll deliver 115
thy indignation to him by word of mouth.

MARIA   Sweet Sir Toby, be patient for tonight. Since the youth of
the Count's was today with my lady, she is much out of quiet. For
Monsieur Malvolio, let me alone with him. If I do not gull him
into a nayword, and make him a common recreation, do not think 120
I have wit enough to lie straight in my bed. I know I can do it.

SIR TOBY   Possess us, possess us, tell us something of him.

MARIA   Marry, sir, sometimes he is a kind of puritan.

SIR ANDREW   O, if I thought that, I'd beat him like a dog.

SIR TOBY   What, for being a puritan? Thy exquisite reason, dear 125
Knight?

SIR ANDREW   I have no exquisite reason for't, but I have reason
good enough.

MARIA   The dev'l a puritan that he is, or anything constantly but
a time-pleaser, an affectioned ass, that cons state without book, 130
and utters it by great swarths. The best persuaded of himself, so
crammed, as he thinks, with excellences, that it is his ground of
faith that all that look on him love him; and on that vice in him
will my revenge find notable cause to work.

117–18 of the Count's   double genitive. cf. 1.3.89 補.   **119 Monsieur** [məsjɔ́ː]
フランス語の Mr. わざともったいをつけて．   **gull** = trick.   **120 a nayword** =
a byword. F1 は 'an ayword'. Rowe の改訂が定着．ただし Donno は Kökeritz
(p. 313)を引いて，また *Riverside* に Sh は造語力（ay = ever）を信頼して，F1
のまま読んでいる．いずれにしても意味に変りはない．   **common recreation** =
general laughingstock.   **121 wit** ⇨ 1.3.73 note.   **122 Possess** = inform.   **123
Marry** ⇨ 1.3.57 note.   **a kind of puritan**   'a kind of' とあるところからも教会
改革運動の反体制派ということではなく宗教的謹厳を装ったオポチュニストと
いうこと．*ll.* 129–34 にその実体が示される．   **124 beat him like a dog**   し
かし Sir Andrew には Maria の 'a kind of' を聞こうとせず Malvolio を Puritan-

気持ちだろうな。

サー・トービー ようし、やれやれ御曹司、おれが決闘状書いてやる、なんなら口頭で威勢のいいとこを伝えてやってもいいぜ。

マライア ねえトービーさま、今夜のところはがまんしましょう。お嬢さまは今日伯爵からの若いお使いに会ってからとてもいらいらしてらっしゃるの。マルヴォーリオ先生のことならわたしにまかせて。きっとあいつを罠にかけて物笑いの種にしてやりますから。世間じゅうが大笑い、それぐらいの腕がなきゃわたしの女がすたるってもんですよ。ようし、やりますからねえ。

サー・トービー 教えてくれ、教えてくれ、あいつのことならなんでも聞かせてくれ。

マライア あの人ったらときどきピューリタンにそっくり。

サー・アンドルー え、そうなの、なら犬ころみたいにぶん撲ってやるんだった。

サー・トービー ようし、ピューリタンなら構わんぞ。りっぱな理由をくっつけて大いにやれ。

サー・アンドルー 理由なんか苦手だよ、ぶん撲ってやりたいだけだ。

マライア あいつにほんものの信仰なんかあるもんですか、節操なんざお門違い、ただの日和見、気取ったど阿呆、ご大層な文句を覚えこんでぺらぺらぺらぺらまくしたてる。うぬぼれときたら世界一、いいとこだらけのいい男、みんな自分にひと目ぼれ、と、そこなのよあいつの弱点は、そこを狙って思いっきり、細工は流々。

---

ism の信奉者とした． Puritans は特に演劇を非難排撃したから舞台上の Puritan は敵意，嘲笑の対象になる． Ben Jonson, *Bartholomew Fair* の Zeal-of-the-Land Busy などはその典型． **125 exquisite** = ingeniously devised． **129 The dev'l** 'used as a ludicrous negative.' (Schmidt) **or** i.e. nor. 前の 'The dev'l' が利いている． **constantly** = consistently． **130 time-pleaser** = time-server． **affectioned** = affected． **ass** ⇨ *l.* 16 note． **cons** = memorized． **state** i.e. high-flown language． **131 swarths** = swaths, i.e. masses． swath は scythe で大きく刈り取った牧草のひと刈り分． **persuaded** = convinced, i.e. of opinion． **133 vice** = fault, weakness．

SIR TOBY   What wilt thou do?

MARIA   I will drop in his way some obscure epistles of love, wherein by the colour of his beard, the shape of his leg, the manner of his gait, the expressure of his eye, forehead, and complexion, he shall find himself most feelingly personated. I can write very like my lady your niece; on a forgotten matter we can hardly make distinction of our hands.

SIR TOBY   Excellent, I smell a device.

SIR ANDREW   I have't in my nose too.

SIR TOBY   He shall think by the letters that thou wilt drop that they come from my niece, and that she is in love with him.

MARIA   My purpose is indeed a horse of that colour.

SIR ANDREW   And your horse now would make him an ass.

MARIA   Ass, I doubt not.

SIR ANDREW   O, 'twill be admirable.

MARIA   Sport royal, I warrant you. I know my physic will work with him. I will plant you two, and let the Fool make a third, where he shall find the letter. Observe his construction of it. For this night, to bed, and dream on the event. Farewell.   [*Exit.*]

SIR TOBY   Good night, Penthesilea.

SIR ANDREW   Before me, she's a good wench.

SIR TOBY   She's a beagle, true-bred, and one that adores me. What

---

136 obscure = ambiguously worded.   **epistles**   plural for singular. cf. *l*. 144 note.   **138 expressure** = expression.   **139 complexion** = colour of the skin.   **personated** i.e. depicted.   **144 letters** = letter. ラテン語では「手紙」は *litterae* と複数形. それを意識したいわゆる Latinism である. (*l*. 152 では単数.)   **146 a horse of that colour**   i.e. something of that kind.   **147 ass**   horse に引っかけた Sir Andrew にしてはみごとなしゃれ.   **148 Ass,**   コンマは F1. Sir Andrew を指した vocative ととるか, 前の Sir Andrew のしゃれを受けて 'as' ('As I doubt not.') に引っかける. ass と as の pun は *Hamlet* 5.2.43 にも出る.   **150 physic**

[2.3] 85

135 **サー・トービー**　どういう細工だ？

マライア　あいつの通り道に、ちょいとぼかした恋文を落としておきましょう。中に髭の色とか、脚の格好とか、歩き方とか、目の表情とか、それに顔かたちに顔の色、いかにも自分のことだと思い込むようにちゃんと書いておきます。わたしね、あなたの大事なお嬢さまそっく
140 りの字が書けるの。古いもので中味を忘れるときなどどっちの筆跡か見分けがつかないぐらい。

サー・トービー　うまい、読めたぞ。

サー・アンドルー　ぼくにだって読めたぞ。

サー・トービー　お前の落とした手紙をお嬢のものだと思い込む、それで
145 あいつに惚れたのだと。

マライア　当らずとも遠からず。

サー・アンドルー　当ればあいつは大間抜け。

マライア　そこは間抜けもお見通し。

サー・アンドルー　すごいぞ、すごいぞ。

150 **マライア**　最高の見せ場になりますよ。手紙を拾うそのときにはお二人にちゃんと見物席を用意しますからね。それと三人目にこの道化も立ち合わせましょう。さあて、手紙を拾ってのあいつの反応は見てのお楽しみ。今夜のとこはもうおねんねしてこの話の楽しい夢でも見てましょうね。おやすみなさい。　　　　　　　　　　　　　　　［退場］

サー・トービー　おやすみ。いや驚いた大ねずみだ。

155 **サー・アンドルー**　ほんとにいい女だよなあ。

サー・トービー　血統書つきのビーグル犬だ。おれにぞっこん惚れてて

= medicine.　**151 let the Fool make a third**　こう言われているのに Feste の反応がないのはおかしいとして *l*. 106 で Feste を退場させる版がある（近年では *Arden 2*, Donno）．しかしそのあたりはあくまでも演出の領域．cf. 2.5.0.1 補.　**152 construction** = interpretation.　**153 event** = outcome.　**154 Penthesilea** [pènθesilíːə]　勇猛なアマゾン女族の女王の名．Maria が小柄だとすればますますユーモラスな効果が出る．cf. 1.5.178 note.　**155 Before me** = by my soul.　**156 beagle**　small hunting dog. いかにも Maria らしい．

o'that?

SIR ANDREW I was adored once too.

SIR TOBY Let's to bed, Knight. Thou hadst need send for more money.

SIR ANDREW If I cannot recover your niece, I am a foul way out.

SIR TOBY Send for money, Knight; if thou hast her not i'th'end, call me cut.

SIR ANDREW If I do not, never trust me, take it how you will.

SIR TOBY Come, come, I'll go burn some sack; 'tis too late to go to bed now. Come, Knight, come, Knight.   [*Exeunt.*]

[2.4]   *Enter Orsino, Viola, Curio and Others.*

ORSINO Give me some music. Now good morrow, friends.
Now, good Cesario, but that piece of song,
That old and antique song we heard last night;
Methought it did relieve my passion much,
More than light airs and recollected terms
Of these most brisk and giddy-pacèd times.
Come, but one verse.

CURIO He is not here, so please your lordship, that should sing it.

ORSINO Who was it?

---

159 hadst need = ought to.   **161 a foul way out** = grievously out of pocket.   **163 cut** 'a term of contempt, in reference to a cut horse, or gelding.' (Mahood) cf. Tilley C 940.

[2.4] **1 Give me some music.** 音楽演奏の用意を求める台詞，観客への予告でもある．近くのだれか(たとえば Curio)への台詞としてもよいが直接舞台裏に向けてという演出もありうる．なお *New Folger* はここに [*Music plays.*] の SD を付すが実際の演奏開始は *l.* 12.2 で十分であろう． **friends** 廷臣たちへの呼び掛け．*Cambridge 2* は 'Now' の後にダッシュを付しさらに [*musicians enter*] の SD を加えて 'friends' を Musicians に特定しているが，本編

ね、ま、据膳食わぬはなんとやらか。
サー・アンドルー　ぼくだって前に惚れられたことあるよ。
160 **サー・トービー**　寝るかね、御曹司。君はもっと金を送らせなきゃな。
サー・アンドルー　お嬢さんがものにならなきゃぼくは大散財だ。
サー・トービー　金だ金だ、最後に笑う者は笑う。君が最後に笑えなきゃぼくは腰抜け金抜き男だ。
サー・アンドルー　そうだ、そうだ、腰抜けの金抜きだ、町じゅうにふれ回ってやるぞ。
165 **サー・トービー**　さあ御曹司、酒でも暖めようぜ、寝るにはもう遅すぎらあ。いざや出陣、御曹司。　　　　　　　　　　　　［一同退場］

[2.4]　オーシーノ、ヴァイオラ、キューリオ、その他登場。
オーシーノ　音楽の用意を頼む。やあお早うみんな。
　そうだシザーリオ、あの歌がいいな、
　昨日（きのう）の晩一緒に聞いたあの昔ふうの古い歌だ、
　この胸の苦しみがやわらぐ思いだった。
5　万事気ぜわしく落ち着かない当今では、
　曲も上滑りだし歌詞も凝りすぎていてああはいかない。
　おい、ひと節でいいから頼む。
キューリオ　恐れながらあの歌の歌い手は当家の者ではございません。
オーシーノ　だれだったかな？

纂者は［1.1］の冒頭と同じく音楽の演奏は舞台裏の方が preferable だと思う．**2 but that**　i.e. let us hear that. but = just. Viola に歌うのを求めているとしてここに改作の証拠の１つを探ろうとする試みがあるが本編纂者は与しない．cf. p. xxi.　**3 ántique** = old-fashioned. アクセント第１音節．　**4 passion** = suffering.　**5 recollected** = artificial.　**7**　４音節（リズムも乱れる）．Curio が返事をする間を置いて．*ll.* 8–12 は散文．　**8–11**　Feste は Olivia 家の道化であるからこうした言い訳になったのだろう．しかし観客にはさしたることではない．なおこのあたりの不具合も改作の証拠の１つとされた．ついでに Feste の名前はここに出てくるだけ．cf. p. 2, *l.* 11 note.

CURIO   Feste, the jester, my lord, a Fool that the Lady Olivia's father took much delight in. He is about the house.
ORSINO   Seek him out and play the tune the while. [*Exit Curio.*]

[*Music plays.*]

Come hither, boy. If ever thou shalt love,
In the sweet pangs of it remember me;
For such as I am all true lovers are,
Unstaid and skittish in all motions else
Save in the constant image of the creature
That is beloved. How dost thou like this tune?
VIOLA   It gives a very echo to the seat
Where love is throned.
ORSINO   Thou dost speak masterly.
My life upon't, young though thou art, thine eye
Hath stayed upon some favour that it loves.
Hath it not, boy?
VIOLA   A little, by your favour.
ORSINO   What kind of woman is't?
VIOLA   Of your complexion.
ORSINO   She is not worth thee then. What years, i'faith?
VIOLA   About your years, my lord.
ORSINO   Too old, by heaven. Let still the woman take
An elder than herself, so wears she to him,
So sways she level in her husband's heart.

---

12 [*Exit Curio.*]   F1になく Pope 以来の SD． **12.2** [*Music plays.*]   F1の SD．本編纂者の「演出」では（Shの意図でも）ここから *l*. 39 まで低くゆるやかに音楽が舞台裏で演奏される．[2.3] とのコントラストからも． **16 Unstaid** = unstable． **skittish** = frivolous． **motions** = emotions． **18 beloved** = loved． **21 thine eye** ⇨ 1.5.100 note． **22 favour** = face． **23 by your favour** = ① if you please（favour = permission），② like you in feature．（Mahood） **24 complexion**

10 **キューリオ**　道化師のフェステでございます。オリヴィアさまのお父上が大層お気に入りでございました。ただ今このあたりに参っておりますが。

　オーシーノ　探してくれ。来るまでなにか音楽を頼む。［キューリオ退場］

　　　　　　　　　　　　　　　　　　　　　　　　　［音楽の演奏］

　なあシザーリオ、ここに来てくれ。お前もやがて恋をするであろうが、切ない恋の苦しみの底でわたしのことを思い出してくれ。

15 　真心の恋人というものはみなこのようになるのだよ、

　心は落ち着かずただそわそわと、

　目に浮かぶのは愛を捧げたその人の

　面影ばかり。どうだ、この曲は？

　ヴァイオラ　恋の支配する胸の奥から、そのまま

　響いて返るこだまのよう。

20 **オーシーノ**　　　　　　　　　うまいことを言う。

　どうやらお前、まだその若さで、いとしい人の顔を

　じっと見つめたことがあるようだな。

　うん、きっとそうだ。

　ヴァイオラ　　　　　　おそれながらそれもあなたさまのおかげで。

　オーシーノ　どのような娘だ？

　ヴァイオラ　　　　　　　　あなたさまのような顔立ちの。

25 **オーシーノ**　おいおい、少しはましな女にしろ。で、年は？

　ヴァイオラ　あなたさまと同い年ぐらい。

　オーシーノ　それでは老けすぎている。女の相手は

　年上の方がいい、その方が相手にじっくりとなじんでくる、

　夫の愛情もなかなか揺れ動くことがない。

= looks. cf. 2.3.139 note.　**26**　6音節．Orsino の軽い驚きの間．　**27 still** ⇨ 2.3.45 note.　**28 wears she to him**　i.e. adapts herself to him (as clothes to the wearer). (Luce)　**29 sways ... heart**　i.e. her husband's love for her remains steady. (Mahood)　level = equipped, steady. (sways = holds sway との quibble は採らない．)

For, boy, however we do praise ourselves, 30
Our fancies are more giddy and unfirm,
More longing, wavering, sooner lost and worn,
Than women's are.
VIOLA I think it well, my lord.
ORSINO Then, let thy love be younger than thyself,
Or thy affection cannot hold the bent; 35
For women are as roses, whose fair flower
Being once displayed, doth fall that very hour.
VIOLA And so they are. Alas that they are so;
To die, even when they to perfection grow.
Enter Curio and Feste.
ORSINO O fellow, come, the song we had last night. 40
Mark it, Cesario, it is old and plain;
The spinsters and the knitters in the sun,
And the free maids that weave their thread with bones,
Do use to chant it; it is silly sooth,
And dallies with the innocence of love, 45
Like the old age.
FESTE Are you ready, sir?
ORSINO Ay, prithee sing. [*Music plays.*]
FESTE [*sings*]

   Come away, come away, death,
   And in sad cypress let me be laid; 50

---

30 praise ⇨ 1.5.214 note.   **31 fancies** = amorous inclinations. cf. *The Merchant of Venice* 3.2.63 note.   **32 worn** Hanmer の 'won' への校訂があるが今日では顧みられない．   **35 bent** 弓をぎりぎりに引きしぼった状態．   **36–39** couplet 2 連．   **37 displayed** = fully blown.   **42 spinsters** = spinners.   **43 free** = carefree. **bones** = bone bobbins for lace-making.   **44 silly sooth** = simple truth.   **45 dallies with** = dwells on.   **46 the old age**　i.e. the good old days.   **48** [*Music plays.*]

30 まあな、われわれ男というものは、せいぜいのところで
所詮は浮気者、女心にくらべて
ついふらふらと目移りがする、熱し易くて
冷め易いのが男心だよ。
ヴァイオラ　　　　　　　　よくよく承知しております。
オーシーノ　そんなら恋人には若い女を選ぶべきだな、
35 引きしぼった愛の弓の弦(つる)が切れないように。
女は薔薇の花、美しい花びらをみごと
満開のそのときははや崩れ落ちるとき。
ヴァイオラ　そうなのです、ああほんとにそう、
咲き誇るそのときがはや死するのとき。

　　　　　　　キューリオとフェステ登場。

40 **オーシーノ**　やあ来たな。昨日(きのう)の晩の歌を頼む。
聞いてごらん、シザーリオ、昔の素朴な歌だ。
のどかな田舎娘たちが、日向で糸をつむいだり、
編物をしたり、ボビンでレースを編んだりしながら
よく口ずさむ、飾らぬ真心の歌、
45 恋の真情を歌い込んだ歌、
なつかしい昔の歌だよ。
フェステ　よろしゅうございますかな。
オーシーノ　ああ、頼むよ。　　　　　　　　　　［音楽演奏］
フェステ［歌う］
　　　　わたしが死んでしまったならば、
50　　　糸杉の柩に納めておくれ、

実質 F1 の SD. *l.* 39 で音楽の演奏が小さく消えた証拠．　**49–64**　原型は発見されておらず、Sh の創作か．ａｂａｂｃｄｃｄ の rhyme-scheme の 2 連．各連最初の 4 行は loose な tetrameter を基本に common measure の 'long measure' 崩れ．*ll.* 53–54, 55–56, 61–62, 63–64 は F1 ではそれぞれ 1 行に印刷されているが rhyme に着目した Pope の lineation が定着した．　**49 Come away** = come hither. away = on way.　**50 cypress**「糸杉」は棺の素材で服喪の象徴．

Fie away, fie away, breath,
I am slain by a fair cruel maid.
  My shroud of white, stuck all with yew,
    O prepare it.
  My part of death, no one so true   55
    Did share it.

Not a flower, not a flower sweet,
On my black coffin let there be strewn;
Not a friend, not a friend greet
My poor corpes, where my bones shall be thrown.   60
  A thousand thousand sighs to save,
    Lay me, O where
  Sad true lover never find my grave,
    To weep there.

ORSINO There's for thy pains.   [*Gives money to Feste.*] 65
FESTE No pains, sir; I take pleasure in singing, sir.
ORSINO I'll pay thy pleasure then.   [*Gives money again.*]
FESTE Truly, sir, and pleasure will be paid, one time or another.
ORSINO Give me now leave to leave thee.
FESTE Now, the melancholy god protect thee, and the tailor make   70
thy doublet of changeable taffata, for thy mind is a very opal.

---

51 Fie away = be off. Rowe の 'Fly away' への校訂が定着していたが近年は F1（'*Fye away*'）に復するのが主流である．　**53 yew**　教会の墓地に植えられる木（cf. *Romeo and Juliet* 5.3.3 note）．その枝を死者に手向ける．なお「櫟」が本来の漢字であるがイメージから漢名の「水松」を採った．　**55 part** = allotted portion.（*Cambridge 2*）　**true**（adv.）= truly. 次行の 'Did share' に係る．　**56 it** i.e. 'My part of death'.　**58 strewn**　*l*. 60 の 'thrown' と rhyme させるため 'strown' の綴りを採用する版もあるが（cf. Franz 163），本版は F1（'*strewne*'）を尊重．imperfect rhyme とすればよい．　**65**〔***Gives money to Feste.***〕, **67**〔***Gives***

　　　　　生きていたとて甲斐のない命、
　　　　　つれないあの娘(こ)は情けをかけぬ。
　　　　　　さ、着せておくれ、白いかたびら、
　　　　　　　水松(いちい)の枝を差して。
55　　　　　まことの恋は、わたし一人、
　　　　　　ああこがれ死に。

　　　　　投げてくれるな花一輪も、
　　　　　どうせひとりの柩の中さ、
　　　　　泣いてくれるなわたしのために、
60　　　　嘆きの涙はいらぬのだから。
　　　　　　さ、埋めておくれ、わたしの骨を、
　　　　　　　野末の果てに、
　　　　　　だれも知らない、わたしの恋よ、
　　　　　　　切ない片思い。

65 **オーシーノ**　ご苦労だった。　　　　　　　　　　　　［金を与える］
　フェステ　苦労ではございません。歌うのは道楽でございますので。
　オーシーノ　では道楽にも報いてやらねば。　　　　　［再度金を与える］
　フェステ　まったくでさ、道楽の報いは遅かれ早かれってね。
　オーシーノ　早くてよかったな、さ、早く退れ。
70 **フェステ**　それでは憂鬱の神さまにお後はよろしく願いまして、まずは仕立屋にタフタ織りの上着でも作らせましょうや。光に当たってぴっかぴかと色変り、猫目石そっくりの心変り。さようですな、あなたさま

***money again.*]**　本版の SD. 台詞の受け渡しの呼吸の理解のために最小限の必要. **69 Give ... thee.**　Feste の当意即妙に対し Orsino も leave の quibble で答えた. (前の leave [n.] = permission.) **70 the melancholy god**　ローマ神話の Saturnus (Saturn) がこれに当る. melancholy は当時流行のムード. *As You Like It* の Jaques などはその典型. **the tailor**　前に let を補う. **71 doublet**　当時の男子用上着. キルティングなどの二重仕立てになっている. **taffata** = taffeta. 光沢のある薄い平織の絹織物.

I would have men of such constancy put to sea, that their business might be everything and their intent everywhere, for that's it that always makes a good voyage of nothing. Farewell. [*Exit.*]
ORSINO　Let all the rest give place.　　[*Exeunt Curio and Others.*]
　　　　　　　　　　　　Once more, Cesario,　　　　75
Get thee to yond same sovereign cruelty.
Tell her my love, more noble than the world,
Prizes not quantity of dirty lands.
The parts that Fortune hath bestowed upon her,
Tell her, I hold as giddily as Fortune,　　　　　　　　80
But 'tis that miracle and queen of gems
That Nature pranks her in attracts my soul.
VIOLA　But if she cannot love you, sir?
ORSINO　I cannot be so answered.
VIOLA　　　　　　　　Sooth, but you must.
Say that some lady, as perhaps, there is,　　　　　　85
Hath for your love as great a pang of heart
As you have for Olivia. You cannot love her.
You tell her so. Must she not then be answered?
ORSINO　There is no woman's sides
Can bide the beating of so strong a passion　　　　90
As love doth give my heart; no woman's heart
So big, to hold so much; they lack retention.

---

74 makes ... nothing　無目的な船旅 (nothing) をりっぱな (楽しい, あるいは莫大な利益をもたらす) ものに変える. もちろん ironical.　**75 give place** i.e. withdraw.　**76 thee** = thyself.　**yond** ⇨ 1.5.122 note.　**same**　yond の強め. ⇨ 1.5.265 note.　**79 parts** = endowments.　**79, 80 Fortune, 82 Nature** ⇨ 2.2.15 / 1.5.206 notes. Fortune と Nature の対比は当時好んで論じられたテーマ. Nature は生得の資質, Fortune は生得の境遇を司る.　**80 giddily** = lightly.　**as Fortune**　i.e. as Fortune holds (= esteems) her endowments. Fortune は 'fickle'

のような志操堅固なお方は海に出かけられるとよろしい、行方定めぬ
波沈、漂う先はお気持ち次第風次第、さぞやしあわせな船旅になりま
すでしょう。ではごめん下さい。　　　　　　　　　　　　　［退場］

オーシーノ　皆も外してくれ。　　　　　［キューリオ、その他退場］
　　　　　　　　　　シザーリオ、もう一度だけ
あの残酷な女王のもとに行ってきてくれ。
こう伝えるのだ、わたしの気高い愛は俗世を超えている、
領地の広さなどはただの土くれのことに過ぎない、
運命が授け与えた財産は、いいな、女神の気まぐれ、
かりそめのもの、わたしの魂を真底ゆさぶったのは
この世の奇蹟の宝石の女王の姿なのだと、
それこそは造化の女神がつくり上げた天成の美。

ヴァイオラ　愛することはできないと申されましたら？

オーシーノ　そのような返事は受けない。

ヴァイオラ　　　　　　　　　　　ああ、でも受けなければ。
どこかにいるのかも知れません、いえ、きっとおりますでしょう、
ご主人さまを愛し愛して悶え苦しんでいる女の人が、ご主人さまの
オリヴィアさまへの愛に劣らぬほどに。でもご主人さまの方では
愛することができない。女の人にそうおっしゃる。ならその返事を受
　けなくてはなりますまい、その人は。

オーシーノ　女の胸はだね、
愛の鼓動の強烈な苦しみに耐えきれぬのだよ、
いまわたしの心臓を圧迫しているような。女の心臓は小さくて、
これだけ大きな情熱を納めきれない。耐久力に欠ける。

な女神．　**82 pranks ... in** = adorns ... with．　**83**　8音節．前に2音節分の間．
84 I　F1は 'It'．Hanmer の校訂が定着．　**Sooth** ⇨ 2.1.8 note．　**85 Say that** =
suppose．　**86 for** = on account of．　**89**　6音節．前に4音節の間．**There is**
there/here is の後には複数主語がきやすい．　**90 Can**　前に that を補う．cf.
1.5.99 note．**bide** = endure．　**passion** ⇨ *l*. 4 note．　**92 retention** = power to
retain．当時の医術用語．ここの Orsino の台詞は医術用語が続く．

Alas, their love may be called appetite,
No motion of the liver, but the palate,
That suffer surfeit, cloyment, and revolt, 95
But mine is all as hungry as the sea,
And can digest as much. Make no compare
Between that love a woman can bear me
And that I owe Olivia.
VIOLA Ay, but I know —
ORSINO What dost thou know? 100
VIOLA Too well what love women to men may owe;
In faith, they are as true of heart as we.
My father had a daughter loved a man,
As it might be, perhaps, were I a woman
I should your lordship.
ORSINO And what's her history? 105
VIOLA A blank, my lord. She never told her love,
But let concealment, like a worm i'th'bud,
Feed on her damask cheek. She pined in thought,
And with a green and yellow melancholy,
She sat like patience on a monument, 110
Smiling at grief. Was not this love indeed?
We men may say more, swear more, but indeed

---

94 liver passion の発する臓器．cf. 1.1.36 note． **95 suffer** = experience. Rowe の 'suffers' への校訂があるが採らない．複雑な構文が -s を意識させなかった ということもあるが，次の surfeit の [s-] との assimilation も考えられる． **cloyment** = satiety. < cloy = satiate. **revolt** = revulsion. **97 compare** = comparison. **98 bear** = have for. **99** 7音節．次の 'Ay, but I know —' と渡り台詞にする編纂が一般であるが，あえて本版はここに3音節の間を置き，次の l. 100 を渡り台詞とする．その方が舞台のリズムだと思う．ll. 100–01 の 'know?',

　　　　　　　　　　　　　　[2.4]

　　悲しいかな女の愛はいわば食欲、
　　情熱に由来するのではなく味覚に由来する、
95　だから胸やけ、もたれ、吐き気がしょっちゅう。
　　だがね、わたしの愛は海、旺盛な食欲、
　　広大な消化力。比べものになるものか、
　　たかがわたしへの女の愛と、このわたしの
　　オリヴィアへの愛と。
　　ヴァイオラ　でも、わたくしは知っております——
100　**オーシーノ**　　　　　　　　　　　　　　何を知っているのだ？
　　ヴァイオラ　身にしみて知っております、女の男への愛の大きさを。
　　そうなのです、女の愛のまことはわれわれ男に劣りません。
　　わたくしの父に娘が一人、その娘はある男を愛しました。
　　その愛は、もしもわたくしが女でしたら、きっとあなたさまに
　　捧げたであろうような。
105　**オーシーノ**　　　　　　　　　ほう、で、その恋物語の結末は？
　　ヴァイオラ　白紙のまま。その恋をだれにも打ち明けることをせず、
　　胸一つに納めて、蕾の中の虫のような片思いに
　　薔薇色の頬を蝕ませ続けて。やがてもの思いにやつれ、
　　蒼ざめ色あせた憂いの色に沈んで、
110　そう、石に刻まれた「忍耐」の像のように、ただ悲しみを見つめて
　　微笑んでおりました。これが恋というものではないでしょうか。
　　われわれ男は言葉が多く誓いも大げさですが、

'owe' の rhyme も生きる．　**owe** = bear, have for. *l*. 101 も同じ．　**100 know —** ダッシュは Rowe 以来．　**103 loved**　前に who を補う．　**105 history** = story. history も story も同一語源．　**108 damask** = like a damask rose. damask rose は Damascus 渡来の淡紅色の薔薇．　**109 green and yellow** = pale and sallow.　**110 patience on a monument**　この時代には寓意的な影像の記念碑が好んで建てられた．　**111–14** couplet 2 連，ただし前の連は identical rhyme，後は visual rhyme.

Our shows are more than will; for still we prove
Much in our vows, but little in our love.
ORSINO But died thy sister of her love, my boy? 115
VIOLA I am all the daughters of my father's house,
And all the brothers too — and yet I know not.
Sir, shall I to this lady?
ORSINO   Ay, that's the theme.
To her in haste, give her this jewel, say
My love can give no place, bide no denay.   [*Exeunt.*] 120

[2.5]   *Enter Sir Toby, Sir Andrew and Fabian.*
SIR TOBY Come thy ways, Signior Fabian.
FABIAN Nay, I'll come. If I lose a scruple of this sport, let me be
   boiled to death with melancholy.
SIR TOBY Wouldst thou not be glad to have the niggardly rascally
   sheep-biter come by some notable shame? 5
FABIAN I would exult, man. You know he brought me out o' favour
   with my lady about a bear-baiting here.
SIR TOBY To anger him we'll have the bear again, and we will
   fool him black and blue; shall we not, Sir Andrew?
SIR ANDREW And we do not, it is pity of our lives. 10
   Enter Maria.

---

113 still ⇨ 2.3.45 note.   **117 — and yet I know not.** 自分自身に向けて，というよりむしろ観客に向けての台詞．ダッシュは本版．   **119–20** couplet.   **120 give no place** = cannot give way.   **bide** ⇨ *l.* 90 note.   **denay** = denial.
[2.5]   **0.1 Fabian** ⇨ 補．   **1 Come thy ways** = come along. ways の -s は adverbial genitive. cf. 'always'.   **Signior** [sinjóː] (It.) = Sir, Mr.   **2 scruple** = tiny amount.   **3 melancholy**   four elements (cf. 2.3.8 note) に対応する人体の four humours (体液) の 1 つ「黒胆汁」，憂鬱症を引き起こす cold and dry humour.

そういう外面の誇示がじつは内面の真実に劣っているのでは。
誓いの勢いの方がつねに愛の真心よりも小さいのでは。
115 **オーシーノ**　で、お前のその妹は愛に殉じて死んだのかね？
ヴァイオラ　さあ、父の家には娘といってもわたくし一人、
兄というのもただ一人——続きはこの先のお楽しみに。
それでは伯爵令嬢のもとに。
オーシーノ　　　　　　　　　　そうだ、それが本題だ。
さあ急いでくれ、この宝石を渡して伝えろ、
120 わたしの愛は屈しない、いかなる拒否も押し通す。　　　［両人退場］

[2.5]　　サー・トービー、サー・アンドルー、フェイビアン登場。
サー・トービー　こっちだ、こっちだ、フェイビアン君。
フェイビアン　こっちだろうとあっちだろうと、この見世場だけは見逃せませんや、天と地がひっくり返ったって馳せ参じますとも。
サー・トービー　あのけちな小悪党の猫っかぶりが、大勢の目の前で赤っ
5　恥をかかされるんだ、え、たまらないな。
フェイビアン　たまらないどころか。あたしがお嬢さまのご機嫌を損じたのは例の熊いじめの一件のおかげですから。
サー・トービー　今度はあいつをいきり立たせて熊代りだ、さんざいじめてこけにして、きりきり舞いさせてやるか。どうだい、アンドルー君。
10 **サー・アンドルー**　やるやる、やるとも、やらなきゃぼくたちの名折れだ。

　　　　　マライア登場

―――――

一方「怒り」を引き起こす「胆汁」(bile) は hot and dry humour. 前の boiled に引っかけて hot と cold を逆転させた冗談．　**5 sheep-biter**　本来は「羊を攻撃する犬」．そこから多くの注解があるが，同時代の用例を引いた 'hypocritical puritan' (*New Folger*) あたりがいかにもふさわしい．　**7 bear-baiting** ⇨ 1.3.80 note. ピューリタンが特に排撃した見世物．　**8 To anger** = in angering. cf. 2.2.5 note.　**10 And** ⇨ 1.3.10 note.

SIR TOBY   Here comes the little villain. How now, my metal of India.

MARIA   Get ye all three into the boxtree; Malvolio's coming down this walk. He has been yonder i'the sun practising behaviour to his own shadow this half hour. Observe him for the love of mockery; for I know this letter will make a contemplative idiot of him. Close, in the name of jesting.   [*Three Men hide.*] Lie thou there. [*Places a letter*] For here comes the trout that must be caught with tickling.   [*Exit.*]

Enter Malvolio.

MALVOLIO   'Tis but fortune; all is fortune. Maria once told me she did affect me, and I have heard herself come thus near, that should she fancy it should be one of my complexion. Besides, she uses me with a more exalted respect than anyone else that follows her. What should I think on't?

SIR TOBY   Here's an overweening rogue.

FABIAN   O peace. Contemplation makes a rare turkey-cock of him; how he jets under his advanced plumes.

SIR ANDREW   'Slight, I could so beat the rogue.

SIR TOBY   Peace I say.

MALVOLIO   To be Count Malvolio.

SIR TOBY   Ah, rogue.

SIR ANDREW   Pistol him, pistol him.

---

11 little   cf. 1.5.178 note.   **11–12 metal of India** = pure gold.   **15–16 for the love of mockery**   'for the love of God' のもじり． **17 Close**   i.e. stand close. [*Three Men hide.*]   実質 Capell の SD.   **18** [*Places a letter*], **19** [*Exit.*]   実質 Theobald の SD.   **19 tickling**   i.e. flattery; trout can be caught by stroking them under the gills. (*Norton*)   **21 affect** = love.   **22 fancy** = fall in love.   **complexion** ⇨ 2.4.24 note.   **24 on't** = on it.   **25–**   以下 Sir Toby, Fabian, Sir Andrew の台詞を Capell が [*aside*] とするがその必要はない．aside とは劇的

サー・トービー　そうらお出でになったいたずら小僧が。いよう、待ってました純金の懐刀(ふところがたな)。

マライア　さ、三人とも、そこの柘植(つげ)の垣根の後ろに隠れたり隠れたり。マルヴォーリオがこの道をやって来ますよ。もう三十分も向うの日向で影法師を相手に身ぶりのお稽古。さあさようく見ておいて下さいな、この手紙一本であの人ったらきっと妄想のばか踊り。お代は見てからのお帰りとござい。　　　　　　　　　　　　　　　［三人隠れる］
さ、あなたの居場所はここ。［手紙を置く］いま大事な鴨が飛んで来ますからね、こちょこちょくすぐればすぐに捕まりますよ。　　［退場］

　　　マルヴォーリオ登場。

マルヴォーリオ　ああ運命か、みなこれ運命か。マライアがいつか言っておった、わしにご執心だと、いやこの耳でそれらしきことをじかに聞いたぞ、恋をするならあなたのようなお顔立ちよねなどと。それわしの重用ぶり、朋輩どもを超えてはるかにうやうやしい。さてこれを何と考える？

サー・トービー　こいつ、思い上りやがって。

フェイビアン　まあまあお静かに。うぬぼれ妄想の七面鳥、羽根を広げてのから威張り。

サー・アンドルー　畜生、ぶん撲ってやろうか。

サー・トービー　静かにしろって。

マルヴォーリオ　いよいよマルヴォーリオ伯爵か。

サー・トービー　悪党。

サー・アンドルー　ピストルで撃ち殺せ。

機能が異なる．また！を付するのが一般であるが演出の領域に属すると思うので本版は付さない． **26 turkey-cock**　overweening の象徴．cf. 'He swells like a turkey cock.'（Tilley T 612）　**27 jets** = struts.　**advanced** = raised.　**28 'Slight** = by God's light.　**so** i.e. like a turkey-cock.　**29, 33 SIR TOBY**　W. A. Wright（*Cambrigde 1*）の推測に従って *Cambridge 2* が 'FABIAN' に校訂しているが（'The F1 error no doubt arose from "fab." being taken for "tob." — an easy misreading in the old English hand.'），採らない．

SIR TOBY   Peace, peace.
MALVOLIO   There is example for't. The lady of the Strachy married the yeoman of the wardrobe. 35
SIR ANDREW   Fie on him, Jezebel.
FABIAN   O, peace. Now he's deeply in. Look how imagination blows him.
MALVOLIO   Having been three months married to her, sitting in my state — 40
SIR TOBY   O for a stone-bow to hit him in the eye.
MALVOLIO   Calling my officers about me, in my branched velvet gown, having come from a daybed where I have left Olivia sleeping —
SIR TOBY   Fire and brimstone. 45
FABIAN   O, peace, peace.
MALVOLIO   And then to have the humour of state; and after a demure travel of regard, telling them I know my place, as I would they should do theirs, to ask for my kinsman Toby —
SIR TOBY   Bolts and shackles. 50
FABIAN   O, peace, peace, peace. Now, now.
MALVOLIO   Seven of my people with an obedient start make out for him. I frown the while, and perchance wind up my watch, or play with my — some rich jewel. Toby approaches; curtsies there to me. 55

---

34 example = precedent.　**the Strachy** [stréitʃi]　候補らしいのも挙がってきており, ときに色めきたつこともあるが, その年代から改作説とからまるなど, 結局定説には至らない.　**35 yeoman**　ここでは = officer, servant. 前注との関連から固有名詞 (David Yeoman) とする推測もある.　**36 Jezebel** [djézəbl] イスラエル王アハブの邪悪な妃 (*1 Kings* 16/21, *2 Kings* 9). 女の名前を出したところがいかにも「阿呆」の Sir Andrew にふさわしい.　**38 blows** = swells.
39 Having been　以下分詞構文の loose な連続. 話者 Malvolio の途切れ途切

サー・トービー　しいっ、しいっ。

マルヴォーリオ　先例のない話ではない。ストレイチ家のご令嬢は従者の衣裳係と結婚した。

サー・アンドルー　この女郎(め)。

フェイビアン　静かにして下さいよ。いよいよ本番、そうら妄想でふくれ上った。

マルヴォーリオ　結婚してはや三月(みつき)、今は伯爵の椅子に坐するこのわたしだ——

サー・トービー　目ん玉ぶち抜くぞ。

マルヴォーリオ　召使どもを呼び集める、ゆったり羽織ったビロードの部屋着は刺繍入り、いま午睡の床から起きたところ、オリヴィアはまだ眠っておる——

サー・トービー　地獄で火あぶりだ。

フェイビアン　ねえ、お静かに。

マルヴォーリオ　まこと悠然たる殿さま気分か。やおらひとりひとりじっくりと睨め回すのもわが身分を心得たればこそ、これで一同とてもみずからの身分を心得ざるをえんだろうて、さてわが縁者たるトービーがみえぬが——

サー・トービー　ふん縛れ。

フェイビアン　まあまあお静かに、そうら始まりますよ。

マルヴォーリオ　すわと駆け出す従者が七人。その間わしは渋面を浮かべて、そうだ時計を巻いているのもいいな、手には——そうそう、高価な宝石があるか。さあトービーが現れたぞ、わしにうやうやしくお辞儀などして——

れの想像を示す．　**40 state** = chair of state. 身分を示す椅子．　**41 stone-bow** 矢の代り石を飛ばす「石弓」．　**42 branched** = adorned with a figured pattern suggesting branches or flowers.（Onions）　**45 Fire and brimstone**「地獄の責苦」cf. *Gen.* 19.24 / *Rev.* 19.20　**48 telling** = indicating.　**50 Bolts and shackles** i.e. fetters.　**52 make out** = go out.　**53 watch** ようやくイングランドに渡来したばかり，貴重品．　**54 my — some** ⇨補．

SIR TOBY   Shall this fellow live?
FABIAN   Though our silence be drawn from us with cars, yet peace.
MALVOLIO   I extend my hand to him thus, quenching my familiar smile with an austere regard of control —
SIR TOBY   And does not Toby take you a blow o'the lips then?
MALVOLIO   Saying, 'Cousin Toby, my fortunes having cast me on your niece give me this prerogative of speech' —
SIR TOBY   What, what?
MALVOLIO   'You must amend your drunkenness.'
SIR TOBY   Out, scab.
FABIAN   Nay patience, or we break the sinews of our plot.
MALVOLIO   'Besides, you waste the treasure of your time with a foolish knight — '
SIR ANDREW   That's me, I warrant you.
MALVOLIO   'One Sir Andrew — '
SIR ANDREW   I knew 'twas I; for many do call me fool.
MALVOLIO [*seeing the letter*]   What employment have we here?
FABIAN   Now is the woodcock near the gin.
SIR TOBY   O peace and the spirit of humours intimate reading aloud to him.
MALVOLIO [*taking up the letter*]   By my life, this is my lady's hand. These be her very c's, her u's, and her t's; and thus makes she her great P's. It is, in contempt of question, her hand.

---

57 with cars = with chariots. 要は「車裂き」の刑であるが cars では強すぎるとして Johnson が 'with cart' への校訂を示唆．また Hanmer の 'by th'ears' (i.e. by what we hear and by force) への校訂を Donno が採用しているが，ここは大げさな表現ととればよい．　**59 regard of control** = look of mastery.　**60 take** i.e. give. PE の 'fetch' 参照．　**64 amend** ⇨ 1.5.37 note.　**65 scab** = scurvy fellow.　**72 [*seeing the letter*]**　Arden 2 の SD．台詞の理解のために必要（次注参照）．Oxford, New Folger も同じ．(Cambridge 2 はここに [*takes up the let-*

サー・トービー　もう生かしちゃおけん。

フェイビアン　八つ裂きにされようとここは黙ってがまんの子。

マルヴォーリオ　そうだな、こんなふうに手を差しのべてやるか、だが親愛の微笑はいかん、あくまでも支配者たるの威厳をもって——

サー・トービー　そこをトービーのげんこが一発。

マルヴォーリオ　「なあトービーどの」と、まあこうだな、「これも運命のおかげをもって貴殿の縁者と結ばれたからには、あえて申し上げねばなりますまいぞ」——

サー・トービー　な、なんだと？

マルヴォーリオ　「飲酒の悪癖を改められよ」。

サー・トービー　くたばれ蛆虫。

フェイビアン　がまん、がまん、ここががまんのしどころですよ。

マルヴォーリオ　「それとですな、貴殿は貴重な時間を浪費しておられる、阿呆な勲爵士などと交わって——」

サー・アンドルー　それ、きっとぼくのことだよ。

マルヴォーリオ　「サー・アンドルーとかいったが——」

サー・アンドルー　そうらね、みんなぼくのこと阿呆って言うんだ。

マルヴォーリオ［手紙を見つける］　はて、われらこれを見て何をなすべきか。

フェイビアン　そらそら、ばかな山鴫(やましぎ)が罠に近づきましたぜ。

サー・トービー　しいっ。どうか声を出して読む気になってよ。

マルヴォーリオ［手紙を手に取る］　これはたしかにお嬢さまの筆蹟。この c、この u、この t、大文字の P もたしかにこのとおり。もはや一片の疑いとてあろうか、あの白い手でペンを握られたか。

---

ter] を置くが misleading.）　**employment**　i.e. business. 手紙を拾うべきかどうか思案して（少々後ろめたい）. Theobald の 'implement' への校訂があるが Malvolio の小心翼々が消える.　**73 woodcock**　stupidity の代表.　**gin** = snare （< engine）.　**74 humours** = caprice.　**intimate** = suggest.　**76** [*taking up the letter*]　実質 Rowe の SD.　**77–78 c's, u's, t's, great P's**　前の3字を繋ぐと 'cut'、これは female pudenda を指す隠語. P [piː] の方は pee.　makes her great「

SIR ANDREW   Her c's her u's and her t's, why that?

MALVOLIO [*reads*] 'To the unknown beloved, this and my good 80
  wishes.' — Her very phrases! By your leave, wax. Soft, and the
  impressure her Lucrece, with which she uses to seal. 'Tis my
  lady. To whom should this be?

FABIAN   This wins him, liver and all.

MALVOLIO   'Jove knows I love, 85
    But who?
      Lips, do not move,
        No man must know.'
  'No man must know'. What follows? The numbers altered. 'No
  man must know' — if this should be thee, Malvolio? 90

SIR TOBY   Marry, hang thee, brock.

MALVOLIO   'I may command where I adore,
    But silence, like a Lucrece knife,
      With bloodless stroke my heart doth gore.
        M, O, A, I, doth sway my life.' 95

FABIAN   A fustian riddle.

SIR TOBY   Excellent wench, say I.

MALVOLIO   'M, O, A, I, doth sway my life'. Nay, but first, let me
  see, let me see, let me see.

FABIAN   What dish o'poison has she dressed him. 100

SIR TOBY   And with what wing the stallion checks at it.

P's = urinates copiously. ⌐   **80** [*reads*]   Capell 以来の SD.   **81 Soft** ⇨ 1.5.258 note.   **82 impressure** = impression.   **Lucrece** [luːkriːs] (*l*. 93 ではアクセントが前に移動) ローマ史伝説の貞潔の美女ルクレチア (Lucretia). (その肖像を Olivia は封印に用いた.) 皇帝の皇子タルクィニウスに犯され自刃した (*l*. 93 の 'knife'). Sh はこれを題材に *The Rape of Lucrece* を書いている.   **84 liver** ⇨ 2.4.94 note.   **85–88**   F1 は改行なし．この lineation は Capell．a b a b, わざと拙劣な imperfect rhyme． **85 Jove**   *l*. 82 の Lucrece との関連から God よりは

サー・アンドルー　ペンを握るだなんて、わあ、いやらしい。

80 マルヴォーリオ　[読む]「人こそ知らね、いとしき人に、この文(ふみ)まいる。」
——まさしくあの方の言葉づかいだ。失礼いたしますよ、封蠟よ。やや、ルクレチアの肖像の封印、これこそあの方ご愛用のもの。はて、宛先は？

フェイビアン　これで上がり、もうめろめろ。

85 マルヴォーリオ　「神のみぞ知るわが恋、
　　　そは誰(たれ)？
　　唇よ、な洩らしそ、
　　秘めたる恋を。」
うーむ、「秘めたる恋」。で、続きは？　ほう、韻律が変ったな。「秘め
90 たる恋」——もしやお前のことでは、え、マルヴォーリオ。

サー・トービー　そんなら首でもくくるかね、くそったれ。

マルヴォーリオ　「恋する君を召し使えば、
　　　黙(もだ)す心は血の涙、
　　　ルクレチアの白き胸、
95 　　　M、O、A、I、わが命。」

フェイビアン　こいつは難問。

サー・トービー　でかしたねえちゃん。

マルヴォーリオ　「M、O、A、I、わが命」。待てよ、待て待て、待てしばし。

100 フェイビアン　こいつはすごい毒を仕掛けたもんだ。

サー・トービー　阿呆な鳥はすぐに食いつくとくらあ。

Jove が適切. cf. 3.4.66 補．　**89 numbers**　詩の metre．　**91 Marry** ⇨ 1.3.57 note．　**brock** = badger（proverbially stinking）．　**96 fustian** = bombastic．　**100 What** = what a．　**dressed** = prepared for．　**101 wing**　i.e. flight．　**stallion** = staniel; kestrel, an inferior kind of hawk. Hanmer が 'stanyel' に校訂，その後 'staniel' の読みが定着しているが，校訂の書誌学的根拠が明確でない．OED は stallion を 'staniel' の corrupt form（dialectical currency）とする．本版は OED を採って F1 の綴りのままとした．　**checks at** = turns to fly at.（falconers' term）

MALVOLIO 'I may command where I adore'. Why, she may command me. I serve her, she is my lady. Why, this is evident to any formal capacity. There is no obstruction in this. And the end, what should that alphabetical position portend? If I could make that resemble something in me. Softly, 'M, O, A, I' —

SIR TOBY O ay, make up that. He is now at a cold scent.

FABIAN Sowter will cry upon't for all this, though it be as rank as a fox.

MALVOLIO 'M', Malvolio — 'M', why, that begins my name.

FABIAN Did not I say he would work it out? The cur is excellent at faults.

MALVOLIO 'M' — but then there is no consonancy in the sequel that suffers under probation. 'A' should follow but 'O' does.

FABIAN And O shall end, I hope.

SIR TOBY Ay, or I'll cudgel him and make him cry, O!

MALVOLIO And then 'I' comes behind.

FABIAN Ay, and you had any eye behind you, you might see more detraction at your heels than fortunes before you.

MALVOLIO 'M, O, A, I' — This simulation is not as the former;

---

104 formal = normal.　**capacity** = mind.　**obstruction** = difficulty.　**105 position** = arrangement.　**106 Softly**　i.e. soft（⇨ 1.5.258 note）.　**M, O, A, I**　この alphabetical position については熱心な推測が行われているが無駄なことだと思う．Malvolio の綴りの中の 4 文字をわざと順序を変えて並べた 'Excellent wench' Maria の気転．　**107 cold**　i.e. faint. 狩の獲物の臭いが消えた状態．以下 hunting の比喩．　**108 Sowter** = souter; cobbler. < L. *sutor*（= shoemaker）. 'used as a name for a poor hound in contempt.'（Onions）　**cry upon't**　i.e. give tongue as if he had found the scent.（*Riverside*）　**108–09 though ... fox**　表現が急過ぎて意味が追いつかない感じがするが，「それがたとえ（誤った方向に誘う）狐の強烈な臭いのような臭跡（手がかり）だろうと」．狐は臭いが強く猟犬の追跡の方向の邪魔をする．though = even though.　**111–12 excellent at**

マルヴォーリオ　「恋する君を召し使えば」。そうれ、それそれ、わたしはたしかに召使、あの方に仕え、あの方がわが主人。この事実は明々白々、魯鈍なるはいざ知らず、一片の曇りもない。となると問題は四つに並んだこのアルファベットの解読に落着するな。はたしてこの四文字、わが身に関係ありやなしや。M、O、A、I、待てよ待て。

サー・トービー　待って解けたらご喝采。さあて手がかりは？

フェイビアン　手がかりなんかなくっても、勝手に探して吠え立てますとも。

マルヴォーリオ　M、マルヴォーリオ——M こそはわが名の頭文字。

フェイビアン　ね、言ったでしょう。いよいよめくらめっぽう走り出しますよ。

マルヴォーリオ　M——だがなあ次の文字(もんじ)が合致せん、これでは検討に耐えきれん。A が来るべきところに O が来ている。

フェイビアン　来るよ来る来る、頭に来る。

サー・トービー　一発撲ればくるくるぱあ。

マルヴォーリオ　しかもその後を見れば I。

フェイビアン　そうともそうとも、後をよく見ろ明き盲、前ばかり見てはしゃいでるとけっつまずいて泣く目をみるぞ。

マルヴォーリオ　M、O、A、I——この謎は前の謎のように明確とはいか

---

faults i.e. not put off the trail by breaks in the scent (with ironic implication that he is very likely to pick up a false scent). (*Riverside*) break は「（狩で獲物の）臭跡が消えた状態」。　**113 consonancy** = agreement.　**114 suffers** = endures. (前の no が利いている.)　**probation** = testing.　**115 O** i.e hangman's noose. (Johnson) 次行の 'O!' と同じく苦痛の叫びとしてもよいが、やはり antanaclasis としたい．　**118 and** ⇨ 1.3.10 note.　**Ay, eye** ともに前行の 'I' との homonymic pun. なお既訳では O [ou] や I [ai] のカナ書きを訳文に生かす工夫がなされてきているが違和感が残る．舞台ではかえってリズムを損ねている．これはいずれ翻訳論に波及する問題であろうが、ともあれ本訳はここでは特に舞台のリズムに即した「意訳」の方向を意識している．以上念のため．　**119 detraction** = defamation.　**120 simulation** = veiled indication.

and yet, to crush this a little it would bow to me, for every one of these letters are in my name. Soft, here follows prose. — 'If this fall into thy hand, revolve. In my stars I am above thee, but be not afraid of greatness. Some are born great, some achieve greatness, and some have greatness thrust upon 'em. Thy Fates 125 open their hands; let thy blood and spirit embrace them; and to inure thyself to what thou art like to be, cast thy humble slough and appear fresh. Be opposite with a kinsman, surly with servants; let thy tongue tang arguments of state; put thyself into the trick of singularity. She thus advises thee that sighs for thee. 130 Remember who commended thy yellow stockings, and wished to see thee ever cross-gartered. I say, remember. Go to, thou art made, if thou desirest to be so; if not, let me see thee a steward still, the fellow of servants, and not worthy to touch Fortune's fingers. Farewell. She that would alter services with thee, 135
                    The Fortunate-Unhappy.'
Daylight and champian discovers not more. This is open. I will be proud, I will read politic authors, I will baffle Sir Toby, I will wash off gross acquaintance, I will be point-devise the very

---

121 to crush = by forcing. cf. 2.2.5 note.　**bow**　i.e. yield.　**123 revolve** = consider.　**stars** ⇨ 2.1.3 note.　**124 born**　F1 は 'become'．Rowe の校訂が定着．3.4.37 / 5.1.354 の引用では 'born'．**achieve**　F1 は 'atcheeues'．F2 の改訂が定着．同じく cf. 3.4.39 / 5.1.354．**125 Thy Fates**　ギリシャ・ローマ神話の運命の 3 女神．人間の生命の糸を紡ぐ Clotho，糸の長さを定める Lachesis，糸を断ち切る Atropos．**126 open their hands**　i.e. offer bounty.　**blood and spirit**　i.e. whole body.　**127 inure** = accustom.　**like** = likely.　**to be,** F1 は：．この手紙文の punctuation は特に不安定．**129 tang** = utter with a ringing tone. 前の tongue との homonymic pun.　**130 trick** = custom, way.　**singularity** = eccentricity.　**131 yellow stockings**　当時若者向きの流行か？　**132 cross-gartered**　膝下にリボン状の靴下止めを巻き膝の後ろで交差させもう一度膝上

んな。だがなんの、少々無理強いすればわたしのものだ、四文字はどれもわたしの名前にあるものばかりだからな。お、待て、いよいよ手紙の本文。——［読む］「この文（ふみ）そなたの手に落ちなばとくとご思案あれかし。わが星そなたの頭上高く輝けど、高貴を恐るることなかれ。人はそれ高貴に生るる者あり、高貴を成就する者あり、はたまた高貴を授け与えらる者あり。運命の女神ら、いまその手をば大きく開く。いづくんぞ全身全霊こめてこれを受けざらんや。そなたの将来たる境遇を己が身に体せんがあため、古く賤しき衣を脱ぎ捨てあらたなる姿にて立ち現れよ。縁者に逆らえ、召使らに渋面をもって臨め。好んで国事を声高に論ぜよ。奇矯なる態度に己を持せ。かく願う女（おんな）のありて、そはそなたに捧ぐるの切なき愛ゆえにこそ。思い起してたもれ、色黄（いろ）なる靴下をば愛でたる人のあることを、靴下止め十字に結びたる常の姿をば望みたる人のあることを。ああ、ゆめ忘るることなかれ。さればよ、そなたの立身出世、望めばすなわち叶う、望まねば召使の身たる執事の境遇にあらんこと終生変らず、ああ幸運の女神の指に触るるに値いせざる恋人たりしか。さらばご機嫌うるわしゅう。主従の勤め相変わりたきを願う、

　　　　　　　　　　　幸運にして不幸なる女より。」

白昼の大平原とてもこれほどの見晴らしが望めようか。まさに明々白々。ようし威張ってやるぞ、政治の本を読むぞ、サーなどと偉ぶっているあのサー・トービーめをうんと侮辱してやるぞ、卑賤な輩（やから）とはきれいさっぱり縁を切るぞ、このとおりの人間になってみせるぞ。妄

に返して結ぶ．（p. 145 の図版では違う結び方．他にもいくつかの結び方がみられる．）すでに時代後れのファッションとの解釈もあるが，逆に前注と同じく派手で若者向きということかもしれない．　いずれにせよ yellow stockings とともに 'singularity' を示すのであろう．cf. Tilley S 868.　**Go to** ⇨ 1.5.34 note. ただしここでは emphatic で 'I tell you' ぐらいの意味．　**134 still** ⇨ 2.3.45 note.　**135 alter** = exchange.　**137 champian** = champaign; open country.　**138 baffle** = use contemptuously. 本来は knighthood を公式に剝奪すること．　**139 gross** = base.　**point-devise** = to the point of perfection.

man. I do not now fool myself to let imagination jade me, for every reason excites to this that my lady loves me. She did commend my yellow stockings of late, she did praise my leg being cross-gartered; and in this she manifests herself to my love, and with a kind of injunction drives me to these habits of her liking. I thank my stars, I am happy. I will be strange, stout, in yellow stockings and cross-gartered, even with the swiftness of putting on. Jove and my stars be praised. Here is yet a postscript. — 'Thou canst not choose but know who I am. If thou entertainest my love, let it appear in thy smiling; thy smiles become thee well. Therefore in my presence still smile, dear my sweet, I prithee.' Jove, I thank thee. I will smile; I will do everything that thou wilt have me. [*Exit.*]

FABIAN I will not give my part of this sport for a pension of thousands to be paid from the Sophy.

SIR TOBY I could marry this wench for this device.

SIR ANDREW So could I too.

SIR TOBY And ask no other dowry with her but such another jest.

SIR ANDREW Nor I neither.

　　　　Enter Maria.

FABIAN Here comes my noble gull-catcher.

SIR TOBY Wilt thou set thy foot o'my neck?

SIR ANDREW Or o'mine either?

---

140 to let = in letting. cf. 2.2.5 note.　**jade**　i.e. deceive (as an unruly horse which throws its rider). (*Arden 2*)　**141 excites**　i.e. prompts me to believe.　**144 injunction** = command.　**habits** = clothes.　**145 strange** = haughty.　**stout** = proud.　**150 still** ⇨ 2.3.45 note.　**dear**　F1 の '*deero*' は compositorial error であろう．P. A. Daniel の推定を採って 'dear, O' と読んだ *Cambridge 2* は危うい．　**151 Jove** ⇨ 1.5.98 note. Jove は 'the amorous ruler of the classical gods' だから Malvolio の 'amorous triumph' にふさわしいと Warren & Wells は注記し

140 想にふり回されて阿呆を演じる手合いとわたしは絶対に違う。見ろ、どの言葉も、どの文言も、こぞってお嬢さまの愛情の証しをわたしに示しているではないか。たしか最近わたしの黄色い靴下をほめておいでであった、靴下止めを十字に結んだこの脚をあらすてきねなどとおっしゃった。つまりはそれはあの方の求愛のしるし、いわばご命令をもってあの方好みの服装をわたしにうながしたのだ。ありがとうご
145 ざいます、わが星よ、わたしは幸福でございます。必ず傲慢になりましょう、不遜になりましょう、黄色い靴下、靴下止めの十字結び、迅速にこの身に帯しましょう。ああ神よ、星よ、讃むべきかな。うん、追伸があるな。──「この身必ずやそなたの知るところとならん。わが思い、さいわいそなたに適うとあらば、その答えを微笑みに託せ。そなたの微笑みのなんとまあかわゆいことよ。さればわが面前にて常に
150 微笑みを絶やすまじ、ああいとしの君、この願いあらあらかしこ。」ああ神さま、ありがとうございます。微笑みましょう、なんでもかんでもやりましょう、すべて仰せのとおりに。　　　　　　　　[退場]

フェイビアン　ペルシャの王さまが何千ポンド年金をくれるったって、このお楽しみだけは譲れませんや。

155 **サー・トービー**　大した筋書きだ、こいつはどうしたって嫁にせにゃなるまい。

サー・アンドルー　ぼくもお嫁にしたい。

サー・トービー　こんな筋書きをもう一本こさえてくれたら持参金なんかいらねえや。

サー・アンドルー　ぼくもいらないや。

　　　　　マライア登場。

フェイビアン　現れましたぜ、間抜け落しの名人が。

160 **サー・トービー**　あたしゃお前に敷かれるよ。

サー・アンドルー　ぼくも敷かれるよ。

ている．　**154 thousands**　状況からして ducats ではなく pounds であろう．**Sophy** = Shah of Persia ⇨補．　**155 could** = feel inclined to.　**158 Nor . . . neither** double negative.　**158.2 *Enter Maria.***　位置本版，F1 は *l*. 157 の後．

SIR TOBY Shall I play my freedom at tray-trip, and become thy bondslave?

SIR ANDREW I'faith, or I either?

SIR TOBY Why, thou hast put him in such a dream that when the image of it leaves him he must run mad.

MARIA Nay, but say true, does it work upon him?

SIR TOBY Like aqua-vitae with a midwife.

MARIA If you will then see the fruits of the sport, mark his first approach before my lady. He will come to her in yellow stockings, and 'tis a colour she abhors, and cross-gartered, a fashion she detests; and he will smile upon her, which will now be so unsuitable to her disposition, being addicted to a melancholy as she is, that it cannot but turn him into a notable contempt. If you will see it, follow me.

SIR TOBY To the gates of Tartar, thou most excellent devil of wit.

SIR ANDREW I'll make one too.   [*Exeunt.*]

[3.1]   *Enter Viola and Feste.*

VIOLA Save thee, friend, and thy music. Dost thou live by thy tabor?

FESTE No, sir, I live by the church.

VIOLA Art thou a churchman?

FESTE No such matter, sir. I do live by the church, for I do live

---

162 play = wager.　**tray-trip**　さいころ遊びの一種，3 の目 (tray = three) が出れば勝つ．　**168 aqua-vitae** [ǽkwə váiti] = spirituous liquor. < L. = water of life.　**with a midwife**　猫にまたたびのたぐいか．*Romeo and Juliet* の Nurse も口にする (3.2.88 / 4.5.16).　**176 Tartar** = Tartarus. ギリシャ神話のタルタロス．死者の国ハデスの下の底なしの淵．　**176 make one**　i.e. be a party to it.
[3.1]　**0.1 *Enter Viola and Feste.*** F1 の SD. 実際には同時登場ではなく，Feste

サー・トービー　おれの自由をさいころに賭けて、負けたらお前の奴隷だよ。

サー・アンドルー　ぼくも奴隷だよ。

165 **サー・トービー**　だがなあ、あんないい夢見させたとなると、覚めてもきっと夢心地、気が狂っちまうんじゃねえかなあ。

マライア　でもまあどうでした？　うまく効いたでしょうに。

サー・トービー　飲んべえに焼酎だ。

マライア　それではいよいよこのお楽しみの山場のご見物、お嬢さまの前
170 にあの人が現れるのをとくとご覧じろ。せっかくの黄色い靴下でのお出ましだが、それはね、お嬢さまのだいっ嫌いな色、靴下止めの十字結びはもうぞっとする格好。それでにたにた笑いかけてごらんなさいな、まま憂鬱のまっ盛りだってのに、こんなにお気持ちを逆撫でする話ってないでしょう、もうとことん毛嫌いされるにきまってる。さあ
175 ついてらっしゃい、ご見物はこちら。

サー・トービー　地獄の底までついて行くぜ、知恵の塊の小悪魔。

サー・アンドルー　ね、ぼくも仲間に入れてよ。　　　　　［一同退場］

[3.1]　ヴァイオラとフェステ登場。

ヴァイオラ　やあ、こんにちは、音楽をご苦労さん。君はそうやって小太鼓叩いて、小太鼓のおかげで暮しを立ててるの？

フェステ　いいや、教会のおかげで暮してるんで。

ヴァイオラ　じゃあなたは教会の人？

5 **フェステ**　どういたしまして。教会のかげで暮してる、つまりわたしの暮

が先に登場して tabor を叩いているという演出であったろう．[2.5] の 'letter-reading scene' の笑いの後では音楽による 'relief' が必要．なお Malone は *Feste* の後に '*with a tabor*' を付した．　**1 Save thee**　i.e. God save you.　**live by**　i.e. make your living with. *l*. 3 の by は = next to.　**2 tabor**　道化役の得意の楽器．腰につるした tabor を右手の撥で叩き，左手で pipe（小笛）を操って吹いている当時有名な道化 Richard Tarlton の絵姿がある．（cf. p. xxi）

at my house, and my house doth stand by the church.
VIOLA So thou mayst say the king lies by a beggar, if a beggar dwell near him; or the church stands by thy tabor, if thy tabor stand by the church.
FESTE You have said, sir. To see this age. A sentence is but a chev'ril glove to a good wit, how quickly the wrong side may be turned outward.
VIOLA Nay, that's certain. They that dally nicely with words may quickly make them wanton.
FESTE I would therefore my sister had had no name, sir.
VIOLA Why, man?
FESTE Why, sir, her name's a word, and to dally with that word might make my sister wanton. But indeed, words are very rascals since bonds disgraced them.
VIOLA Thy reason, man?
FESTE Troth sir, I can yield you none without words, and words are grown so false, I am loath to prove reason with them.
VIOLA I warrant thou art a merry fellow and carest for nothing.
FESTE Not so sir, I do care for something; but in my conscience, sir, I do not care for you. If that be to care for nothing, sir, I

---

7 king F1 は 'Kings'. F2 の改訂が定着.　**lies by** i.e. sleeps with. beggar maid と結婚した King Cophetua（cf. *Romeo and Juliet* 2.1.14 note）への言及とする注もある.　**8 stands by** i.e. is supported by.　**10 sentence** = maxim（< L. *sententia*）.　**11 chev'ril** [ʃévril] = cheveril-leather, kid-leather. その皮手袋は柔らかくてしなやか.　**13 nicely** = subtly.　**14 wanton** i.e. equivocal. *l.* 18 の wanton は = unchaste.　**19 bonds** i.e. sworn statements. cf. 'An honest man's word is as good as his bond.'（Tilley M 458）他に legal documents, fetters などの解, さらに topical allusion として 1600 年 6 月の Privy Council による演劇上演制限令, あるいはイエズス会の equivocation 容認（cf. *Macbeth* 2.3.10 補）まで持ち出されたりするが（J. D. Wilson [*Cambridge 2*]）, 本編注者は採らない.

してる家は教会のかげに建っておりますから。

ヴァイオラ じゃ王さまは乞食女を側女にしてることになるね、乞食女の住処が王さまの宮殿のそばだったら。教会だって小太鼓のおかげで建ってるわけだよね、小太鼓叩きが教会のかげに立ってれば。

フェステ なあるほど、うまいもんだ。世も末だよなあ。頭のいいのにかかると、せっかく気のきいた言い回しも上等の皮手袋だ、すぐに裏表逆になっちまう。

ヴァイオラ そのとおりさ。言葉もこちょこちょ上手にいじられるとすぐに意味がひっくり返っちまう。

フェステ だから妹には名前なんかつけなきゃよかった。

ヴァイオラ どうして？

フェステ だってね、名前ってのは言葉でしょう、それがこちょこちょいじくられて妹が引っくり返っちゃ困るもの。でもなんだねえ、言葉ってやつも口先ばかりの空約束にこき使われてまるでたちが悪くなりましたよねえ。

ヴァイオラ ほう、何かわけでもあるの？

フェステ わけったってあなた、わけを言うには言葉を使わにゃならない、ところが言葉は嘘つきになったときている、そんな言葉でわけを話すなんていやなこった。

ヴァイオラ 君はずいぶん陽気な人だね、気になることなんてなにもないんだろう。

フェステ ありますともさ、頂戴するものをいつ頂戴できるか。でもまあどこから見てもあなたさまにはその気がない、その気がなければあたしの方で気に入らない、目の前から消えたって気にならない、という

Feste はここでは 'wanton' で引っくり返した意味の線からぶれていない．ここで意味を ambiguous に重ねては舞台がもたないことを Feste は知っている．
20 Thy reason = reasonableness of your proposition.　**21 Troth** = by my troth. ⇨ 1.3.3 note.　**22 are grown** = have grown. be + p.p. の完了形．　**24 something** チップをねだっている．　**in my conscience** = indeed. 否定のコンテクストで用いる．　**25 care for you**　i.e. like you.（チップをなかなか出さないから．）

would it would make you invisible.

VIOLA Art not thou the Lady Olivia's Fool?

FESTE No indeed, sir, the Lady Olivia has no folly; she will keep no fool, sir, till she be married; and fools are as like husbands as pilchers are to herrings; the husband's the bigger. I am indeed not her Fool, but her corrupter of words.

VIOLA I saw thee late at the Count Orsino's.

FESTE Foolery, sir, does walk about the orb like the sun; it shines everywhere. I would be sorry, sir, but the fool should be as oft with your master as with my mistress. I think I saw your wisdom there.

VIOLA Nay, and thou pass upon me, I'll no more with thee. Hold, there's expenses for thee.　　　　　　　　　　　[*Gives a coin.*]

FESTE Now Jove, in his next commodity of hair, send thee a beard.

VIOLA By my troth, I'll tell thee, I am almost sick for one, though I would not have it grow on my chin. Is thy lady within?

FESTE [*gazing at the coin*] Would not a pair of these have bred, sir?

VIOLA Yes, being kept together and put to use.

FESTE I would play Lord Pandarus of Phrygia, sir, to bring a Cressida to this Troilus.

---

30 pilchers = pilchards. イワシの一種でニシンによく似た魚．　**the bigger**　妻に浮気された夫の額には角（cuckold's horns）が生える，その分だけ fool の度合いが大きい．　**32 late** = lately.　**Count** ⇨ 1.3.89 補．　**33 the orb** = the earth. 天動説では地球が宇宙の中心で，太陽は地球の周りを回る．　**34 would** = should.　**but** = unless.　**35–36 your wisdom**　'your lordship' など（cf. 1.5.70 note）のもじり．　**37 and** ⇨ 1.3.10 note.　**pass** = thrust, make a push in fencing (Schmidt) を採る．　**Hold** = take this.　**38 there's** ⇨ 2.4.98 note.　[*Gives a coin.*]　実質 Hanmer の SD．　**39 Jove**　乞食が恵んでくれた相手へのお返しに神の恵みを祈る．その口調をまねて，ひねってある分ここも Jove がふさわしいのかもしれない．　**commodity** = consignment, supply.　**40 By my troth** ⇨ 1.3.3 note.　**40–41 though . . . chin**　*Cambridge 1* はこれを [*aside*] とするが

次第でどうかお引きとりを。
　ヴァイオラ　おいおい、君はオリヴィアさまの道化だろう？
　フェステ　違いますともさ、オリヴィアさまは今のところは阿呆と縁が切れている、阿呆な道化は飼っていない。でもな、そのうち結婚すればわかりませんよ、阿呆な亭主と阿呆な道化とはいずれ劣らぬ馬と鹿、知らぬは亭主ばかりなり、てことになりゃ亭主の方が額の角の分阿呆ぶりが大きいのかな。あたしがあのお方の道化役だなんてとてもとても、せいぜいで言葉をいじくって意味を堕落させる軽業師ってとこでしょうな。
　ヴァイオラ　この前オーシーノ伯爵のところで会ったじゃないか。
　フェステ　道化ってやつはね、お天道さまみたいに地球上を歩き回るのさ。どこにだって照ってるものなのさ。悪いけど、こちらのお嬢さま同様、あんたのご主人さまも道化の阿呆ぶりと縁が深いんだよなあ。ま、知恵者どののあなたさまとは確かにあそこでお会いしましたよ。
　ヴァイオラ　そうやって矛先をぼくに向けようたってあいにくお門違いだよ。じゃ、これはご苦労賃。　　　　　　［硬貨を一枚与える］
　フェステ　おありがとうございます、神さまが髪のお次に髭をお恵み下さいますように。
　ヴァイオラ　それはどうもごていねいに。じつはねえ、髭の顔にぼくは思いこがれてるんだ、でもぼくの顎に生えるのはごめんだ。お嬢さまはおいでだよね。
　フェステ　［硬貨を見つめて］　こいつが二枚夫婦になれば子ができる、か。
　ヴァイオラ　二枚重ねて寝かせておいて高利に回す、か。
　フェステ　そうさねえ、このひとり寝のトロイラスにクレシダを一枚添い寝させてやりたくってね、あたしゃ恋の取持ち、フリジアのパンダラスって役回りだ。

その必要はない．　**42**［*gazing at the coin*］　実質 *Cambridge 2* の SD．台詞の理解に必要なので補う．　**43 use** = usury．　**44 Pandarus** [pǽndərəs] **of Phrygia** [frídʒiə], **Cressida** [krésidə], **45 Troilus** [tróiləs] ⇨補．

VIOLA I understand you, sir; 'tis well begged. [*Gives another coin.*]
FESTE The matter I hope is not great, sir, begging but a beggar.
Cressida was a beggar. My lady is within, sir. I will conster to
them whence you come; who you are and what you would are
out of my welkin; I might say 'element', but the word is overworn.

[*Exit.*]

VIOLA This fellow's wise enough to play the fool,
And to do that well craves a kind of wit.
He must observe their mood on whom he jests,
The quality of persons, and the time,
And, like the haggard, check at every feather
That comes before his eye. This is a practice
As full of labour as a wise man's art;
For folly that he wisely shows is fit,
But wise men folly-fallen, quite taint their wit.

Enter Sir Toby and Sir Andrew.

SIR TOBY Save you, gentleman.
VIOLA And you, sir.
SIR ANDREW *Dieu vous garde, monsieur.*
VIOLA *Et vous aussi, votre serviteur.*
SIR ANDREW I hope, sir, you are; and I am yours.

---

47 begging　当時金満家の孤児の後見人の権利を国王に申請することが行われた．これを背景に指摘する注もある．　**48–49 conster to them**　i.e. explain to those in the house.　**50 out of my welkin**　i.e. outside the range of my information.　**element**　i.e. sky ⇨ 1.1.25 note.　**overworn**　Thomas Dekker の *Satiromastix*（1601）で Ben Jonson の 'out of his element' の表現が 'overworn' だとして（間接的な形で）揶揄されている．⇨ p. xxv.　**51–59**　blank verse. *ll.* 58–59 は couplet．筋があらたに動き出すためには，Viola-Feste の対話の「遊び」に加えてもう一押し余裕が必要だった．　**51–52**　Feste を演じた Robert Armin への讃辞とされる 2 行．cf. p. xx.　**53 their mood on whom**　cf. 1.5.251 note.

ヴァイオラ　わかってるよその恋物語は、上手にせびるよねえ。

　　　　　　　　　　　　　　　　　　　　　［もう一枚硬貨を与える］

フェステ　なあに、せびるったって大したことじゃありませんぜ、たかが乞食女を一枚だけ、クレシダは乞食になりましたからね。お嬢さまはご在宅、家中の方がたにあなたさまのご光来をお取次ぎいたしましょう。あなたさまのお名前、ご身分は関知せざるところ、「存知」なんて言葉も存じてますが、ま、あんまり偉そうで使いたくありませんや。

　　　　　　　　　　　　　　　　　　　　　　　　　　　　　　［退場］

ヴァイオラ　あの人は賢いから道化がやれる、
　　　　　あれだけ上手にやれるのは知恵があるから。
　　　　　冗談を言う相手の心理、身分、
　　　　　いざぶつけるきっかけ、それをじいっと見とどけて、
　　　　　鷹が目の前を横切るどんな獲物も逃さぬように
　　　　　さっと飛びかかる。賢い人が骨身を削るのと一緒、
　　　　　ずいぶん気骨の折れる仕事なのだ。
　　　　　道化の成功利口のしるし、
　　　　　利口の愚行は間抜けの証拠。

　　　　　　　　　サー・トービーとサー・アンドルー登場。

サー・トービー　いよう、こんにちは。

ヴァイオラ　ごめん下さい。

サー・アンドルー　デュー・ヴー・ガルド、ムッシュー。

ヴァイオラ　エ・ヴー・ゾーシ、ヴォトル・セルヴィトゥール。

サー・アンドルー　ほ、ぼくもそのとおり、どうぞよろしく。

---

54 quality = social rank.　**55 check at** ⇨ 2.5.101 note.　**58 fit** = fitting.　**59 wise men folly-fallen**　F1 は 'wisemens folly falne'. Capell の 'wise men, folly-fall'n' の校訂が定着（本版はコンマを取る）.　**60 Save you** ⇨ *l*. 1 note.　**62** F. = 'God guard you, sir.' 当時のフランス語会話教本の最初の文. Sir Andrew もこれだけは覚えていた.　**63** F. = 'And you too, your servant.'　**64 you are**　前のフランス語との続き具合から 'you are my servant' の意味になる. Sir Andrew は Viola の 'votre serviteur' が理解できていない.

SIR TOBY   Will you encounter the house? My niece is desirous 65
you should enter, if your trade be to her.
VIOLA   I am bound to your niece, sir; I mean she is the list of my
voyage.
SIR TOBY   Taste your legs, sir; put them to motion.
VIOLA   My legs do better understand me, sir, than I understand 70
what you mean by bidding me taste my legs.
SIR TOBY   I mean to go, sir, to enter.
VIOLA   I will answer you with gait and entrance. — But we are
prevented.

Enter Olivia and Maria.

Most excellent accomplished lady, the heavens rain odours on you. 75
SIR ANDREW   That youth's a rare courtier. 'Rain odours' — well.
VIOLA   My matter hath no voice, lady, but to your own most
pregnant and vouchsafed ear.
SIR ANDREW   'Odours', 'pregnant', and 'vouchsafed'. I'll get 'em
all three all ready. 80
OLIVIA   Let the garden door be shut, and leave me to my hearing.
          [*Exeunt Sir Toby, Sir Andrew and Maria.*]
Give me your hand, sir.
VIOLA   My duty, madam, and most humble service.
OLIVIA   What is your name?
VIOLA   Cesario is your servant's name, fair princess. 85
OLIVIA   My servant, sir? 'Twas never merry world

---

65 encounter = go to meet. 人に「会う」のが普通. わざと大げさな言葉を使った. **66 trade** = business. **67 bound to**　PEなら bound for. Viola は Sir Toby の 'trade' を海外貿易用語に受けて. **list** = destination. **69 Taste** = test. 'used affectedly.'（Onions）　**70 understand me** = stand under me, i.e. hold me up. 次の understand との antanaclasis.（訳は「意訳」．）　**74 prevented** =

サー・トービー 貴君はこの家にご面会のご意向かな？ 姫には貴君のご入来を待望しておりますぞ。のう、貴君の目的はあの者であろうが。

ヴァイオラ わが船は姫君さまへの向っております、すなわち姫君こそがわが航海の目標の港。

サー・トービー しからばおみ足を運ばれよ、ささ、ご遠慮召さるな。

ヴァイオラ 足を運べと言われても、まさか足をかついで運ぶわけには参りますまい。

サー・トービー 足を運べとは、歩け、入れということだ。

ヴァイオラ ならば入場つかまつりましょう。——だがそれ、その必要はございません。

　　　　　オリヴィアとマライア登場。

ああ、やんごとなきお嬢さま、天がかぐわしの慈雨をあなたさまの上に注がれんことを。

サー・アンドルー こいつ、若いくせに教養のある文句を知ってるなあ、「かぐわしの慈雨か」——うーん。

ヴァイオラ その優渥なるみ心のご清聴なくば、わが持ち運びましたる伝言は声を失いましょう。

サー・アンドルー 「かぐわしの」、「優渥なる」、「ご清聴」。ようし、三つともすぐ使えるように覚えておこう。

オリヴィア 庭の門を閉めてちょうだい、ひとりで聞きたいから。

　　　　　　［サー・トービー、サー・アンドルー、マライア退場］

さあ、お手を下さいね。

ヴァイオラ お嬢さまに心からのお仕えを。

オリヴィア ね、お名前は？

ヴァイオラ シザーリオ、やんごとなきあなたさまの僕でございます。

オリヴィア わたくしの僕？ あーあ、なんてつまらない世の中、

---

forestalled. **76 courtier** Viola の用語はいかにも凝った宮廷ふう. **78 pregnant** i.e. receptive. **vouchsafed** i.e. graciously attentive. **83 duty** = obedience. 演出上は bowing, あるいは手を戴いての kissing.

Since lowly feigning was called compliment.
Y'are servant to the Count Orsino, youth.
VIOLA And he is yours, and his must needs be yours.
Your servant's servant is your servant, madam.   90
OLIVIA For him, I think not on him. For his thoughts,
Would they were blanks rather than filled with me.
VIOLA Madam, I come to whet your gentle thoughts
On his behalf.
OLIVIA   O by your leave, I pray you.
I bade you never speak again of him;   95
But would you undertake another suit,
I had rather hear you to solicit that
Than music from the spheres.
VIOLA   Dear lady —
OLIVIA Give me leave, beseech you. I did send,
After the last enchantment you did here,   100
A ring in chase of you. So did I abuse
Myself, my servant, and, I fear me, you.
Under your hard construction must I sit,
To force that on you in a shameful cunning
Which you knew none of yours. What might you think?   105
Have you not set mine honour at the stake,
And baited it with all th'unmuzzled thoughts
That tyrannous heart can think? To one of your receiving

---

89 needs ⇨ 2.3.90 note.　**91 For** = as for. 次の 'For' も同様.　**96 suit** = courtship.　**98 music from the spheres**　Ptolemaic system では宇宙が9層の透明な天球（spheres）から成り，それらの天球は回転しながら音楽を奏でる．cf. *l*. 33 note.　**101 abuse** = wrong.　**102 I fear me** = I fear myself; I am afraid.　**103 construction** = interpretation.　**104 To force**　i.e. in forcing. cf. 2.2.5 note.　**106**

今はへり下ってみせるのが礼儀なのよね。
　　　オーシーノ伯爵の僕でしょうに、あなたは。
　ヴァイオラ　主人はあなたさまのもの、主人のものはあなたさまのもの、
90　ですからあなたさまの僕の僕はあなたさまの僕。
　オリヴィア　あの方のことならわたくしはなんとも思っていません、
　　　だからね、その思いは一切白紙にして、もうわたくしのことなどしみ
　　　　一つ残してほしくないの。
　ヴァイオラ　お嬢さま、ぼくがここに参りましたのは、あなたさまのおや
　　　さしい思いを、ただただ
　　　わが主人の一点に向けていただこうがため。
　オリヴィア　　　　　　　　　　　　　　　やめて、そのお話。
95　あの方のことは二度と言わないでって頼んだでしょう。
　　　別の求愛をなさるってのなら、その言葉を
　　　喜んで聞きたい、天上の音楽を聞くよりも
　　　もっとうっとりと。
　ヴァイオラ　　　　　そんな、お嬢さま──
　オリヴィア　だめよ、わたくしに言わせて。この前あなたが
100　ここでこの心を虜(とりこ)にしたそのとき、すぐにわたくし
　　　あなたを追わせて、指輪を届けさせました。ひどい行いよね、
　　　自分にも、召使にも、それにきっとあなたにも。
　　　あなたにどんなにひどく言われたって仕方がない、
　　　あなたのものでもない指輪を無理に押しつけるだなんて、
105　恥知らずな小細工だもの。ああ、ほんとうに恥かしい。
　　　きっとわたくしの名誉は熊いじめの棒杭に繋がれて、
　　　あなたの残酷な心の思いのまま、ずたずたに傷つけられて
　　　いるのでしょうね。あなたのようなお方の目には、あーあなにもかも

---

at the stake　bear-baiting（⇨ 1.3.80 note）で熊が棒杭（stake）に繋がれた状態. **107 unmuzzled** = unrestrained.　**108**　この1行6詩脚のAlexandrine. Oliviaの後をひく思い.　**receiving** = perception.

Enough is shown; a cypress, not a bosom,
Hides my heart. So, let me hear you speak.   110

VIOLA   I pity you.

OLIVIA   That's a degree to love.

VIOLA   No, not a grize; for 'tis a vulgar proof
That very oft we pity enemies.

OLIVIA   Why, then methinks 'tis time to smile again.
O world, how apt the poor are to be proud.   115
If one should be a prey, how much the better
To fall before the lion than the wolf.   [*Clock strikes.*]
The clock upbraids me with the waste of time.
Be not afraid, good youth, I will not have you.
And yet, when wit and youth is come to harvest,   120
Your wife is like to reap a proper man.
There lies your way, due west.

VIOLA   Then westward-ho.
Grace and good disposition attend your ladyship.
You'll nothing, madam, to my lord by me?

OLIVIA   Stay.   125
I prithee tell me what thou thinkest of me.

---

109 cypress　絹または綿の紗．黒く染めて喪服に用いた．これを具体的にveilにとれば1.5.146-に結びつきOliviaにここでもveilをかけさせる演出がありうるが，それでもいかにもわずらわしい（veilの面白さは［1.5］だけのもの）．首に巻く喪のしるしとする解もあるが（*Cambridge 2*）本編注者は採らない．比喩的な意味合いでよいと思う．　**bosom**　前注との関連からi.e. bosom of the body itself.　**111 degree** = step.　**112 not a grize** [gríːz] = not at all. grize = grece; step. 前のdegreeと縁語．　**vulgar proof** = common experience.　**115 the poor** i.e. the deprived of love. 自分自身のこと．Cesarioととる解もありうるが採らない．（このあたり *ll.* 112–17は特に意味の曖昧な個所．）　**117 the lion, the wolf**　前者はOrsino，後者はCesario．　［*Clock strikes.*］　F1のSD．　**120 wit**

お見通し、だってわたくしの女心は素のままなの、覆っているのは
110　黒い紗の服喪の布一枚だけなの。ねえ、なにかおっしゃって。
　ヴァイオラ　ご同情申し上げます。
　オリヴィア　　　　　　　　　同情は恋への第一歩。
　ヴァイオラ　とんでもない。世間でよくみられるでしょうに、
　　憎い敵(かたき)についつい同情してしまうようなことが。
　オリヴィア　じゃもういい、もう苦しむことなんかしない、
115　恋を失った女にも誇りというものがある、
　　どうせこの身を捨てるのなら、いっそひと思い、ライオンの餌食に
　　なった方がいい、残酷な狼にさいなまれるよりは。　　［時計が鳴る］
　　そら、時計がわたしを叱っている、時間の浪費だって。
　　いいのよ、あなた、もうあなたのことはあきらめました。
120　でもねえ、今のその若々しい才能が実りのときを迎えたならば、
　　あなたを刈り取る女の人はすてきな夫を持つことになるのよねえ。
　　いいわ、もうお帰りなさい。ああ太陽は西に沈むのね。
　ヴァイオラ　　　　　　　　では「西行き」の渡し舟に乗って。
　　神のみ恵みとお心の平安を尊(たっと)きお嬢さまにお祈りいたします。
　　「西行き」は王宮の方向、ぼくの王宮の主(あるじ)にはなんのお言伝(ことづて)もないの
　　ですね。
125　**オリヴィア**　待って。
　　ね、お願い、わたくしのこと、どう思って？

---

and youth　i.e. youthful intelligence. 修辞法でいう hendiadys（二詞一意）の例．並列された2語の一方が他方を修飾する表現法．'bread and butter' がよく説明に出される．　**is come**　cf. *l*. 22 note.　**122 due west**　'Cesario is the sun of her life — about to set.' (*Cambridge 2*)　**westward-ho**　当時テムズ川の渡し舟の行先を告げる船頭の呼び声．「西行き」はロンドン市内から王宮のある Westminster に向う．　**123 good disposition**　i.e. peace of mind.　**126–26**　F1 は1行．本版の lineation は Capell 以来の主流．'Stay' の1音節の前後，特に後に空白．Olivia は誇りをかなぐり捨てた．*l*. 126 では 'you' から 'thou' に (cf. 1.5.56 note)．いったん 'you' に戻ったのち *ll*. 139– でまた 'thou'．

VIOLA	That you do think you are not what you are.	
OLIVIA	If I think so, I think the same of you.	
VIOLA	Then think you right, I am not what I am.	
OLIVIA	I would you were as I would have you be.	130
VIOLA	Would it be better, madam, than I am?	

    I wish it might, for now I am your fool.

OLIVIA O, what a deal of scorn looks beautiful
    In the contempt and anger of his lip.
    A murd'rous guilt shows not itself more soon   135
    Than love that would seem hid. Love's night is noon.
    Cesario, by the roses of the spring,
    By maidhood, honour, truth, and everything,
    I love thee so, that, maugre all thy pride,
    Nor wit nor reason can my passion hide.   140
    Do not extort thy reasons from this clause,
    For that I woo, thou therefore hast no cause;
    But rather reason thus with reason fetter,
    Love sought is good, but given unsought is better.

VIOLA By innocence I swear, and by my youth,   145
    I have one heart, one bosom, and one truth,
    And that no woman has; nor never none
    Shall mistress be of it, save I alone.
    And so adieu, good madam; never more
    Will I my master's tears to you deplore.   150

---

128 the same of you 意味するところが必ずしも明瞭でないが，Olivia に恋されるにふさわしい「自分」を忘れている，というようなことでよいと思う．なお *ll*. 126–30 はいわゆる stichomythia（隔行対話）．その緊迫した技巧が *ll*. 135–52 の couplet 9 連への前奏になっている．　**133–36**　この4行を Staunton が [*aside*] としこれに従うのが大勢であるが本版は与しない．いわゆる「思い入れ」ということで aside とは機能が異なる．　**134 contempt and anger**

ヴァイオラ　本当のご自分を見失っておいでだと。

オリヴィア　それならあなただって同じこと。

ヴァイオラ　ええそのとおり、ぼくは本当の自分ではありません。

オリヴィア　ああ、わたくしの望むようなご身分だったなら。

ヴァイオラ　いまの身分よりよい身分ということでしょうか？
　　ぼくもそう望みます、今はあなたにからかわれるだけの道化役。

オリヴィア　ああ、どんなに侮辱されてもそれが美しくみえてしまう、
　　あの唇から洩れるのは軽蔑の怒りだというのに。

殺人の罪はたちどころに露れるというけれど、もっと早いのは
恋の思いの方。恋の闇路は白昼堂々の一本道。
ねえ、シザーリオ、春の薔薇の花にかけて、
乙女の操、名誉と真実、この世のあらゆるすべてにかけて、
わたしはあなたを愛します、どんなに蔑まれたって構わない、
知性も理性もこの狂おしい恋を隠すことはできない。
ねえ、勝手に仕掛けた恋には当分関知せずだなんて、
そんな冷たい理屈をふり回してはなりません。
別の対抗の理屈がちゃんとあるのですからね、
恋は与えられるものにして求めるものに非ず、とね。

ヴァイオラ　誓います、純潔にかけて、ぼくの若さにかけて、
　　ぼくの心、ぼくの胸、ぼくの真実、それはただの一つ、
　　女の人には絶対に捧げません。それを支配する
　　女の主はこのぼくというたったの一人。
　　さようならお嬢さま、お目にかかるのはこれが最後、
主人の涙をあなたに捧げるのもこれが最後。

---

hendiadys.　**135–36 A murd'rous . . . hid.**　cf. 'Murder will out.'（Tilley M 1315）/ 'Love cannot be hid.'（L 500）　**139 maugre** [mɔ́ːgə] = in spite of. < F. *malgré*.　**140 Nor . . . nor** = neither . . . nor.　**141 thy reasons**　i.e. for not loving me.　**clause** = premise.　**142 For that** = because.　**147 nor never none**　triple negative.　**148 save I**　save は前置詞だから 'I' は 'me' となるべきところ．ただし save = saved ととれば 'I' は nominative absolute.（Abbott 118）

OLIVIA Yet come again, for thou perhaps mayst move
That heart which now abhors, to like his love.   [*Exeunt.*]

[3.2]   *Enter Sir Toby, Sir Andrew and Fabian.*

SIR ANDREW No, faith, I'll not stay a jot longer.
SIR TOBY Thy reason, dear venom, give thy reason.
FABIAN You must needs yield your reason, Sir Andrew.
SIR ANDREW Marry, I saw your niece do more favours to the Count's servingman than ever she bestowed upon me; I saw't i'th'orchard. 5
SIR TOBY Did she see thee the while, old boy? Tell me that.
SIR ANDREW As plain as I see you now.
FABIAN This was a great argument of love in her toward you.
SIR ANDREW 'Slight, will you make an ass o'me?
FABIAN I will prove it legitimate, sir, upon the oaths of judgement 10
and reason.
SIR TOBY And they have been grand-jurymen since before Noah was a sailor.
FABIAN She did show favour to the youth in your sight only to exasperate you, to awake your dormouse valour, to put fire in 15 your heart, and brimstone in your liver. You should then have accosted her, and with some excellent jests, fire-new from the mint, you should have banged the youth into dumbness. This was looked for at your hand, and this was balked. The double

───────────────────────────

[3.2] **1 faith** ⇨ 1.3.87 note. **2 venom** i.e. venomous one. **3 You** Sir Toby の 'thou' に対し Fabian は 'you'. cf. 1.5.56 note. **4 Marry** ⇨ 1.3.57 note. **Count's** ⇨ p. 1.3.89 補. **5 orchard** = garden. **6 the while** = at the time. **7 plain** = plainly. **8 argument** = proof. **9 'Slight** ⇨ 2.5.28 note. **10 legitimate** = authorized by law. **oaths** i.e. sworn testimony. **12 grand-jurymen**「大陪審員」. 起訴状を審査し起訴の当否を決する. **15 dormouse**「ヤマネ」は冬

オリヴィア　だめ、また来てちょうだいね、あなただったら動くのかも、今は無理なあなたのご主人への恋の思いが。　　　　　　　　［両人退場］

[3.2]　サー・トービー、サー・アンドルー、フェイビアン登場。
サー・アンドルー　いやだ、絶対にいやだ、ぼくはもう故郷(くに)に帰る。
サー・トービー　理由は、え、理由は、わが怒りの虫よ。
フェイビアン　理由を話して下さらなきゃ、ねえ、サー・アンドルー。
サー・アンドルー　だってさ、君のお嬢さんがだね、あの伯爵のお小姓にもう熱(あつ)あつなんだ、ぼくなんかにはまったく冷たいくせに。ぼく庭ん
5　とこで見たんだ。
サー・トービー　で、彼女はそのとき君を見たかい、え、わが友よ。
サー・アンドルー　見たともさ、ちゃんと見たともさ。
フェイビアン　それがですね、あなたに対する彼女の愛の大いなる証拠。
サー・アンドルー　え、そんなこと言って、ぼくをこけにする気か。
10　**フェイビアン**　本件に関しましては不肖わたくしが法律上正当であることを判断力及び理性を宣誓証人に立てて証明いたしましょうや。
サー・トービー　判断力と理性なら君、ノアが箱船の船長になって以来のれっきとした大陪審員だぜ。
フェイビアン　お嬢さまがあなたの面前で熱あつの好意を示したのはひ
15　とえにあなたを憤激させんがため、あなたの冬眠の勇気を覚醒させんがため、心臓に烈火を、肝臓に業火を点ぜんがため。そのときあなたはすかさず打って出るべきでしたなあ、なにかこうみごとな洒落の二、三発、造幣局から出てきたばっかしの金貨みたいにほかほかのやつをかましてですな、あの若造をぎゃふんと黙らせるべきであった。それがあなたに期待されておった、あなたはそれを怠った、せっかく機会

眠する．　**16 brimstone** = hell-fire への連想を伴う．cf. 2.5.45 note.　**liver** cf. 2.4.94 note.　**17 accosted** ⇨ 1.3.41 note.　**fire-new** = brand-new.　**19 at your hand** = from you.　**balked** = neglected.　**19–20 double gift** cf. 'Gilt plate of better quality was twice washed with gold.'（Luce）mint のイメージが続いている．

gilt of this opportunity you let time wash off, and you are now 20
sailed into the north of my lady's opinion, where you will hang
like an icicle on a Dutchman's beard unless you do redeem it by
some laudable attempt, either of valour or policy.

SIR ANDREW   And't be any way, it must be with valour, for policy
I hate. I had as lief be a Brownist as a politician.   25

SIR TOBY   Why, then, build me thy fortunes upon the basis of
valour. Challenge me the Count's youth to fight with him, hurt
him in eleven places. My niece shall take note of it; and assure
thyself, there is no love-broker in the world can more prevail in
man's commendation with woman than report of valour.   30

FABIAN   There is no way but this, Sir Andrew.

SIR ANDREW   Will either of you bear me a challenge to him?

SIR TOBY   Go, write it in a martial hand, be curst and brief; it is no
matter how witty, so it be eloquent and full of invention. Taunt
him with the licence of ink. If thou 'thou'-est him some thrice, it 35
shall not be amiss, and as many lies as will lie in thy sheet of
paper although the sheet were big enough for the bed of Ware in
England, set 'em down. Go, about it. Let there be gall enough in

---

20–21 are ... sailed cf. 3.1.22 note.   **22 Dutchman** William Barentz という
オランダ人が 1596–97 年に北極圏に探検航海を行いその航海記の英語が 1598
年 6 月に出版登録されている (cf. p. xxv).   **23 policy** = stratagem.   **24 And't** =
and it. ⇨ 1.3.10 note.   **25 had as lief** = would as willing.   **Brownist** 1581 年
Robert Browne が宗教と国家政治との分離を主張してプロテスタントの教派を
創設. この派は Brownists, または Separatists (分離派) と呼ばれた (やがて In-
dependents [独立派]). 当時のイングランドでは当然過激な反体制の一派で,
1620 年新大陸アメリカに逃れたのもこの派である.   **politician** ⇨ 2.3.68 note.
Brownist と並べて「政治学」の意味も入る.   **26 me** ethical dative. cf. 1.5.233
note. 次行の 'me' も同様.   **28 shall** = will surely.   **29 can** 前に that を補う.
30 man's objective genitive.   **report** = reputation.   **32 me** = for me.   **33
hand** = handwriting.   **curst** = fierce.   **34 so** = provided that, if.   **invention** = in-

が二重の黄金の衣に輝こうというそのときに、あなたはむざむざその衣を剝ぐばかり、となってはあなたの評価の航海はいまやお嬢さまのお心の北極圏、オランダ人の髭の先の氷柱みたいにやっとのことでぶら下っている、どうです、ここは天晴れなやり口でひとつ名誉挽回といかなきゃ、度胸でいくか、頭でいくか。

サー・アンドルー　やるんだったら度胸の方だ、ぼくは、頭はいやだよ。頭で小細工する政治家になるぐらいなら堂々と体制反対を唱えた方がましだ。

サー・トービー　ようしわかった。じゃ度胸を土台にひとつ好運を築いてみようじゃねえか。伯爵のあの若造にひとつ決闘を申し込んで手傷をざっと十一個所、ずったずったにしてやるんだな、きっとお嬢のやつの目にとまる。なあ君、恋の取り持ちは度胸の誉れ、女に男の度胸を売り込めば敵うものなしさ。

フェイビアン　そうだ、そうだ、それがいちばんだ。

サー・アンドルー　君たち、どっちか決闘状を届けてくれるかい？

サー・トービー　ようし書け、威勢のいい字で書けよ、凶暴にして簡潔、なあに凝ることはねえのさ、ハッタリのたれ流しで大いに結構だ、罵詈雑言は舌先ならぬペン先三寸、こん畜生ってすごむのも一度や二度じゃすむまいぜ、やいてめえこの嘘つき野郎は紙一杯の大風呂敷、結び目なしに書きなぐれ。ペンは鵞鳥の羽根の先、鵞は間抜けの腑抜けでも、インクの中味は没食子、ぴりりと辛い苦みだけは文句にたっぷ

---

ventiveness.　**35 licence of ink**　i.e. freedom taken in writing, but not risked in conversation.（Norton）　**'thou'-est**　相手を 'you' ではなく 'thou' で呼びすてる．cf. 1.5.56 note.　**36 lies** = charges of lying. 次の 'lie' は「横たわる」(「書き込める」)に掛ける．Sh 得意の polysemantic pun.　**37 sheet**　これも「(手紙の)紙幅」と「(ベッドの)シーツ」を掛ける．　**the bed of Ware**　Hertfordshire の Ware にあった巨大なベッド．10 feet 9 inches 四方の大きさで、現在 Victoria and Albert Musium にある．　**38 down. Go,**　F1 is 'down, go'．Capell の punctuation の校訂が台詞のリズムに合う．　**gall** = oak-gall（oak-apple），「没食子」（樫の木などブナ科の植物の若芽に生じる虫癭）．インクの原料となった．その gall を bitterness に掛ける．

thy ink, though thou write with a goose-pen no matter. About it.
SIR ANDREW   Where shall I find you?   40
SIR TOBY   We'll call thee at the cubiculo. Go.   [*Exit Sir Andrew.*]
FABIAN   This is a dear manakin to you, Sir Toby.
SIR TOBY   I have been dear to him, lad, some two thousand strong or so.
FABIAN   We shall have a rare letter from him; but you'll not   45 deliver't.
SIR TOBY   Never trust me then; and by all means stir on the youth to an answer. I think oxen and wainropes cannot hale them together. For Andrew, if he were opened and you find so much blood in his liver as will clog the foot of a flea, I'll eat the rest   50 of the anatomy.
FABIAN   And his opposite, the youth, bears in his visage no great presage of cruelty.
SIR TOBY   Look where the youngest wren of mine comes.
   Enter Maria.
MARIA   If you desire the spleen and will laugh yourselves into   55 stitches, follow me. Yond gull Malvolio is turned heathen, a very renegado; for there is no Christian that means to be saved by

---

39 goose-pen   goose は愚鈍, 臆病の象徴.   **41 cubiculo** [kju(ː)bikjulou] = bedroom. 'Either a humorous use of Latin, from the phrase *in cubiculo*, or affected use of It. *cubiculo*.' (*OED*)   **42 manakin** = manikin, puppet.   **43 dear** = costly. 前行の 'dear' と polysemantic pun.   **two thousand**   cf. 2.5.153 note.   **strong**   i.e. to the amount of. 'in jocular nonce-use.' (*OED*) 数詞の後について本来は軍勢についての表現.   **47 then**   i.e. if I don't.   **48 oxen and wainropes**   wagon-ropes pulled by oxen. hendiadys (⇨ 3.1.120 note).   **hale** = haul, drag.   **49 For** = as for.   **50 liver**   cf. 2.4.94 note.   **51 the anatomy**   i.e. the body being opened (= dissected).   **52 opposite** = opponent.   **54 Look where**   look, see の後, there

りしみ込ませる。ようし、かかれ。

サー・アンドルー　君たち、どこにいる？

サー・トービー　君のご寝所に参上するよ。さ、行け。

[サー・アンドルー退場]

フェイビアン　あなたもかわいいでしょう、あの操り人形。

サー・トービー　おれだってたっぷりかわいがってもらったさ、ま、二千ポンドがとこは貢がせたからな。

フェイビアン　きっと珍妙な決闘状ができてきますよ。でもまさか届ける気はないでしょうな。

サー・トービー　届けない手があるものか。ついでにあの若造も焚きつけてなにがなんでも受けさせる。なあに首に縄つけて牡牛に引っぱらせたってあの二人をかち合わせることはできねえ。アンドルーのやつは腑分けして肝っ玉を調べたって蚤の足の先が引っかかるほどの血の気があるもんか、あったらおめでたや、臓もつもろとも体ごとおれさまの酒の肴にしてやらあ。

フェイビアン　相手の若造の方もあの顔つきじゃ荒事は金輪際。

サー・トービー　おっとご入来(じゅらい)だぜ、わが親愛なるみそさざいの雛っ子が。

　　　　　マライア登場。

マライア　さあさ、お笑いの発作ですよ、お腹の皮がよじれるほど笑いたかったらいってらっしゃい。向うでマルヴォーリオが一丁上り、なんと宗旨変えして異教徒になっちまいましたよ。まともなキリスト教徒ならあんなばかばかしい手紙の文句を信じられっこないでしょうに、

となるべきところにwhereが使われる．対象に動きの感覚が出る． **the youngest wren**　Mariaは小柄．cf. 2.5.11.　**mine**　term of affection. Theobaldの'nine'への校訂が現在も採られているのは本編纂者にはいささか奇異なことに思える．たとえばMahood — 'A wren lays nine or ten eggs and the last bird hatched is usually the smallest.'　**55 spleen**　i.e. fit of laughter.　**56 is turned**　cf. 3.1.22 note.　**57 renegado** = renegade.

believing rightly, can ever believe such impossible passages of
grossness. He's in yellow stockings.

SIR TOBY   And cross-gartered?　　　　　　　　　　　　　　　　60

MARIA   Most villanously, like a pedant that keeps a school
i'th'church. I have dogged him like his murderer. He does obey
every point of the letter that I dropped to betray him. He does
smile his face into more lines than are in the new map with the
augmentation of the Indies. You have not seen such a thing as   65
'tis. I can hardly forbear hurling things at him. I know my lady
will strike him. If she do, he'll smile and take't for a great
favour.

SIR TOBY   Come, bring us bring us where he is.　　　[*Exeunt.*]

[3.3]　　*Enter Sebastian and Antonio.*

SEBASTIAN   I would not by my will have troubled you,
But since you make your pleasure of your pains,
I will no further chide you.

ANTONIO   I could not stay behind you. My desire,
More sharp than filèd steel, did spur me forth;　　　　　　　5
And not all love to see you, though so much
As might have drawn one to a longer voyage,
But jealousy what might befall your travel,
Being skilless in these parts, which to a stranger,
Unguided and unfriended, often prove　　　　　　　　　　10

---

58 can 前に that を補う．　**58–59 impossible passages of grossness**　i.e. grossly improbable statements in the letter.　**61 villanously** = villainously; abominably.　**63 betray** = entrap.　**64–65 the new map ... Indies.**　1599 年に出版された Edward Wright ほかによる世界地図では the Indies (i.e. the East Indies) が従来の地図より大きく描かれ (the augmentation) 航程線が縦横に細かく書き込まれた．これも *l*. 22 の Dutchman とともに有力な topical allusion とされる (cf.

あれじゃ信仰を棄てて天国への道を閉したも同然。なんとあの人、黄色い靴下はいてるの。

60 **サー・トービー**　それで十字の靴下止めか？

マライア　そりゃもうみっともないったら、まるで田舎の学校の野暮ったい先生よ。わたし殺し屋みたいにあの人の後をつけてようく見てたもの。どう、万事手紙の言いつけどおり、あいつをはめようと落としておいたあの手紙。そりゃもうにたにた笑ってましたとも、顔をしわくちゃにして線だらけ、縦じわ横じわ航程線、近頃売り出された大地図
65 のインドの近辺どころの話じゃない、前代未聞のあの様子にはだれだって石を投げてやりたくなりますよ。お嬢さまはきっと撲(ぶ)つわよ。撲たれたら撲たれたであの人ったらますますにやにや笑ってこれぞお嬢さまのご愛情。

サー・トービー　さ、連れてってくれ、あいつのところに早く早く。

[一同退場]

[3.3]　セバスチャンとアントーニオ登場。

セバスチャン　ぼくの方としてはもうこれ以上君に迷惑を
　　掛けたくなかったんだが、苦労がかえってうれしいなどと
　　言われると、つい甘えたくなってしまう。

アントーニオ　君の後ろ姿を見送りたくなかった。ついて行こうと
5　思ったらもう矢も楯もたまらなくなってしまってね、
　　こうして一緒にいたいこの気持ち、千里の道も
　　遠しとしないのだが、そういう友情だけのことじゃない、
　　この土地になじみのない君の身になにが起こるか
　　心配でならなかった、余所者(よそもの)に対しては、
10　特に案内も友だちもついていないとなるととかく乱暴で

---

p. xxv).
[3.3]　**3**　7音節．Antony の側に次を言い出すまでの間．　**5 steel**　i.e. sword？（Warren & Wells）, 'denoting weapons'（Schmidt）．　**6 not all**　i.e. not only．　**8 jealousy** = apprehension．　**9 skilless in** = unacquainted with．

Rough and unhospitable. My willing love,
The rather by these arguments of fear,
Set forth in your pursuit.
SEBASTIAN   My kind Antonio,
I can no other answer make but thanks,
And thanks; and ever oft good turns
Are shuffled off with such uncurrent pay,
But were my worth, as is my conscience, firm,
You should find better dealing. What's to do?
Shall we go see the reliques of this town?
ANTONIO   Tomorrow sir, best first go see your lodging.
SEBASTIAN   I am not weary, and 'tis long to night.
I pray you, let us satisfy our eyes
With the memorials and the things of fame
That do renown this city.
ANTONIO   Would you'd pardon me;
I do not without danger walk these streets.
Once in a sea-fight 'gainst the Count his galleys,
I did some service, of such note indeed
That were I ta'en here it would scarce be answered.
SEBASTIAN   Belike you slew great number of his people?
ANTONIO   Th'offence is not of such a bloody nature,

---

11 Rough and unhospitable   cf. 1.2.1 補．　**12 The rather** = all the more quickly. rather は本来 rathe (= quick) の比較級．　**arguments** = causes.　**15**　8音節．'And thanks;' の後に言い訳の間．Sebastian の後ろめたさは Sh の劇作上の後ろめたさでもある．iambic pentameter に読むためたとえば Theobald の 'And thanks, and even thanks; and oft good turns' の校訂に従う版（近年では *Cambridge 2*, *Arden 2*, Donno 等）もある．　**ever oft** = ever and oft; very often.　**good turns** = kindnesses.　**16 shuffled off** = shrugged aside.　**uncurrent pay** = coins no longer in circulation. (Donno)　**17 worth** = wealth.　**conscience** = conscious-

不親切な土地柄だから。逸る友情が
そうした危惧でますます逸りに逸って
後を追ってきてしまった。

セバスチャン　　　　　　うれしいよアントーニオ、
ありがとうという言葉以外ぼくには返事の言葉がない、
15 本当にありがとう。こんな一文にもならない口先だけで
せっかくの親切をすげなくあしらうのが世の常だが、
ぼくはちゃんと形に表したい、それだけに、このあふれる感謝に
見合うだけの資力がないのが残念だ。さて、どうする？
この町の名所旧蹟でも見物して歩こうか。
20 **アントーニオ**　それは明日(あす)にしましょう、まず宿を決めた方がいい。
セバスチャン　ぼくは疲れてないし、夜までは間があるよ。
ねえ、目の保養をしよう、
記念碑だとか、いろいろ有名な場所があるんだろう、
とにかく名のある町だからね。
アントーニオ　　　　　　申し訳ない、
25 じつはね、町を歩くのは危険なんだ。
むかしここの伯爵の船隊と海上戦になったとき、
ひと働きをした、かなり暴れたものだから
ここで捕まってはもう逃れられない。
セバスチャン　じゃずいぶん殺したってのかい？
30 **アントーニオ**　いや、そんな血を流すようなことじゃない、

---

ness (of debt to you). **firm** = substantial. **18 dealing** = treatment. **What's to do?** = What shall we do? to do = to be done. **19 go see** ⇨ 1.1.16 note. **reliques** = ancient remains. **20 best** i.e. you had best. **24 renown** = make famous. cf. 1.2.1 補. **26 sea-fight** cf. 5.1.45- / 1.2.1 補. **Count his** = Count's. 屈折語尾の -'s の代りに his を用いるいわゆる 'his genitive'. cf. 1.3.89 補. **27 of such note** i.e. so memorable. **28 scarce** = scarcely. **answered** cf. 'I shall pay dear.' (*l.* 37) **29 Belike** = perhaps; I suppose. **great number** = a great number. 'a' の省略については Abbott 84 参照.

Albeit the quality of the time and quarrel
Might well have given us bloody argument.
It might have since been answered in repaying
What we took from them, which for traffic's sake
Most of our city did. Only myself stood out, 35
For which, if I be lapsèd in this place,
I shall pay dear.
SEBASTIAN   Do not then walk too open.
ANTONIO It doth not fit me. Hold sir, here's my purse.
In the south suburbs, at the Elephant,
Is best to lodge. I will bespeak our diet, 40
Whiles you beguile the time and feed your knowledge
With viewing of the town. There shall you have me.
SEBASTIAN Why I your purse?
ANTONIO Haply your eye shall light upon some toy
You have desire to purchase, and your store 45
I think is not for idle markets, sir.
SEBASTIAN I'll be your purse-bearer and leave you
For an hour.
ANTONIO   To th'Elephant.
SEBASTIAN   I do remember.   [*Exeunt.*]

---

31 Albeit = although < *al be it* = al(though) it be.   **time** = circumstance, occasion.
32 bloody argument = cause for bloodshed.   **33 answered** = settled.   **35 stood out** = did not take part; kept off.   **36 lapsèd** i.e. apprehended. Onions は *OED* を敷衍して '*Lapse* could be connected here with "laps", with the sense of "fall into the lap of, come within the power of".' と説明している. *OED* には '? = pounce upon as an offender, apprehend. *Obsolete*.' の説明もみえる. 'latched' への Keightley の校訂は根拠薄弱 (*Oxford* と Warren & Wells は採っているが).   **37 dear** = dearly, at great cost. cf. 3.4.286.   **open** = publicly.   **38 Hold** ⇨ 3.1.37

ま、状況といい争点といい、あの勢いからすれば
　　　流血の事態になってもおかしくはなかったんだがね。
　　　なあに、分捕ったものを返還してしまえばとうに
　　　決着のついたことで、町の連中は交易上の便宜からみんな
35　そうしたのだが、ぼく一人頑としてはねつけた
　　　ものだから、ここで捕まりでもしたら
　　　出費が大変だ。
　セバスチャン　ではあまり大っぴらに出歩かない方が。
　アントーニオ　出歩いちゃまずいとも。さ、これをどうぞ、ぼくの財布。
　　　南の町外れに象の看板の旅館があります、あそこが
40　いちばんいい宿だ。ぼくの方で食事をあつらえておこう。
　　　君はゆっくり町の様子を見て回って
　　　見聞を広げて下さい、あそこで落ち合いましょう。
　セバスチャン　いいよ、この財布は。
　アントーニオ　もしかしてなにか小さなものが目にとまり
45　欲しくなるかもしれない。君の懐具合じゃ
　　　用のないものまで買う余裕はないでしょう。
　セバスチャン　じゃこの財布は預かるだけは預かることにして、
　　　小一時間離ればなれに。
　アントーニオ　　　　　　　象の看板ですよ。
　セバスチャン　　　　　　　　　　大丈夫。　　　　［両人退場］

---

note.　**39 the Elephant**　Sh の劇団の劇場 the Globe の近くにこの名の 'an inn-cum-brothel' があったという．the Globe のあった Bankside は 'the south suburbs' of the City London.　**40 diet** = meal.　**41 Whiles** = while. -s は adverbial genitive.　**42 viewing of the town**　PE なら前に the が必要．cf. 1.5.66 note.　**43 Why I your purse?**　i.e. why should I have your purse? 4音節．Sebastian が purse を受け取る間．　**44 Haply** = perhaps.　**toy** = trifle.　**45 store** = supply of money.　**46 is . . . markets**　i.e. will not cover whimsical purchases.（*New Folger*）**47–48**　リズムが乱れ散文に近づく．

142　　　　　　　　　　TWELFTH NIGHT

[3.4]　　*Enter Olivia and Maria.*

OLIVIA　I have sent after him; he says he'll come.
　How shall I feast him? What bestow of him?
　For youth is bought more oft than begged or borrowed.
　I speak too loud.
　Where is Malvolio? He is sad and civil, 5
　And suits well for a servant with my fortunes.
　Where is Malvolio?
MARIA　He's coming, madam; but in very strange manner. He is
　sure possessed, madam.
OLIVIA　Why, what's the matter? Does he rave? 10
MARIA　No, madam, he does nothing but smile. Your ladyship
　were best to have some guard about you if he come, for sure the
　man is tainted in's wits.
OLIVIA　Go call him hither.　　　　　　　　　　[*Exit Maria.*]
　　　　　　I am as mad as he,
　If sad and merry madness equal be. 15
　　　Enter Malvolio and Maria.
　How now, Malvolio!
MALVOLIO　Sweet lady, ho, ho.
OLIVIA　Smilest thou? I sent for thee upon a sad occasion.
MALVOLIO　Sad, lady! I could be sad. This does make some ob-

[3.4]　**0.1 *Enter Olivia and Maria.*** F1 の SD. cf. *ll*. 1–4 補. **1–4** ⇨ 補. **1 he says he'll come**　Olivia が servant から返事を聞くのは *ll*. 51–53. これを言い立てて Theobald が 'say, he will come' に校訂, そこまでしないまでも 'It is necessary to understand an introductory "if".' (Donno) 等の注もあるが, 舞台ではなにもそれほどこだわることではない. **3 youth ... borrowed**　'Better to buy than borrow (beg, beg or borrow).' (Tilley B 783) の proverbial な世間知を Olivia らしく大げさにはしたなく用いて. **5 sad** = serious.　**civil** = well-mannered.　**7–**　以下 Olivia の台詞は散文を交えて.　**9 sure** = surely.　**possessed**

[3.4]　オリヴィアとマライア登場。

オリヴィア　後を追いかけさせた。来てくれるって返事。
どうやってもてなそう。何を上げようかしら。
そうよ、若い男の子はお金で繋ぎとめないとすぐに離れてしまう。
いけない、声が高い。
マルヴォーリオはどこです。あの男はまじめで礼儀正しいから
いまのわたしの運命にぴったりの召使。
ねえ、マルヴォーリオは。

マライア　すぐに参りますとも、お嬢さま。でもそれがちょっとおかしい
んですよ、悪魔にとりつかれたみたい。

オリヴィア　まあ、どんななの？　うわ言でも言うの？

マライア　いいえお嬢さま、ただにたにた笑ってるばかり。ご身辺に警護
をお付けになった方がいいですよ、あの人の前では。あれは確かに頭
がおかしくなっています。

オリヴィア　呼んでおいで。　　　　　　　　　　　　［マライア退場］
　　　　　　　おかしいのはわたしだって、
気が沈むのも、笑って騒ぐのも、紙一重
　　　　マルヴォーリオとマライア登場
どうしましたマルヴォーリオ！

マルヴォーリオ　これはこれはお嬢さま、ホ、ホ、ホ、ホ。

オリヴィア　笑っているの？　まじめな話で呼んだのですよ。

マルヴォーリオ　まじめな話！　それはもう喜んで。ですがこの靴下止め

---

i.e. by the devil; mad.　**12 were best** ⇨ 1.5.26 note.　**13 tainted** = diseased.　**14–15** couplet の思い入れ.　**14 Go call** ⇨ 1.1.16 note.　[***Exit Maria.***] Dyce の SD. *l.* 15.2 の '*and Maria*' も Dyce.　**16 Malvolio!**　！は F1 の ？の転換.　**18 upon a sad occasion** = about a serious matter.　**19 Sad**　Malvolio は Olivia の 'sad' を melancholy の意味に解したとして，'(melancholy) might be a result of "obstruction in the blood", causing it to flow slowly.' (*Arden 2*) のような注が多いが採らない．Malvolio は 'sad occasion' を自分と Olivia との結婚の話だと思っている．**lady!**　！は本版．前注参照.

絵画の中の *Twelfth Night*

シェイクスピアの絵画化はロマン派の時代から19世紀末にかけて最盛期を迎えた。18世紀末のジョン・ボイデル（John Boydell）のシェイクスピア美術館の企画とその銅版画集の出版（1802）がその先鞭となった。その後も多くのすぐれた才能がシェイクスピアの作品に群がり集ったが、ディケンズ（Charles Dickens）との親交で知られるダニエル・マクリース（Daniel Maclise）もその1人。1840年ロイヤル・アカデミーに出品した左の 'A Scene from *Twelfth Night*' は名画の誉れ高く、この時代を代表するシェイクスピア役者マクリーディ（William Charles Macready）に「いつまで見ていても見飽きることがない」（'I can look at it for ever.'）と評された。なおここに描かれた Malvolio の 'cross-gartered' については 2.5.132 脚注参照のこと。

    struction in the blood, this cross-gartering; but what of that? If 20
    it please the eye of one, it is with me as the very true sonnet
    is, 'Please one and please all'.

OLIVIA Why, how dost thou, man? What is the matter with thee?

MALVOLIO Not black in my mind, though yellow in my legs. It
    did come to his hands, and commands shall be executed. I think 25
    we do know the sweet Roman hand.

OLIVIA Wilt thou go to bed, Malvolio?

MALVOLIO To bed! 'Ay, sweetheart, and I'll come to thee'.

---

21 sonnet = lyric. **22 'Please one and please all'** ⇨補. **23 OLIVIA** F1 の SH 'Mal.' は *Mar.*（= Maria）の誤植とも疑われるが，流れは明らかに Olivia の台詞．F2 で '*Ol.*'． **24 black** = melancholy. 当時流行の ballad に 'Black and Yellow' があった． **26 Roman hand** 伝統的で読みにくい English 'secretary' hand に代って軽快な Italian（Roman）hand が特に上流婦人の間に流行しつつあっ

の十字結び、これは血行をいささか阻害いたしますな。ですがなんの
これしき。好いたお方のお目のためなら、わたくしめはそれで満足、そ
れ、歌の文句にあるじゃないか、「好いたお方の御ためならば、えんや
こらやのえんこらや」。

オリヴィア　ねえ、どうしたの？　どこか具合でも悪いの？

マルヴォーリオ　脚は黄色く装えども、心は希望の空の色。例のもの、確
かに当人が入手いたしましたれば、ご意向は必ず実行せられましょう
ぞ。うるわしの今様の水茎の跡、それはもう合点承知の助。

オリヴィア　ねえ、お休みなさいな、マルヴォーリオ。

マルヴォーリオ　寝る！　あいな、「いとしお前と添寝して」。

た．**28 bed!**　!はF1の?の転換．**'Ay ... thee'** LuceがArden 1のgen-
eral editor W. J. Craigの示唆を受けて，これまた当時流行のballadから 'Go
to bed, sweetheart, I'll come to thee, / Make thy bed fine and soft, ...' を引いて
いる．' 'は本版．(Mahood, Oxford, New Folgerが同じ．)

OLIVIA God comfort thee. Why dost thou smile so and kiss thy hand so oft?

MARIA How do you, Malvolio?

MALVOLIO At your request! Yes, nightingales answer daws.

MARIA Why appear you with this ridiculous boldness before my lady?

MALVOLIO 'Be not afraid of greatness'. 'Twas well writ.

OLIVIA What meanest thou by that, Malvolio?

MALVOLIO 'Some are born great —'

OLIVIA Ha?

MALVOLIO 'Some achieve greatness —'

OLIVIA What sayest thou?

MALVOLIO 'And some have greatness thrust upon them'.

OLIVIA Heaven restore thee.

MALVOLIO 'Remember who commended thy yellow stockings —'

OLIVIA Thy yellow stockings?

MALVOLIO 'And wished to see thee cross-gartered'.

OLIVIA Cross-gartered?

MALVOLIO 'Go to, thou art made, if thou desirest to be so —'

OLIVIA Am I made?

MALVOLIO 'If not, let me see thee a servant still'.

OLIVIA Why, this is very midsummer madness.

　　　　Enter Servant.

SERVANT Madam, the young gentleman of the Count Orsino's is

29–30 kiss thy hand　宮廷風の優雅のつもり．　**31 How do you** = how are you.　**32 At your request!**　i.e. am I to answer at your request! ! は F1 の : の転換．**daws** = jackdaws.　**35 writ** = written. cf. Franz 168.　**44 Thy**　W. N. Lettson が 'My' への校訂を示唆し（*Critical Examination of the Text of Shakespeare*）Dyce 2 が採用したが，Olivia は手紙の「引用」をおうむ返しに繰り返しているにすぎない．　**48 Am I made?**　ここで Olivia は Malvolio の 'thou' を意識する

オリヴィア　まあ、かわいそうに。どうしてそんなににやにや笑うの？それに手に接吻したりして。

マライア　どうなさったの、マルヴォーリオ？

マルヴォーリオ　分際を心得さっしゃい。まあよろしかろう、美しい声の鶯がうるさい小鳥に鳴いてみせることもあろう。

マライア　なんて図々しい、そんなお笑いのなりをしてよくもお嬢さまの前に出られたものですね。

マルヴォーリオ　「高貴を恐るることなかれ」。ちゃんと書いてございましたな。

オリヴィア　どういうこと、それ、マルヴォーリオ？

マルヴォーリオ　「人はそれ高貴に生るる者あり――」

オリヴィア　え？

マルヴォーリオ　「高貴を成就する者あり――」

オリヴィア　なんのことやら。

マルヴォーリオ　「はたまた高貴を授け与えらるる者あり」。

オリヴィア　困ったわねえ。

マルヴォーリオ　「黄色なる靴下をば愛でたる人のあることを――」

オリヴィア　黄色の靴下？

マルヴォーリオ　「靴下止め十字に結びたるその姿」。

オリヴィア　十字の靴下止め？

マルヴォーリオ　「立身出世、望めばすなわち叶う――」

オリヴィア　叶うって、わたしが？

マルヴォーリオ　「望まねば召使の境遇終生変らず」。

オリヴィア　ああ、これはもう正真正銘の気違いだわ。

　　　　召使登場。

召使　お嬢さま、オーシーノ伯爵さまの若いご家来が参りました。連れ戻

(cf. 1.5.56 note). ただし 'made' に 'maid' と読み込むほどのことではない. *ll*. 35– の手紙の「引用」は引用として舞台の表層を軽快に流れている.　**50 midsummer madness**　cf. *A Midsummer Night's Dream* p. 6, *l*. 0.1 補.　**51 of the Count Orsino's** ⇨ 2.3.117–18 note.　**51–52 is returned** ⇨ 3.1.22 note.

returned. I could hardly entreat him back. He attends your ladyship's pleasure.

OLIVIA I'll come to him.   [*Exit Servant.*]

Good Maria, let this fellow be looked to. Where's my cousin 55
Toby? Let some of my people have a special care of him; I
would not have him miscarry for the half of my dowry.

                                                [*Exeunt Olivia and Maria.*]

MALVOLIO O ho, do you come near me now? No worse man than
Sir Toby to look to me. This concurs directly with the letter, she
sends him on purpose that I may appear stubborn to him; for she 60
incites me to that in the letter. 'Cast thy humble slough', says
she; 'be opposite with a kinsman, surly with servants, let thy
tongue tang with arguments of state, put thyself into the trick of
singularity', and consequently sets down the manner how, as a sad
face, a reverend carriage, a slow tongue, in the habit of some sir 65
of note, and so forth. I have limed her; but it is Jove's doing, and
Jove make me thankful. And when she went away now, 'Let this
fellow be looked to'. Fellow! Not Malvolio, nor after my degree,
but fellow. Why, everything adheres together, that no dram of a
scruple, no scruple of a scruple, no obstacle, no incredulous or 70
unsafe circumstance — what can be said? Nothing that can be can
come between me and the full prospect of my hopes. Well, Jove,
not I, is the doer of this, and he is to be thanked.

    Enter Sir Toby, Fabian and Maria.

---

52 hardly = with difficulty.   **53 pleasure** = will.   **57 miscarry** = come to harm.   [***Exeunt ... Maria.***]   Capell の SD. F1 は '*exit*' (*l.* 73.2 の '*Maria*' の登場は F1 にも).   **63 tang**   F1 は 'larger', F2 で改訂.   **64 consequently** = subsequently.   **sad** = grave.   **65 habit** ⇨ 2.5.144 note.   **65–66 sir of note**   i.e. distinguished gentleman.   **66 limed**   i.e. trapped as with the birdlime. なまなましい用語.   **it is Jove's doing**   cf. 'This was the Lord's doing, and it is marvellous

すのにひと苦労いたしました。ご用を待って控えております。

オリヴィア わたしが行きます。　　　　　　　　　　[召使退場]

ねえマライア、この人のお世話を頼みます。トービーさんはどこかしら。家(いえ)の者たちには特別にめんどうをみてもらわなくては。この人にもしものことがあったら財産なんか半分になったっていい。

[オリヴィアとマライア退場]

マルヴォーリオ そうれ、それ、これでわしとお気持ちがぴったり。世話をするのはだれあろう、あのサー・トービーときた。手紙の中味もそのとおり、わざわざあの男をここに呼び寄せてわしに威厳を示してみせよとのお心、うん、手紙にもそのような指示があったな。「古く賤しき衣を脱ぎ捨て」とあった、「縁者に逆らえ、召使らに渋面をもって臨め、好んで国事をば声高に論ぜよ、奇矯なる態度に己を持せ」、続けて具体的にその方法、厳かな表情、うやうやしい物腰、口調はゆったりと、衣服は有数の紳士のごとくに、まだいろいろと。どうだ、引っかけたぞあの女。いやいやこれは神の成したまえること、神への感謝を忘れてはなるまい。いまも出て行くとき「この人のお世話を頼みます」ときた。どうだ、この人。マルヴォーリオではない、わしの身分でもない、この人。これですべてがぴったりと符合する、疑いの一点もない、一点の点もない、障害はいずこに、疑念、不安はいずこに、さあ、いずこにあってか、わが望みの眺望をば妨げうる？ ああ、神さま、これこそは神の御業(みわざ)、わが業にはあらず、神は誉むべきかな。

　　　サー・トービー、フェイビアン、マライア登場

---

in our eyes.'「これエホバの成したまえる事にしてわれらの目のあやしとする所なり」(*Ps.* 118.23) ここで 'the Lord' を 'Jove' に変えているところに意図的な滑稽(もしくはアイロニー)を認めることができる. ⇨ 補.　**68 fellow** Olivia が 'servant' を指して用いたのを, Malvolio は = companion (< late OE. *fēolaga* = partner) に解した.　**Fellow!** ! は F1 の ? の転換.　**after my degree** = according to my rank.　**69 that** = so that.　**dram**「微量」. 本来は薬衡の単位で 60 grains.　**70 scruple** = doubt. 次の scruple は = 1/3 dram. cf. 2.5.2 note.　**incredulous** = incredible.　**71 unsafe** = unreliable.

SIR TOBY   Which way is he, in the name of sanctity? If all the
   devils of hell be drawn in little, and Legion himself possessed 75
   him, yet I'll speak to him.
FABIAN   Here he is, here he is. How is't with you, sir? How is't
   with you, man?
MALVOLIO   Go off, I discard you. Let me enjoy my private. Go off.
MARIA   Lo, how hollow the fiend speaks within him. Did not I tell 80
   you? Sir Toby, my lady prays you to have a care of him.
MALVOLIO   Ah, ha. does she so?
SIR TOBY   Go to, go to; peace, peace. We must deal gently with
   him. Let me alone. How do you, Malvolio? How is't with you?
   What, man, defy the devil. Consider, he's an enemy to mankind. 85
MALVOLIO   Do you know what you say?
MARIA   La you, and you speak ill of the devil, how he takes it at
   heart. Pray God, he be not bewitched.
FABIAN   Carry his water to th'wise-woman.
MARIA   Marry, and it shall be done tomorrow morning if I live. 90
   My lady would not lose him for more than I'll say.
MALVOLIO   How now, mistress!
MARIA   O Lord.

---

74 sanctity = 悪魔と渡り合う前に sanctity (= holiness) の加護を求める. cf. *Hamlet* 1.4.40.   **75 drawn in little** = contracted in to a small space (Malvolio's body).   **Legion**   *Mark* 5.9 に 'he (= unclean spirit) answered saying. "My name is Legion: for we are many".' (「『わが名はレギオン, 我ら多きが故なり』と答う」とあり, 'Legion' に 'A Legion contained above 6000 in number, said *Matt.* 26.53' と注記されている. Sir Toby はこれを悪魔の名前のつもりで. cf. 'As there seems to be no evidence that this was a common error, it is presumably Shakespeare's joke.' (Warren & Wells)   **77–78 How is't with you, man?**   *Cambridge 2* がこれを Sir Toby の台詞として以来, Alexander, Donno, *Riverside* などが従うが校訂の根拠薄弱.   **79 private** = privacy.   **80 hollow** = deep, resound-

サー・トービー　天地神明の名においてさあ男はどこにいる。地獄の悪魔が全部うじゃうじゃとそいつの体に寄ってたかって、悪魔の親玉がそいつに取っついてようと、おれがちゃんと話してくれる。

フェイビアン　こっちです、こっちです。ねえ、どうなさいました？ しっかりしなさいよ、あなた。

マルヴォーリオ　退れ、お前らには用はない。わしは孤独を楽しんでおるのだ、退りおろう。

マライア　そうら、悪魔があの人の体の中でしゃべってますよ、どすの利いた声で。言ったとおりでしょう。ねえトービーさま、お嬢さまはあなたにめんどうをみるようおっしゃいました。

マルヴォーリオ　ほうら、やっぱりな。

サー・トービー　よせよせ、とにかく静かにしなくてはな。手荒なことは絶対にいかん。わしにまかせておけ。どうしたい、マルヴォーリオ。どんな具合かね。いいかね、悪魔に負けちゃいかんぞ。わかるよな、悪魔は人類の敵なのだからな。

マルヴォーリオ　少しは口を慎まさっしゃい。

マライア　そうらね、悪魔の悪口を言うととたんに向きになるでしょう。やっぱり魔女の仕業だ。

フェイビアン　おしっこを占い婆さんとこに持っていくんだね。

マライア　そうしましょう、明日の朝にももう早速に。なにしろこの人はお嬢さまにとっては大切な人なんですから、わたしなんかにはどうもわかりませんけど。

マルヴォーリオ　無礼者！ 端女の分際で。

マライア　おお、こわ。

---

ing (adverbial).　**83 Go to** ⇨ 1.5.34 note.　**peace** ⇨ 1.5.25 note.　**87 La** = look. **and** ⇨ 1.3.10 note.　**88 Pray**　i.e. I pray.　**bewitched**　'Demoniac possession was sometimes attributed to witchcraft.' (*Riverside*)　**89 water** = urine.　**90 Marry** ⇨ 1.3.57 note.　**92 mistress**　'Used with some unkindness or contempt of or to woman, from whom the affections of the speaker have been estranged.' (Schmidt) 次の！はF1の？の転換.

TWELFTH NIGHT

SIR TOBY   Prithee, hold thy peace; this is not the way. Do you not
see you move him? Let me alone with him.   95
FABIAN   No way but gentleness; gently, gently. The fiend is rough,
and will not be roughly used.
SIR TOBY   Why, how now, my bawcock? How dost thou, chuck?
MALVOLIO   Sir!
SIR TOBY   Ay, biddy, come with me. What, man, 'tis not for grav- 100
ity to play at cherry-pit with Satan. Hang him, foul collier.
MARIA   Get him to say his prayers, good Sir Toby, get him to pray.
MALVOLIO   My prayers, minx!
MARIA   No, I warrant you, he will not hear of godliness.
MALVOLIO   Go, hang yourselves all. You are idle shallow things, 105
I am not of your element. You shall know more hereafter. [*Exit*.]
SIR TOBY   Is't possible?
FABIAN   If this were played upon a stage now, I could condemn it
as an improbable fiction.
SIR TOBY   His very genius hath taken the infection of the device, 110
man.
MARIA   Nay, pursue him now, lest the device take air and taint.
FABIAN   Why, we shall make him mad indeed.
MARIA   The house will be the quieter.
SIR TOBY   Come, we'll have him in a dark room and bound. My 115

---

95 move = excite.   **96 rough** = violent.   **98 bawcock** = fine fellow < F. *beau coq*.
chuck = chicken（childish endearment）. *l*. 100 の 'biddy' も同じ.   **99 Sir**   'Often a whole thought implied in the simple word (= sir).'（Schmidt）！は本版（諸版も同様）.   **100–01 gravity** = a sober, mature man. cf. 1.5.253 note.   **101 cherry-pit**   cherry-pit（さくらんぼの種）を穴に入れるのを競う子供の遊び.   **foul collier** = dirty coal-dealer, i.e. Satan.（その blackness から.）   **103 minx** = hussy.
！は本版.　？の版もある（*Oxford, New Folger*, Warren & Wells 等）.   **105 idle** =
worthless.   **shallow** = trifling.   **106 of your element**   i.e. at your earthly level. cf.

サー・トービー　これこれ、お前はだまってなさい。そういう言い方はいかん。怒らせてしまったではないか。ま、わしにまかせなさい。

フェイビアン　とにかく優しくするのがいちばんです、優しく、優しく。悪魔は狂暴でしてね、しかも狂暴に扱うと猛り狂う。

サー・トービー　ねえ、どうかね、おにいちゃん。いい子にしてるかね。

マルヴォーリオ　うるさい！

サー・トービー　さあ、おいで、いい子だから。おや、どうしたね、サタンと隠れんぼなんかしてちゃ沽券に関わるよ。あんなまっ黒けの悪魔なんか首にしてしまえ。

マライア　お祈りさせたらどうでしょう、ねえトービーさま、お祈りさせましょうよ。

マルヴォーリオ　お祈りだと、このあばずれ！

マライア　やっぱりねえ、信仰の話は聞こうともしない。

マルヴォーリオ　みなみな打ち揃ってくたばりおろう。お前らは卑しい虫けらである。わしとは住む世界が違う。いずれ思い知ることになるであろう。　　　　　　　　　　　　　　　　　　　　　　　　［退場］

サー・トービー　こんな話ってあるもんかなあ。

フェイビアン　これが舞台にかかったらでたらめが過ぎるって野次り倒してやるところですよ。

サー・トービー　あいつ魂の芯まで仕掛けの毒が回ったぜ。

マライア　後を追っかけて手当てをしなきゃ、仕掛けが知れたらことでしょう。

フェイビアン　あれじゃ本当に狂っちまいますよ。

マライア　おかげでお邸が静かになるけど。

サー・トービー　ようし、あいつを暗い部屋に押し込めてふん縛ってしま

1.1.25 / 3.1.50 notes.　**107–09** Sh の metatheatrical な自意識を示す例としてよく引かれる．　**108 condemn**　i.e. hiss.　**110 genius** = soul. 本来は guardian spirit「守護霊」の意味．　**112 take air** = ① be exposed to the air (*l.* 110 の 'infection' に続くイメージ．戸外の空気は健康に悪いとされた), ② become known.　**115 in a dark room and bound**　当時の狂人の処置法．

niece is already in the belief that he's mad. We may carry it thus, for our pleasure and his penance, till our very pastime, tired out of breath, prompt us to have mercy on him; at which time we will bring the device to the bar and crown thee for a finder of madmen. But see, but see.

Enter Sir Andrew.

FABIAN   More matter for a May morning.

SIR ANDREW   Here's the challenge, read it. I warrant there's vinegar and pepper in't.

FABIAN   Is't so saucy?

SIR ANDREW   Ay, is't, I warrant him. Do but read.

SIR TOBY   Give me. [*Reads*] 'Youth, whatsoever thou art, thou art but a scurvy fellow.'

FABIAN   Good, and valiant.

SIR TOBY [*Reads*]   'Wonder not, nor admire not in thy mind, why I do call thee so, for I will show thee no reason for't.'

FABIAN   A good note, that keeps you from the blow of the law.

SIR TOBY [*Reads*]   'Thou comest to the Lady Olivia, and in my sight she uses thee kindly. But thou liest in thy throat; that is not the matter I challenge thee for.'

FABIAN   Very brief, and to exceeding good sense — [*aside*] less.

SIR TOBY [*Reads*]   'I will waylay thee going home, where, if it be

---

119 to the bar = to the open court; into the open.   **120 finder of madmen** = one of a jury appointed to find out if an accused person was insane. (Mahood) 前の法廷のイメージを受けて.   **121 matter for a May morning** 「五月祭」の余興. cf. *A Midsummer Night's Dream* 4.1.130 補.   **124 saucy** = spicy, i.e. insolent.   **125 him** i.e. Cesario. Warren & Wells は OE. の *hit* (= it) の dative とする解を試みているが無理だと思う.   **126 thou** cf. 3.2.35 note.   **129 nor admire not** double negative. admire = marvel.   **131 note** = remark.   **133 in thy throat** 'liest' を強める. cf. Tilley T 268.   **135 brief** cf. 3.2.33.   **exceeding** = exceedingly.

おう。お嬢のやつは本気で気違いだと思い込んでるからな。なあに、とことんやったっておれたちにはいいお慰み、あいつにはいいお懲らしめ、そのうちお楽しみも息切れがしてきてあいつに憐れをかける気にもなるだろうさ。そのときはそのとき、今度の仕掛けを天下の法廷に公表して、お前が晴れの陪審員、気違いの判定を願おうじゃねえか。
120 　おい、おい、別口が現れたぞ。

　　　　　サー・アンドルー登場。

フェイビアン　お祭り騒ぎの余興がもう一丁。

サー・アンドルー　決闘状だ、読んでくれたまえ。酢と胡椒はたっぷり利かしたつもりだ。

フェイビアン　いよいよぴりっときますな。

125 サー・アンドルー　くるとも、あいつには絶対くるとも。まあ読んでみたまえ。

サー・トービー　どれどれ。[読む]「若造よ、てめえがだれであろうと、てめえは下種(げす)野郎なり。」

フェイビアン　いいですなあ、勇ましくっていい。

サー・トービー [読む]「てめえ下種野郎と言われて驚くことなかれ、心
130 　中驚愕することなかれ、その理由をてめえに示す所存われになければなり。」

フェイビアン　行きとどいたものですなあ、これで法の網に引っかからずにすむ。

サー・トービー [読む]「てめえオリヴィア嬢のもとに現れたり、而(しこう)して同嬢わが面前にててめえを慇懃にもてなす。これをもっててめえは嘘八百の言を弄するといえども、そはわが決闘の事由に非ず。」

135 フェイビアン　簡潔にして、さよう理路整然──[傍白] とはいかんよなあ。

サー・トービー [読む]「われてめえの帰途を待ち受けん。運あっててめ

— [*aside*]　ダッシュは F1．[*aside*] は *Cambridge 2* の SD を採用．ここはまさしく観客に向けて．

thy chance to kill me — '
FABIAN   Good.
SIR TOBY [*Reads*]   'Thou killest me like a rogue and a villain.'
FABIAN   Still you keep o'th'windy side of the law. Good. 140
SIR TOBY [*Reads*]   'Fare thee well, and God have mercy upon one of our souls. He may have mercy upon mine, but my hope is better, and so look to thyself. Thy friend, as thou usest him, and thy sworn enemy,   Andrew Aguecheek.'
  If this letter move him not, his legs cannot. I'll give't him. 145
MARIA   You may have very fit occasion for't. He is now in some commerce with my lady, and will by and by depart.
SIR TOBY   Go, Sir Andrew; scout me for him at the corner of the orchard like a bum-baily. So soon as ever thou seest him, draw, and as thou drawest, swear horrible; for it comes to pass oft that 150 a terrible oath, with a swaggering accent sharply twanged off, gives manhood more approbation than ever proof itself would have earned him. Away.
SIR ANDREW   Nay, let me alone for swearing.   [*Exit.*]
SIR TOBY   Now will not I deliver his letter; for the behaviour of 155 the young gentleman gives him out to be of good capacity and breeding; his employment between his lord and my niece confirms no less. Therefore this letter, being so excellently ignorant, will breed no terror in the youth; he will find it comes from a clodpole. But, sir, I will deliver his challenge by word of mouth, set upon 160 Aguecheek a notable report of valour, and drive the gentleman —

---

140 o'th'windy side = to the windward, i.e. on the safe side.（航海の比喩）　**141 Fare thee well** = farewell. fare は = get on（本来は travel）．thee は thou となるべきところであるが命令格の後は thee になりやすい．あるいは dative ともとれる．(Franz 283)　**143 as** = according as.　**145 move** = ① ⇨ *l*. 95 note, ② propel.　**147 commerce** = conference.　**by and by** = immediately.　**148 scout** = keep

えわれを殺さんか――」

フェイビアン　なるほど。

サー・トービー　［読む］「悪党、無頼漢のごとくわれを殺すならん。」

フェイビアン　これまた法律上絶対の安全策、いいじゃないですか。

サー・トービー　［読む］「さらば。神のご加護われら両名の魂のいずれかにあらんことを。おそらくはわが魂の上にあらんとも、わが勝算てめえより大なれば、必ず用心あれかし。てめえの友にして、しからずんば不倶戴天の敵たる、　　　　　　　　アンドルー・エイギュチーク」

この果し状で腹が立たねえようなら腰の立たねえ腰抜けだ。おれが届けてやる。

マライア　ちょうどよかった。いまお嬢さまとなにか用談中だけど、すぐに帰るでしょうから。

サー・トービー　ようし、アンドルー君、庭の隅で借金取りみたいにあいつの来るのを見張ってろ。目が合ったらさっと抜け、抜いたらすぐに啖呵だ、いいな、威勢よくまくしたてろよ、ぽんぽんと、啖呵の切れ味で男を上げたって話はざらにある。剣の切れ味より啖呵の切れ味だ。さあ、行け。

サー・アンドルー　ようし、啖呵ならまかしとけ。　　　　　　［退場］

サー・トービー　この果し状を渡すのはやめとくよ。あの若いのは物腰をみても頭がよさそうだし、育ちだってなかなかだ。なにしろあいつの主人とお嬢の間の使いの役目を言いつかってるんだからな。とてもじゃないがこんなあほくさい果し状じゃ、あの若造め、びびるどころか、とんだ間抜けの筆だって見すかしてしまうだろうさ。ようし、おれが決闘の趣旨を口頭で伝えてやる、エイギュチークなるご仁は勇猛で有名な男だってふれこみでな。あいつめ、まだ生っ白いあの様子

---

a lookout.　**me**　ethical dative. ⇨ 1.5.233 note.　**149 orchard** ⇨ 3.2.5 note. **bum-baily** = sheriff's officer who made arrests for debt.（Onions）　**150 horrible** = horribly.　**152 approbation** = confirmation.　**proof** = trial.　**153 him**　想定されている「男」、格は dative.　**159 clodpole** = blockhead.　**160 sir** ⇨ *l.* 99 note. **set upon** = attribute to.

as I know his youth will aptly receive it — into a most hideous
opinion of his rage, skill, fury, and impetuosity. This will so
fright them both that they will kill one another by the look, like
cockatrices.

FABIAN Here he comes with your niece. Give them way till he
take leave, and presently after him.

SIR TOBY I will meditate the while upon some horrid message for
a challenge.   [*Exeunt Sir Toby, Fabian and Maria.*]
   Enter Olivia and Viola.

OLIVIA I have said too much unto a heart of stone,
And laid mine honour too unchary on't.
There's something in me that reproves my fault,
But such a headstrong potent fault it is
That it but mocks reproof.

VIOLA With the same haviour that your passion bears
Goes on my master's griefs.

OLIVIA Here, wear this jewel for me; 'tis my picture.
Refuse it not; it hath no tongue to vex you.
And I beseech you come again tomorrow.
What shall you ask of me that I'll deny,
That honour saved may upon asking give?

VIOLA Nothing but this, your true love for my master.

OLIVIA How with mine honour may I give him that
Which I have given to you?

VIOLA   I will acquit you.

---

162 aptly = readily. **hideous** = frightful. **165 cockatrices** cockatrice は伝説上の怪物．頭・羽・脚は鶏，胴・尾は蛇．睨まれた人はただちに死ぬ． **166 Give them way** i.e. let them alone. **167 presently** = immediately. **171 mine honour** ⇨ 1.5.100 note. **unchary** = wastefully. **on't** = on it. it は heart of stone, 'as it were on an altar.'（Collier 3）Theobald の 'out' への校訂を採る版が多いが

じゃすぐに本気にするだろうぜ、相手はあら恐ろしや狂暴練達、烈火の悪鬼だと。そうなりゃ二人ともおっかなびっくり、目を合わせたとたんにとんだ修羅場だ、たちまちばったりお陀仏とくらあ。

フェイビアン　来ましたよ、あいつがお嬢さまと連れ立って。ま、別れの挨拶はたっぷりと、終ったらすぐにあいつをつかまえましょうや。

サー・トービー　それまでこっちは決闘のおどし文字でも考えるとするか。　　　　　　　　　　　　［サー・トービー、フェイビアン、マライア退場］

オリヴィアとヴァイオラ登場。

オリヴィア　石の心にかきくどく愛の言葉、
名誉を甲斐なくただ積み重ねて。
いけないことよと叱りつけてはみても、
叱られても叱られても聞こうとしないの、
ああ、わがままな女心。

ヴァイオラ　その心根はわたしの主人とて同じこと、
嘆きにああ、身をまかせるばかり。

オリヴィア　この宝石を胸に掛けて下さいね、中の絵姿はわたくし。
だめ、断っては、口をきいて困らせたりはしないもの。
ね、明日（あした）また来て下さいね。
なんでも望みのものを差し上げましょう、
名誉が損なわれないのならなんなりとも。

ヴァイオラ　いただきたいのは主人への愛、ただそれだけ。

オリヴィア　それを差し上げては名誉が損なわれます、あなたにもう差し上げてしまったのだから。

ヴァイオラ　　　　　　　　　　　ならばお返ししましょう。

（近年ではOxford, Warren & Wells）イメージからも要らざる校訂である．　**174, 176**　それぞれ6音節．演技の様式化．　**175 haviour** = behavior．　**176 Goes on**　主語はgriefs（pl.）だが動詞が先行する場合単数形になりやすい．（Abbott 335）　**177 jewel**　picture（= portrait）が細工されている．　**181 saved** i.e. without compromising itself．　**upon asking** = upon being asked．　**183 mine honour** ⇨ 1.5.100 note．　**184 acquit you** = release you (from the obligation)．

OLIVIA   Well, come again tomorrow. Fare thee well,
A fiend like thee might bear my soul to hell.   [*Exit.*]
　　Enter Sir Toby and Fabian.
SIR TOBY   Gentleman, God save thee.
VIOLA   And you, sir.
SIR TOBY   That defence thou hast, betake thee to't. Of what nature the wrongs are thou hast done him, I know not; but thy intercepter, full of despite, bloody as the hunter, attends thee at the orchard end. Dismount thy tuck, be yare in thy preparation, for thy assailant is quick, skilful, and deadly.
VIOLA   You mistake, sir. I am sure no man hath any quarrel to me. My remembrance is very free and clear from any image of offence done to any man.
SIR TOBY   You'll find it otherwise, I assure you. Therefore, if you hold your life at any price, betake you to your guard; for your opposite hath in him what youth, strength, skill, and wrath can furnish man withal.
VIOLA   I pray you, sir, what is he?
SIR TOBY   He is knight dubbed with unhatched rapier, and on carpet consideration; but he is a devil in private brawl. Souls and bodies hath he divorced three, and his incensement at this moment is so implacable that satisfaction can be none but by pangs of

---

185–86 couplet で様式化された blank verse が終る．　**189 defence** = skill in fencing.　**betake thee to't**　betake は reflexive v. thee = thyself. 't i.e. defence.　**190–91 intercepter** = one who stops another in his way.（Schmidt）　**191 despite** = malice.　**hunter** = hunting dog. 獲物の血を体に塗りつける huntsman の解もあるが（Warren & Wells），回路が少々うるさすぎる．　**attends** = waits for.　**192 Dismount thy tuck**　i.e. unsheathe thy repier. dismount は cannon に用いる表現（= remove cannon from the carriage）．　**yare** = quick.　**194 You**　Sir

185 **オリヴィア**　いいの、明日(あした)また来てね。きっとですよ、
　　　あなたのような悪魔なら地獄の底まで一緒なの。　　　　　　　［退場］
　　　　　サー・トービーとフェイビアン登場。
サー・トービー　やあ、君、ごめん。
ヴァイオラ　ごめん下さい。
サー・トービー　腕に覚えがあるようならその腕とやらに頼るがよろしか
190　ろう。君にどのような不当行為があったのかそれは存ぜぬが、君の帰
　　　路を邀(よう)せんものと激しい敵意に燃え、血に飢えた猟犬もさながら、庭
　　　園の外れにて君を待ち設ける者がおる。ささ、腰のものの鞘をお払い
　　　召され、構えはよろしいかな、相手は必殺、石花の早業。
ヴァイオラ　なにかのおまちがいでしょう。ぼくに喧嘩を仕掛ける人など
195　いるはずがありません。どう思い返してみてもだれかに侮辱を加えた
　　　覚えなど絶対にありません。
サー・トービー　そのうち覚えがあるってことになるでしょうな。だから
　　　さあ、命あっての物種、防備の準備はよろしいか。ともかく相手は若
　　　い、強い、腕が立つ、いきり立っておる、三拍子も四拍子も揃った
200　猛者(もさ)だからなあ。
ヴァイオラ　どういうご身分のお方でしょうか？
サー・トービー　サーの称号を許された勲爵士だよ。当今戦場の武勲で授
　　　かったのではなく王宮の覚えによる叙勲だがね。だが、君、いざ喧嘩
　　　となったらあいつは鬼だ。魂と胴体との別れ別れがすでにして三、今
205　回のあの剣幕にはもう手がつけられん、どうしてもぶっ殺して墓の穴

Toby の 'thou' に対して（cf. 3.2.35 note）．次から Sir Toby も you に．　**199 opposite** ⇨ 3.2.52 note．**what** = whatever．　**200 withal** = with. 文の末尾に来る形．　**202 dubbed with unhatched rapier**　knighthood は戦場の武勲によって国王が sword の flat で肩を叩いて授けるもの．その sword が unhatched (= unhacked, i.e. worn for ornament) ということは平時の授勲を意味する．　**202–03 on carpet consideration**　「王宮の斟酌によって」、つまり金で買った称号ということ．cf. p. 2, *l*. 13 note.

death and sepulchre. 'Hob nob' is his word, give't or take't.

VIOLA I will return again into the house and desire some conduct of the lady. I am no fighter. I have heard of some kind of men that put quarrels purposely on others to taste their valour; belike this is a man of that quirk. 210

SIR TOBY Sir, no. His indignation derives itself out of a very competent injury; therefore get you on and give him his desire. Back you shall not to the house, unless you undertake that with me which with as much safety you might answer him. Therefore, on, or strip your sword stark naked; for meddle you must, 215 that's certain, or forswear to wear iron about you.

VIOLA This is as uncivil as strange. I beseech you, do me this courteous office as to know of the knight what my offence to him is. It is something of my negligence, nothing of my purpose.

SIR TOBY I will do so. Signior Fabian, stay you by this gentleman 220 till my return. [*Exit.*]

VIOLA Pray you, sir, do you know of this matter?

FABIAN I know the knight is incensed against you, even to a mortal arbitrement, but nothing of the circumstance more.

VIOLA I beseech you, what manner of man is he? 225

FABIAN Nothing of that wonderful promise, to read him by his form, as you are like to find him in the proof of his valour. He

---

206 Hob nob i.e. have or have not. **word** = motto. **207 again** = back. **conduct** = escort. **208 of** = from. **209 taste** = test. **belike** = probably. **210 quirk** = peculiarity. **212 competent** = sufficient. F1 は 'computent', F4 で改訂．ただし *OED* には 16 世紀 'computent' の綴りも登録されている． **injury** = insult. **get you on** = get along; go on. you は主格（命令）または目的格（= yourself）． **214 him** answer の目的語は前の 'which' (i.e. that = duel) であるが，遠くなったのであらたに目的語として him がきた． **215 meddle** = become involved. **217 uncivil** = discourteous. **217–18 this ... as to** = such ... as to. cf. Abbott 280.

に叩き込むと言ってきかんのだ。「のるか反るか」ってのがあいつの口癖でね、つまり食うか食われるか。

ヴァイオラ　ぼくはお邸に戻ります、お嬢さまに護衛をお願いします。ぼくは争いごとはだめなんです。自分の肝試しにわざと喧嘩を吹きかける人がいるって聞いたけど、その人、きっとそういう特殊な人なんですよね。

サー・トービー　いや、違いますなあ。あの男の怒りはそれに相応する侮辱から発したものです。だからそれ、後じさりせんと、あいつの気持ちをちゃんと受けて。邸に戻るのはこのわしが許さん、たってというのであればわが輩がお相手 仕(つかまつ)る、ま、あいつに応じるより安全かどうか保証の限りではござらんがな。だからそうれ、前へ、前へ、いやならわが輩相手にすっぱり剣を抜くことだな。ま、巻き込まれたが身の不運、逃れられない百年目、それとも腰の段平(だんびら)は捨てますと土下座でもするかね。

ヴァイオラ　そんな乱暴な、だいいち訳がわからない。ねえ、お願いです、ご恩に着ますからぼくがどんな侮辱を加えたのか、そのお方に伺ってきては下さいませんか。きっとなにかこちらでうっかりしてのことでしょうが、意図したなどはとんでもない。

サー・トービー　よろしい、そうしよう。フェイビアン君、この方のそばを離れてはならんぞ、すぐに戻るから。

ヴァイオラ　すみません、どういうことかご存じでしょうか？

フェイビアン　とにかくその方ってのがあなたに怒り狂ってましてね、命で結着をつけようってことらしいんだが、詳しいことは一向に。

ヴァイオラ　それでどんな様子のお方でしょうか？

フェイビアン　見かけから判断したところでは、ま、さしたる人物とは思われんでしょうが、実地となったらその勇猛はまことにもって驚くば

---

218 know of = inquire from.　**220 Signior** ⇨ 2.5.1 note.　**224 mortal arbitrement** = settlement to the death.　**226 read** = judge.　**227 form** = appearance.　**like** = likely.　**proof** = test.

is indeed, sir, the most skilful, bloody, and fatal opposite that
you could possibly have found in any part of Illyria. Will you
walk towards him? I will make your peace with him if I can.   230

VIOLA I shall be much bound to you for't. I am one that had
rather go with sir priest than sir knight; I care not who knows
so much of my mettle.   [*Exeunt.*]

　　Enter Sir Toby and Sir Andrew.

SIR TOBY Why, man, he's a very devil; I have not seen such a
firago. I had a pass with him, rapier, scabbard and all, and he   235
gives me the stuck-in with such a mortal motion that it is inevi-
table; and on the answer, he pays you as surely as your feet hits
the ground they step on. They say he has been fencer to the Sophy.

SIR ANDREW Pox on't, I'll not meddle with him.

SIR TOBY Ay, but he will not now be pacified. Fabian can scarce   240
hold him yonder.

SIR ANDREW Plague on't, and I thought he had been valiant and
so cunning in fence, I'd have seen him damned ere I'd have
challenged him. Let him let the matter slip, and I'll give him my

---

228 opposite ⇨ 3.2.52 note.　**230 him?**　F1 の punctuation はコンマ．? は F4．
F1 のままここを If-clause に読むこともできなくはないが F4 の方が自然．
232 go with = associate with.　**sir priest**　cf. '"Sir (= *dominus* [L. = master])"
was used to designate a Bachelor of Arts and is commonly found as a title for
clergymen at this period.' (*Cambridge 2*)　**233 mettle** = temperament.　**233 [*Ex-
eunt.*], 248.2 *Enter Fabian and Viola.*** ともに F1 の SD．一応採用することに
するが実際の舞台ではもちろんこの指示に従う必要はない．Fabian と Viola は
舞台の中心から外れて位置すれば足りる．なお Pope をはじめ Dyce も *l.* 233.2
から新しい場を立てて，Dyce などは 'The Street adjoining Olivia's Garden.' の
location の指示を与えているが，Sh 時代の舞台の場の意識の流動に思い至っ
ていない．　**235 firago** = virago; woman warrior. なお舞台の Viola は少年俳優
の演じる女性の男装姿（男 → 女 → 男）であるから，metatheatrical な，楽屋落

かり。じつにすごい人ですなあ、腕前に加えてその残忍冷酷なること、イリリア広しといえども二人とお目にかかれるような相手ではありません。どうです、会ってみますか？　できるだけ仲介の労をとってみましょう。

ヴァイオラ　そうしていただけると本当にありがたいのですけど。ぼくは剣を佩いたお侍よりも学のある神父さまのお伴をしてた方が性に合うんです。弱虫ってみんなからはやされても気にしません。[両人退場]

　　　　サー・トービーとサー・アンドルー登場

サー・トービー　いやあ驚いたよ、あいつはまるっきり鬼だぜ。あんな女みてえな夜叉御前は見たことがないぜ。ちょいと手合せしてみたんだがね、細身の鞘つきのまんま、いきなりお突きときたね、ぐさっと一本、避けるもなにも、突き返そうたって君、すかさずぐさり、足が大地を踏み外そうとあの切先は外せんね。なんでも君、ペルシャの王さまのお抱えだったっていうぜ。

サー・アンドルー　困ったなあ、ぼく降りるよ。

サー・トービー　降りると言ってもなあ、あいつの方がもう治らんだろう。向うでフェイビアンが手を焼いてるぞ。

サー・アンドルー　ほんとに困ったよ、そんな強くて剣の達人だってわかってたら決闘の申し入れなんか絶対にするんじゃなかったのになあ。なんとか水に流してくれないだろうか、馬を一頭、葦毛のやつを上げ

ちの面白さが出る．**pass** i.e. bout.　**236 stuck-in** = thrust. < It. *stoccata*（cf. *Romeo and Juliet* 3.1.69 note）．**237 on the answer** = on the return.　**pays** = repays.　**hits**　主語の pl. に sing. の動詞はたとえば *l.* 176 note のような説明も可能であるが，英語史の上では北部方言のいわゆる 'northern plural' の影響が持ち出される．（Franz 679 / Abbott 333）　**238 Sophy** ⇨ 2.5.154 補．　**239 Pox on't**, **242 Plague on't**　ともに mild oath.　**239 meddle** ⇨ *l.* 215 note.　**240 scarce** ⇨ 3.3.28 note.　**242 and** ⇨ 1.3.10 note.　**243 cunning** = skilful.　**I'd have seen him damned ere...**　強い否定の表現．PE にも 'I'll see you dead before...' / 'I'll see you hanged (damned, blowed, further, somewhere) first.' の慣行句がある．

horse, grey capilet.

SIR TOBY　I'll make the motion. Stand here, make a good show on't, this shall end without the perdition of souls. — [*Aside*] Marry, I'll ride your horse as well as I ride you.

　　　Enter Fabian and Viola.

[*To Fabian*] I have his horse to take up the quarrel. I have persuaded him the youth's a devil.

FABIAN　He is as horribly conceited of him and pants and looks pale, as if a bear were at his heels.

SIR TOBY [*to Viola*]　There's no remedy, sir. He will fight with you for's oath sake. Marry, he hath better bethought him of his quarrel, and he finds that now scarce to be worth talking of. Therefore draw for the supportance of his vow. He protests he will not hurt you.

VIOLA　Pray God defend me! — [*Aside*] A little thing would make me tell them how much I lack of a man.

FABIAN [*to Sir Andrew*]　Give ground if you see him furious.

SIR TOBY　Come, Sir Andrew, there's no remedy. The gentleman will for his honour's sake have one bout with you; he cannot by the duello avoid it. But he has promised me, as he is a gentle-

---

245 capilet = horse. *OED* に *obsolete* として 'Caple / Capul = horse' があり，15–16世紀の綴りとして 'capill' の登録もある．-et は diminutive．F1 の 'Capilet' のまま馬の名前ととることもできなくはない．　**246 motion** = offer．　**247 on't** = of it. it は indefinite．　[***Aside***]　Theobald の SD．　**Marry** ⇨ 1.3.57 note．　**248 ride you** = manage you at will．　**249** [***To Fabian***]　Rowe の SD．近年ではたとえば *New Folger* が [*Toby crosses to meet them* (= Fabian and Viola). / *Aside to Fabian*] (*l.* 251 にも [*aside to Toby*])と演出に介入気味 (cf. *ll.* 233, 248.2 note)．**to take up**　i.e. by taking up (cf. 2.2.5 note). take up = settle．　**253** [***to Viola***] Capell の SD．わかりやすさから採用．　**254 oath sake** = oath's sake. sake の前の [s] は落ちやすい．　**better bethought him of** = thought better of. him = himself

245　たっていいよ。

サー・トービー　よし、掛け合うとするか。いいか、動くなよ、せめて見せかけだけでもしゃんとして、なんとか血をみないですませてやるから。──［傍白］へ、お前も馬も乗り放題。

　　　　フェイビアンとヴァイオラ登場。

　［フェイビアンに］この喧嘩種を治めてお馬頂戴だ。あの若造は夜叉
250　だって吹き込んでおいたからな。

フェイビアン　こっちも相手を悪鬼だと思い込んで、もうぶるぶる、がたがた、熊に追っかけられたってああはならない。

サー・トービー　［ヴァイオラに］こうとなったら仕方ありませんなあ。誓いの手前やらざるをえんと言っておる。ですが決闘の事由を再考し
255　てみて、ま、とるにも足らんことだと了解した。ですからね、相手の顔を立ててだね、とにかく剣を抜きなさい。傷は負わせんとちゃんと明言しておる。

ヴァイオラ　神さま、助けて！──［傍白］まだここが小ちゃいから本当の男じゃないってみんなにわかっちゃう。

260　**フェイビアン**　［サー・アンドルーに］相手がかっかしてきたらすぐに降参するんですよ。

サー・トービー　なあアンドルー君、こうとなったら仕方ない。ま、向うでは名誉のためちょいと手合わせするだけだ、決闘の掟からして止むをえん仕儀だってことだから。とにかく紳士として、また剣士として、

（bethink は reflexive v.）.　**254–55 quarrel** = cause of quarrel.　**256 supportance** = upholding.　**protests** = solemnly promises.　**258 [*Aside*]**　*New Folger* の SD. Malone 以来 'Pray God . . .' の前に [*aside*] を付する編纂が定着してきたが次注からもこの位置がよい．次注参照．　**A little thing**　まだ大人になっていない小さな penis．少年 → 女 → 男の舞台上の回路を逆転させたスリル．cf. *l*. 235 note.　**259 how much I lack of a man**　*The Merchant of Venice* の 'that we lack'（3.4.62 note 参照）の逆を行く楽屋落ち．　**260 [*to Sir Andrew*]**　*Arden 2* の SD. わかりやすさから採用．　**Give ground** = yield.　**furious** i.e. lose his temper.　**263 duello** = code of duelling.

man and a soldier, he will not hurt you. Come on, to't.
SIR ANDREW   Pray God he keep his oath.   [*Draws.*] 265
VIOLA   I do assure you 'tis against my will.   [*Draws.*]
    Enter Antonio.
ANTONIO   Put up your sword. If this young gentleman
  Have done offence, I take the fault on me.
  If you offend him, I for him defy you.   [*Draws.*]
SIR TOBY   You, sir? Why, what are you?   270
ANTONIO   One, sir, that for his love dares yet do more
  Than you have heard him brag to you he will.
SIR TOBY   Nay, if you be an undertaker, I am for you. [*Draws.*]
    Enter Officers.
FABIAN   O, good sir Toby, hold. Here come the officers.
SIR TOBY   I'll be with you anon.   275
VIOLA [*to Sir Andrew*]   Pray, sir, put your sword up, if you please.
SIR ANDREW   Marry, will I, sir; and for that I promised you, I'll be
  as good as my word. He will bear you easily and reins well.
FIRST OFFICER   This is the man, do thy office.
SECOND OFFICER   Antonio, I arrest thee at the suit   280
  Of Count Orsino.
ANTONIO   You do mistake me, sir.

---

265 [*Draws.*] Capell の SD．　**266 I do assure you**　強め．you は indefinite．[*Draws.*]　実質 Capell の SD．　**266.2 *Enter Antonio.***　F1 は *l*. 265.2 に．この位置は Dyce．以来 Dyce が主流になってきているが，近年では Mahood, *Oxford, Riverside*, Warren & Wells などが F1 復帰．しかし本版が Dyce に従うのはここでの舞台の様式性を重視したいから．　**268–**　以下 Antonio の様式的な blank verse が Sir Toby たちの散文と拮抗しながら進む．　**269** [*Draws.*]　実質 Rowe の SD．（一般には *l*. 267 の冒頭．）もちろん演出への 1 つの示唆にすぎないが，こちらがより様式的．　**270 sir?**　? は F1．（次の ? も．）　**273 undertaker** = one who would take upon himself a task (here, a challenge). (*Norton*)

　　　　ちゃんと約束してくれたよ、絶対に傷は負わせんとな。いいな、さ、かかれ。

265 **サー・アンドルー**　神さま、約束が守られますように。　　　［剣を抜く］
　　ヴァイオラ　やだ、ぼくは絶対に抜きたくない。　　　　　　［剣を抜く］
　　　　　　アントーニオ登場。
　　アントーニオ　引け、引け、剣を引け、この若者の側に
　　　　ご無礼があったのなら咎はわたしが引き受けよう。
　　　　無礼がそちらの側とあればこのわたしが容赦せぬ。　　　　［剣を抜く］
270 **サー・トービー**　へえー。あんた、いったい何者だね？
　　アントーニオ　友情によってあえて助太刀をいたす者、
　　　　だがな、本太刀以上に手強いと思い知れ。
　　サー・トービー　助太刀とはしゃらくせえや、おれさまが相手だ。
　　　　　　　　　　　　　　　　　　　　　　　　　　　　　　　［剣を抜く］
　　　　　　役人たち登場。
　　フェイビアン　トービーの旦那、止めた、止めた。役人が来た。
275 **サー・トービー**　おい、勝負はちょいとお預けだ。
　　ヴァイオラ［サー・アンドルーに］　ねえ、よろしかったら剣を納めて下さいませんか。
　　サー・アンドルー　もちろんですとも。それからさっきの約束はきちんと守りますから。なかなか乗心地がいいですよ、手綱もよくきくし。
　　役人1　この男だ、逮捕しろ。
280 **役人2**　アントーニオだな、オーシーノ伯爵の
　　　　告訴により逮捕する。
　　アントーニオ　　　　　　まさか、人違いでしょう。

---

274 hold = forbear.　**275 anon** = immediately after.　**276** [*to Sir Andrew*] Rowe の SD. わかりやすさから採用.　**277 Marry** ⇨ 1.3.57 note.　**for** = as for.　**that** = what (i.e. the grey capilet).　**278 easily** = smoothly.　**reins well** = submits gently to the reins.　**279 do thy office**　First Officer の方が Second に命令する立場にある.　**280–**　Officers も Antonio に合わせて blank verse.　**280 suit** = prosecution at law.

FIRST OFFICER　No, sir, no jot. I know your favour well,
　Though now you have no seacap on your head.
　Take him away, he knows I know him well.
ANTONIO　I must obey. — [*To Viola*] This comes with seeking you.　285
　But there's no remedy, I shall answer it.
　What will you do, now my necessity
　Makes me to ask you for my purse? It grieves me
　Much more for what I cannot do for you
　Than what befalls myself. You stand amazed;　290
　But be of comfort.
SECOND OFFICER　　Come, sir, away.
ANTONIO　I must entreat of you some of that money.
VIOLA　What money, sir?
　For the fair kindness you have showed me here,
　And part being prompted by your present trouble,　295
　Out of my lean and low ability
　I'll lend you something. My having is not much;
　I'll make division of my present with you.
　Hold, there's half my coffer.
ANTONIO　Will you deny me now?　300
　Is't possible that my deserts to you
　Can lack persuasion? Do not tempt my misery,
　Lest that it make me so unsound a man

---

282 your　*l.* 280 の 'thee' から変化. 前の sir とともに Officers の口調は必ずしも乱暴ではない.　**favour** = face. ただし *l.* 335 ではもう少し意味が広い.　**285** [*To Viola*]　Collier の SD. わかりやすさから採用.　**with** = from.　**286 answer it**　i.e. make reparation for 'what I took from them'. cf. 3.3.33–37. Sh としてはかなり執拗に Antony に金が必要になる事情を事前に説明している. 'it' はその伏線を受けたもの. より一般的に 'i.e. make what defense I can.' (*Riverside*) の解もあるが採らない.　**287 now** = now that.　**288 to ask**　to はリズ

役人1　ばかな。その人相はよく存じておる。
船乗りの帽子こそ被っておらんがすぐにわかった。
さ、連行しろ、いまさら人違いなどとは言わせん。
285 **アントーニオ**　やむをえません。──［ヴァイオラに］君を探してついに
こまで来てしまった。
まあ仕方ないでしょう、例の賠償に応じるほかないな。
そんな次第でこの急場、先ほどの財布を返して
もらわなくてはならないが、いいですか？　ぼくの
災難なんかより君になにもしてあげられない今の立場が
290 　残念でならない。どうしました、そんなぽかんとして。
元気を出しなさい。
役人2　　　　　　　　さあ、参りましょう。
アントーニオ　お願いしますよあのお金、全部でなくても。
ヴァイオラ　あのう、お金って？
こんなに親切にしていただいたことですし、
295 　それにまたこのたびのご難儀がお気の毒で、
財産といってもほんとうに貧しいぼくなりに
いくらかご用立てしましょう。大して持ち合せはありません、
いまの手持ちをあなたと分け合うしか。
さ、これがぼくの大金の半分。
300 **アントーニオ**　いまさらわたしを知らぬ？
まさか、あれほど尽してやったこのわたしを
知らぬ、存ぜぬ？　ああ、惨めにはなりたくない、
これではただ過去の親切をひけらかして、

ムの必要上入った．　**290 amazed** = in a maze; bewildered.　**293**　4音節．不思議そうな間．リズムはたゆたいながら進む．*ll.* 299, 300（ともに6音節）についても同様．　**295 part** = partly.　**296 ability** = means.　**299 Hold** ⇨ 3.1.37 note.　**coffer** = money-chest. i.e. purse.　**301 deserts** = services that deserve recompense.　**302 lack persuasion** = fail to persuade you.　**tempt** = try too far.　**303 Lest that**　that は conjunctional.　⇨ 1.2.44 note.　**unsound**　i.e. unmanly.

As to upbraid you with those kindnesses
That I have done for you.
VIOLA I know of none, 305
Nor know I you by voice or any feature.
I hate ingratitude more in a man
Than lying, vainness, babbling drunkenness,
Or any taint of vice whose strong corruption
Inhabits our frail blood.
ANTONIO O heavens themselves. 310
SECOND OFFICER Come, sir, I pray you go.
ANTONIO Let me speak a little. This youth that you see here
I snatched one half out of the jaws of death,
Relieved him with such sanctity of love,
And to his image, which methought did promise 315
Most venerable worth, did I devotion.
FIRST OFFICER What's that to us? The time goes by. Away.
ANTONIO But O, how vilde an idol proves this god.
Thou hast, Sebastian, done good feature shame.
In nature there's no blemish but the mind; 320
None can be called deformed but the unkind.
Virtue is beauty, but the beauteous evil
Are empty trunks o'erflourished by the devil.
FIRST OFFICER The man grows mad. Away with him. Come, come,
sir. 325

---

306 feature = shape. cf. 'The sense of "lineaments of face" is not in Shakespeare.' (Onions, 1911) **308 vainness** = boastfulness. **310 blood** i.e. fleshly nature of man. **311** 6音節．ここで blank verse のリズムが中断されるがなおも Antonio はそのリズムに固執する． **313 one half** i.e. almost dead. **314 sanctity of love** i.e. love as for a sacred object.（Mahood）以下宗教的イメージの意図的な連続． **315 image** = ① appearance, ② statue. **316 venerable worth** =

相手の忘恩を責めたてるだけの見下げ果てた男に
　　　なり下がってしまう。
305 **ヴァイオラ**　　　　　　　いったい何の話でしょう？
　　　あなたの声も、姿かたちも、ぼくにはまったく初めてです。
　　　ぼくは忘恩をなによりも憎む者です、
　　　嘘つきや空威張り、管を巻く泥酔、ほかにも
　　　弱い人間の宿命につけ込む腐敗堕落のかずかずの悪徳、
　　　そうした醜いなににも増して。
310 **アントーニオ**　　　　　　　ああ、なんということだ。
　　役人2　さあ、参りますぞ。
　　アントーニオ　もう少し言わせて下さい。ここにいるこの若者を、
　　　わたしは半死半生の死の淵から救い上げた、
　　　聖者に捧げるに等しい愛の限りを尽し、
315　　その姿を崇敬に値する聖像と信じ込んで、
　　　彼に献身の実をもって仕えたのだ。
　　役人1　われらには関係ないこと。時間の無駄だ。さ、引っ立てろ。
　　アントーニオ　だがその神が汚れきった偶像だったとは。
　　　ああセバスチャン、お前は美の表面に恥辱の泥を塗った。
320　この世に醜いものはただ一つ、内なる心の醜さ、
　　　不具とはすなわちねじくれ曲がった酷薄の心、
　　　徳こそは美、されど美の悪徳はうつろなる櫃(ひつ)、
　　　美々しく着飾った胴体は悪魔の領分。
325 **役人1**　いよいよ気が狂った。引っ立てろ。さ、こっちだ。

---

worthy of veneration.　**did I devotion**　i.e. I paid devotion.　**317 Away** = go away with him. cf. *l*. 279 note.　**318 vilde** [vaild] = vile.　**319 feature** = appearance.　**320–23** couplet 2連. appearance versus reality という Sh 得意のテーマであるが，Antonio の昂揚する blank verse の結びとして，むしろそのテーマを滑稽化(異化)している．cf. *l*. 332 note.　**320 the mind**　i.e. in the mind.　**321 unkind** = ① cruel, ② unnatural (i.e. those who are *deformed* by nature). (Warren & Wells)　**323 trunks** = ① chests, ② human bodies.

ANTONIO Lead me on. [*Exit with officers.*]
VIOLA Methinks his words do from such passion fly,
That he believes himself; so do not I.
Prove true, imagination, O, prove true,
That I, dear brother, be now ta'en for you. 330
SIR TOBY Come hither knight, come hither Fabian. We'll whisper o'er a couplet or two of most sage saws.
VIOLA He named Sebastian. I my brother know
Yet living in my glass; even such and so
In favour was my brother, and he went 335
Still in this fashion, colour, ornament,
For him I imitate. O if it prove,
Tempests are kind, and salt waves fresh in love! [*Exit.*]
SIR TOBY A very dishonest paltry boy, and more a coward than a hare; his dishonesty appears in leaving his friend here in necessity and denying him; and for his cowardship, ask Fabian. 340
FABIAN A coward, a most devout coward, religious in it.
SIR ANDREW 'Slid, I'll after him again and beat him.
SIR TOBY Do, cuff him soundly; but never draw thy sword.
SIR ANDREW And I do not — [*Exit.*] 345
FABIAN Come, let's see the event.
SIR TOBY I dare lay any money 'twill be nothing yet. [*Exeunt.*]

327–38　Viola の方も heroic couplet。Sir Toby たちから離れて傍白の気味を帯びる。　**328 so do not I.**　*Cambridge 2* は F1 の：を？に転換しているが（そして Mahood もこの校訂に同じているが），'I do not entirely believe the passionate hope (for my brother's rescue) that is arising in me.' (*Norton*) あたりが適当。　**332 couplet**　特に Antonio の *ll.* 320–23 の 2 連をからかって。　**334 glass** = mirror. 鏡のイメージが始まる。　**even** = exactly.　**335 favour** = appearance. cf. *l.* 282 note.　**335–36 went Still**　i.e. always went about.　**336 fashion** = dress.　**338 love!**　！は本版（諸版も同様）。　[*Exit.*]　F2 の SD。　**339 dishonest** =

アントーニオ　連れて行け。　　　　　　　　　［役人たちに伴われて退場］
ヴァイオラ　あの人の言葉は激しい情熱で舞い上がった、
　　それは自分で本当に信じていればこそ。でも本当に本当かしら。
　　ああ、想像の力よ、どうか本当にして、本当にしてよね、
330　このわたしが、ね、お兄さま、あなたに取り違えられたってことに。
サー・トービー　おいこっちだ御曹司、フェイビアンもこっちだ。どうか
　　ね、おれたちも格言調でご大層な文句の一つや二つ、ちょいとひねり
　　出してみようかね。
ヴァイオラ　それにセバスチャンの名前までも。お兄さまは
　　わたしの鏡にちゃんと生きていらっしゃる。ここも、あそこも、
335　見れば見るほどお兄さまと瓜二つ、それにいつだって
　　出歩くのはこの服、この色、この飾り、だって
　　わたしがそっくりまねたのだもの。ああ、もしも本当だったら！
　　海の嵐は優しくて、海の辛い水は恵みの水よ。　　　　　　［退場］
サー・トービー　とんでもねえ恥知らずな小僧っ子だ、おまけに野兎より
340　も臆病ときてる。困った友だちを平気で見捨てて知らんぷりなんて、
　　恥知らずもいいとこだぜ。臆病加減はここのフェイビアンがようく
　　知ってらあ。
フェイビアン　臆病も臆病、あれは臆病教の信者ですよ。
サー・アンドルー　畜生、追っかけてって撲ってやろうか。
サー・トービー　やれやれ、思いっきり引っぱたいてやれ。だが剣を抜い
　　ちゃならんぜ。
345　サー・アンドルー　これが抜かずに──　　　　　　　　　［退場］
フェイビアン　さあ、もう一幕（ひとまく）見物といきましょうや。
サー・トービー　万が一にも大丈夫、平穏無事の幕切れさ。［両人退場］

---

dishonourable.　**340 hare**　cf. 'As fearful as a hare.'（Tilley H 147）　**342 religious in**　i.e. devoted to.　**343 'Slid** = by God's eyelid.　**345 And** ⇨ 1.3.10 note.　**do not ──**　ダッシュは本版（諸版も同様）．not の後は台詞の勢いからも 'draw my sword ──' と続くところ．cf. 4.1.21–39 補．　[*Exit.*]　Theobald の SD．　**346 event** = outcome．　**347 lay** = bet．　**yet** = after all．

[4.1]   *Enter Sebastian and Feste.*

FESTE   Will you make me believe that I am not sent for you?
SEBASTIAN   Go to, go to, thou art a foolish fellow;
Let me be clear of thee.
FESTE   Well held out, i'faith. No, I do not know you nor I am not sent to you by my lady to bid you come speak with her, nor your name is not Master Cesario, nor this is not my nose neither. Nothing that is so is so.
SEBASTIAN   I prithee, vent thy folly somewhere else;
Thou knowest not me.
FESTE   Vent my folly! He has heard that word of some great man, and now applies it to a fool. Vent my folly! I am afraid this great lubber the world will prove a cockney. I prithee now, ungird thy strangeness and tell me what I shall vent to my lady. Shall I vent to her that thou art coming?
SEBASTIAN   I prithee, foolish Greek, depart from me;
There's money for thee.   [*Gives money.*]
                    If you tarry longer
I shall give worse payment.

[4.1] **2–** Sebastian の台詞は blank verse で入る. *l.* 3 は 6 音節, まだリズムが散文に引きずられて短い. *l.* 9 も 4 音節. **2 Go to** ⇨ 1.5.34 note. **4 held out** = kept up, maintained. **nor ... not** double negative. *ll.* 5–6 も同様. *ll.* 6–7 には triple negative も出る. cf. 3.1.147 note. **5 come speak** cf. 1.1.16 note. **6 nose** cf. 'As plain as the nose on a man's face.' (Tilley N 215) **8 vent** i.e. utter. cf. < OF. *aventer* = create wind, expose to the air. < L. *ventum* = wind. 次で Feste がこだわっているところからも少々 far-fetched な表現. 裏に = excrete の意味を読み込む注もあるがそこまで無理することはない. **folly** i.e. foolish talk. **10 my folly!** ! は F1 の : の転換. *l.* 11 の ! も同様. **12 lubber** = lout. **cockney** = pampered child. 本来は出来損ないの黄身のない「卵」の意味であ

[4.1]　セバスチャンとフェステ登場。

フェステ　へえー、そうですかい、おいらはあんたを呼びに来たんじゃない？

セバスチャン　うるさいやつだ、ばかはいい加減にしろ。
行けったら行け。

フェステ　うまいもんだなあ、まったく。はいはいさようで、おいらはあんたを知らないし、せっかくお嬢さまがあんたと話したいからってわざわざあんたを呼びに来たんでもない。あなたさまはシザーリオじゃない、この鼻もおいらの鼻じゃない。ないない尽くしの、みんなない。

セバスチャン　おいおい、そんな阿呆口はよそで叩け、
ぼくを知ってるはずがない。

フェステ　ほう、叩くときなすった！　どうやらどこかのお偉い筋からそんな上等な文句を仕入れてきて、阿呆な道化に使ってみたってとこだね。なるほど、叩くねえ、叩くのなんのと気取ってりゃ、この大間抜けな世界じゅうが舌っ足らずなピーチクパーチクでうるさいこった。ねえ、そんな他人行儀の身仕度はこの際さっぱりお脱ぎになって、お嬢さまにどういう口を叩いたらよろしいかおっしゃって下さいませんか。いかがで、お出で下さると大口を叩いてよろしいんで？

セバスチャン　わけのわからんお道化者だ、さあ、行ってくれよ。
金ならそうらくれてやる。　　　　　　　　　　　　［金を与える］
　　　　　　まだぐずぐずしていると
今度は痛いものをくれてやるぞ。

るが（< coken [= of cocks] + ey [egg]），ちなみに現在の Londoner の意味も Sh 時代にみられた（*OED* の初出は 1600 年）．　**13 ungird** = unbelt. Sebastian の 'vent' を受けて affected な表現．　**strangeness**　i.e. (pretence of) not knowing me.　**15 Greek** = ① jester (cf. 'A merry Greek.' [Tilley M 901])，② talker of nonsense (cf. 'It is Greek to me.' [G 439]).　**16** [***Gives money.***]　本版の SD（実質 *New Folger* も）．　**17**　blank verse のリズムが散文に．*l*. 23 でまた blank verse，なかなかロマンスの世界に入れない．

FESTE By my troth, thou hast an open hand. These wise men that give fools money get themselves a good report after fourteen years' purchase.

Enter Sir Andrew, Sir Toby and Fabian.

SIR ANDREW Now, sir, have I met you again. There's for you.
                                                      [*Strikes Sebastian wide.*]
SEBASTIAN Why, there's for thee, and there, and there.
                                                      [*Beats Sir Andrew.*]
Are all the people mad?   [*His hands upon his dagger.*]
SIR TOBY Hold, sir, or I'll throw your dagger o'er the house.
FESTE This will I tell my lady straight. I would not be in some of your coats for twopence.   [*Exit.*]
SIR TOBY [*holding Sebastian back*] Come on, sir, hold.
SIR ANDREW Nay, let him alone; I'll go another way to work with him. I'll have an action of battery against him if there be any law in Illyria. Though I struck him first, yet it's no matter for that.
SEBASTIAN Let go thy hand.
SIR TOBY Come, sir, I will not let you go. — [*To Sir Andrew*] Come, my young soldier, put up your iron. You are well fleshed. — [*To Sebastian*] Come on.
SEBASTIAN [*freeing himself*] I will be free from thee. What wouldst thou now?

---

18 By my troth ⇨ 1.3.3 note.　**open hand**　Sebastian が fist を振り上げたのを見て, というのも 1 つの解釈. open = generous.　**19 report** ⇨ 3.2.30 note.　**19–20 after fourteen years' purchase**　i.e. at a high price. 土地の取引は一般に 12 年分の地代によっていた．14 年分の地代というのは「言い値で」ということになる．after = according to the rate of. purchase は「土地の年代収入，地代」．なお Feste は Viola から 3 度金をせしめたと思っている（cf. 3.1.38, 46）．**21–39** ⇨補．　**22**　8 音節. Capell が 'and there!' を補ったがここは当然動き

フェステ　これはこれは、その気前のいいお手に拳固は似合いませんや。阿呆な道化に金を恵む賢い旦那はいい評判を背負い込むが、少々値が張りますよねえ。

　　　　　　サー・アンドルー、サー・トービー、フェイビアン登場。

サー・アンドルー　そうら見つけたぞ。さ、行くぞ。

　　　　　　　　　　　　［セバスチャンに打ってかかるが剣は空を切る］

セバスチャン　なんだとこいつ。ばかめ、ばかめ。

　　　　　　　　　　　　　　　［サー・アンドルーを撲る］

　ここの連中はみんな気違いだな。　　　　　　［短剣に手をかける］

サー・トービー　よさないか、そんな短剣は家の外に放ってやる。

フェステ　こいつは一大事、早速お嬢さまにご注進。二ペンスぐらいの端金じゃ、ちょいと皆さまの同類はご免蒙る。　　　　　　［退場］

サー・トービー［セバスチャンを引きとめて］　まあまああんた、おやめなさい。

サー・アンドルー　いいからやらせておけよ。ぼくには別の手があるんだ。イリリアの法律に照らしてこいつを殴打暴行罪で訴えるんだ、ぼくが最初に手を出したんだけど、それは関係ないんだ。

セバスチャン　おい、手を放せ。

サー・トービー　だめだよねえ、放すわけにはいかんよねえ。——［サー・アンドルーに］おいおい若大将、そこの段平はちゃんと鞘に収めなよ、あっぱれな武者ぶりだったよな。——［セバスチャンに］おいおい、逸るなよ。

セバスチャン［振りほどいて］　その手が邪魔だ。いったい何が望みだ。

の間があるはず. cf. *l*. 17 note.　**24 Hold** ⇨ 3.4.274 note.　**25 straight** = immediately.　**25–26 in some of your coats** = in the coats of some of you. coat = vesture as indicative of rank.（Schmidt）　**26 twopence**　2.3.22 で sixpence（cf. note）をもらっているところからもチップとしては少額．　**27 Come on**　制止の掛声．　**28 I'll...work**　proverbial. cf. 'To go another way to work.'（Tilley W 150）　**34 fleshed** = initiated into combat. flesh（vt.）は猟への意欲をかき立てるために鷹や猟犬に獲物の肉の一部を与えること．

If thou darest tempt me further, draw thy sword. [*Draws.*]
SIR TOBY What, what? Nay then, I must have an ounce or two of
   this malapert blood from you. [*Draws.*]
      Enter Olivia.
OLIVIA Hold, Toby. On thy life I charge thee, hold. 40
SIR TOBY Madam.
OLIVIA Will it be ever thus? Ungracious wretch,
   Fit for the mountains and the barbarous caves,
   Where manners ne'er were preached. Out of my sight.
   Be not offended, dear Cesario. 45
   Rudesby, be gone. [*Exeunt Sir Toby, Sir Andrew and Fabian.*]
         I prithee, gentle friend,
   Let thy fair wisdom, not thy passion, sway
   In this uncivil and unjust extent
   Against thy peace. Go with me to my house,
   And hear thou there how many fruitless pranks 50
   This ruffian hath botched up, that thou thereby
   Mayst smile at this. Thou shalt not choose but go.
   Do not deny. Beshrew his soul for me,
   He started one poor heart of mine in thee.
SEBASTIAN What relish is in this? How runs the stream? 55
   Or I am mad, or else this is a dream.
   Let fancy still my sense in Lethe steep;

---

39 malapert = impudent. **40–** Oliviaの登場でblank verseのリズムが (*l.* 41を挟んで)ようやくスムーズに流れる. **46 Rudesby** [rúːdzbi] = rude fellow. -sbyはGrisbyなどのfamily nameをまねてsuffixふうに付したもの. **48 extent** i.e. assault. 本来は法律用語 = seizure of lands in execution of a writ. (Onions) **50 pranks** = malicious or mischievous deeds or tricks. (Onions) PEより意味が強い. **51 botched up** = clumsily contrived. **53–60** 愛の高まりに合わせてheroic couplet. **53 Beshrew** ⇨ 2.3.72 note. **for me** = on my account.

　　　　やる気があるならお前も剣を抜け。　　　　　　　　　［剣を抜く］
サー・トービー　これは驚いた。ようし、それではお前さんの青くさい血
　　の一オンスか二オンス頂戴しようじゃねえか。　　　　　　［剣を抜く］
　　　　　オリヴィア登場。
40 **オリヴィア**　おやめなさい、トービー。命令です、やめなさい。
　サー・トービー　へい。
　オリヴィア　どうしてわからないのですか。まるで野蛮人ね、
　　山の中の汚い洞穴に住むといいわ、だれももう礼儀作法の
　　ことをうるさく言わないから。あなたなんか見るのもいや。
45　ねえシザーリオ、怒らないでね。
　　愚連隊はもうお退り。
　　　　　　　［サー・トービー、サー・アンドルー、フェイビアン退場］
　　　　　　許してね、お願い、お怒りは
　　もっともだけど、どうかりっぱな知恵を働かせて下さいな、
　　ほんとに野蛮で無法な暴力をふるったりして、こんなに
　　おとなしいあなたにねえ。さ、一緒にお家に入りましょう、
50　あのやくざ者がこれまでどれほどばかな悪さを
　　しでかしてきたか、そのお話をすれば、今度のことはきっと
　　笑って見逃して下さるでしょう。さ、家に入るほかないのよ。
　　断ってはだめ。ほんとにいやな人なの、あの人のおかげで
　　ほら、あなたにさし上げたわたしの子鹿の心臓がこんなにどきどき。
55 **セバスチャン**　このとろけるような味は何なのだろう、川の流れはどこに
　　　向うのだろう。
　　ぼくの気が違ったのか、それとも夢をみているのか。
　　ままよ、理性は永久の忘却の流れに、

---

54 started = ① startled, ② roused (the game from its lair).　**heart**　前注 ② から hart との homonymic pun. ⇨ 1.1.17 note.　**55 relish** = taste.　**56 Or . . . or** = either . . . or.　**57 fancy** = imagination.　**still** = ever.　**sense** = mental faculty.　**Lethe** [líːθi] レーテ，ギリシャ・ローマ神話で冥界を流れる川の名．その水を飲むと生前のことをすべて忘れる．　**steep** = immerse.

If it be thus to dream still let me sleep.
OLIVIA   Nay; come, I prithee. Would thou'dst be ruled by me.
SEBASTIAN   Madam, I will.
OLIVIA   O, say so, and so be.   [*Exeunt.*] 60

[4.2]   *Enter Maria and Feste.*

MARIA   Nay, I prithee, put on this gown and this beard; make him believe thou art Sir Topas the curate. Do it quickly. I'll call Sir Toby the whilst.   [*Exit.*]

FESTE   Well, I'll put it on and I will dissemble myself in't, and I would I were the first that ever dissembled in such a gown. I am 5 not tall enough to become the function well, nor lean enough to be thought a good student, but to be said an honest man and a good housekeeper goes as fairly as to say a careful man and a great scholar. The competitors enter.

   Enter Sir Toby and Maria.

SIR TOBY   Jove bless thee, Master Parson.   10

FESTE   *Bonos dies*, Sir Toby, for as the old hermit of Prague, that never saw pen and ink, very wittily said to a niece of King Gorboduc, 'That that is, is', so I being Master Parson, am Master Parson, for what is what is 'that' but 'that' and 'is' but 'is'?

---

59 Would = I wish.

[4.2]   **2 Sir** ⇨ 3.4.232 note.   **Topas** [tóupəs] ⇨補.   **curate** = parish priest.   **3 the whilest** = in the meantime.   [***Exit.***] Theobald 以来のSD. したがって *l*. 9.2 の '*and Maria*' も同様.   **4 dissembled** = disguise. 次行の dissembled は i.e. conceal the true.   **6 tall** Steevens の 'to overlook the pulpit' の注があるがそれほどこだわることではない. ここは舞台上で変装するための間の軽い台詞. 次の lean との対照から = stout とか, ほかにも = pale / fat などの解もあるがいたずらにわずらわしい.   **become** = adorn.   **function** = office.   **7 student**   i.e. of divinity.   **8 housekeeper** = householder, neighbour.（Prouty）   **goes as fairly**

夢ならば永久の眠りの中に。

オリヴィア　さあ、お出でなさい。わたしの言うとおりにするのよ。

セバスチャン　はい、しますとも。

60 **オリヴィア**　　　　　　　　　うれしいわ、そのご返事。〔両人退場〕

[4.2]　マライアとフェステ登場。

マライア　いいわね、このガウンを着てこの髭を付ければ神父のトーパス先生と思い込む。急いでやるのよ。その間にトービーさまを呼んでくるから。　　　　　　　　　　　　　　　　　　　　　　　〔退場〕

フェステ　それではこいつを着込んで化けるとするか。こんな衣裳でありがたく化けて通すのは残念ながらおいらが初めてじゃないがね。ちょ
5 いと背が足らんかな、こりゃりっぱに神父のお勤めとはいかんわい。痩せこけてもいないしな、猛勉強の神学生にはとてもみえんだろうて。だがまあ刻苦勉励の大学者などよりか、平々凡々の正直者の評判の方がまんざら聞こえが悪くないだろうさ。そうら、相棒のお出ましだ。

　　　サー・トービーとマライア登場。

10 **サー・トービー**　これはこれは神父さま。

フェステ　祝福アレレカシ、サー・トービー、ペンとインクに縁なきプラハの老隠者、いにしえのゴーボダック王の姪御に宣(のたま)いたる知恵ある言葉、「かくあるもの、すなわちある」、しかりしこうしてわれはいやしくも牧師どのにてあればすなわち神父さまなり、なんとなれば「かく」は「かく」以外のなにものにもあらずして「ある」は「ある」以外のなにものにもあらざればなり。

= sounds as well.　**careful**　i.e. painstaking, laborious (*Arden 2*); highly regardful of his duties. (*Riverside*)　**9 The competitors enter.**　ここで変装が終る．competitor = partner.　**10 Jove** ⇨ 3.4.66 補．　**Parson**　curate より形式的な呼び方．　**11 *Bonos dies*** (L.) = good day. *bonos* は正確には bonus.　**12 wittily** = wisely.　**niece**　ここは重々しく「姪」とする（もちろんでたらめ）．cf. 1.3.1 補．　**13 Gorboduc** [gɔ́ːbədək]　ブリテンの伝説上の国王の名．王家の分割をめぐって2人の王子が相争い内乱になる．これを題材にした悲劇 *Gorboduc* ↱

TWELFTH NIGHT

SIR TOBY   To him, Sir Topas.

FESTE   What ho, I say. Peace in this prison.

SIR TOBY   The knave counterfeits well; a good knave.

Malvolio within.

MALVOLIO   Who calls there?

FESTE   Sir Topas the curate, who comes to visit Malvolio the lunatic.

MALVOLIO   Sir Topas, Sir Topas, good Sir Topas, go to my lady.

FESTE   Out, hyperbolical fiend, how vexest thou this man. Talkest thou nothing but of ladies?

SIR TOBY   Well said, Master Parson.

MALVOLIO   Sir Topas, never was man thus wronged. Good Sir Topas, do not think I am mad. They have laid me here in hideous darkness.

FESTE   Fie, thou dishonest Satan. I call thee by the most modest terms, for I am one of those gentle ones that will use the devil himself with courtesy. Sayest thou that house is dark?

MALVOLIO   As hell, Sir Topas.

FESTE   Why, it hath bay windows transparent as barricadoes, and the clerestories toward the south-north are as lustrous as ebony, and yet complainest thou of obstruction?

MALVOLIO   I am not mad, Sir Topas. I say to you, this house is dark.

FESTE   Madman, thou errest. I say there is no darkness but igno-

---

は blank verse による最初の劇作とされる (cf. p. xiv). ¶ **16 Peace in this prison** 'Peace be in this house.' は病人の慰めに訪れる聖職者の決り文句. **17 knave** ここでは term of affection. 本来は boy の意味 (cf. G. *Knabe* = boy). **17.2 *Malvolio within.*** F1 の SD. しかし実際の上演では舞台上 Malvolio を登場させるいろいろな演出が試みられてきている. cf. p. xix. **22 Out** 嫌悪, 怒り, 非難の間投詞的表現. **hyperbolical** i.e. raging vehemently.

サー・トービー　見舞ってやって下さい、トーパス先生。

フェステ　のう、のう。この牢獄(ひとや)に祝福あれ。

サー・トービー　こいつ、うまいもんだ。なかなかやるじゃねえか。

　　　　　舞台裏でマルヴォーリオ。

マルヴォーリオ　だれだ?

フェステ　神父のサー・トーパスである、狂人のマルヴォーリオのもとに参じたところじゃ。

マルヴォーリオ　トーパス先生、トーパス先生、お願いです、お嬢さまにお伝え下さい——

フェステ　黙れ、狂暴なる悪魔めが、この男に取り憑くことを止めよ。お嬢さま、お嬢さまなどと、汝の語るところすべて女色(にょしょく)のほかなし。

サー・トービー　うまいぞ、神父さま。

マルヴォーリオ　そんな、トーパス先生これほどに無法の扱いを受けた男がありましょうか。トーパス先生、わたしは狂人などではありません。なのにこんなまっ暗闇の中に押し込められました。

フェステ　言うな、汝欺瞞のサタンよ。われ温言の人にてあれば悪魔に対するにも礼節をもってし、ただ欺瞞を難ずるにとどめおるのだぞ。その家暗黒なりとな?

マルヴォーリオ　はい、地獄のように。

フェステ　これこれ、そこの出窓は障壁のごとく透明にして、高窓は南北の方角に位置して明るきこと黒檀のごとし。しかるに汝は光の遮断を訴えておるのか。

マルヴォーリオ　わたしは狂人ではありません、トーパス先生。ここはまったくの暗闇です。

フェステ　狂人よ、汝誤てり。よいか、この世の暗黒は無知蒙昧のほかに

< hyperbole「誇張法」.　**24 Well said** = well done.　**26–27 hideous darkness** cf. 3.4.115 note.　**28 dishonest** i.e. lying.　**modest** = moderate.　**32 barricadoes** = barricades, barriers. もちろん光を遮るから論理が逆.　**33 clerestories** = upper windows. *OED* の語源の説明には 'commonly believed to be < clere (= clear, i.e. lighted) + story (= 'floor' of a house).' とある.

rance, in which thou art more puzzled than the Egyptians in their fog.

MALVOLIO I say this house is as dark as ignorance, though igno- 40
rance were as dark as hell; and I say there was never man thus abused. I am no more mad than you are; make the trial of it in any constant question.

FESTE What is the opinion of Pythagoras concerning wildfowl?

MALVOLIO That the soul of our grandam might haply inhabit a bird. 45

FESTE What thinkest thou of his opinion?

MALVOLIO I think nobly of the soul, and no way approve his opinion.

FESTE Fare thee well. Remain thou still in darkness. Thou shalt hold th'opinion of Pythagoras ere I will allow of thy wits, and 50 fear to kill a woodcock, lest thou dispossess the soul of thy grandam. Fare thee well.

MALVOLIO Sir Topas, Sir Topas!

SIR TOBY My most exquisite Sir Topas.

FESTE Nay, I am for all waters. 55

MARIA Thou mightst have done this without thy beard and gown; he sees thee not.

SIR TOBY To him in thine own voice, and bring me word how

---

38 puzzled = bewildered.　**38–39 the Egyptians in their fog**　cf. '. . . and there was a black darkness in all the land of Egypt three days. No man saw another, neither rose up from the place where he was for three days.'「厚き暗黒三日のあいだエジプト全国にありて三日の間は人々たがいに相見るあたわずまたおのれの所より起つ者なかりき」(*Exod*. 10.22–23)　**42 abused** = ill used.　**43 constant question**　i.e. logical discussion.　**44 Pythagoras** [paiθǽgərəs]　古代ギリシャの哲学者, 数学者, 宗教家のピタゴラス. ここは彼の輪廻転生説 (metempsychosis).　**45 haply** = perhaps.　**47–48 no way approve his opinion**　cf. GRATIANO '. . . . Thou (= Shylock) almost makest me waver in my faith / To hold opinion

[4.2]

はなく、エジプト人らの暗闇の霧にさ迷うごとくに汝もまた蒙昧の闇にさ迷う。

マルヴォーリオ はい、無知は地獄のごとくに暗黒でしょうが、ここは無知のごとくに暗黒です。本当です、これほどひどい扱いを受けた男はありません。わたしは狂人とは違います、あなたと同様正気です。試してみて下さい、確たる問答で。

フェステ ならば野鳥に関するピタゴラスの説とは？

マルヴォーリオ はい、われらの祖母の霊魂ときに鳥の体内に宿るとの説であります。

フェステ これに対する汝の見解は？

マルヴォーリオ 霊魂は尊厳なるもの、ゆえに彼の説は断じて認めることはできません。

フェステ さらばじゃ。永遠の闇のうちにとどまるがよい。ピタゴラスの説を認めぬとあっては汝を正気とすることはできぬ、それでは阿呆の山鴫(やましぎ)を殺すのも憚られるであろう、お前のばあさまの魂が宿なしになっては困るからな。さらばじゃ。

マルヴォーリオ トーパス先生、トーパス先生！

サー・トービー でかしたぞ、トーパス先生。

フェステ こちらは臨機応変とござい。

マライア 髭とガウンなしでもよかったわね、あいつにはどうせ見えないんだもの。

サー・トービー 今度は地声でやってみな、それであいつの反応を知らせ

---

with Pythagoras, / That souls of animals infuse themselves / Into the trunks of men.' (*The Merchant of Venice* 4.1.130–33)　**49 Fare thee well** ⇨ 3.4.141 note.　**still** = forever.　**50 allow of thy wits** i.e. admit that you are sane.　**51 woodcock** ⇨ 2.5.73 note.　**53 Sir Topas!** ！は本版(諸版も同様)．　**55 for all waters** i.e. able to turn my hand to anything.（Warren & Wells）cf. 'To have a cloak for all waters (I am for any weather).'（Tilley C 421）　**57 he sees thee not** Malvolio には見えないが，観客は Robert Armin（cf. p. xx）の演じる Feste の変装 (*ll.* 4–9) を目の前に見て楽しめる．　**58 thine own** ⇨ 1.5.100 note.

thou findest him. I would we were well rid of this knavery. If he may be conveniently delivered, I would he were; for I am now so far in offence with my niece that I cannot pursue with any safety this sport' the upshot. Come by and by to my chamber.

[*Exeunt Sir Toby and Maria.*]

FESTE [*sings*] Hey Robin, jolly Robin,
    Tell me how thy lady does.
MALVOLIO Fool!
FESTE [*sings*] My lady is unkind, perdie.
MALVOLIO Fool!
FESTE [*sings*] Alas, why is she so?
MALVOLIO Fool, I say!
FESTE [*sings*] She loves another —
Who calls, ha?
MALVOLIO Good Fool, as ever thou wilt deserve well at my hand, help me to a candle, and pen, ink, and paper. As I am a gentleman, I will live to be thankful to thee for't.
FESTE Master Malvolio?
MALVOLIO Ay, good Fool.
FESTE Alas, sir, how fell you besides your five wits?
MALVOLIO Fool, there was never man so notoriously abused. I am as well in my wits, fool, as thou art.
FESTE But as well? Then you are mad indeed, if you be no better in your wits than a fool.

---

60 delivered = set free.　**61 offence** = disfavour.　**62 sport' the upshot**　本版 (Furness の示唆による). F1 は 'sport the upshot'. phrase の 'to the upshot' に合わせて Rowe 以来 'to' を挿入する校訂が行われてきているが, euphony による [tə] の脱落ととって省略符号（'）を付する. ほかには *Riverside* が 'sport t'the upshot'. *New Folger* は F1 のままにして the upshot, i.e. to the final conclusion の注を付する. なお upshot は本来 archery の 'final shot' の意味.　**Come . . .**

てくれ。このいたずらもそろそろ切り上げを考えなくてはな。あいつをなんとかここから上手に出してやらんことには。このところおれはお嬢のご機嫌を損じてきてるからこのお遊びをとことん最後までもってったら危ねえ、危ねえ。すぐに部屋に来てくれよ。

[サー・トービーとマライア退場]

フェステ［歌う］　おおい大将、小粋な兄(あに)い、
　　お前の嬢さまいかがでござる。

マルヴォーリオ　阿呆！

フェステ［歌う］　嬢さまこの頃つれのうて困る。

マルヴォーリオ　阿呆！

フェステ［歌う］　そりゃまたいったい何ゆえにござる。

マルヴォーリオ　おおい、阿呆！

フェステ［歌う］　浮気な嬢さま―
　　あれれ、だれの呼び声かな？

マルヴォーリオ　おお阿呆、お前も将来このわたしに目をかけてもらいたかろう、さ、蠟燭と、それからペンとインク、それに紙を持ってきてくれ。わたしも紳士だ、一生恩に着るからな。

フェステ　マルヴォーリオの旦那で？

マルヴォーリオ　そうだ、阿呆。

フェステ　なんてこってす、え、どうしてまた正気をなくしたんです？

マルヴォーリオ　阿呆、こんな言語道断な虐待を受けた男はおらんぞ。わたしは正気だ、阿呆、お前と同じに正気だ。

フェステ　あっしと同じ？　じゃやっぱりあんたはりっぱな気違いだ、阿呆と同じ正気だってんだから。

---

chamber. ⇨補.　**by and by** ⇨ 3.4.147 note.　**63–64, 66, 68, 70** ⇨補.　**65 Fool！**！は本版. *ll.* 67, 69, 92 も同じ.　**66 perdie** = pardy; by God. < F. *par Dieu*.　**72 at my hand** ⇨ 3.2.19 note.　**77 besides** = out of.　**five wits**　i.e. mental faculties.　**78 notoriously** = egregiously. いかにも Malvolio らしいもったいぶった表現. cf. 'the word nicely conveys Malvolio's own sense of wounded dignity.' (Donno)　**abused** ⇨ *l.* 42 note.　**80 But** = only.

MALVOLIO They have here propertied me; keep me in darkness, send ministers to me, asses, and do all they can to face me out of my wits.

FESTE Advise you what you say, the minister is here. — [*As Sir Topas*] Malvolio, Malvolio, thy wits the heavens restore. Endeavour thyself to sleep, and leave thy vain bibble-babble.

MALVOLIO Sir Topas!

FESTE Maintain no words with him, good fellow. — [*As himself*] Who, I, sir? not I, sir. God buy you, good Sir Topas. — [*As Sir Topas*] Marry, amen. — [*As himself*] I will sir, I will.

MALVOLIO Fool, Fool, Fool, I say!

FESTE Alas, sir, be patient. What say you, sir? I am shent for speaking to you.

MALVOLIO Good Fool, help me to some light and some paper. I tell thee I am as well in my wits as any man in Illyria.

FESTE Well-a-day, that you were, sir.

MALVOLIO By this hand, I am. Good fool, some ink, paper, and light; and convey what I will set down to my lady. It shall advantage thee more than ever the bearing of letter did.

FESTE I will help you to't. But tell me true, are you not mad indeed, or do you but counterfeit?

MALVOLIO Believe me I am not, I tell thee true.

FESTE Nay, I'll ne'er believe a madman till I see his brains. I will fetch you light and paper and ink.

---

82 propertied me i.e. treated me like a piece of furniture. 舞台のイメージを重ねたいところだがちょっと遠い． **83 asses** ⇨ 2.3.16 note. **face** = brazen. **85 Advise you** = be careful. **85–86** [*As Sir Topas*] 以下，*l.* 89, *ll.* 90–91, *l.* 91 の SD とも実質 Hanmer. **87 bibble-babble** = idle talk. **90 God buy you** 'an intermediate form of "good-bye" (originally "God be with you").' (*Cambridge 2*) **93 shent** = rebuked. 原形は shend. **97 Well-a-day** = alas. **98 By this hand**

マルヴォーリオ　寄ってたかってまるで古家具扱いだ。まっ暗闇の中に押し込めて、神父なんざ送って寄越した、あのばかな神父ども、無礼千万だ、なにからなにまでわたしを気違い扱いだ。

フェステ　おっしゃることに気をつけて下さいよ、神父さまがここにおりますよ。――[サー・トーパスの声で] マルヴォーリオ、マルヴォーリオ、天が汝を正気に戻されんことを。努めて睡眠をとることじゃ、それにばかなたわ言は慎むがよいぞ。

マルヴォーリオ　トーパス先生！

フェステ　この男と口をきくではないぞ、わかったな。――[自分の声で] あっしが？　めっそうもない。それではご機嫌よろしゅう、トーパス先生。――[サー・トーパスの声で] そなたもご機嫌よう、アーメン。――[自分の声で] はい、はい、承知しました。

マルヴォーリオ　阿呆！　阿呆！　行かんでくれ、阿呆！

フェステ　困りましたなあ、旦那、うるさいですよ。いったい何の用です。あんたと話して叱られたんですぜ。

マルヴォーリオ　阿呆、お願いだ、明りと紙を持ってきてくれ。わしの正気はイリリア一だ。

フェステ　へっ、まさかそんな。

マルヴォーリオ　本当だ、本当に正気なんだ。さあ、インクと紙、それから明り。お嬢さまに手紙を書くから届けてくれ。きっと礼ははずむ、手紙の駄賃どころではないぞ。

フェステ　じゃあ届けましょう。ですが本当のことを話して下さいよ。あなたほんとは気違いなんじゃないの？　気違いのふりをしてるだけなのかなあ？

マルヴォーリオ　本当だ、正気だ、信じてくれ。

フェステ　でもなあ、信じてくれたって、頭の中を調べてみるわけにはいかんからなあ。ま、明りと紙とインクは持って参りましょうよ。

⇨ 1.3.29 note.　**100 advantage** = benefit.　**104 I'll ... brains**　'You will not believe he is bald (dead) till you see his brain.' (Tilley B 597) のもじり.

MALVOLIO Fool, I'll requite it in the highest degree. I prithee, be gone.

FESTE [*sings*] I am gone, sir,
> And anon, sir,
>> I'll be with you again
> In a trice
> Like to the old Vice,
>> Your need to sustain.
> Who with dagger of lath,
> In his rage and his wrath,
>> Cries, 'Ah, ha' to the Devil,
> Like a mad lad,
> 'Pare thy nails, dad,
>> Adieu, goodman Devil.'   [*Exit.*]

[4.3] *Enter Sebastian.*

SEBASTIAN This is the air, that is the glorious sun,
This pearl she gave me, I do feel't and see't;
And though 'tis wonder that enwraps me thus,
Yet 'tis not madness. Where's Antonio then?
I could not find him at the Elephant,
Yet there he was, and there I found this credit,
That he did range the town to seek me out.
His counsel now might do me golden service;
For though my soul disputes well with my sense
That this may be some error but no madness,
Yet doth this accident and flood of fortune

108–19 ⇨補.　**111 trice** = moment.　**112 Like to** = like.　**old** 親愛と軽蔑をこめた adj.　**113 Your need to sustain** = to support you in your need.　sustain =

マルヴォーリオ　最高の礼をするぞ、阿呆。さ、急いでくれ。
　　フェステ［歌う］　おっと合点承知の助、
　　　　　　　とんぼ返りで戻りの助、
110　　　　　　おいらは陽気な道化役、
　　　　　　村の舞台の人気者、
　　　　　　ご用はみんごと勤めやしょう、
　　　　　　　へい、なんなりと。
　　　　　　悪魔祓いは道化の役、
115　　　　　　腕をまくって目をむいて、
　　　　　　　舞台狭しと暴れれりゃ、
　　　　　　しっぽを巻いた悪魔どの、
　　　　　　すたこらさっさと逃げていく、
　　　　　　　ねえ、悪魔さん。　　　　　　　　　　　　［退場］

[4.3]　セバスチャン登場。

　　セバスチャン　これは空気だ、あれは輝く太陽だ。
　　この真珠はあの人のくれたもの、重いしちゃんと目に見える。
　　周りは不思議だらけの十重二十重(とえはたえ)、でも
　　狂気の衣とは違う。ならアントーニオはどこにいるのだろう、
5　　象の看板の宿屋にはもういなかった、
　　立ち寄ったことは確かなんだがなあ、だってぼくを探して
　　町を散歩してくるって伝言が残ってたから。
　　彼の助言がいまほどありがたいことはない、
　　ぼくの理性も感覚も、両者相携えてこれは
10　　狂気ではない、なんらかの誤謬によると論じているのに、
　　思いがけぬこの出来事、幸運のこの洪水には

---

supply.　**114 Who**　i.e. the Vice.　**116 Ah, ha**　a cry of defiance.
[4.3]　**6 was**　i.e. had been.　**credit** = report.　**9 soul**　i.e. reason.　**disputes** = argues. 以下，学生の論理学用語が続く．**with** = along with.　**11 accident** = ↱

So far exceed all instance, all discourse,
That I am ready to distrust mine eyes,
And wrangle with my reason that persuades me
To any other trust but that I am mad   15
Or else the lady's mad; yet if 'twere so,
She could not sway her house, command her followers,
Take and give back affairs and their dispatch
With such a smooth, discreet, and stable bearing
As I perceive she does. There's something in't   20
That is deceivable. But here the lady comes.
  Enter Olivia and Priest.

OLIVIA Blame not this haste of mine. If you mean well,
Now go with me and with this holy man
Into the chantry by. There, before him,
And underneath that consecrated roof,   25
Plight me the full assurance of your faith,
That my most jealous and too doubtful soul
May live at peace. He shall conceal it
Whiles you are willing it shall come to note,
What time we will our celebration keep   30
According to my birth. What do you say?
SEBASTIAN I'll follow this good man and go with you,
And having sworn truth, ever will be true.

---

unexpected event.' **12 instance** = precedent. **discourse** = reasoning. **13 mime eyes** ⇨ 1.1.18 note. **14 wrangle with** = argue against. **15 trust** = conviction. **17 sway** = manage. **18 Take ... dispatch** take は affairs に (i.e. receive reports on business affairs), give back は their dispatch (i.e. give directions for their management) に係る. dispatch = settlement. **21 deceivable** = able to deceive, deceptive. **24 chantry** 個人の寄進によって建造され維持されている chapel. priest(s) が付属し特定の人々の霊を慰めるためにミサが捧げられ聖歌が歌われ

前例もなければどんな推論も及ばない、
　　これではもう目の感覚が頼りないものになる、
　　理性の方も、これだけ強力な反駁を受けては
15　確信がゆらいでくる、ぼくが狂っているのか、それとも
　　あの人が狂っているのかと。だがなあ、狂ってるとしても
　　ちゃんと一家の切り盛りをし、召使を使いこなしているからなあ、
　　次々と用事を聞いて解決の指示を与えている、
　　どこからみても適切、賢明、慎重な
20　あの態度。これはいったいどういうことなのだろう、
　　不思議でならない。あ、あの人だ。
　　　　　　　オリヴィアと神父登場。
　オリヴィア　こんなに急いだりしてお怒りにならないで。お気持に
　　お変りがないのなら、ご一緒にこの神父さまと家(いえ)の礼拝堂に
　　参りましょう、すぐそこです。聖なる屋根の下、
25　神父さまの前で、あなたの真実の愛を誓約して
　　わたくしと正式に婚約して下さいね、
　　疑い深くて不安でいっぱいのわたくしの心が、
　　それでやっと落ち着きましょうから。神父さまなら大丈夫、
　　あなたが公表してよいと思うときまでこのことはちゃんと
30　伏せておいてくれます。そのときが来たらわたくしの身分に
　　ふさわしく盛大な式を挙げましょう。ね、いいわよね。
　セバスチャン　このお方に従ってあなたとご一緒、
　　変らぬ愛を誓ってあなたの夫に。

る．**by** = near by.　**26 Plight . . . faith**　婚約の誓約を言っている．これは正式の結婚と同じく法的に有効．cf. 5.1.149–54.　faith = true love.　**27 That** = so that.　**jealous** = mistrustful.　**doubtful** = apprehensive.　**28**　1音節不足．これを補ういくつかの校訂の試みがあるが，本編纂者は '— at peace.' の後に 1 foot の間を置いて最後を feminine ending に読むことを提案する．　**29 Whiles** = until.　**come to note**　i.e. become publicly known.　note = knowledge.　**30 What** = at which.　**31 birth** = social rank.　**32–35**　couplet 2 連．

OLIVIA Then lead the way, good father, and heavens so shine
That they may fairly note this act of mine.   [*Exeunt.*] 35

[5.1]   *Enter Feste and Fabian.*
FABIAN Now, as thou lovest me, let me see his letter.
FESTE Good Master Fabian, grant me another request.
FABIAN Anything.
FESTE Do not desire to see this letter.
FABIAN This is to give a dog and, in recompense desire my dog 5
again.
    Enter Orsino, Viola, Curio and Lords.
ORSINO Belong you to the Lady Olivia, friends?
FESTE Ay, sir; we are some of her trappings.
ORSINO I know thee well. How dost thou, my good fellow?
FESTE Truly, sir, the better for my foes and the worse for my 10
friends.
ORSINO Just the contrary; the better for thy friends.
FESTE No, sir, the worse.
ORSINO How can that be?
FESTE Marry, sir, they praise me and make an ass of me. Now 15
my foes tell me plainly I am an ass, so that by my foes, sir, I
profit in the knowledge of myself, and by my friends I am
abused; so that, conclusions to be as kisses, if your four nega-
tives make your two affirmatives, why then, the worse for my

---

35 fairly note = look fabourably upon.
[5.1] **1 his letter** Malvolio が Olivia に渡してくれるように Feste に頼んだ手紙. cf. *l.* 268.2.   **5 to give ... again** ⇨ 補. again = back.   **6.2 *Curio*** [5.1] を通して台詞がないが，F1 の SD に従ってこの名前を加える.   **8 trappings** = ornaments. 本来は馬の caparisons.   **15 Marry** ⇨ 1.3.66 note.   **make an ass of me** i.e. thus I became an ass.   **17 the knowledge of myself** 当時流行のラテ

オリヴィア　ではどうぞ神父さま。わたくしのこの婚約、
35　天の神さまが祝福して下さいますように。　　　　　　［一同退場］

[5.1]　　フェステとフェイビアン登場。
フェイビアン　なあおい、友だちだろう、あいつの手紙見せてくれよ。
フェステ　フェイビアンの旦那、じゃこっちの頼みも聞いて下さいよ。
フェイビアン　聞くとも、なんでも。
フェステ　手紙を見せてなんて言わないで下さい。
5　**フェイビアン**　それじゃ犬をやっといてお礼にその犬を返してくれって言うのと同(おんな)じだ。

　　　オーシーノ、ヴァイオラ、キューリオ、廷臣たち登場。

オーシーノ　やあ、オリヴィアの家の者たちだな、お前たちは。
フェステ　さようで、お嬢さまにくっついてる装飾品で。
オーシーノ　お前ならよく知っている。いかがかな、最近は？
10　**フェステ**　さようですな、敵のおかげで得をして味方のおかげで損をしております。
オーシーノ　逆だよ、味方のおかげで得をする。
フェステ　いいえ、それが損をしますんで。
オーシーノ　ほう、どうしてだ？
15　**フェステ**　よろしいですかい、味方はおいらを誉めそやしておかげでおいらはばかになる。ところが敵ははっきりおいらをばかだと言う、そこで敵は自己認識の利益、味方は自己欺瞞の損失、しかりしこうして結論すなわち接吻のごとくにて、「いやよ、いやよ」と二重否定の言辞を弄する四枚の唇は論理学上「いいわ」と肯定の表現を伝える二枚の舌となって口中にてからまり睦み合う、となればかくめぐりめぐって味

ン語の格言に *Nosce teipsum.*（= Know thyself.）がある（Tilley K 175）．　**18 abused** = deceived.　**conclusions to be as kisses**　i.e. if logical conclusions are to be compared to kisses. absolute infinitive の構文．　**18 kisses**, **18–19 four negatives**, **19 two affirmatives** ⇨ 補．　**19 your**　indefinite. ethical genitive（心性的属格）ともいう．cf. 1.5.233 note.

friends and the better for my foes.

ORSINO Why, this is excellent.

FESTE By my troth, sir, no; though it please you to be one of my friends.

ORSINO Thou shalt not be the worse for me; there's gold.

[*Gives money.*]

FESTE But that it would be double-dealing, sir, I would you could make it another.

ORSINO O, you give me ill counsel.

FESTE Put your grace in your pocket, sir, for this once, and let your flesh and blood obey it.

ORSINO Well, I will be so much a sinner to be a double-dealer; there's another.   [*Gives money again.*]

FESTE *Primo, secundo, tertio* is a good play, and the old saying is 'The third pays for all', the triplex, sir, is a good tripping measure, or the bells of Saint Bennet, sir, may put you in mind — one, two, three.

ORSINO You can fool no more money out of me at this throw. If you will let your lady know I am here to speak with her, and bring her along with you, it may awake my bounty further.

FESTE Marry, sir, lullaby to your bounty till I come again. I go, sir, but I would not have you to think that my desire of having is the sin of covetousness. But as you say, sir, let your bounty

---

22 By my troth ⇨ 1.3.3 note.   **24** [*Gives money.*]   Collier 2 の SD. *l.* 31 も同様.   **25 But that** ⇨ 1.3.26 note.   **double-dealing** = ① duplicity, ② giving twice.   **28 Put . . . pocket** = ① pocket up (= set aside) your virtue, ② (your grace は duke に対する敬称[うるさく言えば count なら 'your lordship' である. cf. 1.3.89 補] / grace = favour, generosity) i.e. 'reach into your pocket and grace me with another coin.' (*Norton*)   **29 flesh and blood**   i.e. normal human instincts.   **it**   i.e. ill counsel.   **32 *Primo, secundo, tertio*** (L.) = first, second, third.   **play** schoolboy game とする注もあるが, それよりも dice play の方であろう. cf.

方は損失にして敵は利益とござい。

オーシーノ ほほうおみごと、誉めてつかわす。

フェステ おみごとなどとはとんでもない。どうやらおいらをほめそやして味方になろうって魂胆ですかね。

オーシーノ 味方になっても損はさせん。そら、金だ。　　［金を与える］

フェステ 二枚舌はいけませんがお金の二枚は結構なことですよなあ。

オーシーノ いけないことはやらないのがわたしの信条だ。

フェステ ひとつその信条とやらは今度ばかりは懐におしまいになって、お気持ちの命じるまま、懐の中からもう一枚とまいりやしょう。

オーシーノ なるほど、そういう二枚なら罪とはならんか。そら、もう一枚。　　　　　　　　　　　　　　　　　　　［再度金を与える］

フェステ それ、一、二の三はさいころの目、「三度目の正直」はばあさまの口癖、三拍子のダンスはスイのスイのスイときて、教会の鐘だって耳をすましてごろうじろ、そうらキン、コン、カンと三つ続けて鳴りまさあ。

オーシーノ いくら調子よくおどけてみせてももうその手には乗らんぞ、これ以上金をせびり取る目はお前にはないな。それともどうだ、お前のご主人のお嬢さまにわたしがここまで話しに来ていると伝えてはくれんか。ちゃんとお嬢さまをお連れしたら、もう一枚はずむ気にならんとも限らん。

フェステ ほいきた、そのありがたいお気持は大事におねんねさせといて下さいよ、すぐに戻りますから。なあにね、欲得ずくのお使いじゃ貪欲の罪になりましょうが、おいらのはせっかくのお気持が転(うた)た寝で風

---

l. 36 'throw'.　**33 'The third pays for all'** i.e. third time lucky. cf. 'The third time pays for all.' (Tilley T 319)　**triplex** = triple time in music.　**34 Saint Bennet** [bénit]　Saint Bennet (Benedict) の名の教会は多くあるが Halliwell は特に Globe 座からテムズ川を越えた向う岸の St Bennet (Hithe) を挙げている (ロンドン大火で焼失した).　**36 fool** = ① obtain by your jest, ② make a fool of me; cheat.　**throw** = ① occasion, ② throw of the dice, gamble.　**39 Marry** ⇨ 1.3.57 note.　**again** = back.　**40 to think**　PE なら 'to' は不要.　**41 your bounty** bountiful な「閣下」という敬称に掛けた. cf. *l*. 28 note.

take a nap, I will awake it anon. [*Exit.*]
  Enter Antonio and Officers.
VIOLA Here comes the man, sir, that did rescue me.
ORSINO That face of his I do remember well;
 Yet when I saw it last, it was besmeared
 As black as Vulcan in the smoke of war.
 A bawbling vessel was he captain of,
 For shallow draught and hulk unprizable,
 With which such scatheful grapple did he make
 With the most noble bottom of our fleet,
 That very envy and the tongue of loss
 Cried fame and honour on him. What's the matter?
FIRST OFFICER Orsino, this is that Antonio
 That took the Phoenix and her fraught from Candy,
 And this is he that did the Tiger board,
 When your young nephew Titus lost his leg.
 Here in the streets, desperate of shame and state,
 In private brabble did we apprehend him.
VIOLA He did me kindness, sir, drew on my side,
 But in conclusion put strange speech upon me;
 I know not what 'twas but distraction.
ORSINO Notable pirate, thou salt-water thief,
 What foolish boldness brought thee to their mercies
 Whom thou, in terms so bloody and so dear,

---

42 anon = immediately after. **46 Vulcan** [vǽlkən] ローマ神話の火と鍛冶の神ウルカヌス．訳では英語音をとった．ギリシャ神話のヘパイストス (Hephaistos) に当る． **47 bawbling** = baubling, trifling < bauble = child's toy. **48 For** = on account of. **unprizable** < not worth taking as a 'prize'. **49 scatheful** = damaging. **50 bottom** i.e. ship. **51 envy** = enmity. **loss** i.e. losers. **52 Cried** = invoked with outcries. **54 fraught** = freight, cargo. **Candy** [kǽndi]

　　　　邪を引かぬようすぐに起こしてさし上げようって親切心から。[退場]
　　　　アントーニオと役人たち登場。
ヴァイオラ　あのお方です、殿さま、わたしを助けて下さったのは。
オーシーノ　あの顔ならよく覚えている。
45　だがこの前見たときは硝煙弾雨にまみれて
　　鍛冶の神ヴァルカンさながらの形相であった。
　　船長だったぞ、木の葉のような船の、
　　浅い吃水、貧弱な船体、
　　それを操ってわが艦隊随一の
50　名艦と渡り合い大損害を与えた、これには
　　恨み骨髄の敗者たるわれらにしてから、しばし
　　喝采と賞讃にどよめいたほどだ。いったいどうした訳だ。
役人1　オーシーノ閣下、この男がアントーニオです。
　　フェニックス号を襲ってクレタ島からの積荷を奪い、
55　またタイガー号に乗り込んで、ために
　　若い甥御タイタスさまが片脚を失われた。
　　それがなんと町なかで、恥も危険も省みず、
　　喧嘩騒ぎを引き起こしているところを引っ捕えました。
ヴァイオラ　ぼくのために剣を抜いて守ってくれたんです、
60　でも最後に妙なことを口走って、
　　あれは気が違ったとしか思えなかった。
オーシーノ　名うての海賊、海の盗人（ぬすびと）、
　　無分別といおうか大胆といおうか、血煙り上がる
　　激戦で戦うた当の敵の手にみすみす

---

i.e. Crete. 訳は原音．Candy（Candia）は本来クレタ島の港市．それがクレタ全体を指すことになった．　**55 board** = enter (a ship) by force.　**57 desperate** = regardless.　**state**　i.e. danger (to himself).（Donno）　**58 brabble** = brawl.　**59 on my side**　i.e. in my defence.　**64 Whom**　先行詞は前行 their mercies の 'their'．なお mercies は their に引かれた plural of concord.　**in terms** = in a manner.　**dear** = grievous.

Hast made thine enemies?

ANTONIO　　　　　　　　Orsino, noble sir, 65
Be pleased that I shake off these names you give me.
Antonio never yet was thief or pirate,
Though I confess, on base and ground enough,
Orsino's enemy. A witchcraft drew me hither.
That most ingrateful boy there by your side, 70
From the rude sea's enraged and foamy mouth
Did I redeem; a wrack past hope he was.
His life I gave him, and did thereto add
My love, without retention or restraint,
All his in dedication. For his sake 75
Did I expose myself, pure for his love,
Into the danger of this adverse town;
Drew to defend him when he was beset;
Where being apprehended, his false cunning,
Not meaning to partake with me in danger, 80
Taught him to face me out of his acquaintance,
And grew a twenty years' removèd thing
While one would wink, denied me mine own purse,
Which I had recommended to his use
Not half an hour before.

VIOLA　　　　　　　　How can this be? 85
ORSINO　When came he to this town?
ANTONIO　Today, my lord; and for three months before,

---

65 thine enemies ⇨ 1.5.100 note.　**68 base** = basis. 次の ground も同じ意味の繰り返し．　**72 wrack** = wreck, i.e. shipwrecked person.　**74 retention** = reservation.　**75 dedication**　cf. 3.4.314 note.　**76 pure** = only, solely.　**77 adverse** = hostile.　**81 to face me out of his acquaintance**　i.e. brazenly to deny

落ちてしまうとはな。
65 **アントーニオ**　　　　オーシーノ閣下、恐れながら
　　ただ今の汚名は返上つかまつりますぞ。このアントーニオは
　　けして盗人(ぬすびと)でも海賊でもあったためしはない、ただ
　　止むをえぬ当然の仕儀から、オーシーノの公然の敵だったことは
　　事実。それが魔に魅入られてのこのここまで来てしまいました。
70 　おそばに控えている恩知らずの若者は、
　　このわたしが、怒濤逆巻く死の海の口から
　　救い出した、もはや命運尽きた難破の体を。
　　その体にわたしが命を与えた、その上さらに友情も与えた、
　　持てるすべてを惜しむことなく、真心傾けた
75 　不惜身命(ふしゃくしんみょう)。敵地の町の
　　危険のただ中、この身をさらしたのも
　　友情以外のなにがあろう。もちろん
　　剣を抜いて暴漢の囲みから助けてやった。
　　それで逮捕となったそのときに、このずる賢いやつめが、
80 　巻き添えにあうのはまっぴらとばかり、
　　わたしなど知らぬ存ぜぬの一点ばり、
　　一つ瞬(かん)くその間に二十年も離ればなれの
　　赤の他人、なにかの用に役立てよと
　　三十分前に預けておいたわたしの財布までも
　　返そうとしない。
85 **ヴァイオラ**　　　　そんなばかな。
　　オーシーノ　その男はいつこの町に来た？
　　アントーニオ　今日です。それまでの三月(みつき)もの間(あいだ)、

---

his knowledge of me. cf. 4.2.83 note.　**82 grew** = became.　**twenty**　漠然と多数を表す．　**83 denied** = refused.　**84 recommended** = committed.　**86**　6音節．前にいぶかしむ間を置いて．　**87 three months**　1.4.3 には 'but three days' とあった．Sh の舞台上の時間は伸縮自在である．

No int'rim, not a minute's vacancy,
Both day and night did we keep company.
    Enter Olivia and Attendants.
ORSINO Here comes the countess, now heaven walks on earth. 90
But for thee, fellow; fellow, thy words are madness.
Three months this youth hath tended upon me,
But more of that anon. — [*To an Officer*] Take him aside.
OLIVIA What would my lord, but that he may not have,
Wherein Olivia may seem serviceable? 95
Cesario, you do not keep promise with me.
VIOLA Madam?
ORSINO Gracious Olivia —
OLIVIA What do you say, Cesario? Good my lord —
VIOLA My lord would speak; my duty hushes me. 100
OLIVIA If it be aught to the old tune, my lord,
It is as fat and fulsome to mine ear
As howling after music.
ORSINO   Still so cruel?
OLIVIA Still so constant, lord.
ORSINO What, to perverseness? You uncivil lady, 105
To whose ingrate and unauspicious altars
My soul the faithfull'st off'rings hath breathed out
That e'er devotion tendered. What shall I do?

---

91 for = as for. **93 anon** ⇨ *l.* 42 note. [***To an Officer***] 本版の SD（*New Folger* も同様）． **94 but** = except. **that** = what. **may** = can. **97 Madam?** F1 は：．ダッシュの編纂も多いが Capell の？を採る． **97, 98** *Arden 2* は [*Speaking together.*] の SD を付し，これに賛同する注も多いが，演出上は他にも可能性があるであろう．本編注者は *l.* 97 のすぐ後に *l.* 99 の前半 'What do you say, Cesario?' がくる流れだと思う．なお *l.* 99 のダッシュは Theobald.

[5.1]

片ときも、それこそ一分の間(あいだ)さえも
離れることなく、昼も夜も二人は一緒。
　　　オリヴィアと従者たち登場。
90 **オーシーノ**　さ、伯爵令嬢のお出まし、天女が地上を歩む姿か。
お前の話だが、かわいそうにお前のは気違いのたわごとだ。
三月(みつき)の間(あいだ)、この若者はわたしに仕えてきたのだからな、
だがその話はまた後で。──[役人に]この男はそこに控えさせろ。
オリヴィア　このオリヴィアにこれ以上何がお望みでしょう、
95 　さし上げられぬものはもうおわかりでしょうに。
シザーリオ、約束を守って下さらなかったのね。
ヴァイオラ　え？
オーシーノ　ねえ、オリヴィア──
オリヴィア　シザーリオ、どう言い訳するの？──そちらはだまってて下
　さいませ──
100 **ヴァイオラ**　いいえ主人が話されるのです、ぼくの出る幕ではありませ
　ん。
オリヴィア　申し訳ございません、いつもと変らぬ調べでしたなら
　この耳にはうとましいだけでございます、
　音楽の後の狼の遠吠えのよう。
オーシーノ　　　　　　　　　　　いつまでも残酷な。
オリヴィア　いつまでも心変りをしないのでございます。
105 **オーシーノ**　その心はひねくれた心。愛の真心に憐れみの
　かけらもない。そんな冷酷無情の祭壇に
　わたしの心はどんな信仰も及ばぬ誠実無比の
　祈りを捧げてきた。どうしたらよいのだ、わたしは？

---

99 Good my lord ─ *l.* 98 の Orsino を制止して．my lord を Viola ととるのは次行からも無理．語順については 1.5.57 参照．　**102 fat** = gross.　**fulsome** = disgusting.　**105 uncivil** = inhumane.　**106 ingrate** = ungrateful.　**unauspicious** = unpropitious.　**108 devotion**　cf. 3.4.314 note.　**tendered** = offered.

OLIVIA   Even what it please my lord that shall become him.
ORSINO   Why should I not, had I the heart to do it,
  Like to th'Egyptian thief at point of death,
  Kill what I love, a savage jealousy
  That sometime savours nobly. But hear me this:
  Since you to non-regardance cast my faith,
  And that I partly know the instrument
  That screws me from my true place in your favour,
  Live you the marble-breasted tyrant still.
  But this your minion, whom I know you love,
  And whom, by heaven I swear, I tender dearly,
  Him will I tear out of that cruel eye
  Where he sits crownèd in his master's spite.
  Come, boy, with me; my thoughts are ripe in mischief.
  I'll sacrifice the lamb that I do love
  To spite a raven's heart within a dove.
VIOLA   And I, most jocund, apt, and willingly
  To do you rest, a thousand deaths would die.
OLIVIA   Where goes Cesario?
VIOLA   After him I love
  More than I love these eyes, more than my life,
  More, by all mores, than e'er I shall love wife.
  If I do feign, you witnesses above

---

109 what = whatever.   **111 Like to** ⇨ 4.2.112 note.   **th'Egyptian thief** ⇨ 補.
113 sometime = sometimes.   **savours nobly** = smacks of nobility.   **114 to** = into.
non-regardance = disregard.   **115 that** = since that（前行の Since を補う）．that
は conjunctional（⇨ 1.2.44 note）．since の「代用」という説明もできる．
instrument = tool．次行の screws（= wrenches）とともに拷問のイメージ．   **117
still** = for ever.   **118 this your** ⇨ 1.2.47 note.   **minion** = darling.   **119 tender**

オリヴィア　どうぞお好きなように、ご身分にふさわしく。
オーシーノ　ならばいっそ思い切って、死にぎわの
　　　　　エジプトの盗賊のように、愛する者を道づれに
　　　　　殺すことも、そうとも、野蛮人の嫉妬だとて
　　　　　高貴な香りを放つときもある。ようし、聞くがいい、
　　　　　あなたはわたしの真実の恋を冷たい無視の淵に投げ込んだ、
　　　　　それに、本当ならあなたの胸に占めるべきこのわたしの存在を
　　　　　無理に捩り切ったその憎むべき道具も大方の見当がついている。
　　　　　いいとも、あなたは永遠に石の心の暴君として生きるがいい。
　　　　　だがご寵愛のこの小姓、あなたはすっかりのぼせておいでのようだが、
　　　　　このわたしにとっても、よろしいか、大事な愛し子だ、
　　　　　こいつをあなたの残酷な目から引っさらっていく、その目の中の
　　　　　玉座に納まっているこいつの姿が主人のわたしの癪の種。
　　　　　さあ来い、こいつめが、すぐにもこの恨みを晴らしてやる。
　　　　　愛する小羊を生贄にして
　　　　　鳩の顔の鴉の心に復讐してやる。
ヴァイオラ　わたくしだっていそいそと，もう喜び勇んで、
　　　　　あなたのお心のお慰めには千死万死もいといません。
オリヴィア　どこへ行くの、シザーリオ？
ヴァイオラ　　　　　　　　　　　　　愛するお方を追って、
　　　　　目よりも愛するお方、命よりも愛するお方、
　　　　　なによりもかによりももっともっと、妻を愛するよりももっともっと。
　　　　　今の言葉に嘘いつわりがあるのなら、天もご照覧、

= have tender regard to.　**121 in his master's spite** = to the vexation of his master. **122 ripe in**　i.e. fully prepared to do.　**mischief** = injury.　**123–24** couplet による様式化.　**124 a raven's heart . . . dove**　cf. 'Dove-feathered raven' (*Romeo and Juliet* 3.2.76).　**125 jocund**, **apt**　ともに adverbial.　**125–26** imperfect rhyme による couplet.　**126 do you rest**　i.e. put your mind at rest.　**127–30** enclosing rhyme (a b b a).　**129 mores**　i.e. such comparisons.

Punish my life for tainting of my love.
OLIVIA Ay me detested, how am I beguiled!
VIOLA Who does beguile you? Who does do you wrong?
OLIVIA Hast thou forgot thyself? Is it so long?
  Call forth the holy father.   [*Exit an Attendant.*]
ORSINO [*to Viola*]   Come away.   135
OLIVIA Whither, my lord? Cesario, husband, stay.
ORSINO Husband?
OLIVIA   Ay, husband. Can he that deny?
ORSINO Her husband, sirrah?
VIOLA   No, my lord, not I.
OLIVIA Alas, it is the baseness of thy fear
  That makes thee strangle thy propriety.   140
  Fear not, Cesario, take thy fortunes up;
  Be that thou knowest thou art, and then thou art
  As great as that thou fearest.
      Enter Priest.
                                    O welcome, father.
  Father, I charge thee by thy reverence
  Here to unfold, though lately we intended   145
  To keep in darkness what occasion now
  Reveals before 'tis ripe, what thou dost know
  Hath newly passed between this youth and me.

---

131 前行と couplet になる．**tainting of** cf. 1.5.66 / 3.3.42 notes．**132 Ay** [ei] = alas for．**detested** i.e. denounced with an oath．(*Cambridge 2*) 前の me に係る．もっと一般的に = abhorred の解もありうるが流れはやはり *Cambridge 2*．**beguiled!** ! は F1 の ? の転換．この行 rhyme から外れるが，次行の 'beguile' と響き合う．**133–38** couplet 3 連．**133 does do** 英語史的に do 動詞が auxiliary として用いられる過渡期．cf. Abbott 303．**135** [*to Viola*]

愛を汚したその罰にこの命をお召し下さい。
オリヴィア　ああなんというその誓い、騙されたこのわたし！
ヴァイオラ　騙す？　だれがそんなひどいことを？
オリヴィア　あなたは自分を忘れたの？　あれはついさっきでしょう？
　　ね、神父さまを呼んできて。　　　　　　　　　　　［従者退場］
135 **オーシーノ**　［ヴァイオラに］　さあ来い、行くぞ。
オリヴィア　どこへ連れて行くのです？　シザーリオ、わたしの夫、待っ
　　て。
オーシーノ　わたしの夫？
オリヴィア　　　　　　　　　そうよ、夫よ。嘘じゃないわよ。
オーシーノ　おい、お前は夫なのか？
ヴァイオラ　　　　　　　　　　　　　違います、違いますとも。
オリヴィア　まあ、身分が卑しいからこわがってるの、
140　それで夫だってはっきり言えないの？
　　こわがらなくっていいの、シザーリオ、幸運に胸を張って、
　　今の自分の身分をちゃんと主張しなさいな、あなたはおそれる
　　その人と同じ貴族なのだから。
　　　　　　神父登場。
　　　　　　　　　　　　　　　あ、神父さま、うれしいわ。
　　これは命令です、神父さま、尊(たっと)いそのお勤めにかけて
145　ここに明らかにして下さい、さきほどにわたくしどもで
　　しばらく内密にしておく取り決めをしましたが、事情が事情です、
　　まだその時ではありませんが、ちゃんと披露して下さいな、
　　この青年とわたくしとの間に交わされたご存じのことを。

Theobald の SD. わかりやすさから採用．　**138 sirrah** [sírə]　目下に対する呼び掛け．sir と同じ語源 < sire (< L. *senior* [= older]).　**140 strangle thy propriety**　i.e. suppress your identity as my husband.　**142 that** = what.　**143 As great as**　うるさく言えば Orsino は Duke ではなく Count ということになる．cf. 1.3.89 補．　**146 occasion** = course of events.　**148 newly** = recently.

PRIEST A contract of eternal bond of love,
  Confirmed by mutual joinder of your hands, 150
  Attested by the holy close of lips,
  Strengthened by interchangement of your rings,
  And all the ceremony of this compact
  Sealed in my function, by my testimony.
  Since when, my watch hath told me, toward my grave 155
  I have travelled but two hours.
ORSINO O, thou dissembling cub! What wilt thou be
  When time hath sowed a grizzle on thy case?
  Or will not else thy craft so quickly grow
  That thine own trip shall be thine overthrow? 160
  Farewell, and take her, but direct thy feet
  Where thou and I henceforth may never meet.
VIOLA My lord, I do protest —
OLIVIA   O, do not swear.
  Hold little faith, though thou hast too much fear.
    Enter Sir Andrew.
SIR ANDREW For the love of God, a surgeon. Send one presently 165
  to Sir Toby.
OLIVIA What's the matter?
SIR ANDREW 'Has broke my head across, and has given Sir Toby
  a bloody coxcomb too. For the love of God, your help. I had

---

150 joinder = joining. **151 close** = union. **152 interchangement** = exchange. **153 compáct** アクセント 2 音節目に. **154 Sealed ... testimony** i.e. confirmed or ratified through my performance of my priestly office and by my attestation.' (*Arden 2*) **156** trochaic の 4 音節．後に Orsino の驚きの間． **157 cub!** ！は F1 の：の転換（諸版も同様）． **158 sowed** i.e. scattered. **a grizzle** = grey hair. **case** = skin. **159–64** couplet 3 連． **159 craft** = craftiness. **160**

神父　永久に変らぬ愛の契りが結ばれました、
150　取り合う手と手が固めの絆、
　　重ね合う唇と唇が聖なる証、
　　指輪の交換も確かに相すみ、
　　これら婚約の儀式の一切は
　　神父たるわたくしの職務により正式に執り行われてございます。
155　さよう、その時刻より、わが時計に徴しまして、わたくしが
　　墓場に向うて旅することわずかに二時間。
　オーシーノ　よくも化かしたなこの子狐めが！　その嘘の皮に
　　一人前の毛並が生え揃ったらとんだ化け物になるぞ、
　　いやその前に化かすしっぽが太くなりすぎて
160　自分で自分の足の足払い、転げ落ちることになるか。
　　さらばだ、その女と結婚しろ、だがな、その足は
　　けしてわしの方角に向けるな、二度と会いたくない。
　ヴァイオラ　殿さま、誓ってわたくしは──
　オリヴィア　　　　　　　　　　　　　誓ってはいけない、
　　どんなにこわくたって二人の愛の誓いがあるでしょ。
　　　　　　サー・アンドルー登場。
165　**サー・アンドルー**　大変だあ、医者だあ。すぐにサー・トービーに医者だあ。
　オリヴィア　何ごとです。
　サー・アンドルー　ぼくの顔を叩き割った、サー・トービーの脳天も血で真赤っかだ。医者だ、助けてくれ。四十ポンド積んでも家にいるん

---

trip　レスリング用語．　**164 little** = a little. 次の 'much' の対語．faith は fear と alliteration.　**164.2**　念のため．Rowe に '*with his Head broke* (= broken).' の付加がある．　**165 presently** ⇨ 3.4.167 note.　**168 'Has**　F1 は 'H'as'．Dyce 2 の校訂．⇨ 1.5.129 note.　**broke** = broken.　cf. 1.4.19 note.　**169 coxcomb**　'a comic synonym for "head", suggested both by the fool's cap and (in this bloody version) by the cockerel's red comb.' (Warren & Wells) rather than forty pound I were at home. 170

OLIVIA Who has done this, Sir Andrew?

SIR ANDREW The Count's gentleman, one Cesario. We took him for a coward, but he's the very devil incardinate.

ORSINO My gentleman, Cesario?

SIR ANDREW Od's lifelings, here he is! You broke my head for 175 nothing, and that that I did, I was set on to do't by Sir Toby.

VIOLA Why do you speak to me? I never hurt you.
You drew your sword upon me without cause,
But I bespake you fair, and hurt you not.

Enter Sir Toby and Feste.

SIR ANDREW If a bloody coxcomb be a hurt, you have hurt me. 180 I think you set nothing by a bloody coxcomb. Here comes Sir Toby halting; you shall hear more. But if he had not been in drink, he would have tickled you othergates than he did.

ORSINO How now, gentleman? How is't with you?

SIR TOBY That's all one, has hurt me, and there's th'end on't. Sot, 185 didst see Dick Surgeon, sot?

FESTE O he's drunk, Sir Toby, an hour agone; his eyes were set at eight i'th'morning.

SIR TOBY Then he's a rogue, and a passy-measures pavin. I hate

---

170 forty pounds cf. 2.3.17–18 note. **172 gentleman** i.e. attendant. cf. *King Lear* 2.4.01 note. **173 incardinate** 'incarnate' の malapropism. *The Merchant of Venice* 2.2.21 にも 'incarnation' が出る. (翻訳では「化身」の読み違いにした.) **175 Od's lifelings** = by God's little lives. lifeling は life に diminutive の -ling を付したもの. **he is!** ！は F1 の：の転換(諸版も同様). **177–79** Viola は blank verse のままで. **179 bespake** = spoke to. **179.2** 念のため Capell は 'Enter Sir Toby, drunk, led by the Clown.'. **181 set nothing by** = think nothing of. **182 halting** = limping. **But if** = if only. **183 tickled** i.e. chastised. **othergates** = in another way. **185 That's all one** i.e. no matter. **on't** = of it. **Sot** = fool. cf. 1.5.105 note. **186 didst see** i.e. didst thou see [-st] の後の

170 　だった。

　オリヴィア　だれがそんなことをしたのです。

　サー・アンドルー　伯爵の家来です、シザーリオとかいった。弱虫だって思ってたのにあいつは悪魔だ、悪魔の化身(カシン)だ。

　オーシーノ　わたしの家来のシザーリオだと？

175 **サー・アンドルー**　きゃー！　いたあ！　あんた、ぼくを叩いたね、なにもしないのに。ぼくもやろうとしたけどあれはサー・トービーにけしかけられたからなんだ。

　ヴァイオラ　ぼくにそんなこと言ったって。ぼくはやってないもの。あなたの方が理由もないのにぼくの剣を抜いたんでしょう。でもぼくはていねいに話したし、傷つけるなんてとんでもない。

　　　　　サー・トービーとフェステ登場。

180 **サー・アンドルー**　この真赤な脳天が傷じゃないのか、え、君がやったんだぞ。この真赤っかの脳天が見えないのか。そうら、サー・トービーがびっこ引き引きやってきた、あの人に聞いてくれよ。なあに、あの人が酔っぱらってなきゃ、君なんかもうこてんぱんにやられてたんだぞ。

　オーシーノ　どうしました、あなた？　大丈夫ですか？

185 **サー・トービー**　なあに、一発やられたってことだ、それでおしまいの話だよ。おい阿呆、医者のディックはどこだ、え？

　フェステ　なあに、酔っ払ってますよ、一時間も前から。朝の八時にはもう目がとろんとろんでしたからね。

　サー・トービー　ちえっ悪党めが、そろりそろりと千鳥足か。おれは酔

[ð(au)] は assimilation でよく落ちる．　**187 agone** = ago. ago(ne) は ME ago (= pass by) の p.p.．　**set**　いくつかの解があるが = closed でよいと思う．　**189 passy-measures pavin** < It. *passemezzo pavana. pavana*（pavane/ pavin）は16世紀に流行した偶数拍子の優美な宮廷舞踏．*passemezzo* = slow tune. なお F1 の 'panyn' は u → n misprint であろう．F2 はすでに 'Pavin' に改訂しているが，前の 'and a' も 'after' に改訂しており，この F2 の読みが Ff, Rowe へと続いた．Pope は別の読みを試みるなど混乱があったが，近年では Malone の校訂が Luce 以来定着．

a drunken rogue.

OLIVIA Away with him. Who hath made this havoc with them?

SIR ANDREW I'll help you, Sir Toby, because we'll be dressed together.

SIR TOBY Will you help? An ass-head and a coxcomb and a knave, a thin-faced knave, a gull.

OLIVIA Get him to bed, and let his hurt be looked to.

                [*Exeunt Feste, Fabian, Sir Toby and Sir Andrew.*]
      Enter Sebastian.

SEBASTIAN I am sorry, madam, I have hurt your kinsman.
But had it been the brother of my blood,
I must have done no less with wit and safety.
You throw a strange regard upon me, and by that
I do perceive it hath offended you.
Pardon me, sweet one, even for the vows
We made each other but so late ago.

ORSINO One face, one voice, one habit, and two persons;
A natural perspective, that is, and is not.

SEBASTIAN Antonio! O my dear Antonio,
How have the hours racked and tortured me
Since I have lost thee.

ANTONIO Sebastian are you?

SEBASTIAN   Fearest thou that, Antonio?

ANTONIO How have you made division of yourself?

---

191 havoc i.e. merciless destruction. **192 be dressed** i.e. have our wounds dressed. **194 coxcomb** = fool's cap, i.e. fool. cf. *l.* 169 note. **196** [*Exeunt ... Sir Andrew.*] ⇨ 補. **199 wit and safety** i.e. reasonable regard for my safety (hendiadys). **204 habit** = dress. **205 perspective** = glass (producing an optical illusion). cf. 3.4.334 note. **that** = what. なお *l.* 205 の scantion として意味

190 　っ払いなんて大嫌いだ。

オリヴィア　この人を連れてって。だれが二人にこんな大怪我をさせたのです？

サー・アンドルー　ぼくにつかまって、サー・トービー、ぼくたちは一緒に包帯を巻いてもらうんだから。

サー・トービー　つかまるだ？　この大間抜けの、とんちきの、ど阿呆
195 　め、ぺらぺらの貧相な面しやがって、この抜け作が。

オリヴィア　寝かせて傷の手当をしてやるのですよ。

　　　［フェステ、フェイビアン、サー・トービー、サー・アンドルー退場］
　　　セバスチャン登場。

セバスチャン　ごめんね、あなた、お身内に怪我をさせてしまって。
　　でもね、相手がぼくの血を分けた兄弟だって、
　　この身の安全を考えればやらざるをえなかった。
200 　そんな妙な目で見つめてるなんて、そうか、
　　やっぱり怒ってるんですね。
　　どうか許して下さい、かわいい人、さっき
　　二人して誓い合った愛の誓いに免じて。

オーシーノ　一つの顔、一つの声、一つの服、なのに二つの体。
205 　自然の掲げる鏡、そこに写るのは姿と影。

セバスチャン　アントーニオ！　ああ会えてよかった、
　　君とはぐれてからの時間はずうっと
　　拷問のようだった。

アントーニオ　君はセバスチャンなのか？

セバスチャン　　　　　　　　　　　　　　おい、疑ってるのかい？

210 **アントーニオ**　まさか君のその体が二つに分れるだなんて。

の上からも 'A nátural pérspectíve, that ís, and is nót' を提案する．natural は 2 音節 [nǽtrəl]．perspective は 'invariably accented on the antepenultimate syllable in Shakespeare.' (Donno) 第 5 foot は anapaest． **206 Antonio!** ！は F1 の：の転換． **208** 5 音節．驚きの間． **209 Fearest thou** = do you doubt.

RSC の来日舞台

20世紀も後半に入るとようやく有名外国劇団の来日が実現するようになり、イギリスの Royal Shakespeare Company (RSC) も 1972 年 2 月に再度来日して日本の演劇界に大きな影響を与えた。再来日の舞台はいずれもジョン・バートン (John Barton) 演出の 3 本、中でも Twelfth Night は、細い木製の桟を組んだ大きな箱型の舞台に、遠く海鳴りの音がやさしく響いてくるなつかしい「物語」。主な配役は Viola がジュディ・デンチ (Judi Dench)、Orsino がリチャード・パスコー (Richard Pasco)、右の舞台写真には現れないが Malvolio がアンソニー・ペドリー (Anthony Pedley)。「物語」の要めになる Feste のエムリス・ジェイムズ (Emrys James) が楽器のリュートを抱えて写真中央に坐っている。

    An apple cleft in two is not more twin
    Than these two creatures. Which is Sebastian?
OLIVIA Most wonderful!
SEBASTIAN Do I stand there? I never had a brother;
    Nor can there be that deity in my nature, 215
    Of here and every where. I had a sister,
    Whom the blind waves and surges have devoured.
    Of charity, what kin are you to me?
    What countryman? What name? What parentage?
VIOLA Of Messaline. Sebastian was my father, 220
    Such a Sebastian was my brother too,
    So went he suited to his watery tomb.

---

211 twin = closely alike. **213 wonderful** = full of wonder.！は本版(諸版も同様). 驚きの 4 音節. **217 blind** i.e. indiscriminate. **218 Of charity** = (tell

左から Antonio, Olivia, Sebastian, Feste, Viola, Orsino.
東京・日生劇場

　　　　二つに割ったりんごだって、ここにいる二人ほど
　　　　そっくりじゃない。どっちが本当のセバスチャンなんだ。
　　オリヴィア　ああなんて言ったらいいの！
　　セバスチャン　そこにいるのはぼくなのか？　ぼくには弟など
215　　いなかった。それにぼくは神さまではないのだから、ここにいて、
　　　　しかもどこにでもいるというわけにはいかない。たしかに
　　　　妹はいた、だが無情な大波に呑み込まれてしまった。
　　　　ああどうか教えて下さい、あなたはこのぼくと縁続きのお方ですか？
　　　　お生れは？　お名前は？　ご両親は？
220 **ヴァイオラ**　生れはメサリーン、父親はセバスチャン、
　　　　兄もそのお姿のままのセバスチャン、
　　　　身なりもそのまま今は海の底の墓の中。

---

me) out of your kindness.　**220 Méssaline** ⇨ 2.1.13 補.　**221 Such**　i.e. as you look.　次行の 'So' も同じ.　**222 suited** = dressed.

If spirits can assume both form and suit
　　　You come to fright us.
SEBASTIAN　　　　　　　　A spirit I am indeed,
　　　But am in that dimension grossly clad　　　　　　　　　　225
　　　Which from the womb I did participate.
　　　Were you a woman, as the rest goes even,
　　　I should my tears let fall upon your cheek,
　　　And say, 'Thrice welcome, drownèd Viola.'
VIOLA　My father had a mole upon his brow.　　　　　　　　　230
SEBASTIAN　And so had mine.
VIOLA　And died that day when Viola from her birth
　　　Had numbered thirteen years.
SEBASTIAN　O, that record is lively in my soul.
　　　He finishèd indeed his mortal act　　　　　　　　　　　　235
　　　That day that made my sister thirteen years.
VIOLA　If nothing lets to make us happy both
　　　But this my masculine usurped attire,
　　　Do not embrace me till each circumstance
　　　Of place, time, fortune, do cohere and jump　　　　　　　240
　　　That I am Viola, which to confirm
　　　I'll bring you to a captain in this town,
　　　Where lie my maiden weeds; by whose gentle help
　　　I was preserved to serve this noble Count.
　　　All the occurrence of my fortune since　　　　　　　　　　245
　　　Hath been between this lady and this lord.

---

223 spirits = ghosts. 次行の spirit は body に対する 'soul'. **224 fright** = frighten. **225 dimension** ⇨ 1.5.226 note. **grossly** = materially (opposed to spiritually). (Onions) **clad** = clothed. **226 participate** i.e. inherit. **227 as ... even** i.e. since all other circumstances accords. (Donno) even = in exact agreement.

[5.1]

　　幽霊は姿、身なりを装って現れて、現世(うつしよ)の人を怖がらせると
　　いうけれど、あなたはその亡霊なの？
　セバスチャン　　　　　　　　　　　　霊の方だよぼくは、
225　人間の肉体をまとった霊魂だよ、その肉体は大丈夫
　　母の胎内からちゃんと受け継いだものだ。ああ、なにもかも
　　辻褄が合う、ただあなたが女であってくれさえしたら
　　ぼくは叫ぼう、涙をあなたのその頬に伝わらせて、
　　「よく生きていたね、溺れて死んだヴァイオラ」。
230　**ヴァイオラ**　わたしの父の額にはほくろがありました。
　セバスチャン　ぼくの父も。
　ヴァイオラ　亡くなったのはヴァイオラの誕生の日から数えて
　　ちょうど十三年目。
　セバスチャン　ああ、その記憶はぼくの心に生き生きと
235　刻み込まれている、父が人生の幕を閉じたのは
　　妹が十三の歳を迎えたその誕生日。
　ヴァイオラ　二人のしあわせの邪魔をするのはなにもない、
　　ただわたしのこの男の仮の衣裳だけだというのなら、
　　抱きしめるのはちょっと待ってね、場所、時、運命とが
240　すべて細かに一致してわたしがヴァイオラだと
　　言ってくれるまで、いえその確認なら造作もないこと、
　　あなたをこの町の船長さんにお引き合わせしましょう、そこの家に
　　わたしの女の衣裳が預けてあります。そのお方のご尽力で
　　わたしはここの伯爵さまに無事仕えることができたのよ。
245　その後のわたしの身の出来事はみな
　　ここのお嬢さまとわたしの主人をめぐってのことでした。

---

229 Viola cf. 1.4.2 補． **231, 233** 再会の感動はゆっくり間を置いて進む．
234 récord = memory. アクセント第 2 音節． **lively** = vivid． **237 lets** = hinders． **238 But** = except． **this my** cf. 1.2.47 note． **240 do** subj． **cohere and jump** ともに = agree． **243 weeds** = garments． **244 preserved** = saved.

SEBASTIAN　So comes it, lady, you have been mistook,
　But nature to her bias drew in that.
　You would have been contracted to a maid,
　Nor are you therein, by my life, deceived,　　　　　　　　250
　You are betrothed both to a maid and man.
ORSINO　[*to Olivia*] Be not amazed, right noble is his blood. —
　If this be so, as yet the glass seems true,
　I shall have share in this most happy wrack.
　Boy, thou hast said to me a thousand times　　　　　　　255
　Thou never shouldst love woman like to me.
VIOLA　And all those sayings will I overswear,
　And all those swearings keep as true in soul
　As doth that orbèd continent the fire
　That severs day from night.
ORSINO　　　　　　　　　　　Give me thy hand,　　　　260
　And let me see thee in thy woman's weeds.
VIOLA　The captain that did bring me first on shore
　Hath my maid's garments. He upon some action
　Is now in durance at Malvolio's suit,
　A gentleman and follower of my lady's.　　　　　　　　265

---

247 mistook = mistaken. cf. Franz 167. ここの mistake は reflexive v. be mistaken = be in an error.　**248 to her bias drew** = followed her curved course. bias は bowling 競技の bowl が偏って転がるようにしたゆがみ，また一方の側につけた重み．そこから curved course の意味になる．drew = moved.　**in that** i.e. in your mistake in taking a maid for a man.　**250 deceived** = mistaken.　**251 a maid and man**　'a man who is a virgin'（virgin は男性にも用いる）とする解が主流であるが前の both を利かせて本訳のようにとりたい．**252 [*to Olivia*]**　本版，わかりやすさから補う（*Oxford, New Folger* が同様）．**amazed** ⇨ 3.4.290 note.　**right** = very, truly.　**253 as**　cf. *l.* 227 note.　**glass** cf. *l.* 205 note.　**254 wrack** = wreck. cf. *l.* 72 note.　**256 like to me** i.e. as you

セバスチャン　なるほど、それであなたは間違えたのですよ、
　　でもそれは結局自然の用意した回り道。
　　あなたは女性と結ばれるところだったが、
250　それでけっして誤ったわけではない、あなたの結婚の
　　お相手は女性でありながらりっぱな男性なのだから。
オーシーノ［オリヴィアに］　まだ呆然としているのですか。この人物は
　　りっぱな血筋の男です。──
　　さてこれで一件落着、自然の鏡が真実を写していたとなれば、
　　このしあわせな難破の仲間にわたしも加えてもらおう。
255　なあシザーリオ、お前はいく度となくわたしに言っていたな、
　　わたしを愛するように女を愛することはありえないと。
ヴァイオラ　その言葉をまた繰り返して誓いましょう、
　　そしてそのすべての誓いを心に固く守りましょう、
　　あの昼と夜とを分つ天の大いなる太陽の器が
260　火を絶やさずに守り続けるように。
オーシーノ　　　　　　　　　　　　その手を取らせてくれ、
　　女の衣裳のお前の姿を早くみたい。
ヴァイオラ　岸辺に救い上げて下さった船長さんが
　　わたくしの女の衣裳を預かっております。なにかの訴訟に
　　巻き込まれていまは牢屋に。お嬢さまお付きの
265　ご家来のマルヴォーリオの訴えで。

---

love me. like to ⇨ 4.2.112 note.　**257 overswear** = swear over again.　**258 true** = truly.　**259 that orbèd continent**　i.e. the sun. continent = container.（太陽は火の「容器」に描かれていた。）　**the fire**　doth（= keepeth）の目的語。F1 は ', the fire,' と前後にコンマがあり同格的表現ととれるが Rowe 2 のコンマを除く校訂が近年では定着．　**260 That ... night**　cf. 'And God said, let there be lights in the firmament of the heaven, to separate the day from the night.'「神言いたまいけるは天の穹蒼に光明ありて昼と夜とを分ち」（*Gen.* 1.14）　**263 upon some action**　i.e. as a result of legal charge.　**264 durance** = imprisonment.　**265 of my lady's**　double genitive. cf. 2.3.117–18 note.

OLIVIA He shall enlarge him. Fetch Malvolio hither.
And yet, alas, now I remember me,
They say, poor gentleman, he's much distract.
Enter Feste with a letter, and Fabian.
A most extracting frenzy of mine own
From my remembrance clearly banished his.   270
How does he, sirrah?

FESTE Truly, madam, he holds Belzebub at the stave's end as well as a man in his case may do. Has here writ a letter to you, I should have given't to you today morning. But as a madman's epistles are no gospels, so it skills not much when they are 275 delivered.

OLIVIA Open't and read it.

FESTE Look then to be well edified, when the fool delivers the madman. — [*Reads*] 'By the Lord, madam —'

OLIVIA How now, art thou mad?   280

FESTE No, madam, I do but read madness. And your ladyship will have it as it ought to be, you must allow vox.

OLIVIA Prithee read i'thy right wits.

FESTE So I do, madonna, but to read his right wits is to read

---

266 enlarge = set at liberty.　**267 remember me** = recall. remember は reflexive v. me = myself.　**268 distract** = distracted. cf. 2.1.8 note.　**268.2** F1 の SD.　**269 extracting**　i.e. drawing other thoughts from my mind. (Schmidt) F2 は 'exacting' に改訂しているがもちろん採らない．　**270 clearly** = entirely.　**271 sirrah** ⇨ *l*. 138 note.　**272 holds . . . at the stave's end** = keeps . . . at a distance. cf. Tilley S 807. 長い棒で相手を近づけまいとするイメージ．両端に鉄の金具をつけた 6～8 フィートの長棒（quarterstaff）を武器に戦う棒技が行われていた．　**Belzebub** [bélzibʌb] = Beelzebub. ヘブライ語で lord or Baal of the flies を意味する異教の神．聖書では 'the prince of devils' (*Matt.* 12.24), Milton の

オリヴィア 本人に釈放させましょう。マルヴォーリオをここに。
　ああら大変、いま思い出したわ、
　かわいそうにあの人、気が違ってしまったとか。
　　　　　フェステが手紙を手にフェイビアンとともに登場。
　肝心のわたくしがすっかりおかしくなっていたから、
270　あの人のおかしくなったことをすっかり忘れていました。
　ねえ、具合はどう、あの人？
フェステ さようですなあ、ま、ああいう狂気の状態にありながら、悪魔の親玉を寄せつけまいとここを先途と戦っておりますなあ。ここにお嬢さまあてに手紙を認(したた)めておりまして、本来ならば今朝(こんちょう)お届けいた
275　すべきところ、しかしまあなにせ狂人の書翰は福音の書ではありませぬゆえ、これを手渡し披露する時刻は特に礼拝の説教に係わらぬものと判断つかまつりました。
オリヴィア 開いて読みなさい。
フェステ されば謹聴謹聴、阿呆の宣(のたま)う狂人の言葉。──［読む］「ああお嬢さま──」
280　**オリヴィア** なんなのその調子は、お前まで気が違ったのですか。
フェステ いえいえ、狂人の調子で読んでおりますので。おそれながらお嬢さまには現実を現実と認識せられ、適切なる音声をお許し下さいますよう。
オリヴィア ねえ、ちゃんと読んでちょうだい。
フェステ これはしたりわがお嬢さま、あの男のちゃんとをまともに読め

Paradise Lost で Satan に次ぐ 2 番目の悪魔とされた．　**273 writ** ⇨ 3.4.35 note.　**275 epistles, gospels**　新約聖書の使徒たちの「書翰」と「福音書」に掛ける．　**skills** = matters.　**276 delivered** = ① transferred to the recipient, ② read aloud（in a church service）．② の意味が *l.* 278 の 'delivers' につながる．　**278 Look** = expect.　**281 And** ⇨ 1.3.10 note.　**your ladyship** ⇨ 1.5.70 note.　**282 vox**（L）= voice, i.e. appropriate voice.　**284 madonna** ⇨ 1.5.36 note.　**to read . . . wits**　i.e. to accurately represent his mental state.（*Norton*）

thus. Therefore perpend, my princess, and give ear. 285
OLIVIA [*to Fabian*] Read it you, sirrah.
FABIAN [*reads*] 'By the Lord, madam, you wrong me, and the world shall know it. Though you have put me into darkness and given your drunken cousin rule over me, yet have I the benefit of my senses as well as your ladyship. I have your own letter that 290 induced me to the semblance I put on; with the which I doubt not but to do myself much right, or you much shame. Think of me as you please. I leave my duty a little unthought of, and speak out of my injury.   The madly used Malvolio.'
OLIVIA Did he write this? 295
FESTE Ay, madam.
ORSINO This savours not much of distraction.
OLIVIA See him delivered, Fabian; bring him hither.

[*Exit Fabian.*]

My lord, so please you, these things further thought on,
To think me as well a sister as a wife, 300
One day shall crown th'alliance on't, so please you,
Here at my house and at my proper cost.
ORSINO Madam, I am most apt t'embrace your offer.
[*To Viola*] Your master quits you; and for your service done him,
So much against the mettle of your sex, 305

---

285 perpend = consider. cf. *Hamlet* 2.2.106 note.　**286 [*to Fabian*]**　Rowe 以来の SD.　**sirrah** ⇨ *l*. 138 note.　**289 cousin** ⇨ 1.3.4 補.　**291 the which** which に定冠詞を付した形は OE 以来のものと言われ, また F. *lequel* の影響とも説明されるが, 15 世紀に多用され Sh の時代に及んだ. 特に前置詞に続く場合, また継続用法によくみられる.　**293 leave ... unthought of**　i.e. ignore somewhat.　**294 madly used** = treated as a madman. madly に 'in a mad manner' まで読み込むのは少々重すぎる.　**298 [*Exit Fabian.*]**　Capell の SD.　**299 so please you** ⇨ 1.1.23 note. *l*. 300 の 'To think me ...' に続く.　**these**

285 ばこうなりますので。しからば姫ぎみ、とくとご勘考の上いざご静聴
を。

オリヴィア［フェイビアンに］　ね、お前が読みなさい。

フェイビアン［読む］　「ああお嬢さま、このたびのこのひどいお仕打ち、
やがて世間の知るところとなりましょうぞ。この身を暗闇に押し込め、
酔漢のご縁者を遣わして監視せしめるがごとき、さりながらこの身の
290 正気なること恐れながらお嬢さまといささかも変らず。わが装える装
いを暗に仰せつけられたるご直筆の書状、さいわい所持いたしますれ
ば、これを証拠に明かさるるはわが身の潔白、お嬢さまの恥辱。ここ
に主人の不興をもあえて顧みず、いささか従たるの本分に悖(もと)るといえ
ども、わが蒙りたる屈辱耐えがたければ、このこと申し述べたる次第
にてございます。　　　　狂人として扱われたるマルヴォーリオ」

295 **オリヴィア**　あの人の書いたものですか？

フェステ　はい、さようで。

オーシーノ　狂気の気配は特に認められんが。

オリヴィア　出してあげなさい、フェイビアン。ここに連れてきて。

［フェイビアン退場］

オーシーノさま、いかがでしょう、これまでの成行きをお考えになり、
300 このわたくしを妻とも妹とも思し召して、

ねえ、同じ日の華燭の典でめでたく本当の兄妹というのは、

ここわたくしの屋敷で、費用はわたくしが持ちましょうから。

オーシーノ　うれしいそのお申し出、喜んでお受けしましょう。

［ヴァイオラに］　主人はお前に暇を出す。これまでのお前の勤め、
305 女性たる本性(ほんせい)にまことに過酷であったろうし、

---

things further thought on　i.e. after further consideration of what we have just learned.（being）learned は absolute participle.　**301 One** = the same.　**crown** = perfect, accomplish.　**th'alliance on't**　i.e. relationship cerebrated by the double wedding.（Warren & Wells）on = of.　**302 my proper cost** = my own expense.　**303 apt** = ready.　**304**［*to Viola*］　Rowe 以来の SD.　**quits** = acquits, releases from service.　**305 mettle** = nature.

So far beneath your soft and tender breeding,
And since you called me master for so long,
Here is my hand; you shall from this time be
Your master's mistress.
OLIVIA   A sister, you are she.
   Enter Fabian with Malvolio.
ORSINO Is this the madman?
OLIVIA   Ay, my lord, this same.   310
   How now, Malvolio?
MALVOLIO Madam, you have done me wrong, notorious wrong.
OLIVIA Have I, Malvolio? No.
MALVOLIO Lady, you have; pray you peruse that letter.
   You must not now deny it is your hand.   315
   Write from it if you can, in hand or phrase,
   Or say 'tis not your seal nor your invention.
   You can say none of this. Well, grant it then,
   And tell me, in the modesty of honour,
   Why you have given me such clear lights of favour,   320
   Bad me come smiling and cross-gartered to you,
   To put on yellow stockings, and to frown
   Upon Sir Toby and the lighter people,
   And acting this in an obedient hope,
   Why have you suffered me to be imprisoned,   325

---

306 soft = gentle.　**309 A**　Donno は *Cambridge 2* の示唆を採って 'Ah' とし行末に！を付するが舞台のリズムから外れる．　**309.2 Enter ... Malvolio.**　F1 は 'Enter Maluolio.' *l.* 298 の SD とともにここでも実質 Capell を採る．　**310–13** ⇨ 補．　**310 same** ⇨ 1.5.265 note.　**312 notorious** ⇨ 4.2.78 note.　**315 hand** = handwriting.　**316 from** = differently from.　**317 invention** = composition.　**319 in the modesty of honour**　i.e. with the propriety of an honourable

また優雅な育ちにふさわしからぬ屈辱だったろうが、
　　　長い間わたしを主人として立ててくれた。そのお返しに、
　　　さ、この手を取ってくれ、お前はこれから
　　　この主人の女主人だ。
オリヴィア　　　　　　　これであなたは妹よ。
　　　　フェイビアンがマルヴォーリオを連れて登場。
オーシーノ　これがその狂人か？
オリヴィア　　　　　　　　　　そうです、この男です。
　　　どうしましたマルヴォーリオ？
マルヴォーリオ　お嬢さま、あなたはひどい、前代未聞のひどいお方だ。
オリヴィア　わたしが、マルヴォーリオ？　そんなばかな。
マルヴォーリオ　いいえお嬢さま、ひどい、ひどい、さあこの手紙をご一
　　　読願いましょう。
　　　この筆蹟がお嬢さまのでないとよもや申せますまい。
　　　これと異なる手紙をはたして書きえましょうや、筆蹟から、文言から、
　　　それにこれこそはまさしくお嬢さまの印形、お嬢さまのご文。
　　　さ、違いますか。ならばこれをお認めになった上で、
　　　お答えいただきましょう、名誉を重んじるご立派なお方として、
　　　なにゆえにかくも明らかにご寵愛のお気持ちをば示されたのか、
　　　微笑みを絶やすな、十字の靴下止めで現れよ、
　　　やれ黄色の靴下をはけとか、やれ渋面をもって臨めとか、
　　　サー・トービーに対し、下じもの者に対し、
　　　それでいざ胸はずませてご命令を実行いたしましたれば、
　　　ああ、なにゆえにこの身の監禁をお許しなされた。

---

person. modesty of honour = honourable propriety. hendiadys（⇨ 3.1.120 note）
の表現. **320 lights** i.e. indications. **322 To, to** いずれも前行 'Bad' に続く to-infinitive. 前行では bare infinitive だった. cf. Abbott 350. **323 lighter** = lesser. **324 acting** = upon doing. **in an obedient hope** i.e. in obedience to your orders and in hope to receive your favour. **325 suffered** = allowed.

Kept in a dark house, visited by the priest,
And made the most notorious geck and gull
That e'er invention played on? Tell me why?

OLIVIA Alas, Malvolio, this is not my writing,
Though I confess much like the character. 330
But out of question, 'tis Maria's hand.
And now I do bethink me, it was she
First told me thou wast mad; then camest in smiling,
And in such forms which here were presupposed
Upon thee in the letter. Prithee, be content; 335
This practice hath most shrewdly passed upon thee;
But when we know the grounds and authors of it,
Thou shalt be both the plaintiff and the judge
Of thine own cause.

FABIAN   Good madam, hear me speak;
And let no quarrel nor no brawl to come 340
Taint the condition of this present hour
Which I have wondered at. In hope it shall not,
Most freely I confess, myself and Toby
Set this device against Malvolio here,
Upon some stubborn and uncourteous parts 345
We had conceived against him. Maria writ
The letter at Sir Toby's great importance,
In recompense whereof he hath married her.

---

327 notorious ⇨ 4.2.78 note. **geck** 次の gull と alliteration. 意味も同じく = dupe. **328 invention** = trickery. **played on** = practised on. **why?** ? は F1. **330 character** = handwriting. **332 bethink me** ⇨ 3.4.254 note. **334 such . . . which** = such . . . as. cf. Abbott 278. **forms** = manners. **334–35 presupposed Upon** = previously suggested to. **336 practice** = trick. **shrewdly** = maliciously.

　　　　暗き部屋に閉じ込め、神父などを遣わし、
　　　　これぞまことに前代未聞の愚弄嘲弄、史上かつて
　　　　かほど奸計の犠牲者がありましょうや、さ、さ、訳を、訳を！
　　オリヴィア　ああらマルヴォーリオ、これはわたしの書いたのでは
330　ありませんよ、筆蹟はたしかに似てるけど。
　　　　そうだ、きっとそう、これはマライアの筆蹟です。
　　　　そういえば思い当ることがある、お前が気が違ったと最初に
　　　　言ってきたのがマライア、そしたらお前がにやにや笑って
　　　　現れたのよね、それにお前のあの様子ったらなにもかも
335　この手紙の注文どおり。ねえ、こらえて下さいね。
　　　　それにしてもほんとにひどいいたずらを仕掛けたものよねえ。
　　　　いずれ背後関係と張本人が判明するでしょうから、
　　　　そのときはお前が原告と裁判官になって、お前のこの
　　　　訴訟の裁きをつけて下さい。
　　フェイビアン　　　　　　　お嬢さま、わたしからひと言(こと)。
340　せっかく今このときの驚くべきおしあわせ、まるで絵にかいたよう、
　　　　こんなみごとな大団円をつまらぬ喧嘩口論でこの先
　　　　汚してはなりますまい。万事をめでたく納めるため
　　　　わたくしめが進んで白状いたしましょう。いたずらの筋書は
　　　　わたくしとトービーの旦那、相手はここなるマルヴォーリオ、
345　傲慢無礼の仕打ちに対するわれら一同の
　　　　憤激の結果。手紙を認(したた)めましたるはいかにもマライア、
　　　　サー・トービーのたっての懇望ついにもだしがたく、
　　　　これの返礼にとサー・トービーはマライアと結婚。

---

passed = imposed.　**340 nor no**　double negative.　**341 condition** =（happy）situation.　**342 Which I have wondered at**　Sh の自己批評．wondered at = marvelled. cf. *l*. 213 note.　**345 Upon** = because of.　**stubborn** = rude, haughty. **parts** = acts.　**346 We had conceived against him**　i.e. to which we took exception to him. (*Norton*)　**writ**　cf. 3.4.35 note.　**347 importance** = importunity.

> How with a sportful malice it was followed
> May rather pluck on laughter than revenge, 350
> If that the injuries be justly weighed
> That have on both sides past.

OLIVIA Alas, poor fool, how have they baffled thee.

FESTE Why, 'Some are born great, some achieve greatness, and some have greatness thrown upon them'. I was one, sir, in this 355 interlude, one Sir Topas, sir; but that's all one. 'By the Lord, fool, I am not mad'. But do you remember, 'Madam, why laugh you at such a barren rascal, and you smile not, he's gagged'. And thus the whirligig of time brings in his revenges.

MALVOLIO I'll be revenged on the whole pack of you. [*Exit.*] 360

OLIVIA He hath been most notoriously abused.

ORSINO Pursue him, and entreat him to a peace. [*Exit Fabian.*]
> He hath not told us of the captain yet,
> When that is known and golden time convents,
> A solemn combination shall be made 365
> Of our dear souls. Meantime, sweet sister,
> We will not part from hence. Cesario, come,
> For so you shall be while you are a man,
> But when in other habits you are seen,
> Orsino's mistress, and his fancy's queen.

[*Exeunt all but Feste.*] 370

---

349 followed = followed up, carried through. **350 pluck on** = induce. **351 that** conjunctional. ⇨ 1.2.44 note. **352** 6音節. 間を置いて. **past** = passed; happened. **353 baffled** ⇨ 2.5.138 note. **356 interlude** i.e. farce. cf. 4.2.108–19 補. **358 barren** ⇨ 1.5.70 note. **359 whirligig** = spinning top. **360 pack** = conspiring gang. **362 [*Exit Fabian.*]** 本版. (*Arden 2*, Warren & Wells は

その後に続きます悪ふざけの一場は
350　　復讐劇と申すよりは滑稽劇と申すべく、
　　　双方ともどもに加えられたる侮辱を公平に計量いたしますれば、
　　　五分と五分とに相なりまする次第。
　オリヴィア　まあかわいそうに、みんなしてお前をなぶり者にしたのねえ。
　フェステ　いやはや、「人はそれ高貴に生るる者あり、高貴を成就する者
355　あり、はたまた高貴を授け与えられる者あり」。手前もこのお笑いで
　　　サー・トーパスとやらで一役買(ひと)っておりましたが、ま、それはどうでもよろしいことで。「お願いだ阿呆、おれは気違いではない」。ですが
　　　ご記憶にありますかなあ、「お嬢さま、なにゆえにかかる能なしの徒輩
　　　にお笑いあそばします、お笑いなさらねばこいつめはあわわのわ」。か
　　　くして因果はめぐる小車(お)の、ちょいと復讐劇のお慰み。
360　**マルヴォーリオ**　お前ら一味にきっと復讐してやる！　　　［退場］
　オリヴィア　ほんとうに前代未聞のひどい話でしたね。
　オーシーノ　追いかけて、さ、なだめてやれ。　［フェイビアン退場］
　　　あの男、船長のことをまだ話してくれなかったが、
　　　いずれわかったならばそれが皆(みな)して集う黄金のとき、
365　いよいよ厳粛な結婚の式を挙げて、われらの
　　　愛する心を結び合わせよう。その間(かん)、愛する妹よ、
　　　この屋敷に滞在させていただきますぞ。さ、シザーリオ、
　　　お前が男でいるあいだシザーリオはシザーリオ、
　　　たがいったん衣裳を変えてごらん、
370　あなたはオーシーノの奥方、恋の女王。　［フェステを除き全員退場］

---

l. 363 に.）本来は演出の領域であるが Fabian の 'role' からここで退場させたい．**364 convents** = calls us together.　**366 dear** = loving.　**369–70**　納めのcouplet.　**370 fancy** = love. ただし fancy の本来の意味についてはたとえば *A Midsummer Night's Dream* 1.1.118 補を参照．

FESTE [*sings*]

    When that I was and a little tiny boy,
        With hey, ho, the wind and the rain,
    A foolish thing was but a toy,
        For the rain it rainèth every day.

    But when I came to man's estate,
        With hey, ho, the wind and the rain,
    Gainst knaves and thieves men shut their gates,
        For the rain it rainèth every day.

    But when I came, alas, to wive,
        With hey, ho, the wind and the rain,
    By swaggering could I never thrive,
        For the rain it rainèth every day.

    But when I came unto my beds,
        With hey, ho, the wind and the rain,
    With tosspots still had drunken heads,
        For the rain it rainèth every day.

    A great while ago the world begun,
        With hey, ho, the wind and the rain,
    But that's all one, our play is done,
        And we'll strive to please you every day. [*Exit.*]

FINIS.

371–90 ⇨ 補. **371 When that** that は conjunctional. ⇨ 1.2.44 note. **was and a** [w(ə)zndə] and は調子を合わせるために ballad などに挿入される．ここでは [n] 音を入れたかった． **372 hey, ho** ballad の refrain などにみられる掛け声． **373 A foolish thing** 「子供らしいばかないたずら」ほどの意味．Warren & Wells は thing = penis を示唆している． **toy** = trifle． **375 estate** = state． **377 Gainst** = against． **379 wive** = take a wife． **381 swaggering** = blus-

フェステ［歌う］

　　　ちっちぇがきの時分にやよ、
　　　　やっこら風ぁ吹く雨は降る、
　　　いたずらしたって、ま、大目にみてもらってよ、
　　　　そりゃ毎日が雨は降り続きでよ。

375　　で、大人になりゃどうなったとよ、
　　　　やっこら風ぁ吹く雨は降る、
　　　ごろ巻いて泥棒すりゃ、へ、すぐに所払いでよ、
　　　　そりゃ毎日が雨の降り続きでよ。

　　　それでなんとまあ嬶をもらってよ、
380　　　やっこら風ぁ吹く雨は降る、
　　　空威張りだけじゃ、おめえ、暮して行けんとよ、
　　　　そりゃ毎日が雨の降り続きでよ。

　　　やけで大酒くらって横になりゃよ、
　　　　やっこら風ぁ吹く雨は降る、
385　　いつだって、なあおい、頭はぐんらぐらでよ、
　　　　そりゃ毎日が雨の降り続きでよ。

　　　この世のはじまりは知らんけどよ、
　　　　やっこら風ぁ吹く雨は降る、
　　　それでもまあ、皆さま、芝居はこれでおしまい、
390　　　となりゃ毎日の精進を、さあてお約束、お約束。　　［退場］

終り

---

tering.　**thrive** = prosper.　**383, 385**　解釈がなかなか決着がつかないが，方向として ① 酔っぱらって寝る，② 死の床につく．本編注者は ① を採る，② だと第3連から飛躍しすぎる．　**383 beds**（pl.）i.e. being drunk on various occasions.（Kittredge）　**384 With** = together with; like.　**385 tosspots** = drunkards.　**still** = always.　**had** i.e. I had.　**387 begun** pret. rhyme の上からも古形を用いた．cf. *Romeo and Juliet* 1.2.89.　**390.2 FINIS**（L.）= end.（F1）

補　　注

p. 6　0.1–0.2　'Twelfth Night, ... Will'　キリスト教では，東方の三博士（Magi）がキリストの降誕を拝みにエルサレムを訪れたとされる 1 月 6 日を Epiphany（公現祭）の祝日とする．1 月 6 日はクリスマスから数えて 12 日目に当るので英語で 'Twelfth Day' とも言う．'Twelfth Night' はその祝賀の日の夜．エリザベス女王の宮廷ではクリスマスシーズンの祝賀の行事の締めくくりとして Twelfth Night に盛大な宴を張る習わしがあったが，この劇の初演との関連については「創作年代」の項でふれた（⇨ p. xxiii）．

　ということでさてこの *Twelfth Night* の題をどう訳すか．参考までに François-Victor Hugo のフランス語訳では *Le Soir des Rois*（= *The Eve of the Kings*），Jacques Copeau のヴィエ・コロンビエ座 1914 年の有名な舞台では *La Nuit des Rois*（= *The Night of the Kings*）．ここの *Rois* は *Ps.* 72.11 の 'Yea, all Kings shall worship him: all nations shall serve him.'（「もろもろの王はそのまえに俯伏しもろもろの国はかれにつかえん」）の Kings，つまりは Magi のことで，Epiphany の「三博士の参拝」を「三王来朝」「賢王参拝」とも呼ぶ．ドイツ語訳では，Wieland は副題の *What You Will* の訳 *Was Ihr Woll* ですませていたが，その後 *Dreikönigsabend*（*Three King's Eve*）の本題訳が定着した．フランス語，ドイツ語のいずれも Epiphany を訳に生かしているわけで，日本語でもこの方針を踏襲すれば『公現祭の宵 / 夜』の題名訳になる．しかし「公現祭」は日本ではキリスト教国のヨーロッパ諸国のようには一般的でない．そこで「十二夜」の題名訳が生れることになった．

　Twelfth Night の本邦初訳は 1909（明治 42）年，大日本図書株式会社出版，戸沢正保（姑射）・浅野和三郎（憑虚）共訳『沙翁全集』の第 10 巻『十二夜』．この「全集」は 4 年前の 1905（明治 38）年，第 1 巻『ハムレット』で出発し，高山樗牛，徳富蘇峰らの支持と激励を得て出版を続けたが，戸沢の耳疾のため『十二夜』を最後に 10 巻で終った．名目は共訳になっているが，いわゆる「共同訳」ではなく，実際は戸沢

訳が 8 篇，浅野訳が 2 篇の「分担訳」，『十二夜』は戸沢訳だった．ついでに立ち入っておくと，両人とも 1899（明治 32）年東京帝大英文科卒の文学士．小泉八雲の「汝が日常の言語を以て質朴に沙翁を翻訳せよ」の言を体してこの「純文学的事業」に乗り出した．坪内逍遙のように劇壇に密着した実践の訳ではなかったから，演劇史上，あるいは翻訳史上取り上げられることが少ないが，逍遙に先んじた「全集（作品集）」の試みとして，特に語学的正確の点で一時期を画するものであった．仔細に検討してみると，たとえば『ハムレット』では用語の面で部分的にせよ逍遙訳（1907［明治 40］）に影響を与えていることがわかる．以上の事情から『十二夜』の題名は戸沢の訳ということになるが，明治期のシェイクスピアは *Hamlet* や *Julius Caesar* などの有名な例を除けば，特に喜劇となると Lamb 姉弟の再話を経由する場合が多い．*Twelfth Night* の題名訳「十二夜」についてもじつは小松武治訳『沙翁物語集』（有倫堂，1906［明治 39］）が戸沢に先んじた．なお上演史を管見すると，1904（明治 37）年 1 月 1 日，伊藤文雄新演劇一座による『十二夜』（新京極夷谷座）の記録があるが，その詳細は本編注者には不明である．おそらくラムの再話の舞台化か？

　ともあれ『十二夜』の訳題名はその後 1 世紀，なんら異議を唱えられることなく，逍遙をへて平穏無事に現在に及んだ．上演でも 1959 年の俳優座（三神勲訳・小沢栄太郎演出）が画期的な舞台であったが題名は依然として『十二夜』のまま．そこまでゆるぎなく定着してしまった邦訳題名にあえて異を立てるのも心ない仕儀だが，しかし「十二夜」は以上詮ずるところ明らかに明治期の直訳的造語である．辞書で 'Twelfth Day' を「十二日節」とするのもキリスト教教会暦とは関係のない辞書的造語であろう．特に日本語の語感として具合が悪いのは「十三夜」「十五夜」に連なるイメージである．樋口一葉の名篇『十三夜』のことなども思い出され，読者観客に要らざる先入観を与えるようで本訳者は以前から気になっていた．「十二夜とは」で始まる翻訳での断りもいたずらにわずらわしいだけだ．だいいち「十二夜」が「公現祭の夜」の意味だとして，劇中の出来事は「公現祭」とは関係がないのである．Sh が材源とした 'Of Apolonius and Silla' もその先行作である物語群も Epiphany とは係らない（cf. p. xxvii）．題名はむしろ *Twelfth Night* の余興の楽しみ，もっと広くは「宴の夜」全体の雰囲気

を示すものであろう．Sh 自身は題名などどうでもよいというように，さらりと 'What You Will' の副題を加えて無責任な顔をしてとぼけている．となればこの際，無理にこしらえた直訳の『十二夜』などではなく，また一般の日本人には迂遠の『公現祭の夜』などでもなく，あらたな題名訳を試みてしかるべきではないか．そんな次第で本訳ではあえて『宴の夜』の新邦訳題名を起こした．この新題名で，たとえば開幕の Orsino の台詞にしても，閉幕の Feste の納めの歌にしても，がらりと印象が変ってくるのではないかと思う．

なお副題の 'What You Will' について，同時代の劇作家 John Marston の戯曲題名 *What You Will* との前後関係を問題にする論考などがあるが，この表現自体 1.5.94 にも出てくるし，ほかにも Sh ではたとえば *A Midsummer Night's Dream* 1.2.76 にも出る．表現の「独創性」を論じるほどのことではない．また 'What You Will' の 'You' を観客ではなく劇中人物の方に引き寄せて，Rabelais の Theleme の僧院の motto 'Fay ce que vouldras.'（「汝の欲するところをなせ」）を持ち出す向きもあるがそんな大げさなことでもあるまい．ここは Sh のおとぼけどおり，その方向をそのまま生かして，訳は『お題は皆さまお好きなように』とする．

1.1.1 music F1 には特に SD による指示はないが，効果として背景に音楽が演奏されることは，*l.* 4 の 'That strain again.' や *l.* 7 の 'Enough, no more,' からも明らかである．*ll.* 7–8 の couplet で演奏はいったん中止される．Capell は 0.1 の SD の最後に具体的に '*Musick*（i.e. band of musicians）*attending*' を加えているが，それは演出の領域．本編注者はむしろ舞台裏の演奏の方がここではよりふさわしいように思う．

1.1.37–38 , Her sweet perfections, F1 には punctuation がないが，挿入句として前後にコンマを補い，前の 'These sovereign thrones' の同格的説明として読む．（この punctuation は Pope 以来．）perfections は thrones と同列の語ではないが，'supplied and filled . . . with one self king' の結果の 'sweet perfections' と考えれば proleptic use の同格として自然に納まる．これに対し 'Her sweet perfections' を前の '（are）filled' の倒置主語として ', and filled Her sweet perfection' とする Rowe 以来の読みがあり，近年でも Arden 2, *Oxford*, *New Folger*, Warren & Wells がこれに従っているが，意味の流れはやはり前者であろう．

なお iambic pentameter のリズムから perfections は [pəfékʃiɔ̀nz] と4音節．Donno は Kökeritz (p. 293) を引いて4音節は無理であるとして，次の 'with one self king' の 'self' に F2 の 'selfsame' を採りここを5音節に読んでリズムを整えようとしているが，proleptic use の挿入句であればこそ perfections はむしろ詠嘆的に1音節の尾を引く読みがふさわしいと思う．

1.2.1　Illyria　イリュリア（訳では英語音）はアドリア海の東岸，現在のユーゴスラビア南西部の古名．ギリシャ人がこの地方の先住民をイリュリア人と呼んだ．その語源は「蛇」（ilur）とされる．紀元前3世紀に国家を形成したが紀元前1世紀にローマに滅ぼされローマ皇帝直轄の属州となった．Sh 時代にはヴェネツィア共和国の支配下．となると Duke of Illyria の Orsino はこの地方の governor に想定することができる（ただし 1.3.89 補注参照）．しかし Sh にとっては，そうした歴史的事実はさして重要なことではなかったであろう．まずなによりも彼をとらえたのは，おそらく（「蛇」の語源などに頓着なく）やわらかな [i] の母音の後に [l] と [r] が夢みるように滑らかに続く音感だった．それは早速 *l*. 3 で 'Elysium' と語呂を合わせていることからもわかる．彼はすでに *Henry VI, Part 2*（F1）[4.1] で Cicero の *De Officiis* から 'Bargulus, the strong Illyrian pirate'（Norton TLN 2276）の表現を得てこの音感の魅力を知っていた．もちろんそこでの 'pirate' や，5.1.45– の「海戦」もまた古代以来 Illyria にまつわるイメージだったのだし，3.3.11 には 'Rough and unhospitable' な土地柄への言及もみられる．またローマ時代の遺跡の豊富な港 Spalatro の存在も知られていたから，3.3.23–24 の台詞などその知識が背景になっている．それもこれも含めて，Sh がこの地名に求めたのは，ロマンス物語にいかにもふさわしい遠い海鳴りの響きの exoticism．Oscar Wilde は 'Where there is no illusion, there is no Illyria.' と言った．（なお Cicero のほかにも，Illyria の「材源」として，たとえば *Arden 2* は H. F. Brooks の示唆によって Ovid の *Metamorphoses* 4.701 を挙げている．）

1.2.23–24, 26–31　F1 では（F1 に先立つ単行本 [Qq] でも）後置される台詞を右にずらして組む「渡り台詞」のレイアウトは一切行われていない．つまり *l*. 1 の note に示したような lineation はすべて編纂者の責任である．さて，ここ *ll*. 23–24, 26–31 についても，Captain の *ll*. 26–31

は(本版とは半行ずらした形の) blank verse に F1 で組まれているが，他のそれぞれの台詞は1行のまま．しかしこの [1.2] の全体は，[1.1] に続くこの劇の導入部として，あたかも夢の中に聞こえる音楽のような，あるいは遠い潮騒のような，途切れることのない blank verse のリズムで流れていかなければならない，[1.3] の散文へのあざやかな転調からも．それが Sh の意図した開幕のリズムだと思う．その意図を尊重して本版はあえてここを渡り台詞による blank verse に編纂する．(*ll.* 23–24 については *Oxford* が本版と同じ編纂．) [1.2] で blank verse のリズムから外れるのは特に *ll.* 16–17 と *l.* 42 の2個所と [1.3] への繋ぎの *l.* 60 だけ(それぞれ note 参照).

1.3.1 niece, 4 cousin *OED* の niece の語義には 2. として 'a female relative. *Obsolete*' があり，その最終例は 1508 年であるが，もちろんその直後から正確に niece が「姪」に限定されて用いられたわけではない．一方 Sir Toby は常に Olivia の 'cousin' であって 'uncle' とは一度も呼ばれていない．この cousin も *OED* 1. の 'a collateral relative more distant than a brother or sister; a kinsman or kinswoman, relative; formerly very frequently applied to a nephew or niece. *Obsolete*' でよいと思う(最終例は 1748 年)．Rowe は niece の方を軸に Sir Toby の 'cousin' を 'uncle' に校訂し (cf. *l.* 89 補)，その後編纂が F1 に復してからも cousin = uncle の解が続いてきたが，今世紀に入って *Cambridge 2* が最初に 'though Olivia is often called his (= Sir Toby's) "niece" this is a vaguer term in Shakespeare's day than ours and she herself addresses him as "cousin", a vaguer term still.' と Sir Toby–Olivia = 叔父−姪の関係を見直した．近年では *Arden 2*, Donno, *Oxford*, *New Folger*, Warren & Wells とすべて Sir Toby を Olivia の 'kinsman' に位置づけており，劇中の2人の関係を検討してみてもたしかにこの位置づけの方が妥当であると思う．本テキストも冒頭の登場人物の説明で Sir Toby を 'kinsman to Olivia' とし，以下この解釈をとる．ここでの niece の訳語「お嬢」はかつての「演歌の女王」の愛称のままで少々具合が悪いがやむをえない．

1.3.36 Agueface 基本的には Aguecheek の cheek (⇨ p. 2, *l.* 13 note) を face に置き換えたものと考えてよいが，'Perhaps a slip on Shakespeare's part which was later received into the text as an intentional jest.' (*Riverside*) の注は印刷所原本の問題ともからんで魅惑的．cf. p. xix．ついでに *l.* 18

の背の高さへの言及もあり，この人物の身体的特徴が *The Merry Wives of Windsor* の Slender に似ているところから *Cambridge 2* は同一俳優がこの 2 人を演じたものと推測している．

1.3.89　Count　① Orsino の title は [1.2] で duke．[1.3] 以降は (1.4.1 を除いて) count．(数の上では duke が 4 回，count が 17 回．) この不統一は Sh 自身によるものであろう．彼は初め Orsino を Illyria の支配者にイメージして duke の title で出発したが (cf. 1.2.1 補 / *A Midsummer Night's Dream*, p. 2, *l*. 1 note / *The Merchant of Venice*, p. 4, *l*. 15 note)，やがて恋する青年貴族のイメージが強くなったため count に格下げして，そのまま全体を統一することをしなかった．一方 SD, SH ではすべて duke で統一されているが，この統一は当然 scribe の介入によるものであろう．以上 F1 の印刷所原本が *currente calamo* の foul papers の scribe による transcript であったことを示唆する (cf. p. xix)．

　② この不統一にこだわった Rowe 以降 18 世紀の編纂者たちは 17 例の count をすべて duke に改めた．この方針は Olivia と Sir Toby 間の関係の cousin を niece / uncle に改変する編纂にまで及んでいる．ようやく Capell に至って F1 に復帰，現在はもちろん F1 どおりの編纂が常識になっている．じっさい舞台上演ではこの不統一はほとんど観客に気づかれることなく進行する．

　③ しかるに日本では坪内逍遙以来，本編纂者が参照した限り，すべての翻訳が，なんら事情の説明もなしに「公爵」に変えている(訳注で簡単に断っているのが 1 例)．本訳者はこれを遺憾とし本訳では F1 に従って当然 Count を「伯爵」とする．

1.4.2　Cesario　ここで初めて Viola の名前(変装名)が観客に明かされる．本名の Viola はようやく 5.1.229 で．「材源」(⇨ p. xxvi)でふれた 2 篇の *Gl'Inganni* の 1 篇でヒロインの変装名が Cesare．(ただしこれだけでその *Gl'Inganni* を Sh の参照した作とするのはおそらく無理．) 念のため *Gl'Ingannati* では Fabio (cf. p. xxvi), Barnaby Riche の 'Of Apolonius and Silla' では兄の名前の Silvio．「意味」を読み取るとすれば L. *secare* (= cut) から兄との「別離」，また (Julius) Caesar から帝王「切開」の連想もありうるか．

1.5.26.2　*Enter . . . Attendants.*　この SD の位置は F1．これを anticipatory direction として *ll*. 30–31 の 'God bless thee, lady.' の直前に移す編

纂が行われてきたが Cambridge 2 (Wilson) が F1 の位置に戻して, ll. 27– の Feste の台詞の前に [feigns not to see them] の SD を, ll. 30–31 の 'God bless thee, lady.' の直前に [turns (i.e. to them)] の SD を加えた. それも Wilson なりの 1 つの演出ではありうるが, Olivia の一行が登場して舞台上のしかるべき位置につくまでにはそれなりの時間が必要であろう. それであればこその anticipatory SD である. この SD を F1 の位置に戻すとしても, Feste の 'God bless thee, lady.' までの Feste の演技・演出は舞台に向けて開かれている. Wilson の指示は 1 つの試案にすぎず, それは本編纂者には少々あわただしすぎる演出のように思われる. A. C. Bradley はここの Feste の心中に 'inward gaiety' を想像し 'he is alone when he invents that aphorism of Quinapalus' と書きつけた ('Feste the Jester' [Israel Gollancz, *A Book of Homage to Shakespeare*], quoted in *Cambridge 2*).

2.1.13 Messaline 架空の地名. Sh にしてみれば遠い海鳴りの音の響きの Illyria の物語にいまさら現実の地名を持ち込みたくはなかったであろう. ただし架空は架空にせよ詮索の諸説があり, その主要な説を念のため紹介しておくと, ① 材源関連では (i) Plautus の *Menaechmi* に 'Massiliensis, Hilurios' とあるが, Massiliensis = inhabitants of Massilia (現在の Marseilles), Hilurios は inhabitants of Illyria. (ii) *Farewell to Military Profession* の 'Of Apolonius and Silla' の直前の物語に 'Messilina' の地名が出てくる. ② Sh の他の作品に出る現実の地名では (i) *Much Ado about Nothing* の 'Messina', (ii) *Pericles* [4.5, 6 / 5.1] の 'Mytilene'.

2.2.0.1 *at several doors* 次ページに掲げた the Swan sketch にも, 'mimorum aedes' (= tiring-house「楽屋」) と記された左右に両開きのドアが描かれている. 白鳥座は Sh の劇団の劇場ではないが, この F1 の SD からも同様の舞台構造だったことがわかる. なお宮廷や法学院の上演でも左右に登場口を設けられたと想像される. cf. *A Midsummer Night's Dream* 2.1.0.1 補. この SD と印刷所原本推定の問題は p. xix でふれた.

しかし現在のわれわれの感覚からすれば, 1.5.265 で Olivia が Malvolio に 'Run after that same peevish messenger' と命じているのだから, 同じ登場口から Viola が, 続いて Malvolio が登場する方が舞台の流れに沿った演出のように思える. だがおそらく Sh 時代の舞台感覚では, [2.1]

The Swan sketch(白鳥座スケッチ)

1596年オランダ人旅行者ヨハネス・デ・ウィット (Johannes de Witt) による白鳥座 (the Swan) 内部の鳥瞰図的スケッチ。de Witt sketch とも呼ばれる。シェイクスピア時代の劇場内部を描いた現存する唯一の貴重な資料であるが、記憶に基づくスケッチであり、発見されたのはその写しであるため、正確度については不安が残る。特に庇下の二階の性格が多くの議論を呼んできている。

の Antonio と Sebastian の対話の1場を挟んで，ここはまずもって Viola と Malvolio の対面の場ということになるのだろう．F1 の SD はその感覚の mise-en-scène として理解すればよいのだと思う．もちろんわれわれの演出はこの F1 の SD から自由であるが，参考までにこれを生かした現代の演出の1例を紹介しておく．1991年，Peter Hall 演出，ロンドン Playhouse 劇場．2.1.33 で Sebastian が退場するのを見送る形で Malvolio が登場，blank verse の見栄ののち Antonio が Sebastian を追って退場，Malvolio もあわてて Sebastian を追いかけようとするところに別の登場口から Viola が登場，混乱する Malvolio の 'double-take'（Wallen & Wells の脚注による）．

2.3.20 Pigrogromitus, 21 Vapians, equinoctial, Queubus いずれも 1.5.30 の Quinapalus と同じ mock-learning. Pigrogromitus は次との関連からも古代天文学者のつもり．[grou] の重なりがいかにもおかしい（訳のカナ書きは原語音を生かした）．the Vapians はおそらく Vesper（宵の明星，金星）から．Queubus は Phoebus（太陽神，大日輪）のもじりであろう．equinoctial = terrestial equator（赤道）もこけおどしの滑稽．*OED*

はここのShの用例を（Dekkerの用例とともに）'humorously' と注記している．

なおWarren & Wellsはこれらのmock-learningについてわざわざ 'perhaps the joke is simply that Sir Andrew is solemnly repeating Feste's gibberish as if it had meaning; or perhaps he is distorting, through drunkenness or ignorance, what Feste said.' と断っているがいずれも当らないと思う．この種の解釈は他の注釈にも多くみられるが，ここでのSir AndrewはFesteの 'gracious fooling' をそのまま紹介しているにすぎない．彼はいわば「性格」を脱した「報告者」なのである．cf. 1.3.49–50 note.

2.3.23–25 for Malvolio's . . . houses burlesque wordsに続けて，しかめつらしく 'for' で始めたFesteの座興のfooling. 一応意味の脈絡をたどるとすればFurnessの引いている次のC. W. Hutson (1875) が古いものだが一応就くに足りる．'because Malvolio would soon nose me out if I abstracted wine from the steward's store; my lady (not Olivia, but the girl Sir Andrew sent him the sixpence for) has too white a hand to condescend to common tipple, and the tavern called The Myrmidons, where I would regale her, is no place for cheap drink.' whipstock = handle of whip. the Myrmidons [mə́:midənz] ミュルドーン人．Achillesに従ってTrojan warに参加したとされる．*Troilus and Cressida* ではAchillesとともにHectorを惨殺する．ここではもちろんtavernの名前であるが，当時のロンドンに実在したかどうかは問題にはならない．架空であってもtavernの名前らしくきこえればよい．bottle-ale housesはbottle-aleを出すようなcheap taverns (cf. 'you bottle-ale rascal' [*Henry IV, Part 2*, Norton TLN 1158]). なお 'no whipstock,' のコンマは本版（F1は 'no Whip-stick.'）．

本訳のほかにもいくつかの解釈がありうることは断わるまでもない．ただしここに実在の人物を当て込むHotson (*The First Night of 'Twelfth Night'*, p. 150) は無理だと思う．現実の次元に引き下げてはせっかくのFesteのfoolingが死んでしまう．Sir Andrewが 'the best fooling' と言っているのだから（ここでのSir Andrewも「性格」を脱している）．

2.3.31 give a— F1は 'giue a' で印刷の1行が右はしで行き止まり，そのままpunctuationなしで切れて終る．F2は 'a' の後にハイフンを付した．そのためもあってa-に続く語の詮索が試みられ，'give away (sixpence)', 'give, another (knight should)' などの案が浮上した．しかしF1

の compositor が 'a' の後の綴りをはしょったまま改行を組み忘れるという事態はおそらくありえない．それよりもやはり印刷所原本が 'a' で止まっていたと想定する方が納得できる．F2 のハイフンもダッシュのつもりなのかもしれず，F3 は二重のハイフン，F4 でダッシュに改まった．本版は近年の諸版とともに当然ダッシュを補う．演出の面からは(たとえば) Sir Andrew がいかにも惜しげに testril 銀貨を Feste に与えて，なおも自分に言い聞かせるように 'If one knight ...' と続けると，Feste がそれを遮って 'Would you have ...' と始める，そういう感覚．なお 'give a —' の後を補うとすれば '— testril, so will I give another.'

2.3.35–40, 43–48 *Twelfth Night* は構成，主題，表現，その他すべての面で Sh の戯曲中最も音楽的な作品であり，劇中多くの歌が Feste によって歌われる(配役との関係については p. xxi でふれた)．それらの歌詞は，基本的に，当時の俗謡，流行歌等を場面に合わせて Sh 自身が大幅に改作したものと考えてよい．ただしその解釈であまりにも具体的に筋の展開と関連させるのは(たとえば *l*. 37 の 'sing both high and low' を Orsino と Olivia の恋の情熱に結びつけるなど)いかにもはしたない．歌はまずもって舞台の雰囲気づくりに奉仕する．*Twelfth Night* を最も音楽的とするのはなによりもその雰囲気においてである．曲については Sh 時代の楽譜の再現研究も多くなされてきているが，本編注者にはそれらを取捨して適切に紹介するだけの能力がない．志ある向きはたとえば Warren & Wells の Appendix 'The Music' (edited by James Walker) に就いていただきたい．いずれにせよ現代の舞台では(特に日本では)あらたに作曲されるのが一般である．

　この Feste の最初の歌は 6 行 2 連，基本的には trochaic tetrameter で各連とも 3 行目，6 行目は最後の「弱」を欠く．*ll*. 35, 36 の頭は iambic. rhyme-scheme は a a b c c b．主題は当時流行の *Carpe diem* (L. = seize the day / enjoy the present day)．

2.3.69 'Three ... we', 70–71 [*Sings*] 'There ... lady —', 75 [*sings*] 'O' the ... December —'　*l*. 69 はいくつかの俗謡の refrain として曲とともに残る．*ll*. 70–71 は Apocrypha (聖書外典)の *The History of Susanna* を題材にした ballad. (物語は本シリーズ *The Merchant of Venice* 4.1.219 補注でふれた．)曲も残る．'lady, lady' はもちろん前の 'Lady' を受けた

ものだが，この ballad の refrain として出てくる．*Romeo and Juliet* 2.4.125–26 にも出ている．*l*. 75 については正確なところ歌詞も曲も伝わらないが，やはり当時の俗謡歌から出たものであろう．'the twelfth day' はこの戯曲の題名に合わせたのかもしれない．[Sings / sings] の SD は本版．諸版もほぼ同様．ただし *l*. 69 は台詞の流れから歌うのは無理だと思う．諸版に同じず本版は歌詞の「引用」として [*sings*] の SD を付さない．*ll*. 71, 75 の最後のダッシュはそれぞれが Feste, Maria の台詞で歌が遮られたことを示す．しばらく歌を続ける演出もみられるが舞台のバランスが崩れる．

2.3.90–101　Malvolio の 'she is very willing to bid you farewell.' の 'farewell' をきっかけに Sir Toby と Feste とで当時流行の ballad の替え歌を歌う．[*sings*] の SD は実質 Hanmer 以来．(*ll*. 91, 94, 97 は Maria と Malvolio の台詞．) 元歌の ballad は 'Croydon's Farewell to Phyllis' 全5連，女と別れようとして別れられぬ男の未練心を歌う (Croydon と Phyllis は牧歌に出てくる典型的な男女の名)．なお Furness は Sh がここで替え歌にしなかったら詞華集に採録されるほどの作ではないと言っている．曲も残っている．以下に関連する最初の2連を編纂して大意の訳とともに示す．

Farewell, dear love, since thou wilt needs begone; / Mine eyes do show my life is almost done. / Nay I will never die / So long as I can spy, / There be many more / Though that she do go; / There be many more I fear not. / Why then let her go I care not. // Farewell, farewell, since this I find is true, / I will not spend more time in wooing you. / But I will seek elsewhere / If I may find love there. / Shall I bid her go, / What and if I do? / Shall I bid her go and spare not? / O no, no, no, I dare not.（さようなら恋人よ，お前がどうしても別れるというのだから．わたしはきっと死んでしまうかもしれない．いや死んでなるものか，あんな女がいなくたってほかにもいい女がもっとたくさん見つかるだろうから．きっとたくさんいるはずだとも，あんな女がいなくたって構いやしない．// さようなら，さようなら，もう金輪際お前を口説いたりするものか．きっとどこかで恋人を見つけてやるとも．よしもう行けって言おう，でも行けって言ったらどうなるだろう．どうしても行けなんて言えるだろうか．いや，いや，わたしにはとてもできない．）念のため，*l*. 96 は rhyme を

揃えた Sh の創作.

なお替え歌なので本文訳でもかなり調子が強くなっている. *ll.* 92, 98 の [*pointing to Malvolio*] は本版独自の SD (この SD がないと特に訳の意味がとりにくい). ついでに *l.* 96 の 'lie' を「嘘をつく」と「横になる」の両義にとって Capell, Halliwell が [*Falls down drunkenly.*] の SD を付し, それが近年にまで及んでいるが, そうしたどたばたはせっかくの舞台のリズムを損ねる. *l.* 90 の *Cambridge 2* の SD [*he embraces her* (= Maria)] も同じく愚かしい.

2.5.0.1 **Fabian**　2.3.151–52 ではこの 'letter-reading scene' に立ち合う 3 人目は Feste のはずであった. これを Fabian に変えたことについては多様な推測が行われているが, 大別して ① 改作による変更, ② 配役 (俳優) の都合, の 2 つの方向がある. もちろん ① は ② を含みうるし, また ② が ① の要因になったことも考えられる. しかし本編纂者は, ① について, たとえば *King Lear* の 2 つの versions のような, 改作を推測させるに足る明確な証拠がない以上, *Twelfth Night* の全体の改作説には軽々に与することができない. ② についてもつまるところそれらはいずれも憶測の域にとどまらざるをえないであろう. われわれは, ここでの Fabian の唐突な出現を, *ll.* 6–7 の言い訳とともに, 舞台上の流れから素直に受け容れるほかはない (cf. p. xxi). それに Fabian の役割は, [3.2], [3.4] と進むにつれて, Feste, the Fool の「性格」から次第に離れていくように思われる.

2.5.54 **my — some**　F1 は 'my some'. my と some の連結に無理があり F3 は my を削って 'some' とした. ダッシュの挿入は Collier, 以来妥当な校訂として定着. Luce が 'Malvolio is about to say "play with my chain" (of office as steward [⇨ 2.3.106]), but suddenly remembers his new dignity.' と解説し, さらに *Cambridge 2* が [*touches his steward's chain an instant*] の SD を補った. 近年でも実質この SD を採る版が多い (Mahood, *Arden 2*, *Oxford*). 本版は演出家の解釈の可能性を尊重して Luce, *Cambridge 2* をこの補注の域にとどめ SD 化することをしない. なおほんの座興までに 'my some' → 'my handsome' の校訂の試みもあった (P. A. Daniel, *Notes and Emendations*, 1870).

2.5.154 **Sophy**　当時の Shah は Abbas the Great. すでに 18 世紀に Richard Farmer が Sir Robert Shirley / Sherley の事績を topical allusion に指摘

している (*Essay on the Learning of Shakspeare* [*sic*], 1767). Sir Robert は 1599 年 'embassador from the Sophy' としてイングランドに帰り，Abbas からの莫大な年金によってロンドンで豪奢に営んだという．Sir Robert の兄弟 Sir Anthony による彼らの旅行記が 1600 年 9 月に出版され話題を呼んだ．1601 年には別種の旅行記の出版があり，それらはこの戯曲の年代推定への有力な証拠になりうる (⇨ p. xxv). ついでだが Sir Anthony の足跡はモスクワ，プラハ，ローマに及び，ローマでは Sh の劇団のかつての道化役 William Kempe (⇨ p. xx) に会っているという．もう 1 つついでにこれを題材にした戯曲 *The Travels of the Three English Brothers* (written 1607) もある．

3.1.44 Pandarus of Phrygia, Cressida, 45 Troilus トロイの王子トロイラスはパンダラスの手引きでパンダラスの姪クレシダと恋仲になるが，捕虜交換でギリシャ方に引き渡されたクレシダはトロイラスを裏切る．中世に生れたトロイ戦争関連物語．Phrygia は当時の地誌でトロイの領土．Sh はこの恋物語を題材に，*Twelfth Night* とほぼ同時期に，*Troilus and Cressida* を書いている．なおトロイラスを裏切ったクレシダは病 (leprosy) に冒され乞食になったとする因果応報の後日物語，Robert Henryson の *The Testament of Cresseid* が 15 世紀末に書かれた．Sh に先行する戯曲にも女乞食の Cressida が扱われている．(訳のカナ書きは英語音とした．)

3.4.1–4 Staunton の [*aside*] の SD が近年でもほとんどすべての版に採用されているが (*Cambridge 2* から Warren & Wells まで)，本編纂者はその必要を認めない．① Maria が Olivia よりややおくれて登場する演出もありうる．F1 の SD は必ずしも Olivia と Maria との同時登場を意味しない (massed entry). ② この 4 行を Maria が聞いたとしても劇の進行に根本的な不都合は生じない．むしろ聞いたと受け取る方が Sh の意図に沿うものだと思う．*l*. 4 が 4 音節と短いのもそのため．たとえば *Arden 2* の 'The shortness of the line emphasizes its character as an aside.' は狭い．総じて [*aside*] の指示には慎重でありたい．

3.4.22 'Please one and please all' 当時流行の ballad 'The Crow Sits upon the Wall' (全 17 連) に 'Please one and please all' の refrain がある．作者の R. T. のイニシャルは有名な道化役 Richard Tarlton (cf. 3.1.2 note) を示すのであろう．(念のため，出版登録は 1592 年，Tarlton の死は 1588

年.）その第 10 連 'Let her have her own will, / Thus the crow pipeth still, / Whatever she command / See that you do it out of hand.' は *l.* 25 の 'commands shall be executed' に繋がる．なおこの refrain の意味は 'all women want one and the same thing' つまり 'sexual desire'．訳ではその調子を生かして逐語訳から変えてある．

3.4.66　it is Jove's doing　1606 年 5 月 27 日，舞台で冒瀆的に神の名 (the holy Name of God or of Christ Jesus, or of the Holy Ghoste [= ghost] or of the Trinitie [= Trinity]) を使用することを禁ずる法令 'An Acte (= act) to Restraine (= restrain) Abuses of Players' が発令され，上演台本も変更を余儀なくされた．'Jove' は 'God' と同じ 1 音節なので簡単に差し替え可能である．*Twelfth Night* にも 'Jove' が頻出するところからこれを改作の 1 つの根拠とするのが従来の方向だった (cf. p. xxi)．しかし仔細に点検してみると，実際には 'God' が 'Jove' のほぼ 2 倍も用いられていることがわかる．それに 'Jove' の方が表現上むしろ適切と思われる個所もある (cf. 1.5.98 / 2.5.85 notes)．納得までに多少の強弁が必要な個所もないではないが (cf. 2.5.150 / 3.1.39 notes)，ともあれここでは 'Jove' が 3 回繰り返し用いられ，信仰の独善と硬直に対する Sh の諷刺の態度が明確に表われていると思う．なお 'Jove' を用いるのは主に Malvolio．

4.1.21–39　F1 には，*l.* 20.2 と *l.* 39.2 の 2 つの 'Enter....' の間に SD による演出の指示は一切ない．これを補わないことには解釈が進まない．以下は本編纂者による演出の 1 つの試みである．

　[3.4] の最後で Sir Andrew は剣を抜いて退場する (⇨ *l.* 345 note)．そのまま抜刀してここに登場しいきなり Sebastian に打ってかかるが剣は空を切る (*l.* 21 の [*Strikes Sebastian wide.*] は実質 *Cambridge 2*)．Sebastian は Sir Andrew をしたたかに殴り返す (*l.* 22 の [*Beats Sir Andrew.*] は実質 Rowe)．*l.* 24 の Sir Toby 'I'll throw *your dagger* o'er the house.' から，Mahood はここで Sebastian が [*He beats Sir Andrew with the handle of his dagger*] とし，*Oxford* と Warren & Wells がこれを採って [*striking Sir Andrew with his dagger*] とするが，柄であれ背であれここで dagger を持ち出すのは無理があると思う．やはり *l.* 23 で dagger に手をかけたとするのが自然な流れ ([*His hands upon his dagger.*] は *Cambridge 2*，ほかに *Riverside* が [*Draws his dagger.*])．*l.* 26 の [*Exit.*]

は Rowe 以来．なおこの Feste の台詞を *New Folger* は [*aside*] とするがもちろんその必要はない．

 l. 27 の [*holding Sebastian back*] は実質 Rowe 以来で問題ない演出だが，*l*. 34 の 'my young soldier' が Sir Andrew を指すか Sebastian を指すかで解釈が割れる．近年は Sebastian とするのが一般であるが，本編纂者は 19 世紀の Charles Badham (*The Text of Shakespeare*, 1856) 以来, Furness, Luce, *Cambridge 2* などとともに Sir Andrew に与する．Sir Toby の 'my' はこれまでさんざ慣れ親しんできた Sir Andrew にふさわしいし，剣をわざわざ 'iron' と言うのも Sir Andrew 向けの屈折した表現である (cf. 3.4.216)．Sir Andrew の剣は *l*. 22 の辺で Sebastian に打ち落されすごすご拾うという演出．次の 'well fleshed' も同様．だがそういう表現のニュアンス以上に本編纂者がこだわるのは台詞のリズムである．*l*. 33 の 'Come, sir, ...' と次の 'Come, my young soldier, ...' には明らかなコントラストがあり，同一人物への呼び掛けにはなじまない．という次第で *l*. 33 の [*To Sir Andrew*] と *ll*. 34–35 の [*To Sebastian*] は本版．*l*. 36 の [*freeing himself*] はわかりやすさから Oxford, Warren & Wells を採用．古くは Capell が [*Wrenches from him, and draw*.]．*ll*. 37, 39 の 2 つの [*Draws*.] は Alexander, *Arden 2* 等．Rowe は 2 つを合わせて [*They draw and fight*.]．

4.2.2 Topas Sir Topas の名は Chaucer の *The Canterbury Tales* の中の 'Chaucer's Tale of Sir Topas' から採られたとするのが Steevens 以来の一般的な解説．Sh はもちろんこの物語集に負うところはあったから (*A Midsummer Night's Dream* 解説 pp. xxvii–viii 参照)，これはもっともな指摘であるが，そこでの Sir Topas は 'fair and gent (= gentle)' な knight で Feste の扮する curate とはまるで係らない．物語自体騎士物語の burlesque，しかも中途であわただしく終ってしまう．ついでに knight ということでは John Lyly の *Endimion* (1584) に bragging soldier の Sir Tophas が出る．それよりもむしろ，命名の「意味」を求めるとすれば，Furness の記録した Reginald Scott の *The Discovery of Witchcraft* (1584) を挙げるべきなのかもしれない．その第 6 章に 'a topase (= topaz) healeth the lunatike (= lunatic) person of his passion of lunacie (= lunacy).' とある．

4.2.62 Come ... chamber. *Oxford* は前に [*To Maria*] の SD を付してこ

れを Maria への台詞に確定させている．本編纂者は SD を付すること
をしないが Feste への台詞と解釈する．*ll*. 59–62 'I would . . . the upshot.'
は Feste と Maria に向けてというよりは，舞台のリズムから実質的に
はむしろ観客に向けての説明になっている．その説明を終えてもう一
度 Feste に念を押す形でこの台詞がくる．なお *Cambridge 2* は *ll*. 59–
62 'I would . . . chamber.' までの全体を Maria への台詞として，'It seems
clear that these words were spoken to Maria alone, and the last sentence
suggests that the couple are already married. Feste no doubt, after removing
his disguise, has turned back, as Sir Toby bids, to the closet (i.e. Malvolio's
'house').' と説明しているが，Sir Toby と Maria の結婚を，5.1.348 の
台詞をたてにここに持ち出すのは Sh の劇作のルールから外れる．つ
づいて *l*. 62 の [*Exeunt Sir Toby and Maria.*] (F1 は 'Exit') を [*Sir Toby
and Maria go out by different doors*] とするのも理解に苦しむ．

4.2.63–64, 66, 68, 70 それぞれの [*sings*] は実質 Rowe 以来の SD．この
小歌は Henry VIII 時代の手稿に残されており，曲も伝わっている．
Feste の歌詞は正確ではないが小歌であるからそれも当然であろう．
l. 70 の後は '— better than me; / And yet she will say no.' と続く．Mal-
volio の現在と重なり合う面白さ．*l*. 63 の Robin は Robert の diminu-
tive であるが，Ophelia の小歌にも出てくる．cf. Hamlet 4.5.181 補．

4.2.108–19 F1 では 8 行 (偶数行インデント) の ballad ふうの印刷．*ll*. 63–
の場合と同じく Sh 時代に伝わった古い ballad であろうが歌詞は伝わ
らない．舞台に合わせた Sh の改変の筆がかなり入っていると察しら
れる．Capell が rhyme に着目して 1, 3, 5, 7 行目をそれぞれ 2 行とし，
a a b c c b の rhyme-scheme の 2 連 12 行の lineation に改訂，これが
定着したが，F1 のままの lineation の版もある．(近年では Mahood,
Arden 2, *New Folger*. 他に *Cambridge 2* が 10 行．) 曲は E. W. Naylor の
Shakespeare and Music (1896) の伝える *ll*. 108–10 の譜面を Furness が
採録している．[*sings*] の SD は実質 Rowe 以来．Mahood の注は 'This
may have been recited and not sung.' と慎重で，近年では *Oxford* が SD な
しだが，やはり Feste は歌って退場というのが舞台のリズムであろう
(特に Feste 役の Robert Armin [cf. p. xx] にとっては)．

歌の内容は背景の説明がないとわかりにくい．演劇史でいうと，中
世以来の morality play (道徳劇) がやがて 16 世紀前後の頃から世俗的,

余興的性格の強い interlude に変質していく．舞台ではそうした道徳劇の Vice（悪徳）が滑稽な場面で主役になり，Devil（悪魔）をからかっていじめる．Devil は研ぎすました長い爪を武器につかみかかるが Vice は木刀（l. 114 の dagger of lath [lath = wood]）を振りかざして大立ち回り，結局は Devil の背にのせられて地獄に連れ去られるという落ちがあるから，一応 morality の大枠は保たれるが，ともあれ Vice の活躍が民衆の間で大いに喜ばれ Sh の時代に及んだ．Sh の Fool はこの Vice を 1 つの重要な祖型としている．なお，ll. 117, 18 の 'lad' と 'dad' について Arden 2 は Vice を Devil の息子としている interlude の例（*Lusty Juventus*）を挙げて 2 人を言葉どおりの親子関係に解釈するが，そして Donno も Warren & Wells もこの注記に賛同しているが，本編注者は文脈からそこまで字面に付き合う必要はないと思う．

　l. 118 の 'Pare thy nails' はもちろん Devil の研ぎすまされた長い爪への言及．*Henry V* に 'Bardolph and Nym had ten times more valour than this roaring devil i'th'old play that every one may pare his nails with a wooden dagger.'（Norton TLN 2449–51）があり（that ... his = whose. may = can.），諸版も注に引いている．Tilley にも 'To pare one's (the devil's) nails,'（N 12）の登録がある．意味は 'Shall I pare thy nails?' の解もありうるが，やはり次行との繋がりから命令法ととるのが妥当．次行 'Adieu, goodman Devil.' は前行と続けて引用符で囲む．引用符を外して最後の 1 行を Feste が Malvolio に直接歌い掛けた extempore の捨て台詞とするのは近年では Donno．しかし舞台の流れ，台詞のリズムからやはり引用符はこの行に及ぶと思う．もちろん最後の 'goodman Devil' は Malvolio を諷したもので，Feste の演技（歌）も Malvolio に向って当然であるが．

　l. 119 の goodman は 'a title given to one not of gentle birth, hence a parting insult to Malvolio.'（*Norton*）しかし 'may take on the additional sense "puritan".'（Warren & Wells）はちょっと遠すぎる．なお *l.* 119 の 'Devil' は identical rhyme のままでよい．'Drivel'（i.e. idiot）への校訂（Rowe 2）その他の試みがあるがもちろん採らない．

　以上第 1 連（*ll.* 108–13）は脚注にまかせるとして，第 2 連（*ll.* 114–19）については念のため「直訳」を試みるとすれば「悪徳（道化）は木の刀を振り回して暴れまくり，悪魔に向かって『やい，こら』とど

なって気違い小僧のように『おうい，おっちゃん，その長い爪を切りなよ，おいらはここでおさらばするぜ，悪魔の旦那』と出て行く」——これでは歌の台詞にならないから，第1連も合わせて訳では全体の背景をとらえた「意訳」とした．

5.1.5 to give ... again　topical allusion の知識がないともうひとつぴんとこない．John Manningham の日記 (cf. p. xxiii) に次の記載がある——'Mr. Francis Curle told me how one Dr. Bullein, the Queen's kinsman, had a dog which he doted on so much, that the Queen understanding of it requested he would grant her one desire, and he should have whatsoever he would ask. She demanded his dog; he gave it, and "Now Madam" quoth he, "you promised to give me my desire." "I will", quoth she. "Then I pray you give my dog again."' ちなみに日記の日付の 1603 年 3 月 26 日は女王崩御の翌々日に当る．

5.1.18 kisses, 18–19 four negatives, 19 two affirmatives　二重の negative は affirmative という文法的論理を利用した求愛，接吻の要求は，たとえば Sir Philip Sidney の *Astrophel and Stella* にも出てくる．同時代の戯曲にも同様の趣向がある．しかし four と two の説明にはこれだけでは不足．*Cambridge 2* が four lips (contraries or negatives) と two ardent mouths (affirmatives) の解釈を打ち出した．*Arden 2* は 'too heavy' としているが，本編注者はこれを妥当として一歩進めた訳を試みた．

　なお Feste の言う friends と foes の組み合わせを negatives の 4 段階に跡づける注もあるが必ずしも説得的ではない．ここは kiss を例にして論理の逆転を滑稽に言い立てているに過ぎない．

5.1.111 th'Egyptian thief　ルネサンス期に読まれた古代ギリシャの長篇物語のエピソードへの言及．3 世紀ギリシャの神官 Heliodoros に全 10 巻の *Aithiopika* があり，アイティオピア（エティオピア）の王女のプラトニックな恋とその 'pattern of painful adventures' を物語る．その adventures の 1 つでヒロインはエジプトの盗賊にさらわれる．彼女を恋する盗賊の首領は別の盗賊団に襲われその死の間際に洞窟の暗闇の中で彼女を殺そうとするが殺したのは別人だった．1569 年に Thomas Underdowne の英語訳 *An Aethiopian History* が出版され数版を重ねた．Sh ではたとえば *Pericles* などにその影響が認められる．ここでは特に *Cambridge 2* の引く次の 1 節が重要であろう——'If the barbarous people be once in despair of their own safety, they have a custom to kill all those by whom they set much, and *whose company they desire after death*.' (1587 ed. / italics は本編注者)

5.1.196 [*Exeunt . . . Sir Andrew.*] Dyce の SD. *l*. 192 に Olivia の 'Away with him (= Sir Toby).' があったし, また *l*. 268.2 には F1 の '*Enter Clowne* (= Feste) *with a Letter, and Fabian*.' の SD があるからここでの 4 人の退場はもっともな処置であるが, pp. 216–17 の舞台写真には Feste が中心に坐っているところからも演出には当然 variation がありうる. なお Sir Toby と Sir Andrew は台詞の上からこれで最後. Maria を含めて彼らはしあわせの大団円に加わらない. これは, たとえば *A Midsummer Night's Dream* や, それに *As You Like it* など, Sh 喜劇の通例と異なる作劇である.

5.1.310–13 念のため F1 は次の通り.

Du. (= ORSINO) Is this the Madman?
Ol. (= OLIVIA) I (= ay) my Lord, this same: How now *Maluolio*?
Mal. (= MALVOLIO) Madam, you haue done me wrong,
Notorious wrong.
Ol. Haue I *Maluolio*? No.

この 2 行目を 2 行に分けて前半を 1 行目との, 後半を 3 行目との渡り台詞とし, さらに 3 行目と 4 行目も渡り台詞にする編纂が Capell 以来行われてきているが, これだと特に 2–3 行目の渡り台詞が音節過多になりせっかくの blank verse のリズムがはなはだしく乱れる. 本編纂者は, それよりはむしろ 3–4 行目を 1 行とし, 1–2 行目の渡り台詞を残して, 残りを散文の 3 行とする lineation を提案する. あらたに登場した Malvolio をめぐって blank verse のリズムの適切な小休止. この小休止の呼吸があって, いよいよ大詰に向けての blank verse が安心して流れる.

5.1.371–90 おそらく当時流行の俗謡. Sh による改変が当然あるであろう. 楽譜も残っているが Sh 時代のものかどうかはわからない. なお *King Lear* 3.2.72–75 にこの第 1 連の変形がみられる. (そこでこの納めの歌を Robert Armin の作とする suggestion があるが [J. D. Wilson, *Cambridge 2*] 本編注者は軽々には与しえない. cf. p. xxi.)

詩型は各連 2, 4 行が refrain (*l*. 390 を除いて), リズムは一応 iambic tetrameter で各連 1, 3 行が rhyme する common measure のいわゆる long measure. 参考までに第 1 連の scansion の試案を下記する.

  When that Í was and a líttle tíny bóy,
    With héy, hó, the wínd and the ráin,
  A fóolish thíng was bút a tóy,
    For the ráin it ráinèth évery dáy.

付録　シェイクスピアの First Folio

　Folio（F と略記）は本来ラテン語の印刷用語（[*in*] *folio* < *folium* [= leaf]）である。印刷用全紙を 1 回折って 2 葉 4 ページにした書物のつくりをいう。「二つ折本」の訳語の所以であるが、シェイクスピア時代は全紙の大きさがほぼ一定していたから、縦 34 cm，横 23 cm ほどの大型本になった。歴史書や地誌、大部の全集、楽譜の印刷などがこの版である。これに対し、2 回折って 4 葉 8 ページにした版本が「四つ折本」Quarto（< L. *quartus* [= fourth]，Q と略記）で、戯曲の単行本は通常この版であった。戯曲など所詮は全集に値しない消耗品なのだ。そうした風潮の中にあって堂々二つ折本で戯曲集を出版したのが、シェイクスピアのライバル劇作家ベン・ジョンソン（Ben Jonson）である。出版はシェイクスピアの死亡の年の 1616 年。*The Works* の書名からも、オックスフォードとケンブリッジの両大学から学芸修士の名誉学位を授与されたという煉瓦工あがりのジョンソンの、「作家」としての強烈な矜恃を読み取ることができる。しかし 1614 年上演の彼の自信作 *Bartholomew Fair*（『浮かれ縁日』）がこの中に入っていないところから判断して、企画はその年以前に立てられ、印刷も進行していたのだろう。シェイクスピアは当然この企てを知っていたはずだ。彼の劇団の同僚たちが同様の出版を彼に勧めたかもしれない。しかしおそらく彼は笑ってその勧めをやり過ごしていたに違いない。

　しかしシェイクスピアの戯曲は売れ筋だった。たとえば Falstaff の活躍する *Henry IV Part 1*（『ヘンリー四世第 1 部』）は作者の生前だけでも四つ折本単行本で 6 回版を重ねている。*Richard III*（『リチャード三世』）は 5 回。*Hamlet* などには非合法出版のおそらく海賊本が出ている。シェイクスピアの死後 1619 年にトマス・ペイヴィア（Thomas Pavier）という出版業者が印刷業者のウィリアム・ジャガード（William Jaggard）と組んで、シェイクスピアの作品集を喧伝して 10 篇の戯曲を四つ折本で出版し

た。しかし実際の内容はというと、先行の粗悪な非合法出版の再版があり、あるいはシェイクスピアの作品と認知されていないいわゆる「外典」があり、しかも出版権をめぐって問題が生じるとあわてて出版年を偽るなど、まことに無責任なものだった。これを 'Pavier Quartos' と通称する。4年後1623年の正規の Folio 本と対比させて 'False Folio' の呼び名もある。この False Folio の企てが、ジョンソンのはなばなしい先例とともに、'True' Folio 出版の企画を呼び込んだことは確実である。

　False Folio 出版の年にシェイクスピアと手を携えて彼の舞台の主役を演じ続けてきた俳優リチャード・バーベッジ（Richard Burbage）が死んだ。ロンドン随一の劇団国王一座（King's Men）の大幹部である。残された有力幹部座員はジョン・ヘミング（ズ）（John Heminge[s]）とヘンリー・コンデル（Henry Condell）の2人。この2人が、冒頭に置かれるパトロンへの献辞と、続く序文に、筆者としての名を連ねる。献辞には、本出版の目的は 'to keepe (= keep) the memory of so worthy a Friend, and Fellow aliue (= alive), as was our Shakespeare'（尊敬すべき友人であり同僚であったわれらのシェイクスピアの思い出を永遠のものとするため）という有名な文言がみえる。編集の実務は劇団の book-keeper（台本整理者、舞台監督）のエドワード・ナイト（Edward Knight）が担当したらしい。

　これがシェイクスピアのいわゆる「第1二つ折本」First Folio（F1 と略記）である。

　企画は国王一座から出版者の側に持ち込まれたのか、あるいは先に出版業界にこれを企てる動きがあったのか、おそらく双方からの同時進行というあたりが実情だったのだろう。面白いのは False Folio の印刷業者ウィリアム・ジャガードの息子アイザック（Isaac）が First Folio の印刷者に名を連ねていることである。まだ20代の若さだったが、父親のウィリアムはやがて視力を失うことになるし、印刷所を切り盛りしていたのはアイザックの方だった。ペイヴィアの危険な出版に進んで関与したのも彼の冒険心だったかもしれない。'False' に関わった者が今度は 'True' の推進者になるというのも、この時代の出版業界ののどかな一面というべきか。あるいは生き馬の目を抜く駆引きの実態を示しているというべきか。彼はエドワード・ブラント（Edward Blount）をこの企画に引き込んだ。ブラントはシェイクスピアと同年の生れだから当時はもう50代の

First Folio 扉ページ

中央に大きくシェイクスピアの肖像、そのすぐ上(書名の下)に 'Published according to the True Originall Copies.' の1行、また最下段に 'Printed by Isaac Iaggard, and Ed. Blount. 1623.' の1行がある。肖像はまだ20代初めの(あまり腕がいいとは言えない)彫版家マーティン・ドルーシャウト(Martin Droeshout)刻の銅版画、原画があったと推測されるが失われている。

終り、これまでの実績からロンドンで最も有力な出版業者の1人だった。2人の名前は First Folio の扉に印刷者として並べられているが、実際に印刷作業を受け持ったのはジャガードの印刷所である。ブラントは出版の投資者だった。

　First Folio の最終ページ奥付に出資者として William Jaggard, Edward Blount のほかに I. Smithweeke (= John Smethwick, ジョン・スメジク), W. Aspley (= William Aspley, ウィリアム・アスプリー) の名前がみえる。この2人はすでに四つ折本でシェイクスピアの戯曲を出版した版権所有者であった。彼らは出版権を譲渡するよりは、共同出資者としての利潤に与る方を選んだのだろう。ほかにも版権所有者は何人かいた。

　ジャガード印刷所での作業は 1622 年に入ってすぐ始められたと考えられる(このほか印刷開始時期には 1621 年夏などの諸説がある)。だがこの仕事だけにかかりきっていたのではない。印刷所ではほかにもいくつもの仕事を抱えていた。じっさいその年の夏に作業の一時中断があり、結局出版は 1623 年の 11 月から 12 月にかけてであった。その4か月前の

8月6日、シェイクスピアの妻アン（Anne）が亡くなっている。出版の直前にアイザックの父ウィリアムが亡くなった。

First Folio を一応「第1二つ折本全集」と訳すのが一般だが、しかし正確には「全集」というよりやはり「戯曲集」とすべきであろう。シェイクスピアにはすでにみごとな詩業の出版もあり、また戯曲についても First Folio が作品のすべてを収録しているという保証はないのである。ともあれ First Folio 収録の戯曲は36篇、このうちちょうど半数の18篇がこの時点で初めて印刷された。念のためその初印刷の戯曲題名を掲載順に記す。

The Tempest, The Two Gentlemen of Verona, Measure for Measure, The Comedy of Errors, As You Like It, The Taming of the Shrew, All's Well That Ends Well, Twelfth Night, The Winter's Tale, King John, Henry VI Part 1, Henry VIII, Coriolanus, Timon of Athens, Julius Caesar, Macbeth, Antony and Cleopatra, Cymbeline.

少々うるさすぎるかもしれないがここで今のリストの6番目 *The Taming of the Shrew*（『じゃじゃ馬ならし』）についてやや立ち入ってみる。じつは1594年に四つ折本単行本の戯曲 *The Taming of a Shrew* が出版されている（*Shrew* の前の不定冠詞 *a* に注意）。翌々年再版、1607年3版。作者名はない。この戯曲とシェイクスピアの *The Taming of the Shrew*（*Shrew* の前は定冠詞 *the*）との関係が問題になった。大筋では双方よく似ているが、細かな点になるとなにかと相違が目につく。登場人物名がヒロインの「じゃじゃ馬」を除いて全部違う。場所もシェイクスピアの Padua に対してこちらは Athens. シェイクスピアの「じゃじゃ馬」は2人姉妹だが *a Shrew* の方は3姉妹。それに応じて筋にも多少の違いが出てくる。そのほか *a Shrew* には序幕だけでなく「落ち」になる終幕がついている、等々。さてそれでは *a Shrew* と *the Shrew* はどういう関係なのか。一般に言われてきたのはシェイクスピアが先行の *a Shrew* を *the Shrew* に改作した、つまり *a Shrew* は *the Shrew* の材源であるというものであった。それが1920年代の末、その順序を逆転させた新説が現れた。*a Shrew* は *the Shrew* の崩れた形の異本である、つまり材源ではなく派生。シェイクスピアの四つ折本単行本には、*Hamlet* をはじめこういう異本問題がうるさく付きまとう場合がある。ということで1594年出版の *The Taming of a Shrew* をシェイクスピアの戯曲の「異本」に認定するなら、*the Shrew* には先行の出版があったわけだから、First Folio で初印刷の作品は 18 篇ではなく 17 篇と数え直さなくてはならない。と、まあ、そういううるさい議論になってくるのである。いずれにせよ、シェイクスピアの劇作の豊穣は豊穣として、もし First Folio の出版がなかったとしたら、その収穫は現在みられる 2 分の 1 にすぎなかった。いや実際には 2 分の 1 にも満たなかったと言うべきだろう。なぜならすでに出版された単行本の中には、今の *The Taming of a Shrew* と同様の問題を抱える版本、つまり上演の事情によって作者の意図からはなはだしく逸脱しているであろうテキストが数篇混じっているのだから。

　ヘミングとコンデルが序文 'To the great Variety of Readers.'「読者諸賢に」の中で、不法な詐欺師どもの欺瞞窃盗行為によって手足をもぎ取られ姿を歪められた原作の傷をいやし五体満足の完璧な形をお目にかけます、云々と揚言しているのは、こうした事態を指しているのであろう。扉の書名の下には 'Published according to the True Originall Copies.'「真正な原本に基づき刊行」とある。また中扉にも 'Truely (= truly) set forth, according to their first Originall.'「当初の原本に基づく真正な組み版」の文言がみえる。

　ここに「原本」と訳した 'Originall (= original)' とは、それにしてもどういう性格のものなのか。ごくごく素朴に考えれば作者(シェイクスピア)の原稿ということになるのだろうが、それが下書き程度の草稿なのか、いわゆる決定稿なのか、それに当時は筆耕による清書が行われていた。また劇団から提供された印刷所原本となれば当然台本化されたものが予想される。当時劇団で original と言えば上演台本を意味したであろうという指摘もある。台本化の過程にはスタッフや俳優の介入がありうるだろうし、そこにまた筆耕による転写の介入が加わる。実際に印刷の状態をつぶさに検討していくと、各作品ごとにさまざまなレベルの「原本」が用いられていたことがわかる。

　既刊の単行本を持つ戯曲では、その既刊本を印刷所原本に用いた場合もあるが、既刊本に訂正、書き込みをした上でそれを印刷所原本にした場合もある。しかし最も錯綜するのは *Hamlet* のように既刊本の印刷所

原本と First Folio の印刷所原本とが明らかに相違する場合で、それはつまり頼るべき本文の権威が複数化するということだ。そういう印刷所原本の問題に、さらに印刷所での印刷工程、誤植の問題がからんでくる。20 世紀に急速な発展をみた新書誌学（New Bibliography）の最大の業績の1つが、この問題の解明だった。

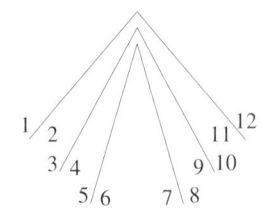

First Folio の「帖」
（数字はページノンブル）

たとえばジャガード印刷所での First Folio の組み版はページ順に行われたのではなかった。
　この Folio は 'folio in sixes' という印刷製本で、印刷用全紙を 3 枚重ねて二つ折にし 6 葉 12 ページで「帖」（quire）をつくる。この帖が製本の単位になる。First Folio ではまずいちばん内側に当たる 6, 7 ページ目が組まれた。つづいてその裏側の 5, 8 ページ。つまり組み版の順序は 6,7 – 5,8 / 4,9 – 3,10 / 2,11 – 1,12 ということになる。これだと複数の植字工による効率的な作業が可能になるが、それにはあらかじめページごとの正確な割付けが必要になる。だがその正確にも当然限界があるだろう。割付け上の誤差が出た場合どうするか。植字工は行間を詰める、あるいは空ける、それでも間に合わぬ場合はたとえば韻文を改行なしの散文に組む、あるいはその逆。そのほか綴りの短縮、ト書きの操作等々。これは植字工による意図的な本文改竄とまでは言わぬまでも、本文への暴力的な介入であることに変りはない。
　植字工の習熟度、あるいは植字癖の問題もある。植字工分析研究の当初には A, B 2 人の作業が想定されたが、やがて A, B を主体に C, D, E の 3 人が加わったとされ、特に E はまだ徒弟で数か月遅れて作業に加わったという不安な仕事ぶりだった。その後さらに分析が精緻に進んで、現在では最低 9 人の植字工がこの組み版に係わったとされる。それぞれの植字工によるページごとの作業分担推定表もある。
　校正も現在想像される手続きとはまるで違っていた。一応の試し刷りの後校正が行われたが、本刷りに入ってからも誤植や不都合が発見されれば印刷を中断して訂正が行われ、しかも訂正以前の刷り上がったページも破棄されることなく製本に用いられることがあった。したがって同

First Folio 目次ページ

1行目に大きく 'A CATALOGVE' とある。'TRAGEDIES.' の最初に挙げられるべき *Troilus and Cressida* の題名がなく、全部で35篇。ついでだが一般に喜劇（ロマンス劇）に分類される *Cymbeline*（『シンベリン』）が悲劇の部の最後に。

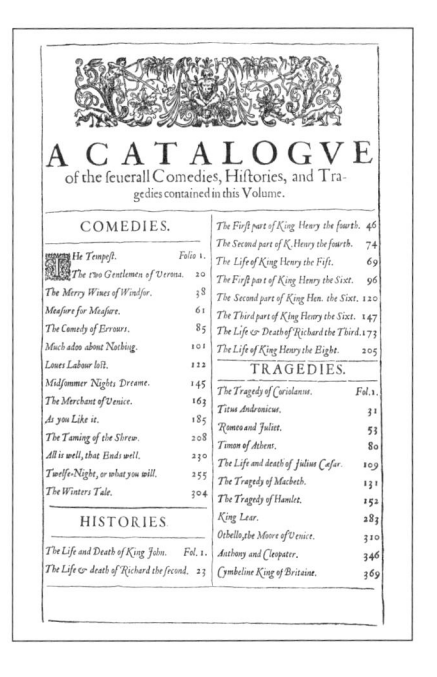

じ版でも異なった版本が生ずるのである。これは現代の書物の均一性からは思いも及ばぬ事態というべきだろう。このほか新書誌学は柱や飾り、また活字や紙などの詳細な分析に及び、First Folio についての新しい知識は膨大に集積され続け、またそれはたえず更新され続ける。

　作品の配列について、特に *Troilus and Cressida*（『トロイラスとクレシダ』）をめぐっての問題をここで取り上げておきたい。

　シェイクスピアの First Folio はその「目次」（Catalogue）に喜劇、歴史劇、悲劇の3分野を立てているのがユニークである。古典劇の伝統からすれば喜劇と悲劇の2分法が普通なのに、特別にイングランドの歴史を題材にした戯曲10篇を 'Histories.' として歴史の順序に配列した。全体の3分の1近くがここに含まれるというのもシェイクスピアの劇作全体の独自性ということになると思う。（喜劇と悲劇の配列には特に工夫は認められない。）ともあれ 'Mr. William / Shakespeares / Comedies, / Histories, & / Tragedies.' という、F1 の扉にみられる正式の書名は、ジョンソンの強面（こわもて）な 'The Workes' とはひと味違った新鮮な響きを伴っていたに相

違ない。その Histories の部のすぐ後に、飛び入りの形で目次にはない *Troilus and Cressida* が入った事情はおそらくこういうことだったろう。

この戯曲は本来 *Romeo and Juliet* の後に配列されるはずだったが、最初の数ページが組まれ、少なくとも 3 ページが印刷に付されたところで、版権問題がこじれてこれを破棄せざるをえない事態になった。代りに入ったのが *Timon of Athens*(『アテネのタイモン』)である。ところが、First Folio の印刷が完了する直前に版権問題の解決をみて、結局、歴史劇と悲劇の間に *Troilus and Cressida* が急遽繰り込まれることになった。*Romeo and Juliet* の最終ページと *Troilus and Cressida* の最初のページの印刷された印刷用紙が、*Troilus and Cressida* を降ろす方針が決定されたときに破棄されたはずなのに、そのまま製本に入ってしまった珍品の 1 冊(当初の所有者の名をとって 'Sheldon Folio' と呼ばれる)が現在フォルジャー・シェイクスピア図書館に所蔵されている。First Folio のページノンブルは喜劇、歴史劇、悲劇のそれぞれの分野ごとに 1 から通して打たれている。しかし *Troilus and Cressida* は 2, 3 ページ目に 79, 80 という変則的なノンブル表示があってその他はノンブルが打たれていない。悲劇の部のページノンブル 1 は次の 'The Tragedy of Coriolanus.' の 1 ページ目に打たれた。目次には *Troilus and Cressida* の題名も印刷されていないのである。

目次のページの前に、ペンブルックとモンゴメリーの両伯爵(Earls of Pembroke and Montgomery)兄弟への献辞、序文('To the great Variety of Readers.')、ベン・ジョンソンの有名な追悼詩など、目次の後にも追悼詩、中扉。中扉には主要俳優 26 名の名前が 2 段に印刷され、その筆頭にシェイクスピアの名前が挙げられていた。それら前付けを除いて、戯曲集本文の総ページ数は 907.

出版部数は諸説を勘案して 1000 部。値段はこれまた諸説を勘案して 1 ポンド(仔牛革装の場合)。いずれも切りのいい数字を採ったが、1 ポンドというのは、四つ折本単行本が 6 ペンス(当時の通貨単位で 1 ペニー = 1/240 ポンド)だったから、これの 40 倍である。だが売れ行きは当時にすれば順調だったようだ。ジョンソンの *The Works* があらたな作品を加えて再版されるまで 24 年かかっているのに対し、シェイクスピアの方

First Folio 本文組み版

Troilus and Cressida の題名('THE TRAGEDIE OF / Troylus and Cressida.')が上段に印刷された冒頭のページ。急遽繰り込まれたためページノンブルが打たれていない。78 のノンブルのある同じページは破棄されたが、たまたま 'Sheldon Folio' に製本されて残った。

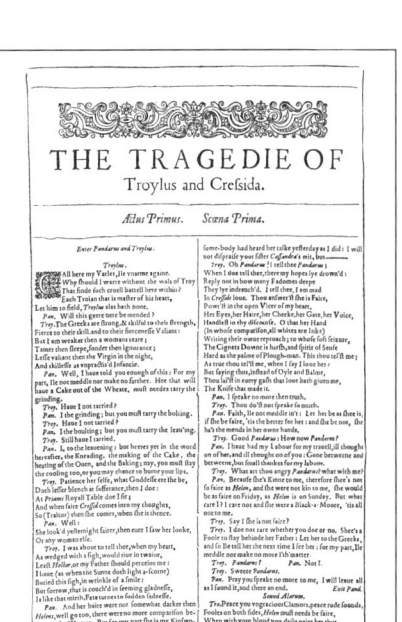

は9年後に同じく二つ折本で再版が出た。いわゆる Second Folio「第2二つ折本」である。First Folio を F1 と略記するように Second Folio も F2 と略記する。F2 には約 1700 個所の改訂があり、うち 800 以上が後の編纂者に受け容れられた。

その後ピューリタン革命があり、王政復古があり、演劇界も激動を余儀なくされた後、1663 年に Third Folio (F3)「第3二つ折本」が出版され、翌 1664 年にこれの第2刷が出た。F3 の改訂約 950 個所、ただし F1 や既刊単行本を校合した校訂ではない。なおこの第2刷にすでに四つ折本で刊行されていた7篇があらたに加えられたが、このうち喜劇(ロマンス劇) *Pericles* (『ペリクリーズ』)だけがいわゆる「正典」に加えられて今日に至っている。したがってシェイクスピアの戯曲は全部で 37 篇。ただし近年は *The Two Noble Kinsmen* (『血縁の二公子』)や *Edward III* (『エドワード三世』)を正典に加える動きが次第に強まってきており、現在ではむしろ全戯曲 39 篇とした方がよいのかもしれない(念のため、この2篇は F3 であらたに加えられた7篇の中にはない)。

Fourth Folio (F4)「第4二つ折本」は1685年、収録作品はF3第2刷と同様。約750個所の改訂。このF4が次の世紀に入りニコラス・ロウ (Nicholas Rowe) による全6巻の戯曲全集 (1709) の底本になった。

First Folio は、現在228冊の所在が確認されており、うち3分の1以上の82冊がアメリカのワシントン D.C. のフォルジャー・シェイクスピア図書館 (Folger Shakespeare Library, スタンダード石油会社社長 Henry Clay Folger の遺贈による図書館) に所蔵されている。(ついでだがわが国の明星大学図書館が現在12冊を所蔵し世界第2位。) この物量のもと、F1をめぐる新書誌学は第二次世界大戦後特にアメリカでさらに精緻な科学的分析へと発展し、「新・新書誌学」とも「分析書誌学」(Analytical Bibliography) とも呼ばれるようになった。先にふれた組み版や植字工の解明はこの分析書誌学による成果だ。特にこの派の旗手チャールトン・ヒンマン (Charlton Hinman) が周到な準備をへて刊行したF1の *Norton Facsimile* は画期的な業績である。

ジャガード印刷所では印刷中途で校正が行われたし、また手動の印刷機で1枚1枚を刷ったのだから、厳密に調査すれば同じF1でも正確に同質の版本は1冊としてない。ヒンマンはフォルジャー所蔵のF1の中から、まずファクシミリに値する30冊を採り、さらに1000ページに近い1ページ1ページについて、その30冊の中から最良の状態を選び出した。これの集合がつまりはF1の理想の版本ということになる。その出版が、出版社ノートン社の社名を冠した *The Norton Facsimile: the First Folio of Shakespeare*, prepared by Charlton Hinman (W. W. Norton and Co., 1968). シェイクスピアのテキスト編纂上、現在最も重要な参考書目の1冊である。F1をテキスト編纂の基本的な底本とした本選集の場合、これの恩恵は当然のことであった。

ここできびしく数を限って First Folio の重要参考書目を挙げるとすれば、1冊はイギリスの新書誌学の大御所 W. W. グレッグ (Walter Wilson Greg) の *The Shakespeare First Folio: Its Bibliographical and Textual History* (Oxford U.P., 1955)、いま1つは Charlton Hinman, *The Printing and Proof-Reading of the First Folio of Shakespeare*, 2 vols. (Oxford U.P., 1963) ということになるだろう。ヒンマンの2巻本は10年にわたる精緻な分析研究を集大成して、彼の *Norton Facsimile* へのいわば Prolegomena の役割を果

たした。

 Norton Facsimile にも、19ページにわたる懇切な Introduction が付されている。しかしヒンマンのその Introduction も、1996年の再版でピーター・ブレイニー（Peter W. M. Blayney）によって全面的に書き改められることになった（ヒンマンは1977年に没）。この事実はシェイクスピアの分析書誌学の勢いが日進月歩のめざましさにあることを示すに足る。だがブレイニーが異見を唱えたのは、植字工の数など印刷工程の分析の問題だけではなかった。彼がこだわったのは印刷所原本の問題である。それも、具体的な事実の新発見というのではなく、もっと理念的な、あるいは根元的な、戯曲とは何かという問題。

 戯曲は上演に伴って動く。演出によって、演技によって、たえず変容を迫られる。それが舞台の実際である。半世紀前のヒンマンたちは、そういう「変容」をもたらす要素をすべて不純なものとしてとらえ、その不純物を可能な限り削ぎ落し、削ぎ落ししていけば、ついに作者の意図する純粋な本文が立ち現れると信ずることができた。しかしブレイニーはそうした楽天的な信念に与することはできない。われわれは変容された舞台を1つのテキストとして受け容れることから出発する、とブレイニーは言う。となれば、当然シェイクスピアのテキストは複数化する。極端に言えば上演の数だけテキストが生れる。この理念の背景には20世紀後半の文学批評の相対主義、脱構築、あるいは受容理論、読者（観客）論の尖鋭が層をなして控えているだろう。

 こうした時代の動向の中にあって、しかし本選集の編纂者は、あえて First Folio を共通の底本にすることを基本として10篇のテキストの編纂に赴いた。これが唯一絶対の態度であるなどと言い張るのではない。戯曲が上演によって動くのは演劇の宿命である。ただ、あらたに編纂の作業を起こすとすれば、基本となる座標軸がぜひとも必要になってくる。F1の印刷所原本はそれぞれの作品によって性格を異にしている。F1に先行する既刊の単行本を持つ作品では、その既刊本の印刷所原本とF1のそれとが明確に相違する困難な場合もある。それらいちいちの事情を作品ごとに見極めた上で、本選集は基本の座標軸を First Folio に求めたということだ。それは本選集10篇のことだけでなく、翻訳でシェイクスピア全集を企てようとする場合の戯曲36篇についても、おそらく最も妥当

な態度であろうと本編纂者は考えている。

　最後に、シェイクスピアの First Folio 研究は全世界の学界で時々刻々と動いている。21 世紀に入って、Anthony James West, *The Shakespeare First Folio: the History of the Book*, 4 vols. (Oxford U.P.) の企画が発表になり、2003 年までに第 1 巻 *An Account of the First Folio Based on its Sales and Prices, 1623–2000* と第 2 巻 *A New Worldwide Census of First Folio* が刊行された。先の F1 の所在の確認等のデータはこの第 1 巻による。1, 2 巻ともまだ広範なデータの確認、披露の段階であるが、General Preface によると第 4 巻は F1 の cultural history がテーマのようで特に期待される。ただし実際の刊行までにはかなり時間がかかるであろう。第 3 巻は bibliographical なデータの詳細な情報に当てられるとある。1996 年にブレイニーの提出したデータも当然書き替えが進行しているのである。Tempora mutantur, et nos mutamur in illis.　　　　　　　　　　（2004 年 7 月）

大場建治（おおば・けんじ）

1931年7月新潟県村上市に生れる．
1960年明治学院大学大学院修士課程（英文学専攻）修了後
　同大学文学部英文学科に勤務．文学部長，図書館長，
　学長を歴任し，現在同大学名誉教授．

KENKYUSHA

〈検印省略〉

研究社　シェイクスピア選集

4　宴の夜

2007年5月23日　初版発行　　2024年1月31日　2刷発行

編注訳者　　大　場　建　治
発　行　者　　吉　田　尚　志
発　行　所　　株式会社　研　究　社
　　　　　　〒102-8152 東京都千代田区富士見2-11-3
　　　　　　電話　03-3288-7711（編集）
　　　　　　　　　03-3288-7777（営業）
　　　　　　振替　00150-9-26710
印　刷　所　　図書印刷株式会社

ISBN 978-4-327-18004-1 C 1398　　Printed in Japan
　　装丁: 広瀬亮平　装丁協力: 金子泰明